Annales 2022

1re GÉNÉRALE

Objectif BAC

Sujets & Corrigés

Français

Écrit + Oral

Isabelle de Lisle
Agrégée de Lettres modernes

Sylvie-Laure Beauthier
Agrégée de Lettres classiques

Avec la participation de
Anne-Caroline Lissoir
Agrégée de Lettres modernes

hachette
ÉDUCATION

Mode d'emploi

Pour chaque épreuve (commentaire, dissertation et oral), cet ouvrage vous propose des méthodes générales et des sujets corrigés complétés de fiches de cours et de fiches sur les œuvres et parcours du Bac.

Les méthodes générales pour réussir les épreuves

Les méthodes-clés de chaque épreuve : commentaire, dissertation, oral

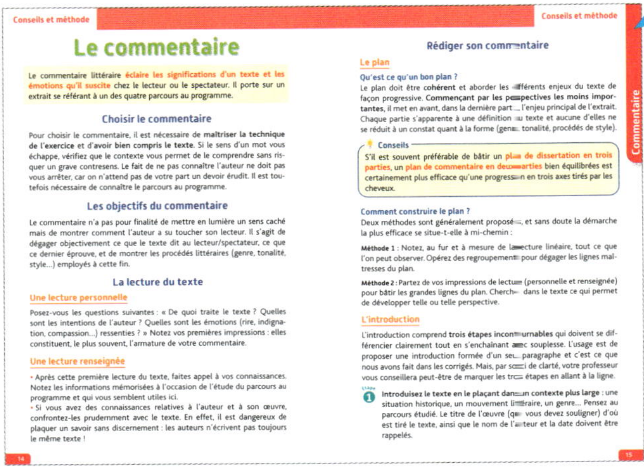

Des ongle pour se repérer rapideme dans l'ouvr

Des sujets corrigés pour préparer l'écrit et l'oral

Une couleur spécifique pour identifier chaque objet d'étude

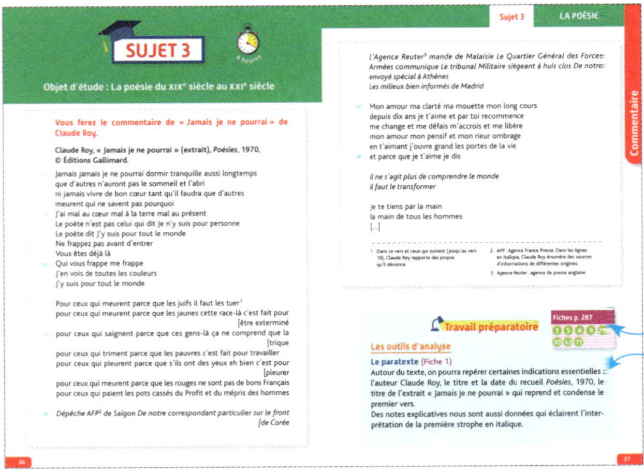

Un renvoi aux fiches de cours et fiches œuvres à consulter pour compléter vos connaissances

Chaque corrigé est introduit par un travail préparatoire pour comprendre les points-clés du sujet

I.S.B.N. 978-2-01-715123-4

www.parascolaire.hachette-education.com

Achevé d'imprimer en Juillet 2021 en République tchèque par Fir
Dépôt légal : Août 2021 - Édition 01
21/2796/9

Des corrigés conformes à ce que l'on attend de vous à l'examen

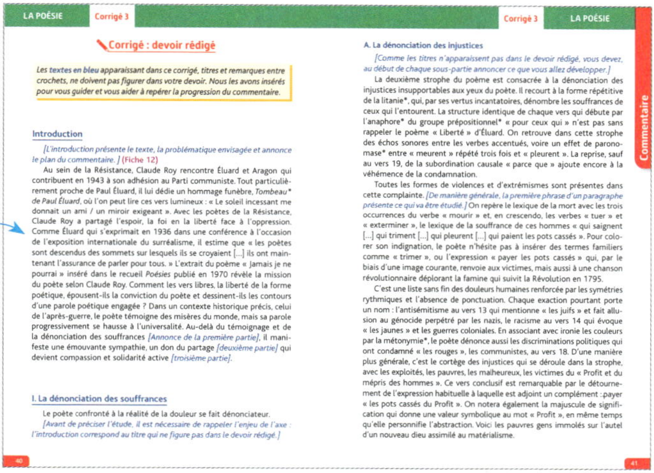
LA POÉSIE Corrigé 3

Corrigé : devoir rédigé

*Les **textes en bleu** apparaissant dans ce corrigé, titres et remarques entre crochets, ne doivent pas figurer dans votre devoir. Nous les avons insérés pour vous guider et vous aider à repérer la progression du commentaire.*

Introduction

[L'introduction présente le texte, la problématique envisagée et annonce le plan du commentaire.] (Fiche 12)

Au sein de la Résistance, Claude Roy rencontre Éluard et Aragon qui contribuent en 1943 à son adhésion au Parti communiste. Tout particulièrement proche de Paul Éluard, il lui dédie un hommage funèbre, *Tombeau* de Paul Éluard*, où l'on peut lire ces vers lumineux : « Le soleil incessant me donnait un ami / un miroir exigeant ». Avec les poètes de la Résistance, Claude Roy a partagé l'espoir, la foi en la liberté face à l'oppression. Comme Éluard qui s'exprimait en 1936 dans une conférence à l'occasion de l'exposition internationale du surréalisme, il estime que « les poètes sont descendus des sommets sur lesquels ils se croyaient [...] ils ont maintenant l'assurance de parler pour tous. » L'extrait du poème « Jamais je ne pourrai » inséré dans le recueil *Poésies* publié en 1970 révèle la mission du poète selon Claude Roy. Comment les vers libres, la liberté de la forme poétique, épousent-ils la conviction du poète et dessinent-ils les contours d'une parole poétique engagée ? Dans un contexte historique précis, celui de l'après-guerre, le poète témoigne des misères du monde, mais sa parole progressivement se hausse à l'universalité. Au-delà du témoignage et de la dénonciation des souffrances *[Annonce de la première partie]*, il manifeste une émouvante sympathie, un don du partage *[deuxième partie]* qui devient compassion et solidarité active *[troisième partie]*.

I. La dénonciation des souffrances

Le poète confronté à la réalité de la douleur se fait dénonciateur.

[Avant de préciser l'étude, il est nécessaire de rappeler l'enjeu de l'axe : l'introduction correspond au titre qui ne figure pas dans le devoir rédigé.]

40

Corrigé 3 LA POÉSIE

A. La dénonciation des injustices

[Comme les titres n'apparaissent pas dans le devoir rédigé, vous devez, au début de chaque sous-partie annoncer ce que vous allez développer.]

La deuxième strophe du poème est consacrée à la dénonciation des injustices insupportables aux yeux du poète. Il recourt à la forme répétitive de la litanie*, qui, par ses vertus incantatoires, dénombre les souffrances de ceux qui l'entourent. La structure identique de chaque vers qui débute par l'anaphore* du groupe prépositionnel* « pour ceux qui » n'est pas sans rappeler le poème « Liberté » d'Éluard. On retrouve dans cette strophe des échos sonores entre les verbes accentués, voire un effet de paronomase* entre « meurent » répété trois fois et « pleurent ». La reprise, sauf au vers 19, de la subordination causale « parce que » ajoute encore à la véhémence de la condamnation.

Toutes les formes de violences et d'extrémismes sont présentes dans cette complainte. *[De manière générale, la première phrase d'un paragraphe présente ce qui va être étudié.]* On repère le lexique de la mort avec les trois occurrences du verbe « mourir » et, en crescendo, les verbes « tuer » et « exterminer », le lexique de la souffrance de ces hommes « qui saignent [...] qui triment [...] qui pleurent [...] qui paient les pots cassés ». Pour colorer son indignation, le poète n'hésite pas à insérer des termes familiers comme « trimer », ou l'expression « payer les pots cassés » qui, par le biais d'une image courante, renvoie aux victimes, mais aussi à une chanson révolutionnaire déplorant la famine qui suivit la Révolution en 1795.

C'est une liste sans fin des douleurs humaines renforcée par les symétries rythmiques et l'absence de ponctuation. Chaque exaction pourtant porte un nom : l'antisémitisme au vers 13 qui mentionne « les juifs » et fait allusion au génocide perpétré par les nazis, le racisme au vers 14 qui évoque « les jaunes » et les guerres coloniales. En associant avec ironie les couleurs par la métonymie*, le poète dénonce aussi les discriminations politiques qui ont condamné « les rouges », les communistes, au vers 18. D'une manière plus générale, c'est le cortège des injustices qui se déroule dans la strophe, avec les exploités, les pauvres, les malheureux, les victimes du « Profit et du mépris des hommes ». Ce vers conclusif est remarquable par le détournement de l'expression habituelle à laquelle est adjoint un complément : payer « les pots cassés du Profit ». On notera également la majuscule de signification qui donne une valeur symbolique au mot « Profit », en même temps qu'elle personnifie l'abstraction. Voici les pauvres gens immolés sur l'autel d'un nouveau dieu assimilé au matérialisme.

Commentaire

41

Les corrigés sous forme de plan détaillé ou de devoir rédigé, avec les conseils du professeur en bleu

Des fiches de cours et des fiches œuvres pour réviser l'essentiel

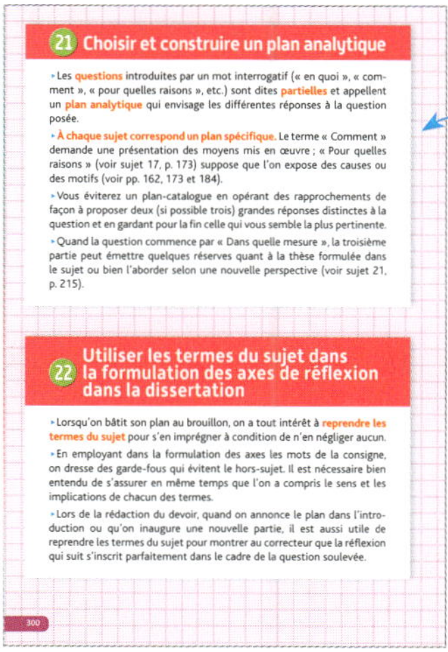
21 Choisir et construire un plan analytique

- Les **questions** introduites par un mot interrogatif (« en quoi », « comment », « pour quelles raisons », etc.) sont dites **partielles** et appellent un **plan analytique** qui envisage les différentes réponses à la question posée.
- **À chaque sujet correspond un plan spécifique.** Le terme « Comment » demande une présentation des moyens mis en œuvre ; « Pour quelles raisons » (voir sujet 17, p. 173) suppose que l'on expose des causes ou des motifs (voir pp. 162, 173 et 184).
- Vous éviterez un plan-catalogue en opérant des rapprochements de façon à proposer deux (si possible trois) grandes réponses distinctes à la question et en gardant pour la fin celle qui vous semble la plus pertinente.
- Quand la question commence par « Dans quelle mesure », la troisième partie peut émettre quelques réserves quant à la thèse formulée dans le sujet ou bien l'aborder selon une nouvelle perspective (voir sujet 21, p. 215).

22 Utiliser les termes du sujet dans la formulation des axes de réflexion dans la dissertation

- Lorsqu'on bâtit son plan au brouillon, on a tout intérêt à **reprendre les termes du sujet** pour s'en imprégner à condition de n'en négliger aucun.
- En employant dans la formulation des axes les mots de la consigne, on dresse des garde-fous qui évitent le hors-sujet. Il est nécessaire bien entendu de s'assurer en même temps que l'on a compris le sens et les implications de chacun des termes.
- Lors de la rédaction du devoir, quand on annonce le plan dans l'introduction ou qu'on inaugure une nouvelle partie, il est aussi utile de reprendre les termes du sujet pour montrer au correcteur que la réflexion qui suit s'inscrit parfaitement dans le cadre de la question soulevée.

300

75 fiches de cours claires et synthétiques

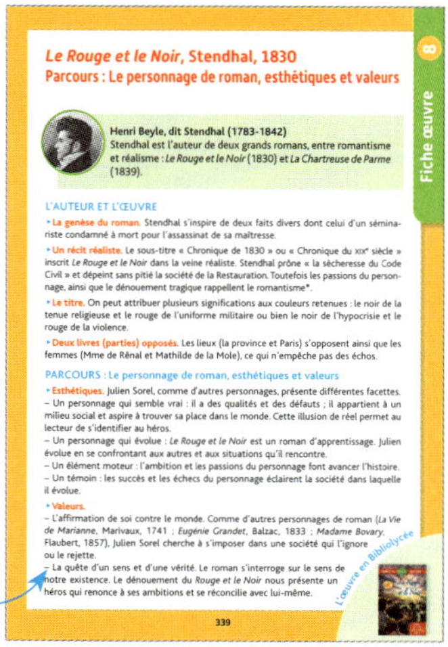
***Le Rouge et le Noir*, Stendhal, 1830**
Parcours : Le personnage de roman, esthétiques et valeurs

Henri Beyle, dit Stendhal (1783-1842)
Stendhal est l'auteur de deux grands romans, entre romantisme et réalisme : *Le Rouge et le Noir* (1830) et *La Chartreuse de Parme* (1839).

L'AUTEUR ET L'ŒUVRE

- **La genèse du roman.** Stendhal s'inspire de deux faits divers dont celui d'un séminariste condamné à mort pour l'assassinat de sa maîtresse.
- **Un récit réaliste.** Le sous-titre « Chronique de 1830 » ou « Chronique du XIXe siècle » inscrit *Le Rouge et le Noir* dans la veine réaliste. Stendhal prône « la sècheresse du Code Civil » et dépeint sans pitié la société de la Restauration. Toutefois les passions du personnage, ainsi que le dénouement tragique rappellent le romantisme*.
- **Le titre.** On peut attribuer plusieurs significations aux couleurs retenues : le noir de la tenue religieuse et le rouge de l'uniforme militaire ou bien le noir de l'hypocrisie et le rouge de la violence.
- **Deux livres (parties) opposés.** Les lieux (la province et Paris) s'opposent ainsi que les femmes (Mme de Rênal et Mathilde de la Mole), ce qui n'empêche pas des échos.

PARCOURS : Le personnage de roman, esthétiques et valeurs

- **Esthétiques.** Julien Sorel, comme d'autres personnages, présente différentes facettes.
– Un personnage qui semble vrai : il a des qualités et des défauts ; il appartient à un milieu social et aspire à trouver sa place dans le monde. Cette illusion de réel permet au lecteur de s'identifier au héros.
– Un personnage qui évolue : *Le Rouge et le Noir* est un roman d'apprentissage. Julien évolue en se confrontant aux autres et aux situations qu'il rencontre.
– Un élément moteur : l'ambition et les passions du personnage font avancer l'histoire.
– Un témoin : les succès et les échecs du personnage éclairent la société dans laquelle il évolue.
- **Valeurs.**
– L'affirmation de soi contre le monde. Comme d'autres personnages de roman (*La Vie de Marianne*, Marivaux, 1741 ; *Eugénie Grandet*, Balzac, 1833 ; *Madame Bovary*, Flaubert, 1857), Julien Sorel cherche à s'imposer dans une société qui l'ignore ou le rejette.
– La quête d'un sens et d'une vérité. Le roman s'interroge sur le sens de notre existence. Le dénouement du *Rouge et le Noir* nous présente un héros qui renonce à ses ambitions et se réconcilie avec lui-même.

L'œuvre en Bibliolycée

Fiche œuvre 8

339

Les 12 œuvres et parcours littéraires du Bac 2021

Conception graphique de l'intérieur
Alicia Dassonville

Conception graphique de la couverture
Audrey Izern

Réalisation
Couverture : Audrey Izern
Intérieur : Médiamax

Sommaire

Le commentaire

La dissertation

L'épreuve orale

Fiches de cours

Fiches œuvres

Le programme et les épreuves

Le programme de français au lycée comprend quatre objets d'étude ; les œuvres intégrales et les parcours sont imposés par le programme et renouvelés par quart chaque année.
L'épreuve anticipée de français est composée d'une épreuve orale (coefficient 5) et d'une épreuve écrite (coefficient 5).

Le programme

Pour chaque objet d'étude, le professeur choisit une œuvre et son parcours associé dans la liste suivante.

Objet d'étude : La poésie du XIXe siècle au XXIe siècle

– Victor Hugo, *Les Contemplations* (livres I à IV) / Parcours : Les Mémoires d'une âme
– Charles Baudelaire, *Les Fleurs du Mal* / Parcours : Alchimie poétique : la boue et l'or
– Guillaume Apollinaire, *Alcools* / Parcours : Modernité poétique ?

Objet d'étude : La littérature d'idées du XVIe siècle au XVIIIe siècle

– Rabelais, *Gargantua* / Parcours : Rire et savoir
– La Bruyère, *Les Caractères*, livres V à X / Parcours : La comédie sociale
– Olympe de Gouges, *Déclaration des droits de la femme et de la citoyenne* (du « préambule » au « postambule ») / Parcours : Écrire et combattre pour l'égalité

Objet d'étude : Le roman et le récit du Moyen Âge au XXIe siècle

– Madame de Lafayette, *La Princesse de Clèves* / Parcours : Individu, morale et société
– Stendhal, *Le Rouge et le Noir* / Parcours : Le personnage de roman, esthétiques et valeurs
– Marguerite Yourcenar : *Mémoires d'Hadrien* / Parcours : Soi-même comme un autre

Objet d'étude : Le théâtre du XVIIe siècle au XXIe siècle

– Molière, *Le Malade imaginaire* / Parcours : Spectacle et comédie
– Marivaux, *Les Fausses Confidences* / Parcours : Théâtre et stratagème
– Jean-Luc Lagarce, *Juste la fin du monde* / Parcours : Crise personnelle, crise familiale

L'épreuve écrite

Organisation

- L'épreuve dure **4 heures** ; elle est notée sur **20 points** ; les candidats ont le **choix entre deux sujets** :

– un **commentaire** sur un texte rattaché à un des objets d'étude ;
– une **dissertation** portant sur une des œuvres au programme accompagnée de son parcours.

- Sur le document donné au candidat figureront donc un texte pour le commentaire et trois sujets de dissertation correspondant respectivement aux trois œuvres proposées dans le cadre d'un objet d'étude. **Si le candidat choisit la dissertation, il doit veiller à prendre le sujet qui porte sur l'œuvre étudiée en classe pendant l'année.**

Le commentaire

Le commentaire porte sur un texte littéraire, en lien avec un des objets d'étude de la classe de 1re. Ce texte ne sera jamais extrait d'une des œuvres au programme et ne correspondra pas à l'un des parcours proposés. La méthode et les conseils relatifs au commentaire sont donnés pages 14-16.

La dissertation

La dissertation prend la forme d'une question littéraire sur l'une des œuvres au programme et sur le parcours littéraire associé. La méthode et les conseils relatifs à la dissertation sont donnés pages 126-129.

Les critères d'évaluation

Les correcteurs évaluent :
– la maîtrise de la langue et de l'expression ;
– l'aptitude à lire, analyser et interpréter un texte (le texte donné à commenter et l'œuvre sur laquelle porte la dissertation) ;
– une sensibilité esthétique, une finesse d'analyse ;
– l'aptitude à mobiliser une culture littéraire (auteurs, mouvements, procédés...) ;
– la capacité à construire et à formuler une réflexion argumentée et structurée ;
– la capacité à prendre en compte d'autres points de vue que le sien (dans la dissertation).

L'épreuve orale

Organisation

- L'épreuve orale dure **20 minutes** ; elle est précédée d'un temps de **préparation de 30 minutes** ; elle est notée sur **20 points**.

Cette épreuve comprend deux grandes parties : un **exposé** (12 minutes) durant lequel l'examinateur n'intervient pas puis un **entretien** (8 minutes).

Accueil du candidat, « descriptif des activités » et préparation

• Le candidat arrive en salle d'examen muni d'un **« descriptif des activités »**. L'examinateur possède ce même descriptif, remis en amont par l'enseignant de français.

• Ce descriptif rend compte du travail qui a été mené avec la classe pendant l'année : il récapitule les œuvres et textes étudiés. Il est également composé d'une partie individuelle dans laquelle le candidat a indiqué l'œuvre qu'il a retenue parmi toutes les lectures obligatoires proposées par son professeur. Cette œuvre fera l'objet de la seconde partie de l'épreuve.

• Pour la **1re partie de l'épreuve, l'examinateur indique au candidat le texte sur lequel il va être interrogé**. Ce texte est toujours choisi parmi ceux mentionnés sur le descriptif comme ayant fait l'objet d'une étude détaillée. Il formule également la question de grammaire. Les limites du texte et la question de grammaire sont notées sur un bordereau qui est remis au candidat et dont il dispose durant son temps de préparation.

La méthode et les conseils relatifs à l'épreuve orale sont donnés pages 264-266.

1re partie : exposé sur un des textes du descriptif

• Cette première partie dure 12 minutes et est notée sur 12 points. Elle comprend trois étapes :
– lecture de l'extrait à voix haute (2 points) ;
– explication linéaire du texte ou d'un passage d'une vingtaine de lignes (un peu plus pour le théâtre si nécessaire) sélectionné par l'examinateur (8 points) ;
– réponse à une question de grammaire qui s'appuie sur un passage extrait du texte à expliquer (2 points).

• **Sur quel texte peut porter l'explication linéaire ?**

Pour chaque objet d'étude, le candidat a étudié de façon détaillée au minimum cinq textes :
– deux ou trois extraits au moins de l'œuvre au programme ;
– deux ou trois textes au moins en lien avec le parcours associé.

Le descriptif compte entre vingt et vingt-quatre textes qui devront être étudiés de près pour la première partie de l'épreuve.

2nde partie : présentation de l'œuvre choisie et entretien

• Cette partie de l'épreuve dure 8 minutes et est notée sur 8 points. Elle comprend deux étapes :
– la présentation de l'œuvre retenue par le candidat et l'explication argumentée de ce choix ;
– l'entretien au cours duquel le candidat doit répondre aux questions de l'examinateur, afin d'expliquer, de justifier et de défendre ses choix.

• **La présentation de l'œuvre n'est que le point de départ de l'entretien et c'est essentiellement ce dernier qui est évalué.**

S'organiser tout au long de l'année et le jour J

Pour réussir l'écrit et l'oral de français, il est essentiel de bien savoir s'organiser, le jour J mais aussi au fil de l'année.

Utiliser efficacement les annales corrigées

L'acquisition de méthodes

• Vous trouverez des **conseils méthodologiques** relatifs au commentaire page 14, à la dissertation page 126 et à l'oral page 264. À la fin de l'ouvrage, les fiches 1 à 13 vous donnent des conseils pour le commentaire et les fiches 14 à 28 pour la dissertation.
• Les **travaux préparatoires** qui précèdent chaque corrigé vous montrent comment procéder.
Les sujets 1 (commentaire), 13, 22, 23 et 24 (dissertations) sont annotés en marge afin d'éclairer la progression et la rédaction d'un devoir. Pour les autres corrigés, des indications en bleu au fil du corrigé guideront votre lecture.
• Mémorisez les conseils méthodologiques et, en lisant les corrigés, observez comment les devoirs sont construits et rédigés : **notez les expressions que vous pourrez à votre tour utiliser**. Regardez comment se présente l'explication linéaire d'un texte (pages 268 à 285) que vous avez rencontré en classe.

L'acquisition de connaissances

• Vous trouverez une **présentation synthétique des œuvres** au programme pages 332-343.
• Les fiches 29 à 75 récapitulent les **notions à connaître** : techniques propres aux différents genres, procédés littéraires, grammaire.
• Les dissertations vous permettent de mieux comprendre les œuvres et les parcours étudiés. Elles sont illustrées par de **nombreux exemples** pour enrichir votre culture. Notez-les pour en disposer ensuite.
• Revoyez les notions que vous ne maîtrisez pas encore bien ; consultez le **lexique** (p. 344) pour mémoriser de nouveaux mots.

Travailler tout au long de l'année

La connaissance des œuvres et des parcours (dissertation et oral)

- **Mémorisez les textes** (cinq au moins par objet d'étude) que vous avez étudiés en détail. Sélectionnez des **citations significatives** (Fiche 26) : elles illustreront vos dissertations.
- Complétez vos connaissances par des **recherches** : biographie de l'auteur, mouvement littéraire, contexte historique. Les nombreux exemples proposés dans les dissertations vous ouvrent des pistes.
- **Choisissez l'œuvre** que vous allez présenter dans la **deuxième partie de l'épreuve orale** et assurez-vous de bien la connaître : auteur, contexte, intrigue, personnages, enjeux…

La maîtrise des notions littéraires et grammaticales

Revoyez les notions qui vous seront utiles pour le commentaire, pour l'explication linéaire et pour la question de grammaire.

La maîtrise des méthodes

- Revoyez et appliquez les conseils méthodologiques, ceux de votre professeur et ceux de cet ouvrage.
- **Relisez vos copies corrigées** et voyez dans quelle direction progresser.
- Rédigez à nouveau certains passages de vos devoirs en tenant compte des observations de votre professeur.

Remarques sur les copies	Conseils pour progresser
« Le sujet est mal compris. »	Lire attentivement la consigne et en peser chacun des termes ; reformuler la consigne à la 1re personne du singulier pour mieux se l'approprier.
« Le texte est mal compris. »	Lire attentivement le texte sans se perdre dans les détails. Se demander ce que l'auteur a voulu dire et dans quel but.
« Le devoir manque de rigueur. »	Bâtir un plan clair et solide au brouillon : 1A, 1B, 1C ; 2A, 2B…
« Le plan d'ensemble ne convient pas. »	S'il s'agit d'un commentaire, définir clairement les intentions de l'auteur et revoir les principes de composition d'un plan (voir p. 15). S'il s'agit de la dissertation, lire attentivement la consigne et déduire le plan de la consigne elle-même (voir p. 127).

Remarques sur les copies	Conseils pour progresser
Le devoir est superficiel ; l'analyse ou/et la réflexion ne sont pas assez approfondies.	Creuser chacun des arguments ou chacune des pistes : quelles causes, quelles implications, par quels procédés... ?
La rédaction est négligée, confuse, incorrecte.	Écrire des phrases courtes. Surveiller l'orthographe. Relire. S'entraîner dans l'année en rédigeant régulièrement des petits paragraphes.

L'entraînement à l'écrit

Rédigez régulièrement des paragraphes en soignant l'orthographe et la syntaxe. Si les règles orthographiques sont un souci, revoyez-les en commençant par les plus fréquentes : homophones *(a/à, ce/se...)* et règles courantes *(é/er)*, etc.

L'entraînement à l'oral

- **Lisez à voix haute** chacun des textes figurant sur votre descriptif car la lecture à l'examen est notée sur deux points.
- Entraînez-vous régulièrement : seul ou à plusieurs, préparez en une demi-heure une explication linéaire puis présentez-la.

Être prêt(e) le jour J

- **Qu'il s'agisse de l'écrit ou de l'oral,** prévoyez bien l'organisation matérielle : une montre qui ne soit pas votre téléphone, la trousse, la convocation et la pièce d'identité en cours de validité, le transport jusqu'au centre d'examen.

Prévoyez aussi de quoi boire et grignoter durant les 4 heures de l'écrit.

- **Pour l'oral,** présentez les documents répertoriés sur le descriptif dans deux porte-revues : l'un pour vous et l'autre pour l'examinateur. Apportez les œuvres intégrales étudiées ainsi que celle retenue pour l'entretien.
- Ne négligez pas non plus votre tenue : anticipez son choix en fonction de la température prévue, et optez pour un vêtement confortable et neutre, adapté à la présentation d'un examen.
- Enfin, prévoyez assez de temps pour votre trajet jusqu'au centre d'examen et pour trouver la salle où se déroule l'épreuve dans un lycée que vous ne connaissez peut-être pas. Évitez toute source de stress inutile !

Le commentaire

Le commentaire

Le commentaire littéraire **éclaire les significations d'un texte et les émotions qu'il suscite** chez le lecteur ou le spectateur. Il porte sur un extrait se référant à un des quatre parcours au programme.

Choisir le commentaire

Pour choisir le commentaire, il est nécessaire de **maîtriser la technique de l'exercice** et d'**avoir bien compris le texte**. Si le sens d'un mot vous échappe, vérifiez que le contexte vous permet de le comprendre sans risquer un grave contresens. Le fait de ne pas connaître l'auteur ne doit pas vous arrêter, car on n'attend pas de votre part un devoir érudit. Il est toutefois nécessaire de connaître le parcours au programme.

Les objectifs du commentaire

Le commentaire n'a pas pour finalité de mettre en lumière un sens caché mais de montrer comment l'auteur a su toucher son lecteur. Il s'agit de dégager objectivement ce que le texte dit au lecteur/spectateur, ce que ce dernier éprouve, et de montrer les procédés littéraires (genre, tonalité, style...) employés à cette fin.

La lecture du texte

Une lecture personnelle

Posez-vous les questions suivantes : « De quoi traite le texte ? Quelles sont les intentions de l'auteur ? Quelles sont les émotions (rire, indignation, compassion...) ressenties ? » Notez vos premières impressions : elles constituent, le plus souvent, l'armature de votre commentaire.

Une lecture renseignée

- Après cette première lecture du texte, faites appel à vos connaissances. Notez les informations mémorisées à l'occasion de l'étude du parcours au programme et qui vous semblent utiles ici.
- Si vous avez des connaissances relatives à l'auteur et à son œuvre, confrontez-les prudemment avec le texte. En effet, il est dangereux de plaquer un savoir sans discernement : les auteurs n'écrivent pas toujours le même texte !

Rédiger son commentaire

Le plan

Qu'est ce qu'un bon plan ?

Le plan doit être **cohérent** et aborder les différents enjeux du texte de façon progressive. **Commençant par les perspectives les moins importantes,** il met en avant, dans la dernière partie, l'enjeu principal de l'extrait. Chaque partie s'apparente à une définition du texte et aucune d'elles ne se réduit à un constat quant à la forme (genre, tonalité, procédés de style).

Conseils

S'il est souvent préférable de bâtir un **plan de dissertation en trois parties**, un **plan de commentaire en deux parties** bien équilibrées est certainement plus efficace qu'une progression en trois axes tirés par les cheveux.

Comment construire le plan ?

Deux méthodes sont généralement proposées, et sans doute la démarche la plus efficace se situe-t-elle à mi-chemin :

Méthode 1 : Notez, au fur et à mesure de la lecture linéaire, tout ce que l'on peut observer. Opérez des regroupements pour dégager les lignes maîtresses du plan.

Méthode 2 : Partez de vos impressions de lecture (personnelle et renseignée) pour bâtir les grandes lignes du plan. Cherchez dans le texte ce qui permet de développer telle ou telle perspective.

L'introduction

L'introduction comprend **trois étapes incontournables** qui doivent se différencier clairement tout en s'enchaînant avec souplesse. L'usage est de proposer une introduction formée d'un seul paragraphe mais il est aussi possible, par souci de clarté, de détacher l'annonce du plan. Suivez les conseils de votre professeur.

Étape 1 **Introduisez le texte en le plaçant dans un contexte plus large :** une situation historique, un mouvement littéraire, un genre… Pensez au parcours étudié. Le titre de l'œuvre (que vous devez souligner) d'où est tiré le texte, ainsi que le nom de l'auteur et la date doivent être rappelés.

Étape 2 **Présentez le texte et ses enjeux** : son genre, sa tonalité, son thème, ce qui s'y passe, les intentions de l'auteur…
Cette étape ne doit pas se réduire à un simple résumé du passage, car on attend que soit exposée la problématique de votre étude : « Comment la fiction est-elle au service de l'argumentation ? » « Comment le poète renouvelle-t-il la forme traditionnelle du sonnet ? Etc. »

Étape 3 **Annoncez le plan** d'une façon à la fois claire et souple.

Conseils

- Évitez les banalités sur le genre.
- Ne commencez pas votre introduction par **« Ce texte… »**, car le déterminant démonstratif ne renvoie à rien qui précède.
- Évitez tout jugement de valeur : **« Ce texte est bien écrit… »**
- Dans l'annonce du plan, préférez la 1re personne du pluriel à la 1re personne du singulier et ne parlez pas de « partie », mais dites plutôt : **« Tout d'abord »**, **« Dans un premier temps »**…

La conclusion

La conclusion comprend **deux étapes** qui peuvent être réunies ou scindées en deux paragraphes. Suivez les conseils de votre professeur.

Étape 1 **Dressez un bilan** de ce qui a été analysé sans entrer dans les détails ni apporter de nouvelles perspectives. Il est possible de s'appuyer, à ce moment-là, sur une expression-clé du passage ou sur le titre.

Étape 2 **Ouverture littéraire.** Il s'agit de situer le texte dans une perspective plus large (genre, mouvement littéraire, auteur…). Rapprocher le passage étudié d'un autre texte rencontré à l'occasion de l'étude du parcours est une bonne idée, à condition, bien entendu, qu'ils présentent de réels points communs.

Conseils

- Le bilan ne doit pas se réduire à un résumé.
- L'ouverture s'appuie sur des connaissances extérieures pertinentes : on évitera toute inexactitude.

SUJET 1

4 heures

Objet d'étude : La poésie du XIXᵉ siècle au XXIᵉ siècle

Vous ferez le commentaire de « Melancholia » de Paul Verlaine.

Paul Verlaine, « Melancholia », *Poèmes saturniens*, 1866.

Après trois ans

Ayant poussé la porte étroite qui chancelle,
Je me suis promené dans le petit jardin
Qu'éclairait doucement le soleil du matin,
Pailletant chaque fleur d'une humide étincelle.

Rien n'a changé. J'ai tout revu : l'humble tonnelle
De vigne folle avec les chaises de rotin...
Le jet d'eau fait toujours son murmure argentin
Et le vieux tremble[1] sa plainte sempiternelle.

Les roses comme avant palpitent ; comme avant,
Les grands lys orgueilleux se balancent au vent.
Chaque alouette qui va et vient m'est connue.

Même j'ai retrouvé debout la Velléda[2]
Dont le plâtre s'écaille au bout de l'avenue,
– Grêle, parmi l'odeur fade du réséda.

1. Le tremble est une variété d'arbre.
2. La Velléda désigne la statue d'une déesse et prophétesse germaine du Iᵉʳ siècle.

Travail préparatoire

Fiches p. 287
3 5 6 29 39

Les outils d'analyse

Un sonnet*

Le poème est un sonnet et il est indispensable de connaître le vocabulaire qui s'y rapporte. Plutôt que de parler de strophes, employez les mots « quatrain* » et « tercet* ». Notez que Verlaine a recours à une forme conventionnelle, introduite en France à la Renaissance et demandez-vous comment il renouvelle une écriture poétique traditionnelle.
La brièveté du texte à commenter vous oblige à une étude de détails et il vous faudra manier avec exactitude le vocabulaire de la versification.

La tonalité élégiaque*

Héritier des romantiques, Verlaine exprime à la première personne sa mélancolie. Vous repérerez facilement les procédés de cette tonalité élégiaque **(Fiche 29)** que vous avez déjà étudiée en classe de seconde ou cette année.

Entre tradition et modernité

L'alexandrin **(Fiche 39)**, tel que du Bellay (XVIe siècle) ou Racine (XVIIe siècle) le manient, est partagé en deux parties égales. Ce rythme binaire crée un balancement de part et d'autre de la césure. Les vers 3, 4, 7, 10, 11 et 13 suivent ce modèle traditionnel.
Mais, ailleurs, la césure* est étouffée, la tradition mise à mal. D'autres coupes dominent, comme aux vers 5 et 9 par exemple. Dans ces deux cas, les constructions inaugurées par « l'humble tonnelle » et « comme avant » se poursuivent au vers suivant ; l'enjambement* malmène l'alexandrin.
Bien sûr, il ne suffira pas de repérer ces procédés ; il vous faudra les commenter, étudier cette musicalité particulière du texte en lien avec l'émotion exprimée. C'est l'une des règles fondamentales du commentaire : la forme et le fond ne sont pas dissociables.

Les connaissances acquises cette année

Vous retrouvez dans le poème de Verlaine la tonalité élégiaque et l'évocation des souvenirs que vous avez peut-être étudiées dans

Les Contemplations. Attention à ne pas rapprocher la section à laquelle appartient le sonnet de Verlaine de « Melancholia » de Victor Hugo, long poème pathétique dénonçant le travail des enfants. Si vous avez travaillé sur *Les Fleurs du Mal* ou sur *Alcools*, l'expression de la mélancolie vous est également familière.

La méthode

Une lecture attentive et sensible (Fiche 3)

Lisez attentivement et plusieurs fois le poème pour vous en imprégner. Demandez-vous ce que vous ressentez. Le poète écrit un sonnet chargé d'émotions et votre commentaire sera meilleur s'il manifeste une sensibilité au texte.

Attention toutefois : le commentaire reste un exercice qui suppose la maîtrise d'une technique et d'outils d'analyse ; un devoir simplement lyrique exprimant des émotions personnelles ne saurait remplacer un devoir construit et réfléchi.

L'élaboration du plan (Fiche 5)

En prenant en compte votre compréhension du poème (un jardin, des souvenirs, une tonalité élégiaque) et vos impressions de lecture, notez au brouillon les observations majeures que vous pourrez développer. Proposez des définitions du texte : « Ce poème, c'est... »

Votre plan peut compter deux ou trois parties (Fiche 6).

Bien entendu, le développement est précédé d'une introduction qui présente le texte et l'analyse ; il est suivi d'une conclusion qui met en avant l'essentiel de ce qui a été dégagé avant de proposer une ouverture.

Le plan

I. L'évocation d'un jardin... (Ce poème, c'est l'évocation d'un jardin.)

II. ... devient le miroir de la mélancolie du poète... (Ce poème, c'est l'expression de la mélancolie du poète.)

III. ... grâce à la vibration d'une chanson qui rassemble. (Ce poème, c'est un « va et vient » qui rassemble des éléments habituellement dissociés.)

Rédiger ainsi le projet des axes en une phrase unique garantit la cohérence du commentaire.

→ *Corrigé : devoir rédigé p. 20.*

Corrigé : devoir rédigé

*Les **textes en bleu** apparaissant dans ce corrigé, titres, textes en marge et conseils entre crochets, ne doivent pas figurer dans votre devoir. Nous les avons insérés pour vous guider et vous aider à repérer la progression du commentaire.*

Les conseils du professeur

Introduction

« De la musique avant toute chose », écrit Paul Verlaine dans l'« Art Poétique » qu'il publie dans *Jadis et naguère* en 1884. Mais on n'attend pas ce manifeste pour entendre dans les vers de celui qui sera désigné comme le « Prince des poètes », une « chanson grise / Où l'Indécis au Précis se joint ». En effet, dès 1866, dans le premier recueil du poète, la romance se place sous le signe de Saturne, l'astre des mélancoliques. « Après trois ans » est le troisième poème de la première section du recueil – d'ailleurs intitulée *Melancholia* – qui compte également des poèmes connus comme « Nevermore » ou « Mon rêve familier ». Sans doute imprégné des souvenirs d'un amour impossible pour Élisa, une cousine alors mariée, le sonnet « Après trois ans » évoque une promenade mélancolique dans un « petit jardin » où « Rien n'a changé ». La peinture du lieu autrefois fréquenté est prétexte à l'expression élégiaque des sentiments et à une réflexion sur le temps qui passe. Nous verrons donc comment l'évocation du jardin devient le miroir de la mélancolie du poète grâce à un poème dont le « va et vient » murmure une chanson unificatrice.

Situez le texte dans son contexte.

Présentez le thème du texte.

Problématisez le commentaire et annoncez le plan de façon souple.

Premier axe.

Deuxième axe.

Troisième axe.

Sautez deux lignes après l'introduction.

I. L'évocation d'un jardin…

Dans ce sonnet*, Verlaine reprend le thème du jardin, espace naturel marqué par la main de l'homme. La particularité de ce lieu réside ici dans son humilité, dans sa fadeur.

Introduisez brièvement le premier axe.

A. Le jardin : un espace naturel

Par définition, le jardin est un espace naturel domestiqué par l'homme et c'est bien ainsi que nous apparaît le lieu qui se déploie derrière « la porte étroite qui chancelle ». La nature est en effet présente sous ses différentes formes. Le soleil et le vent sont au rendez-vous et l'eau est là sous la forme d'« une humide étincelle » ou du « jet d'eau ». Les végétaux occupent une place essentielle. L'expression générique* « chaque fleur » est par la suite précisée comme si le jardin se déployait sous le regard du promeneur ; le singulier fait place au pluriel des « roses » qui « palpitent » et des « grands lys » qui « se balancent ». Le sonnet se termine avec une dernière fleur, le réséda. Les arbres sont représentés également avec le « vieux tremble », et la « vigne folle » figure les plantes grimpantes. Le règne animal est évoqué au vers 11 ; le mot « alouette » est au singulier mais le déterminant indéfini « chaque » ainsi que le « va et vient » nous donnent l'impression que les oiseaux savent occuper leur espace aérien. Cette nature semble libre : les oiseaux vont et viennent et la vigne est « folle ».

Les citations doivent être soigneusement insérées. L'expression tirée du texte trouve sa place dans la syntaxe de la phrase du commentaire.

La terminologie grammaticale permet d'introduire un mot cité.

B. Le jardin : un espace domestiqué par l'homme

Cependant, cet espace naturel, apparemment libre, est délimité, dès le premier vers, par une clôture qui nécessite la présence d'une porte dont l'étroitesse même souligne l'importance. Monde fermé, le jardin est quadrillé par des allées ; l'homme impose ses clôtures, ses lignes droites (« au bout de l'avenue ») à une nature presque débridée (« se balancent »), voire « folle ». Et la folie de la vigne ne viendra pas à bout de la « tonnelle » et des « chaises de rotin ». C'est bien l'homme qui a le dernier mot. De même, si l'« humide étincelle », c'est-à-dire la rosée du matin, est naturelle, le « jet d'eau » lui, beaucoup plus grand, est une création humaine. La présence des roses et des lys révèle aussi le travail d'un jardinier et peut-être lit-on dans le verbe « palpitent » qui personnifie la fleur et dans l'adjectif « orgueilleux » cette signature de l'homme. C'était déjà le cas avec le

Marquez un alinéa au début de chaque paragraphe.

Les parenthèses peuvent occasionnellement servir pour insérer une citation mais il ne faut pas en abuser.

« murmure » du jet d'eau et la « plainte sempiternelle » du tremble. En tout cas, dans les derniers vers, la statue est clairement la signature de l'homme.

C. Une esthétique de la fadeur

C'est probablement dans cette fadeur du réséda que réside la spécificité du jardin de Verlaine. Jean-Pierre Richard a d'ailleurs écrit dans *Poésie et profondeur* un article consacré à cette esthétique de la fadeur (« Fadeur de Verlaine ») particulièrement sensible ici. Tout en effet est mis en place dans le poème pour atténuer, estomper la réalité. Dans le premier quatrain, la porte est « étroite » et le jardin « petit » ; la goutte de rosée se réduit à une paillette (« pailletant »), à une « humide étincelle » et la promenade a lieu le matin afin que le soleil n'éclaire que « doucement » le paysage. Par la suite, les chaises comme la tonnelle sont modestes car le rotin est un matériau « humble ». Les bruits, quant à eux, se réduisent à un « murmure » ou à une « plainte ». Et, après la statue « grêle », « l'odeur fade du réséda » pose à la fin du poème le point d'orgue de cette esthétique qui sera explicitée dans l'*Art poétique* avec la « chanson grise » : « la nuance seule fiance / le rêve au rêve et la flûte au cor ».

Les citations brèves montrent que le commentaire se nourrit du texte.

Ainsi le « petit jardin » grêle et fade de Verlaine est un « murmure » ou « une plainte » propre à exprimer la tristesse du poète.

Conclusion du premier axe et transition vers le deuxième.

On saute deux lignes entre les axes.

II. ...devient le miroir de la mélancolie du poète...

La promenade dans le jardin se double d'un voyage dans le temps : le sonnet exprime toute l'émotion du poète « après trois ans ».

Introduisez brièvement le deuxième axe.

A. Une promenade dans le jardin...

Le deuxième vers donne au texte une dimension narrative : « Je me suis promené dans le petit jardin ». Le thème de la promenade est déroulé de façon

Les deux-points servent aussi à introduire une citation

chronologique. D'abord, la porte que l'on pousse inaugure en même temps le sonnet composé par le « je » auteur et la promenade du « je » personnage. La vision globale du « petit jardin » reprise par le pronom relatif « qu'» (« Qu'éclairait doucement le soleil du matin »), puis par le pronom indéfini « tout » au vers 5 est ensuite détaillée : la « tonnelle », le « jet d'eau », le « vieux tremble », les « roses »… On a l'impression de percevoir le déplacement du poète qui, après avoir embrassé du regard l'ensemble du jardin, chemine pour en découvrir les différents aspects. Dans le dernier tercet*, le lecteur devine la présence du poète qui se tient à l'autre « bout de l'avenue » où se dresse la statue.

La terminologie grammaticale doit être exacte.

B. … qui est aussi promenade dans le temps…

Cette promenade dans le jardin est aussi une promenade dans le passé comme le suggèrent le titre et la deuxième strophe : « Rien n'a changé. J'ai tout revu ». Et le verbe « retrouvé », dans le second tercet, reprend le préfixe « re » qui marque la répétition. Sur le même mode de la reprise, l'indication de temps « comme avant » exprime deux fois ce voyage dans le passé. En se promenant dans le jardin qu'il fréquentait régulièrement autrefois (« Chaque alouette qui va et vient m'est connue »), le poète retrouve ses souvenirs. Mais ce retour au passé est source de mélancolie.

La première phrase présente ce qui va être développé dans le paragraphe.

C. … et une confidence mélancolique

On est touché par la « plainte » du poème et le « petit jardin » contribue à créer une sensation d'intimité. Le lecteur doit prêter l'oreille à un sonnet qui « murmure » des confidences. Le jeu du passé composé et du présent, l'ellipse* du mot « statue » quand il est question de la Velléda donnent un ton familier au poème. La répétition de « comme avant » relève de la plainte et les enjambements* (vers 5 et 6, 9 et 10) atténuent la rigidité de l'alexandrin. Le lecteur devine que cette confidence élégiaque est liée à un amour déçu ; le jardin romantique* suggère la conversation amoureuse, et sans doute Verlaine et sa cousine Élisa se sont-ils assis sur « les chaises de rotin » sous l'« humble tonnelle ». Verlaine reprend la rose, symbole courtois* de la femme et l'associe au cœur qui palpite ; il évoque aussi les « grands lys orgueilleux » qui symbolisent la pureté, voire l'interdit. Le sonnet se clôt sur l'évocation d'une statue romantique qui suggère la déception amoureuse ; en effet, Velléda, dans *Les Martyrs* (1809) de Chateaubriand est une prêtresse germanique qui se suicide après avoir été repoussée par l'homme qu'elle aimait.

L'évocation de la statue, comme celle du « petit jardin » lui-même, est propice à un épanchement mélancolique qui empreinte sa force à la chanson.

Conclusion du deuxième axe et transition vers le troisième.

III ... grâce à la vibration d'une chanson unificatrice

« Après trois ans » est, en effet, une chanson qui, tout en exprimant la plainte du poète, tente de redonner une unité au monde.

Introduisez brièvement le troisième axe.

A. La chanson

En 1866, Verlaine n'a pas encore défini la poésie comme apparentée à la musique ; il n'en demeure pas moins que des poèmes comme « Mon rêve familier » ou « Après trois ans » sont de véritables chansons. Sans introduire encore le vers impair « plus vague et plus soluble dans l'air » *(Art poétique)*, Verlaine renouvelle le rythme traditionnel en étouffant les contours nets de l'alexandrin. Les enjambements donnent toute sa souplesse au poème et la césure*, si elle est respectée dans certains vers, comme les vers 3 à 5, est étouffée dans d'autres. Le premier vers donne le ton en demandant une liaison entre « porte » et « étroite ». « Rien n'a changé. J'ai tout revu : l'humble tonnelle » : le rythme, ici, devient ternaire. Aux vers 9 et 14, la ponctuation détache des éléments qui ne correspondent pas à un hémistiche*. La cadence souple est délicatement marquée par les allitérations* en [p] (« poussé », « porte », « promené ») dans le premier quatrain, en [t] (« tout », « tonnelle »,

Les références extérieures sont les bienvenues quand elles sont réduites et appropriées.

« rotin ») dans la seconde strophe et en [v] (« avant », « vent », « va et vient », « Velléda ») dans les deux tercets unis par la rime.

Le commentaire s'appuie sur l'analyse des procédés repérés.

B. L'unité

De même que le jardin est le lieu privilégié d'une réconciliation entre l'homme et la nature, la chanson souple du sonnet permet de rapprocher les différentes sensations. Dans le premier quatrain, c'est la vue qui est sollicitée : « éclairait », « pailletant », « étincelle » ; elle domine dans le texte comme l'indique le verbe « revu ». Mais les fleurs, roses, lys ou réséda, séduisent autant l'odorat que la vue. L'ouïe n'est pas absente : on entend le « murmure argentin » du jet d'eau et la « plainte sempiternelle » du tremble dans le vent. Au-delà de cette cohabitation somme toute ordinaire lorsqu'il est question de jardin, se dessine un lien plus étroit encore. En effet l'« humide étincelle » semble destinée à émouvoir le toucher comme la vue, et le « murmure argentin » suggère aussi une couleur. Quant à la fadeur du réséda, ne s'agit-il pas aussi du goût ?

L'analyse est présentée puis développée.

On observe le même curieux rapprochement du côté du temps, à la fois temps arrêté et temps qui fuit. En effet, on relève tout un champ lexical de la permanence : « toujours », « sempiternelle », « comme avant » répété, « m'est connue », « retrouvé ». Sans que cela nous semble contradictoire, ce réseau côtoie des termes qui, eux, expriment le passage du temps : « le soleil du matin », « le vieux tremble ». Le temps fuit et détruit : le poète se retrouve seul « après trois ans », la porte « chancelle » et « le plâtre s'écaille ».

Une sous-partie (ici, le B.) peut comporter deux paragraphes.

C. L'esthétique de la vibration

Si les sens s'associent et si le temps peut se montrer à la fois fuyant et arrêté, c'est grâce au rythme particulier d'un sonnet qui ne cesse de tisser des liens, d'aller et venir, comme les alouettes du vers 11, d'un point à un autre. Cette vibration, ce mouvement de « va et vient » domine en effet dans le texte : les roses palpitent, les

La première phrase s'appuie sur le paragraphe précédent pour assurer la transition.

Commentaire

« lys orgueilleux » se balancent et peut-être faut-il évoquer également la paillette et l'étincelle, le mouvement hésitant de la porte qui « chancelle », voire la polysémie* du mot « tremble ». Ajoutons à cela les sonorités qui se répètent et « comme avant palpitent ; comme avant ». Les vibrations conjuguées du jardin et de la chanson unissent les sensations, le présent et le passé, la nature et l'homme, Verlaine et son lecteur…

Sautez deux lignes avant la conclusion.

Conclusion

Bilan de ce qui a été analysé.

Dans « Après trois ans », le jardin évoque moins la rencontre de l'homme et de la nature, – qui est le fait de tout jardin – que la modestie, la simplicité, « l'odeur fade du réséda ». Mais ce sonnet élégiaque est avant tout le récit d'une promenade mélancolique dans des lieux sans doute attachés à un amour désormais perdu. La palpitation du jardin où « Rien n'a changé » est aussi celle du poète, celle d'un sonnet devenu chanson pour mieux suggérer l'émotion, celle d'un lecteur sensible à qui le poète se confie. N'est-ce pas d'ailleurs là l'essentiel de la poésie « éparse au vent crispé du matin » *(Art poétique)* ?

Dans la conclusion, introduisez une ouverture. Ici une réflexion sur la poésie et une citation.

SUJET 2 BAC 2021

France métropolitaine

4 heures

Objet d'étude : La poésie du XIXe siècle au XXIe siècle

Vous commenterez le texte suivant :

Valéry Larbaud, *Les Poésies de A.O. Barnabooth*, 1913.

Poète et voyageur du début du XXe siècle Valéry Larbaud (1881-1957) invente le personnage d'Archibald Olson Barnabooth qui partage avec lui le goût des voyages. Larbaud se présente seulement comme l'éditeur de cet original Américain cosmopolite.

L'ancienne gare de Cahors

Voyageuse ! ô cosmopolite[1] ! à présent
Désaffectée, rangée, retirée des affaires.
Un peu en retrait de la voie,
Vieille et rose au milieu des miracles du matin,
Avec ta marquise[2] inutile
Tu étends au soleil des collines ton quai vide
(Ce quai qu'autrefois balayait
La robe d'air tourbillonnant des grands express)
Ton quai silencieux au bord d'une prairie,
Avec les portes toujours fermées de tes salles d'attente,
Dont la chaleur de l'été craquèle les volets...
Ô gare qui as vu tant d'adieux,
Tant de départs et tant de retours,
Gare, ô double porte ouverte sur l'immensité charmante
De la Terre, où quelque part doit se trouver la joie de Dieu
Comme une chose inattendue, éblouissante ;
Désormais tu reposes et tu goûtes les saisons
Qui reviennent portant la brise ou le soleil, et tes pierres
Connaissent l'éclair froid des lézards ; et le chatouillement
Des doigts légers du vent dans l'herbe où sont les rails
Rouges et rugueux de rouille,
Est ton seul visiteur.

L'ébranlement des trains ne te caresse plus :
Ils passent loin de toi sans s'arrêter sur ta pelouse,
Et te laissent à ta paix bucolique[3], ô gare enfin tranquille
Au cœur frais de la France.

1. Personne qui voyage à travers le monde sans se fixer, par goût ou par nécessité.
2. Auvent vitré placé au-dessus de la porte d'entrée, du perron d'un bâtiment, ou au-dessus d'un quai de gare, et qui sert d'abri.
3. Qui a rapport avec la campagne, la vie simple et paisible des gardiens de troupeaux.

Travail préparatoire

Fiches p. 287
1 5 8 29 31 à 43 71

La lecture du texte

Le paratexte (Fiche 1)

Le recueil *Les Poésies de A.O Barnabooth* est publié en 1908.
Valéry Larbaud imagine un dandy voyageur et amateur de poésie, son double, qui traverse l'Europe aisément en train, en bateau. Il se présente, nous précise le paratexte, comme l'éditeur de cet Américain cosmopolite. Le nom anglo-saxon et le prénom d'origine germanique contribuent à élargir l'univers du poète imaginé par l'auteur.
Demandez-vous en quoi ces informations peuvent éclairer votre lecture du texte. À l'inverse du titre qui suggère un ancrage terrien puisque la gare ne permet plus les voyages, le premier vers (« Voyageuse », « cosmopolite ») résonne de l'élan annoncé dans le paratexte.

La versification

Ce poème en vers libres s'affranchit des contraintes de la versification traditionnelle, les rimes, la métrique régulière sans renier pour autant les rythmes traditionnels. Vous noterez un certain nombre d'alexandrins, tels les vers 2, 8, 11, 20, 23. L'hexasyllabe* se fait souvent entendre, notamment en conclusion et l'on peut être tenté d'entendre la délicatesse d'une diérèse* au vers 9 (silenci-eux).
La modernité de Larbaud, faite d'échos et d'innovations, rejoint celle d'Apollinaire qui, dans *Alcools* (1913), renouvellera la forme

versifiée. Si la ponctuation demeure, le rythme irrégulier des vers avec rejet (vers 15), contre-rejet (vers 20) et enjambements (vers 7-8, 20-21...), le jeu des sonorités permettent au lecteur d'apprécier l'émotion du poète.

Pour commenter un poème, il est indispensable de maîtriser le vocabulaire des figures de style (Fiches 31 à 38) et des procédés de versification (Fiches 39 à 43). Pensez aussi à regarder la place des mots dans le vers, certains au début et à la fin, se faisant écho.

Les outils d'analyse

Définissez les différentes tonalités du texte (Fiche 29). Votre analyse doit se nourrir de l'étude des procédés employés par l'auteur.

Intéressez-vous tout particulièrement aux indices d'énonciation (Fiche 71) et aux temps verbaux, aux champs lexicaux (Fiche 8), aux anaphores* et personnifications, autant de procédés porteurs de sens.

La méthode

Le repérage (Fiches 2, 3 et 4)

Votre première définition du texte sera fondée sur les impressions ressenties, les observations effectuées. Vous étudierez la progression du poème et serez sensible au contraste des temps. Les adverbes et locutions temporelles vous guideront : « à présent », « autrefois », « désormais » opposent le présent au passé de la gare. Mais quel présent ? L'adverbe « désormais » semble s'ouvrir sur l'avenir ou proposer un présent éternel.

La problématique et l'élaboration du plan (Fiches 5 et 6)

L'élaboration du plan repose sur une problématique. On pourrait se demander ici comment l'image de cette gare désaffectée est sublimée par le poète.

L'étude de l'évolution des tonalités, pathétique, élégiaque* et lyrique*, permettra la progression du plan.

Le plan

I. Un tableau pathétique : la gare aujourd'hui
II. Une célébration nostalgique : la gare autrefois
III. L'optimisme final : l'harmonie retrouvée

Corrigé : devoir rédigé

Les textes en bleu apparaissant dans ce corrigé, titres, textes en marge et conseils entre crochets, ne doivent pas figurer dans votre devoir. Nous les avons insérés pour vous guider et vous aider à repérer les parties du commentaire.

Les conseils du professeur

Introduction

Poète voyageur, Valéry Larbaud a sillonné l'Europe en train, en bateau. Marqué par l'Esprit Nouveau, il se dit citoyen du monde. Son double imaginaire A.O. Barnabooth auquel il attribue ses poèmes est lui aussi épris d'aventure et de cosmopolitisme. Le poème « L'ancienne gare de Cahors » extrait des *Poésies de A.O. Barnabooth*, recueil publié en 1908, renvoie à un séjour plus modeste dans le Sud-Ouest où l'on retrouve l'extase lyrique du voyageur. Le poète, en effet, n'en reste pas à la vision d'une gare désaffectée, il la sublime par une sorte de glorification cosmique. Comment s'opère cette transfiguration ?

> L'esprit Nouveau est un mouvement poétique qui doit son nom à Apollinaire et se caractérise par une modernité lyrique*.

> Ouverture sur le contexte.

> Problématique.

Nous étudierons dans un premier temps le tableau pathétique de la gare actuelle, puis la célébration nostalgique de la gare d'autrefois, enfin l'optimisme final qui permet au poète de retrouver une harmonie perdue.

> Annonce des 3 parties.

I. Un tableau pathétique : la gare aujourd'hui

Le poète nous livre une vision pathétique de la gare abandonnée et délabrée.

> ntroduction de l'axe : annonce des sous-parties.

A. Un témoignage ému

On peut suivre le parcours du poète dans la gare et son regard qui part de l'ensemble du bâtiment (la « Voyageuse », la « cosmopolite »), puis en isole des détails caractéristiques : la marquise, le quai, les portes, les rails. La tendre complicité du poète avec la gare est manifeste dans le tutoiement familier auquel il a recours :

« Tu étends au soleil des collines ton quai vide ». Les exclamations qui ouvrent le poème expriment son affection émue. La tristesse point avec la mention du vent comme « seul visiteur ». Le decrescendo rythmique des vers 19 à 22 met d'ailleurs en valeur l'humour et la tendresse de cette personnification du vent, dernier galant de la vieille dame qui n'est plus courtisée. En repoussant au vers 22 le verbe et l'attribut (« Est ton seul visiteur »), le poète fait entendre ensuite un silence qui laisse résonner, avec l'hexasyllabe*, l'abandon de la « voyageuse ».

Appuyez-vous sur ces citations, un vers entier ou une expression.

Car la gare a pris sa retraite. On apprend dès le vers 2, qu'elle est « désaffectée, rangée, retirée des affaires ». Le rythme ternaire et les homéotéleutes* des participes passés rendent pleinement compte de ce nouvel état et de l'émotion du poète.

Commentaire

B. Une gare abandonnée

Une sous-partie peut comporter plusieurs paragraphes.

Comme l'indique le titre du poème et l'adjectif « ancienne », la gare n'est plus en activité. C'est une gare désaffectée qui nous est présentée avec un important lexique de l'abandon : « retirée », « retrait », « inutile », « vide », « silencieux », « fermées ». Le quai déserté est mentionné à deux reprises aux vers 6 et 9 sous la forme d'un chiasme*, figure d'insistance.

Lorsque vous citez plusieurs mots, placez chacun d'eux entre guillemets.

Il n'y a plus ni mouvement ni bruit. La marquise est « inutile » puisque les passagers ont disparu, le quai est « vide » et « silencieux ». Les salles d'attente sont « fermées » faute de voyageurs. Et « l'ébranlement des trains ne [...] caresse plus la gare ». L'adverbe « toujours » condamne irrévocablement les lieux ; les « portes » et l'« attente » qui étaient ouvertes sont définitivement « fermées ».

C. Une gare délabrée

L'auteur souligne un délabrement de l'édifice sous l'effet de l'abandon et des conditions climatiques. La gare n'est plus entretenue et la « chaleur de l'été craquèle les volets ». L'allitération en liquides [l], mimétique de l'effritement, attire l'attention sur l'effet destructeur du soleil, l'agression sans cesse continuée comme en témoignent les points de suspension. L'état des « rails » est pire encore, « rouges et rugueux de rouille ». Un nouveau chiasme renforcé par des allitérations* en [r], très rugueuses à l'oreille, annonce une forme de décomposition. Les premiers vers peignaient déjà un décor suranné, « en retrait » ; la gare est « vieille », bien différente « des miracles du matin » à l'autre extrémité du vers. Tandis que le jour se lève dans une lumière surnaturelle, elle choisit le « rose » et la délicatesse du « un peu ». Le mot « marquise » qui invite à la personnification entrouvre un monde dépassé, « inutile ».

[Transition] L'opposition entre le passé dynamique et le présent pathétique va permettre une évolution de la complainte à la célébration.

La transition relie ce qui a été montré (présent pathétique, complainte) et ce qui va être analysé (passé dynamique, célébration).

II. Une célébration nostalgique : la gare autrefois

La vision présente est interrompue par une ode* à la gare d'antan animée et riche de promesses.

Annonce des sous-parties.

A. La célébration

L'opposition entre présent et passé se manifeste dans la rupture du présent par l'imparfait (« balayait ») et le passé composé (« as vu »), mais aussi dans les jeux entre les adverbes et locutions temporelles : « à présent » (v. 1) contraste avec « autrefois » (v. 7). On notera l'importance de la parenthèse qui vient bouleverser l'image de la gare inerte et rappeler un temps révolu dont il reste pourtant une mémoire. En enfermant le passé, elle le coupe définitivement du présent, tout en le laissant affleurer grâce à la métaphore qui le rend perceptible.

La locution (conjonctive, adverbiale...) désigne un outil grammatical formé de plusieurs mots.

Le lyrisme élégiaque* peut dès lors s'installer. Et le poète célèbre l'ancienne gare effervescente, personnifiée dès le premier vers, « Voyageuse, ô cosmopolite ! ». Les apostrophes* et les interjections soulignent l'admiration. On note l'anaphore, doublée d'un chiasme, de l'invocation* solennelle à la gare aux vers 12 et 14.

B. Une gare animée

La gare a vu passer « les grands express », ces trains internationaux dont la rapidité puissante résonnait partout. La majesté et le mouvement sont traduits par l'enjambement* (vers 7 et 8) et un trimètre romantique (v. 8). On croirait suivre une étourdissante valse à trois temps, l'image de la « robe d'air » renvoyant aux tenues de bal et aux toilettes vaporeuses de la Belle époque. Peut-être même, dans ce monde à peine suggéré, pouvons-nous voir danser une « marquise » ? Tout était mouvement : même les trains plus modestes, ceux qui se contentaient d'une « caresse », contribuaient à l'animation en « ébranl[ant] » la gare.

Trimètre : vers formé de trois entités rythmiques, très apprécié par les poètes romantiques.

Tremplin du voyage, la gare a connu la fièvre de scènes émouvantes, « tant d'adieux, tant de départs et tant de retours » mis en relief par le rythme ternaire, tandis que l'anaphore* de l'adverbe de quantité « tant » dit l'effervescence heureuse et l'ouverture au monde.

C. Une double porte

Dans l'imagination nostalgique du poète, la petite gare du sud-ouest devient cosmopolite. Et la tonalité épique* s'ajoute ici au lyrisme. L'invocation « ô double porte ouverte sur l'immensité charmante / De la Terre » agrandit, grâce au rejet, le champ d'action de la gare jusqu'à l'infini.

Examinez l'enchaînement d'un vers à autre (Fiche 40).

Si l'adjectif « double » suggère le croisement des trains sur les voies, il invite à une découverte du monde réel et imaginaire. L'adjectif « charmante » qui rime exceptionnellement avec l'épithète détachée « éblouissante », dans son sens étymologique, traduit l'envoûtement et le miracle. Le voyage devient initiatique tendant vers un ailleurs mystique, intensément heureux, « quelque part où trouver la joie de Dieu ».

[Transition] Un véritable culte est rendu par le voyageur à la gare dont la grandeur passée étonne et fascine. L'hommage est élégiaque puisque ces ouvertures ne sont plus. S'agit-il toutefois d'une décadence ou une renaissance est-elle possible ?

III. Un optimisme final : une harmonie retrouvée

Le poème est marqué par un optimisme final, une harmonie retrouvée. Et la certitude d'une renaissance dans un cadre bucolique offre une ouverture sur un temps universel.

Annonce des sous-parties.

A. La renaissance

Sans doute la gare est-elle « en retrait de la voie », et de la vie, mise entre parenthèses (vers 7 et 8). Son repos (« tu reposes » et non « tu te reposes ») pourrait suggérer la mort, mais cet abandon même est porteur d'une vie enfin savourée ; le temps des saisons qui a fermé définitivement la gare et qui craquèle les volets, est désormais offert tel un fruit à goûter. « Désormais tu reposes et tu goûtes les saisons. » affirme sereinement le poète, réconciliant doucement l'éternité d'un « désormais » au passage des « saisons ». La gare féminisée prend le temps de vivre, débarrassée de l'agitation et des soucis quotidiens. Elle est « enfin tranquille », à l'aube d'une nouvelle vie dont l'apaisement est traduit par le murmure de trois allitérations en [m] : la voici « vieille et rose au milieu des miracles du matin » dans une harmonie retrouvée.

B. Le lyrisme bucolique*

À cause de – et aussi grâce à – son état d'abandon, la gare se transforme en un lieu idyllique, un *locus amoenus* où règne une « paix bucolique ». Les matériaux durs, comme la pierre ou le fer sont progressivement remplacés par la nature, « le soleil des collines », la « pelouse », « une prairie ». Même les animaux interviennent, « l'éclair froid des lézards » sur les pierres. La lumière est douce désormais et le vent délicat, suggéré par le contre-rejet du « chatouillement des doigts légers du vent dans l'herbe ».

Expression latine désignant un lieu idyllique.

La gare cosmopolite devient paradoxalement le cœur de cette France rurale et paisible soulignée par une allitération en[fr,] et un hexasyllabe régulier qui, à la faveur de l'enjambement*, s'inscrit dans un dernier alexandrin triomphant.

Rapprochez les procédés repérés pour nourrir votre interprétation, ici le rayonnement de la dernière expression.

C. Le temps universel de la nature

L'adverbe « désormais « (v. 17), en début de vers, qui fait écho à la locution « à présent », en fin de vers (v. 1), ouvre la voie à un présent progressif, engageant le futur, un présent d'éternité. Le temps de la nature, rythmé par les saisons « qui reviennent portant la brise ou le soleil », a remplacé les allers retours incessants des voyageurs. Tout est légèreté et la nature, imprime à la gare le rythme de la Terre, l'arrache au temps des hommes et l'ouvre enfin au temps universel. À l'image de la philosophie antique, le bonheur se traduit par une profonde quiétude, une sorte d'ataraxie, loin du temps historique et de l'engrenage des passions.

L'ataraxie, étymologiquement absence de trouble, est définie par les philosophes épicuriens comme une tranquillité de l'âme, un bonheur dans l'Harmonie naturelle.

Conclusion

Plutôt qu'une image d'abandon et de mort, succédant à une vision nostalgique d'un lieu de vie moderne et effrénée, nous avons pu apprécier dans cette évocation de la gare de Cahors la glorification d'un temps cosmique.

Synthèse du développement.

Le thème des gares et du train a marqué le début du siècle avec Verhaeren dans son poème « Plus loin que les gares, le soir » (1906), ou Cendrars dans *La Prose du Transsibérien et de la petite Jehanne de France* (1914). À la différence de ce dernier, son contemporain, fasciné par la vitesse du train, exaltante et infernale, Larbaud, plus traditionnel, a choisi l'apaisement, les effets de lumière sur un paysage virgilien toujours renouvelé.

Ouverture littéraire.

virgilien : inspiré de Virgile, poète latin auteur notamment des *Bucoliques* (37 av. J.-C.).

SUJET 3

4 heures

Objet d'étude : La poésie du XIXe siècle au XXIe siècle

Vous ferez le commentaire de « Jamais je ne pourrai » de Claude Roy.

Claude Roy, « Jamais je ne pourrai » (extrait), *Poésies*, 1970, © Éditions Gallimard.

Jamais jamais je ne pourrai dormir tranquille aussi longtemps
que d'autres n'auront pas le sommeil et l'abri
ni jamais vivre de bon cœur tant qu'il faudra que d'autres
meurent qui ne savent pas pourquoi
J'ai mal au cœur mal à la terre mal au présent
Le poète n'est pas celui qui dit Je n'y suis pour personne
Le poète dit J'y suis pour tout le monde
Ne frappez pas avant d'entrer
Vous êtes déjà là
Qui vous frappe me frappe
J'en vois de toutes les couleurs
J'y suis pour tout le monde

Pour ceux qui meurent parce que les juifs il faut les tuer[1]
pour ceux qui meurent parce que les jaunes cette race-là c'est fait pour
[être exterminé
pour ceux qui saignent parce que ces gens-là ça ne comprend que la
[trique
pour ceux qui triment parce que les pauvres c'est fait pour travailler
pour ceux qui pleurent parce que s'ils ont des yeux eh bien c'est pour
[pleurer
pour ceux qui meurent parce que les rouges ne sont pas de bons Français
pour ceux qui paient les pots cassés du Profit et du mépris des hommes

Dépêche AFP[2] de Saïgon De notre correspondant particulier sur le front
[de Corée

L'Agence Reuter[3] *mande de Malaisie Le Quartier Général des Forces Armées communique Le tribunal Militaire siégeant à huis clos De notre envoyé spécial à Athènes*
Les milieux bien informés de Madrid

Mon amour ma clarté ma mouette mon long cours
depuis dix ans je t'aime et par toi recommence
me change et me défais m'accrois et me libère
mon amour mon pensif et mon rieur ombrage
en t'aimant j'ouvre grand les portes de la vie
et parce que je t'aime je dis

Il ne s'agit plus de comprendre le monde
il faut le transformer

Je te tiens par la main
la main de tous les hommes
[...]

1. Dans ce vers et ceux qui suivent (jusqu'au vers 19), Claude Roy rapporte des propos qu'il dénonce.
2. *AFP :* Agence France Presse. Dans les lignes en italique, Claude Roy énumère des sources d'informations de différentes origines.
3. *Agence Reuter :* agence de presse anglaise.

Travail préparatoire

Fiches p. 287
1 5 8 9 29 30 43 71

Les outils d'analyse

Le paratexte (Fiche 1)

Autour du texte, on pourra repérer certaines indications essentielles : l'auteur Claude Roy, le titre et la date du recueil *Poésies*, 1970, le titre de l'extrait « Jamais je ne pourrai » qui reprend et condense le premier vers.

Des notes explicatives nous sont aussi données qui éclairent l'interprétation de la première strophe en italique.

Le contexte littéraire ne manque pas d'intérêt puisque les poètes dont l'œuvre s'impose dans les années 1970, tels Claude Roy, Jacques Réda, Yves Bonnefoy ou Philippe Jaccottet, au-delà de leurs grandes différences, conçoivent tous la poésie comme une mise à l'épreuve du langage, une interrogation sur l'homme et le monde, autant qu'une célébration.

Romancier, journaliste, critique littéraire et artistique mais surtout poète, Claude Roy, dont la vie est faite de grands engagements[1], est l'écrivain de notre mal du siècle qui a foi en la vie, celui qui, à la fin de notre poème, s'écrie (vers non présents dans l'extrait) :

« *J'entends venir à moi du très loin de l'aurore*
un monde où la bonté rit dans tous les miroirs. »

La versification (Fiche 43)

Ce poème en vers libres s'inscrit dans le mouvement de libération des formes poétiques inauguré par Baudelaire et Rimbaud. Le vers est toujours présent en tant qu'organisation graphique sur la page, mais la rime disparaît. Le vers libre, de longueur irrégulière, peut dépasser 12 syllabes. Au lecteur de participer à la création du poème en découvrant son rythme.

Admirateur d'Apollinaire, Claude Roy abandonne lui aussi la ponctuation et choisit de varier la typographie, c'est-à-dire l'art et la manière de se servir des caractères d'imprimerie. À la suite des surréalistes, Claude Roy choisit d'insérer dans l'écriture romaine[2] des passages en italique[3]. Quel est l'effet voulu ? Sans doute s'agit-il par cette rupture de marquer l'emphase, de créer un effet d'insistance, de mettre en évidence des propos essentiels (vers 31-32) ou, au contraire (vers 20-24) des voix différentes et menaçantes.

Les connaissances grammaticales et stylistiques

En observant le poème, vous serez particulièrement attentif :

– à l'énonciation (Fiche 71), en repérant les marques de présence du locuteur et du destinataire, le jeu des pronoms. Qui parle à qui dans

1. Membre actif de la Résistance communiste, il dénoncera par la suite le totalitarisme soviétique et sera exclu du Parti.
2. L'écriture romaine (caractères droits) date de 1465 au moment de l'arrivée de l'imprimerie en Italie ; les premiers caractères furent réalisés près de Rome.
3. Inventée en 1499 par un artiste italien, l'écriture italique ou vénitienne est inclinée vers la droite.

notre extrait ? Les nombreux discours rapportés introduisent une polyphonie intéressante ;
– aux champs lexicaux **(Fiche 8)** qui vous permettront de repérer les thèmes récurrents, tels « la vie l'amour la mort le temps » comme le dit plaisamment Claude Roy lui-même dans son poème « Je dis toujours la même chose » !
– aux figures de style, en notant bien que les repérages doivent être suivis d'une interprétation. Les procédés stylistiques sont toujours reliés à des effets de sens **(Fiche 9)**. Le martèlement de l'anaphore* par exemple vient renforcer la condamnation des injustices et de la barbarie ;
– aux tonalités **(Fiches 29 et 30)** du texte. Comment les vers de Claude Roy concilient-ils le pathétique, l'ironie et le lyrisme ?

La démarche

Le projet de lecture

Le commentaire est un bilan organisé de lecture.
Composez une définition du texte à partir des impressions ressenties, des observations effectuées. Interrogez-vous sur sa progression. À partir du vers 25, le changement de tonalité semble introduire un deuxième versant, lyrique. Comment retrouver l'unité du poème ? Les deux derniers vers qui associent la poésie amoureuse et la mission humaniste du poète ne donnent-ils pas la réponse ?

L'élaboration du plan (Fiche 5)

Chaque axe d'étude développe un enjeu important du texte. Les sous-parties permettent d'explorer les différentes facettes de la perspective retenue.
Le plan pourra, par exemple, retrouver la force de l'engagement de Claude Roy, selon un mouvement crescendo conduisant de la dénonciation à la compassion en passant par la sympathie (au sens originel, le terme « sympathie » désigne le fait de souffrir avec, *sun pathein* en grec).

I. La dénonciation des souffrances
II. Une affliction partagée
III. De la sympathie à la compassion

→ *Corrigé : devoir rédigé p. 40.*

Corrigé : devoir rédigé

*Les **textes en bleu** apparaissant dans ce corrigé, titres et remarques entre crochets, ne doivent pas figurer dans votre devoir. Nous les avons insérés pour vous guider et vous aider à repérer la progression du commentaire.*

Introduction

[L'introduction présente le texte, la problématique envisagée et annonce le plan du commentaire.] **(Fiche 12)**

Au sein de la Résistance, Claude Roy rencontre Éluard et Aragon qui contribuent en 1943 à son adhésion au Parti communiste. Tout particulièrement proche de Paul Éluard, il lui dédie un hommage funèbre, *Tombeau* de Paul Éluard*, où l'on peut lire ces vers lumineux : « Le soleil incessant me donnait un ami / un miroir exigeant ». Avec les poètes de la Résistance, Claude Roy a partagé l'espoir, la foi en la liberté face à l'oppression. Comme Éluard qui s'exprimait en 1936 dans une conférence à l'occasion de l'exposition internationale du surréalisme, il estime que « les poètes sont descendus des sommets sur lesquels ils se croyaient [...] ils ont maintenant l'assurance de parler pour tous. » L'extrait du poème « Jamais je ne pourrai » inséré dans le recueil *Poésies* publié en 1970 révèle la mission du poète selon Claude Roy. Comment les vers libres, la liberté de la forme poétique, épousent-ils la conviction du poète et dessinent-ils les contours d'une parole poétique engagée ? Dans un contexte historique précis, celui de l'après-guerre, le poète témoigne des misères du monde, mais sa parole progressivement se hausse à l'universalité. Au-delà du témoignage et de la dénonciation des souffrances *[Annonce de la première partie]*, il manifeste une émouvante sympathie, un don du partage *[deuxième partie]* qui devient compassion et solidarité active *[troisième partie]*

I. La dénonciation des souffrances

Le poète confronté à la réalité de la douleur se fait dénonciateur.

[Avant de préciser l'étude, il est nécessaire de rappeler l'enjeu de l'axe : l'introduction correspond au titre qui ne figure pas dans le devoir rédigé.]

A. La dénonciation des injustices

[Comme les titres n'apparaissent pas dans le devoir rédigé, vous devez, au début de chaque sous-partie annoncer ce que vous allez développer.]

La deuxième strophe du poème est consacrée à la dénonciation des injustices insupportables aux yeux du poète. Il recourt à la forme répétitive de la litanie*, qui, par ses vertus incantatoires, dénombre les souffrances de ceux qui l'entourent. La structure identique de chaque vers qui débute par l'anaphore* du groupe prépositionnel* « pour ceux qui » n'est pas sans rappeler le poème « Liberté » d'Éluard. On retrouve dans cette strophe des échos sonores entre les verbes accentués, voire un effet de paronomase* entre « meurent » répété trois fois et « pleurent ». La reprise, sauf au vers 19, de la subordination causale « parce que » ajoute encore à la véhémence de la condamnation.

Toutes les formes de violences et d'extrémismes sont présentes dans cette complainte. *[De manière générale, la première phrase d'un paragraphe présente ce qui va être étudié.]* On repère le lexique de la mort avec les trois occurrences du verbe « mourir » et, en crescendo, les verbes « tuer » et « exterminer », le lexique de la souffrance de ces hommes « qui saignent [...] qui triment [...] qui pleurent [...] qui paient les pots cassés ». Pour colorer son indignation, le poète n'hésite pas à insérer des termes familiers comme « trimer », ou l'expression « payer les pots cassés » qui, par le biais d'une image courante, renvoie aux victimes, mais aussi à une chanson révolutionnaire déplorant la famine qui suivit la Révolution en 1795.

C'est une liste sans fin des douleurs humaines renforcée par les symétries rythmiques et l'absence de ponctuation. Chaque exaction pourtant porte un nom : l'antisémitisme au vers 13 qui mentionne « les juifs » et fait allusion au génocide perpétré par les nazis, le racisme au vers 14 qui évoque « les jaunes » et les guerres coloniales. En associant avec ironie les couleurs par la métonymie*, le poète dénonce aussi les discriminations politiques qui ont condamné « les rouges », les communistes, au vers 18. D'une manière plus générale, c'est le cortège des injustices qui se déroule dans la strophe, avec les exploités, les pauvres, les malheureux, les victimes du « Profit et du mépris des hommes ». Ce vers conclusif est remarquable par le détournement de l'expression habituelle à laquelle est adjoint un complément : payer « les pots cassés du Profit ». On notera également la majuscule de signification qui donne une valeur symbolique au mot « Profit », en même temps qu'elle personnifie l'abstraction. Voici les pauvres gens immolés sur l'autel d'un nouveau dieu assimilé au matérialisme.

Mais les victimes *[Rappel du A.]* sont indissociables des bourreaux *[Annonce du B.]*, qui sont la deuxième cible de la dénonciation. *[La dernière phrase de la sous-partie conclut l'étude et introduit l'étape suivante de façon à expliciter la démarche.]*

B. La dénonciation des préjugés et du mépris

Claude Roy constate et analyse en remontant à la source du mal, aux préjugés indignes qui ont cours dans nos sociétés. Pour ce faire, il livre la pensée des autres, les tortionnaires, sous la forme de paroles au discours direct, sans ponctuation ni verbe introducteur, ce qui les rend équivoques. Ces voix rapportées amplifient le scandale avec leur langage radical, leurs préjugés destructeurs : « il faut les tuer », « c'est fait pour être exterminé », « c'est fait pour travailler », « c'est pour pleurer », autant de tournures qui disent la fatalité de l'injustice et de la violence. On entend les discours nationalistes et arrogants de ceux qui détiennent le pouvoir et, croient-ils, la vérité. Que dire des tournures méprisantes restituées, qui créent un effet de réel douloureux : les déterminants démonstratifs péjoratifs, « cette race-là », « ces gens-là », les pronoms démonstratifs neutres « ça », « c' », comme pour réifier* et dénaturer les personnes en détresse ? Que dire de l'interjection « eh bien » caractéristique du style parlé et d'un faux bon sens populaire ?

Nous assistons donc au cœur de l'extrait à une double dénonciation, celle des misères et du mépris qui les engendre. S'y ajoute dans la strophe suivante, celle de la guerre. *[Annonce de la troisième sous-partie]*

C. La dénonciation de la guerre

Un effet de rupture et de saisissement est créé dans la troisième strophe avec la graphie en italique et la déstructuration des vers par l'accumulation de débuts de communiqués de presse. Une forme de prose réaliste intervient dans le poème, avec le style elliptique* des dépêches qui tombent comme un couperet. Le champ lexical de la guerre est manifeste avec la mention du « front de Corée », celle du « Quartier Général des Forces Armées », du « tribunal Militaire ».

On retrouve dans ces dépêches une accumulation de désastres historiques et humains contre lesquels le poète s'insurge : les guerres coloniales d'abord, depuis Saïgon, la Corée ou la Malaisie. Tous ces lieux sont riches de significations implicites et renvoient à la guerre d'Indochine (1946-1954), à la guerre de Corée (1950-1953), à l'insurrection communiste malaise *[de Malaisie]* (1948), qui s'oppose au gouvernement colonial britannique.

Sont encore pointées du doigt les juridictions d'exception (sans doute en France sous le régime de Vichy), les répressions de l'activisme communiste en Grèce ou en Espagne en 1949, soit toutes les formes de totalitarisme.

[Conclusion-transition] Nous entendons donc dans ces vers un poète en colère contre son temps et les injustices, les tourments faits à ses semblables. Non content de témoigner, il est à l'écoute des autres et partage leur douleur. *[La deuxième partie marquera une profonde progression de l'implication du poète.]*

II. Une affliction partagée

Voici affirmée la mission fraternelle du poète, affligé par les souffrances d'autrui. Le poète vit en sympathie avec ses semblables. Dans son sens originel, ce mot d'origine grecque désigne le fait de « supporter » avec et caractérise la mission humaniste du poète.

A. Le poète est à l'écoute des autres

Les autres sont omniprésents dans le poème, du début à la fin de l'extrait. On relève « d'autres » aux vers 2 et 3, « tout le monde » aux vers 7 et 12, « tous les hommes » dans le dernier vers. Un dialogue s'établit entre le poète et ses frères, traduit par l'adresse à un destinataire collectif, « vous », dans la première strophe.

Pour définir son rôle, Claude Roy s'exprime à la première personne de façon récurrente. On repère, dès le titre du poème et renouvelé dans le vers inaugural*, le futur de conviction qui transforme son propos en un véritable credo humaniste : « Jamais jamais je ne pourrai ». Puis la spontanéité de la confession revient au présent d'énonciation au vers 5 : « J'ai mal au cœur mal à la terre mal au présent ». Dans une démarche plus solennelle, l'anaphore* des vers 6 et 7 met en avant le poète et généralise sa vocation par le biais de la 3e personne et du présent gnomique* : « Le poète n'est pas », « le poète dit ». La première strophe, un douzain de vers hétérométriques*, va decrescendo, à la manière d'une pyramide inversée, comme pour mettre en relief l'affirmation d'une mission poétique de sympathie. Insensiblement s'opère en effet un glissement d'une parole rapportée « Le poète dit j'y suis pour tout le monde » à la proclamation directe et brève, un hexasyllabe*, réitérée au présent d'énonciation cette fois, « J'y suis pour tout le monde ». L'absence de la ponctuation qui souligne habituellement l'insertion du discours direct facilite aussi l'avènement de cette proclamation.

B. Il partage leurs douleurs

Le poète choisit de partager les douleurs des hommes. *[On peut détacher la première phrase qui présente le projet de la sous-partie en allant à la ligne.]*

La structure antithétique des vers 6 et 7 oppose deux conceptions du rôle du poète. L'une est celle d'un poète enfermé dans sa tour d'ivoire, coupé de la réalité, un poète qui n'y est « pour personne ». Cette désertion, Claude Roy la rejette au nom des liens affectifs qui le lient à ses semblables. Il revendique au contraire une communion du poète et des hommes : « J'y suis pour tout le monde ». Et ce monde désigne bien la communauté souffrante.

Les premiers vers soudés par les enjambements et l'absence de ponctuation sont une proclamation de solidarité, émouvante dans sa simplicité. La reprise de l'adverbe « jamais » à l'initiale et les homéotéleutes* en [ai] scandent le vers 1 et lui donnent sa force. Le poète rejoint les autres dans les misères de la vie. Un éventail d'oppositions entre « je ne pourrai dormir tranquille » et « aussi longtemps que d'autres n'auront pas le sommeil et l'abri », entre « vivre » et « meurent » traduit bien cette ferveur altruiste, le refus d'un bonheur égoïste quand tant d'autres sont menacés. Ceux qui « meurent [et] qui ne savent pas pourquoi » désignent sans doute les soldats, victimes innocentes des guerres. Au-delà de l'empathie, le poète révèle une profonde sympathie dans cette préoccupation du bien-être, de la survie même de l'autre. Il ne s'agit plus d'un mode de connaissance mais d'un monde de rencontre ici privilégié. On peut d'ailleurs relever la récurrence du mot « cœur » dans la strophe. L'alexandrin « J'ai mal au cœur mal à la terre mal au présent », par sa structure rythmique, un trimètre, et ses reprises anaphoriques*, résume le rôle du poète ancré dans la réalité de la souffrance des autres.

« Ne frappez pas avant d'entrer / Vous êtes déjà là ». Le symbolisme de la porte ouverte abolit toute distance entre le poète et les hommes puisqu'il assume dans un geste christique* renouvelé toute la souffrance humaine. Pour le poète, être au monde, c'est partager la douleur.

C. Un pathétique discret

Apprécions pour délivrer ce message un pathétique discret, sans grands éclats, une forme de légèreté même.

Le lexique est concret, charnel, les tournures simples et persuasives, telle l'allure proverbiale du vers 10 « Qui vous frappe me frappe » pour rendre compte de la communion du poète avec ses frères souffrants. Aucune pose théâtrale qui rappellerait le mage romantique.

Au contraire Claude Roy, dans sa spontanéité, ne s'interdit pas de jouer avec les mots et leur polysémie*, de redonner au langage une forme d'innocence. C'est ainsi que le verbe « frapper » est décliné dans ses diverses acceptions, « donner des coups en faisant du bruit » (sens intransitif*) au vers 8 et « battre » (sens transitif*) au vers 10. De même, l'expression familière « J'en vois de toutes les couleurs », jouant sur la polysémie, est une reformulation de cette mission de partage pour le poète qui subit toutes sortes d'épreuves mais surtout renvoie à la diversité des hommes et aux discriminations raciales refusées au nom d'un amour universel.

[Conclusion-transition] Universel, l'amour du poète se décline pourtant sur un mode personnel. En quoi le lyrisme amoureux qui marque la fin du poème n'est-il pas une trahison ? *[La troisième partie soulignera l'unité du poème.]*

III. De la sympathie à la compassion

Un changement de tonalité *[Sous-partie A.]* permet d'éclairer *[Sous-partie B.]* et de transformer le don de sympathie du poète en compassion active. *[Sous-partie C.]*

A. Le lyrisme amoureux

Des ravages des guerres renaît à la quatrième strophe le lyrisme amoureux. On assiste dans cette strophe de facture presque classique*, en alexandrins non rimés à l'exception du vers 30, à un effet de resserrement métrique*. Le poète ancré dans le monde et sa triste réalité revient avec bonheur à la femme qu'il aime et adopte un tour beaucoup plus personnel : « depuis dix ans je t'aime ». On observe la récurrence du déterminant possessif de la première personne dans cette invocation* : « Mon amour ma clarté ma mouette mon long cours ». Les allitérations* en nasales *[m]* et les assonances* murmurées en « ou » confèrent à la femme aimée une auréole de douceur et scandent ses potentialités. Par un jeu de pronoms personnels de la première et de la deuxième personne, s'opère entre le poète et la femme une fusion véritable : « en t'aimant j'ouvre grand les portes de la vie », s'écrie le poète.

C'est à une véritable déclaration d'amour que nous assistons avec le verbe « je t'aime » placé à la césure* du vers 26. Le champ lexical de l'amour domine ces vers, associé à la lumière, au mouvement vers l'infini du ciel et de la mer avec l'image de la « mouette » et celle du « long cours ».

Si elle incarne la clarté, la femme est aussi un « pensif et [...] rieur ombrage » pour le poète. Le paradoxe n'est qu'apparent dans la mesure où l'amour constitue un refuge et un recours heureux face à l'adversité.

B. Le pouvoir de la femme

Les pouvoirs de la femme sont en effet multiples et étonnants. Telle une magicienne, elle est source de métamorphoses. L'expression « par toi » mise en valeur par l'effet d'inversion, suffit à lui rendre hommage. Elle détient un pouvoir de recréation, est à l'origine des recommencements. « Et par toi recommence / me change et me défais m'accrois et me libère » reconnaît le poète. L'équilibre de l'alexandrin et la manière de chiasme* qui associe les verbes rendent compte du processus d'évolution sans cesse continué grâce à l'amour.

La femme est un aiguillon, une initiatrice qui permet d'ouvrir « grand les portes de la vie ». On retrouve ici la femme chère aux surréalistes, la muse inspiratrice, Elsa pour Aragon, Gala pour Éluard ou Dominique qui, dans le recueil *Le Phénix*, fait renaître de ses cendres le poète meurtri.

L'image de la porte ouverte fait écho à celle de la première strophe [vers 8 et 9] et l'explique d'une certaine manière. Grâce au miracle de l'amour qui régénère, le poète est rendu aux autres et à l'espérance.

Rien d'égoïste donc dans cette ferveur amoureuse qui permet au contraire l'avènement de la parole poétique revivifiée par l'amour.

C. La solidarité active

Le symbole de la main qui est mis en évidence à la fin de l'extrait par une anadiplose* associe la femme à la fraternité. « Je te tiens par la main / La main de tous les hommes ». Voilà réunis par ce geste d'ouverture la femme, le poète et les autres.

Loin de faire digression, le lyrisme amoureux a permis à l'auteur de revenir avec force à sa mission et de lui donner une orientation nouvelle solennisée par l'italique et le présent de vérité générale : « Il ne s'agit plus de comprendre le monde / il faut le transformer ». L'opposition des verbes « comprendre » et « transformer » traduit le passage de l'empathie et de la sympathie à la compassion. Non content de percevoir et partager les douleurs d'autrui, le poète les prend en charge pour les surmonter. La solidarité qu'il prône est active. C'est le sens du mot « compassion » qui, malgré une étymologie voisine de la « sympathie », va plus loin, infléchit la pitié dans le sens de l'action. Le poète se laisse toucher sans se laisser abattre et la parole poétique, loin d'être une déperdition de vitalité, devient performative* et propose une réponse à la fatalité du mal.

Conclusion (Fiche 13)

« De la femme vient la lumière » écrivait Louis Aragon dans *Le Roman inachevé* en 1956. Claude Roy dans l'extrait de « Jamais je ne pourrai » semble partager cette reconnaissance du pouvoir de la femme. L'amour a permis au poète de s'ouvrir aux autres. Il est un aiguillon mobilisateur, une forme de dépassement qui, par la compassion, suscite la générosité, sollicite l'énergie réactive. Sorte de mystique sans Dieu, le poète a son rôle à jouer dans les malheurs du monde. Voilà réaffirmée par Claude Roy la nécessité de l'engagement. Le dialogue avec ses amis des maquis de la Résistance peut se poursuivre, simplement, sans fulgurance. Écartelé entre un monde dévasté, celui de l'après-guerre, et le refuge des images surréalistes, la tentation de l'allégeance à l'amour, Claude Roy ouvre en effet une voie nouvelle, le parti d'une humble présence au monde. Yves Bonnefoy ira plus loin encore, en définissant la mission du poète comme une quête du signe, la célébration des choses simples, mais Claude Roy ne pourrait-il souscrire à son credo poétique : « Je voudrais réunir, je voudrais presque identifier la poésie et l'espoir, car écrire de la Poésie, c'est rendre le monde au visage de la présence » ?

SUJET 4

4 heures

Objet d'étude : La littérature d'idées du XVIe siècle au XVIIIe siècle

Vous ferez le commentaire de l'extrait de l'*Histoire d'un voyage fait en terre du Brésil* de Jean de Léry.

Jean de Léry, *Histoire d'un voyage fait en la terre du Brésil*, chapitre XIII, 1578 (orthographe modernisée).

[Artisan d'origine modeste et de religion protestante, Jean de Léry participa à une expédition française au Brésil. À cette occasion, il partagea pendant quelque temps la vie des indiens Tupinambas. Vingt ans après son retour en France, il fit paraître un récit de son voyage.]

Au reste, parce que nos Tupinambas sont fort ébahis de voir les Français et autres des pays lointains prendre tant de peine d'aller quérir[1] leur *Arabotan*, c'est-à-dire bois de Brésil, il y eut une fois un vieillard d'entre eux qui sur cela me fit telle demande :

« Que veut dire que vous autres *Mairs* et *Peros*, c'est-à-dire Français et Portugais, veniez de si loin pour quérir du bois pour vous chauffer, n'y en a-t-il point en votre pays ? »

À quoi lui ayant répondu que oui et en grande quantité, mais non pas de telles sortes que les leurs, ni même[2] du bois de Brésil, lequel nous ne brûlions pas comme il pensait, ains[3] (comme eux-mêmes en usaient pour rougir leurs cordons de coton, plumages et autres choses) que les nôtres l'emmenaient pour faire de la teinture, il me répliqua soudain :

« Voire[4], mais vous en faut-il tant ?

– Oui, lui dis-je, car (en lui faisant trouver bon[5]) y ayant tel marchand en notre pays qui a plus de frises[6] et de draps rouges, voire même (m'accommodant[7] toujours à lui parler de choses qui lui étaient connues) de couteaux, ciseaux, miroirs et autres marchandises que vous n'en avez jamais vu par deçà[8], un tel seul achètera tout le bois de Brésil dont plusieurs navires s'en retournent chargés de ton pays.

– Ha, ha, dit mon sauvage, tu me contes merveilles. »

Puis ayant bien retenu ce que je lui venais de dire, m'interrogeant plus outre, dit :

« Mais cet homme tant riche dont tu me parles, ne meurt-il point ?

– Si fait, si fait, lui dis-je, aussi bien que les autres. »

Sur quoi, comme ils sont aussi grands discoureurs, et poursuivent fort bien un propos jusqu'au bout, il me demanda derechef :

– Et quand donc il est mort, à qui est tout le bien qu'il laisse ?

– À ses enfants, s'il en a, et à défaut d'iceux[9] à ses frères, sœurs et plus prochains parents.

– Vraiment, dit alors mon vieillard (lequel comme vous jugerez n'était nullement lourdaud), à cette heure connais-je[10] que vous autres *Mairs*, c'est-à-dire Français, êtes de grand fols : car vous faut-il tant travailler à passer la mer, sur laquelle (comme vous nous dites étant arrivés par-deçà) vous endurez tant de maux, pour amasser des richesses ou à vos enfants ou à ceux qui survivent après vous ? La terre qui vous a nourris n'est-elle pas aussi suffisante pour les nourrir ? Nous avons (ajouta-t-il), des parents et des enfants, lesquels, comme tu vois, nous aimons et chérissons ; mais parce que nous nous assurons qu'après notre mort la terre qui nous a nourris les nourrira, sans nous en soucier plus avant, nous nous reposons sur cela. »

Voilà sommairement et au vrai le discours que j'ai ouï de la propre bouche d'un pauvre sauvage américain.

---

1. *quérir :* aller chercher.
2. *ni même :* ni surtout.
3. *ains :* mais.
4. *voire :* soit.
5. *en lui faisant trouver bon :* pour le persuader.
6. *frises :* étoffes de laine.
7. *m'accommodant :* essayant.
8. *par deçà :* chez les Tupinambas, au Brésil.
9. *à défaut d'iceux :* s'il n'a pas d'enfants.
10. *connais-je :* je me rends compte.

Travail préparatoire

Fiches p. 287
1 2 5 8

La lecture du texte

La lecture du paratexte (Fiche 1)

Dans le chapeau introducteur, le contexte biographique nous est exposé. Il s'agit d'un extrait de récit de voyage, Jean de Léry ayant participé à une expédition française au Brésil qu'on peut d'emblée rapprocher des grandes découvertes qui ont marqué le XVIe siècle.

Le fait que l'auteur soit protestant suggère au XVIe siècle une forme d'indépendance de jugement.

L'objet d'étude : la littérature d'idées du XVIe siècle au XVIIIe siècle

On retrouve chez Jean de Léry, comme chez Montaigne son contemporain que vous avez peut-être étudié cette année, le rejet de la prétendue supériorité européenne et l'idée de la relativité des valeurs. De plus, c'est par le biais d'un regard étranger que l'auteur nous propose une forme de sagesse.

Une lecture autonome (Fiche 2)

En lisant attentivement le texte, vous remarquez que le récit ménage une place importante au dialogue. Interrogez-vous sur le rôle de l'auteur-narrateur, la conduite du dialogue, le raisonnement du vieillard. Qui l'emporte, selon vous, dans cet échange ?

Les outils d'analyse

Récit et dialogue

Remarquez que le récit du narrateur est émaillé de parenthèses, adressées au lecteur. Appréciez son rôle et son désir de dire le « vrai ».
Étudiez dans le dialogue la répartition de la prise de parole et l'enchaînement des répliques.

Les figures de rhétorique

Repérez les énumérations, l'éloquence du vieillard fondée sur un discours rythmé, nourri d'interrogations oratoires (rhétoriques).

Le lexique (Fiche 8)

Appréciez le lexique de la richesse et de la quantité opposé à celui de la simplicité. Ils illustrent deux visées complémentaires du texte : la critique et l'éloge.

La méthode

L'élaboration du plan (Fiche 5)

D'une manière progressive, le commentaire doit rendre compte d'une lecture du texte. Étape par étape, vous présenterez une définition de l'extrait.

Réunissez et organisez vos observations sans oublier de prendre en compte la mise en scène qui préside à l'échange. Il s'agira ensuite de montrer que la parole du vieillard qui s'affirme au fil du texte est un vecteur de critique et d'éloge.

Le plan

I. Un témoignage pittoresque
II. Un dialogue dynamique et construit
III. Le message humaniste du texte

Corrigé : devoir rédigé

*Les **textes en bleu** apparaissant dans ce corrigé, titres et remarques entre crochets, ne doivent pas figurer dans votre devoir. Nous les avons insérés pour vous guider et vous aider à repérer la progression du commentaire.*

Introduction (Fiche 12)

« Notre monde vient d'en trouver un autre » écrit Montaigne dans le livre III des *Essais*. À la suite de la découverte de l'Amérique par Christophe Colomb en 1492, les hommes de la Renaissance multiplient les voyages vers le Nouveau Monde, en mission cosmographique ou invinciblement attirés par l'ailleurs. En 1557, Jean de Léry, un artisan protestant, participe à une expédition française dont il fait le récit vingt ans plus tard dans son *Histoire d'un voyage fait en la terre du Brésil*. Au chapitre XIII, à la faveur d'un dialogue avec un vieil indien Tupinamba, l'écrivain humaniste confronte deux mondes et deux systèmes de valeurs. Comment s'illustre dans ce passage la tonalité épidictique* ? Si la mise en scène de l'expérience vécue est pittoresque, nous verrons que l'échange entre les protagonistes se révèle porteur d'un double message.

I. Un témoignage pittoresque

L'implication du narrateur et la spontanéité de la confrontation font de ce récit de voyage un témoignage pittoresque.

A. L'implication du narrateur

Dans les passages de récit qui encadrent les discours, le narrateur manifeste sa présence. Il se met en scène à la première personne, utilisant les déterminants possessifs « nos », « mon » et le passé simple pour se replacer dans le temps de l'expédition, différent de celui de l'écriture. Les verbes de parole sont récurrents : « lui dis-je ». Acteur de la scène, il en est aussi, souvent par le biais de parenthèses, le commentateur. Le narrateur cède alors à un souci didactique* et explique par exemple que les Tupinambas utilisaient le bois du Brésil « pour rougir leurs cordons de coton, plumages et autres choses ».

Le narrateur qui tend à la précision de l'ethnologue s'adresse au lecteur avec un désir de persuasion. Dans la première phrase, il renforce son observation par un présent gnomique* : « parce que nos Tupinambas sont fort ébahis ». Il associe le lecteur à ses propos, évoquant « nos Tupinambas », ou « les nôtres », s'en remettant à son jugement pour souligner, à la faveur d'une litote*, l'intelligence du vieillard « lequel comme vous jugerez n'était nullement lourdaud ». L'exactitude de son témoignage est enfin résumée dans la phrase conclusive avec force modalisateurs* : « Voilà sommairement et au vrai le discours que j'ai ouï de la propre bouche d'un pauvre sauvage américain. »

Si ces commentaires insérés authentifient aux yeux du destinataire le récit de Jean de Léry, sa présence dans le dialogue contribue aussi à forger l'authenticité de l'échange.

B. Une confrontation vivante

Le cadre reste imprécis mais les deux interlocuteurs sont nettement définis : le voyageur européen d'une part et le « sauvage » d'une peuplade du Brésil au nom exotique qui prend les traits d'un vieillard, habile discoureur. Le langage des Tupinambas est lui-même reproduit, utilisé par le narrateur mentionnant leur « *Arabotan*, c'est-à-dire bois de Brésil » et traduit par le vieillard : « *Mairs* et *Peros*, c'est-à dire Français et Portugais ». Il n'est pas besoin entre eux d'interprète, ce qui renforce leur proximité et donne l'illusion du naturel.

Le dialogue est marqué par la spontanéité de l'Indien étonné : « voire », « Ha, ha ». Il évolue comme un jeu de questions et de réponses dans un déroulement logique souligné par de nombreux connecteurs « mais », « car », « donc ».

[Conclusion-transition] Un échange pittoresque et authentique a bien eu lieu entre l'explorateur français et l'autochtone, mais le lecteur constamment sollicité sera surtout sensible au dynamisme du dialogue marqué par un renversement dans l'argumentation.

II. Un dialogue dynamique et construit

Au cours du dialogue, les forces s'inversent et la parole du narrateur est bientôt dominée par celle du vieillard.

A. L'argumentation du narrateur

S'il cherche à persuader* le lecteur, le narrateur vise d'abord à convaincre* le vieillard, tel le maître s'adressant au disciple qui le sollicite, tel le détenteur du savoir informant l'ingénu. C'est ainsi qu'il justifie d'abord dans un passage rendu au discours indirect la nécessité d'importer en Europe du bois du Brésil, non pour se chauffer mais « pour faire de la teinture ».

Toujours très courtoisement, pour contrer son interlocuteur fort étonné, il a ensuite recours au discours direct et utilise un exemple précis : « [s'] accommodant toujours à lui parler de choses qui lui étaient connues ». Pour justifier la quantité de bois du Brésil importée, il présente habilement un marchand dont la fortune est suggérée de manière très concrète, à l'aide d'une énumération d'objets connus marquant son interlocuteur. Ses phrases denses sont nourries de subordinations et d'énumérations qui tranchent avec les questions brèves du vieillard dans un premier temps dominé.

Et puis soudain, tout change.

B. Le renversement

Le sauvage prend ses distances et manie l'ironie : « Ha, ha [...] tu me contes merveilles. »

Dès lors, les relations s'inversent et l'élève domine le maître. Ses interrogations face à l'explorateur qui perd pied (« Si fait, si fait, lui dis-je »), deviennent plus pressantes, témoignent d'un esprit logique et pertinent. « Mais cet homme tant riche dont tu me parles, ne meurt-il point ? » Le narrateur qui subit l'ascendant du vieillard lui concède même des qualités : il est, nous dit-il, de ceux qui « poursuivent fort bien un propos jusqu'au bout ». Ainsi les questions cèdent la place à un discours argumenté, qui clôt magistralement l'échange.

La conclusion du texte par sa litote ne cache pas l'admiration de Jean de Léry devant cette maîtrise du raisonnement, ce « discours » qu'il a « ouï de la propre bouche d'un pauvre sauvage américain ». Voilà notre vieillard symboliquement détenteur d'une forme de sagesse socratique *[de Socrate, philosophe grec]* et pratiquant à sa manière l'art de la maïeutique*.

[Conclusion-transition] Cette inversion des rôles mise en évidence par le déroulement de la conversation reflète l'intention critique qui préside à la scène.

III. Le message humaniste du texte

Les propos des intervenants permettent à l'auteur de délivrer un message humaniste, à la fois critique et élogieux.

A. La critique des Européens

Le vieux sauvage par son étonnement et son regard étranger aux pratiques occidentales est l'instrument de la critique. Ne traite-t-il pas les Français de « grands fols » ?

Ses interrogations naïves permettent de dénoncer certains travers des étrangers, tels la cupidité, le désir de piller les contrées nouvelles. Il est frappé par la quantité de bois réclamé aux habitants du Brésil : « vous en faut-il tant ? » Le narrateur lui-même, dans un souci pédagogique, évoquait « les navires [qui] s'en retournent chargés de ce bois si précieux » et énumérait les marchandises en circulation, « couteaux, ciseaux, miroirs », possessions d'un « seul » marchand.

Au-delà, ce sont l'appétit de pouvoir et le désir de richesses matérielles qui sont montrés du doigt : À quoi bon « endure[r] tant de maux, pour amasser des richesses ou à vos enfants ou à ceux qui survivent après vous ? » Le lexique de la quantité est récurrent, avec la reprise significative de l'adverbe « tant » au détriment de la qualité de la vie. À quoi bon la pratique de l'héritage, le souci des successions ?

Le discours du vieux sage a des accents épicuriens* et semble inspiré de Lucrèce *[poète latin du Ier siècle av. J.-C.]* *(De natura rerum)*, tant il met l'accent sur la vanité de nos actions terrestres, de nos incessantes conquêtes, nous qui sommes promis à la mort. « Mais cet homme tant riche dont tu me parles, ne meurt-il point ? » rétorque-t-il ou encore « Et quand donc il est mort, à qui est tout le bien qu'il laisse ? ».

B. L'éloge de la vie naturelle

Il découle de cette réflexion critique une sagesse qui est celle du repos et de la tempérance. Dans la dernière réplique du vieillard, l'ancien monde des colonisateurs et le Nouveau Monde vierge s'affrontent par le seul jeu des pronoms « vous » et « nous ». La terre est jugée « suffisante » pour nourrir les hommes. Et cette terre personnifiée, telle une mère nourricière, est un gage de paix et de pérennité.

Comment ne pas voir dans l'éloge de la vie naturelle le miroir critique de la société occidentale agressive et corrompue ? Le vieil homme prend soin de rappeler l'importance des relations affectives dans leur société, une fois maîtrisée cette peur ancestrale de la mort : « mais parce que nous nous assurons qu'après notre mort la terre qui nous a nourris les nourrira, sans nous en soucier plus avant, nous nous reposons sur cela ». Le futur dit la certitude et le polyptote*, assurant la reprise du verbe « nourrir », confirme la sérénité qui caractérise leur peuple.

Conclusion (Fiche 13)

Dans cet extrait de récit de voyage, Jean de Léry nous offre un témoignage authentique et pittoresque de ces rencontres entre deux mondes. L'échange très ouvert et courtois entre l'explorateur français et le vieil Indien nous a ménagé des surprises en renversant nos habitudes de pensée. C'est en effet le sauvage qui détient la parole et la vérité et le civilisé qui est la cible de la critique. Par le biais d'un regard neuf et étranger, l'écrivain nous propose un idéal où la tempérance est gage de bonheur. Sans doute dans cet éloge de la sagesse naturelle, le protestant concilie-t-il ici la morale païenne et les préceptes évangéliques, fidèle en cela aux valeurs humanistes. La figure du sage vieillard est un *topos** de la littérature d'idées. Nous le retrouverons au XVIIIe siècle avec Voltaire dans *Candide*, imaginant un vieillard turc sur les bords de la mer noire qui enseigne au héros éponyme* une forme de sagesse ou dans le *Supplément au voyage de Bougainville* de Diderot sous les traits d'un sage tahitien présentant une vision utopique de l'autre monde et s'adressant au navigateur Bougainville en ces termes : « Va dans ta contrée t'agiter, te tourmenter tant que tu voudras ; laisse-nous reposer : ne nous entête ni de tes besoins factices, ni de tes vertus chimériques. »

SUJET 5

4 heures

Objet d'étude : La littérature d'idées du XVIe siècle au XVIIIe siècle

Vous ferez le commentaire de l'extrait des *Aventures de Télémaque* de Fénelon.

Fénelon, *Les Aventures de Télémaque*, Septième livre, 1699.

[Télémaque et son précepteur Mentor sont de retour aux abords de l'île de Calypso. Ils rencontrent un capitaine de navire dont le frère Adoam leur livre les dernières nouvelles et leur dépeint un pays extraordinaire, la Bétique.]

Le fleuve Bétis coule dans un pays fertile et sous un ciel doux, qui est toujours serein. Le pays a pris le nom du fleuve, qui se jette dans le grand Océan, assez près des Colonnes d'Hercule[1] et de cet endroit où la mer furieuse, rompant ses digues, sépara autrefois la terre de Tharsis[2] d'avec la grande Afrique. Ce pays semble avoir conservé les délices de l'âge d'or. Les hivers y sont tièdes, et les rigoureux aquilons[3] n'y soufflent jamais. L'ardeur de l'été y est toujours tempérée par des zéphyrs[4] rafraîchissants, qui viennent adoucir l'air vers le milieu du jour. Ainsi toute l'année n'est qu'un heureux hymen du printemps et de l'automne, qui semblent se donner la main. La terre, dans les vallons et dans les campagnes unies, y porte chaque année une double moisson. Les chemins y sont bordés de lauriers, de grenadiers, de jasmins et d'autres arbres toujours verts et toujours fleuris. Les montagnes sont couvertes de troupeaux, qui fournissent des laines fines recherchées de toutes les nations connues. Il y a plusieurs mines d'or et d'argent dans ce beau pays ; mais les habitants, simples et heureux dans leur simplicité, ne daignent pas seulement compter l'or et l'argent parmi leurs richesses : ils n'estiment que ce qui sert véritablement aux besoins de l'homme. Quand nous avons commencé à faire notre commerce chez ces peuples, nous avons trouvé l'or et l'argent parmi eux employés aux mêmes usages que le fer, par exemple, pour des socs de charrue. Comme ils ne faisaient aucun commerce au-dehors, ils n'avaient besoin d'aucune monnaie. Ils sont presque tous bergers ou laboureurs. On voit en ce pays peu d'artisans : car ils ne veulent souffrir que les arts qui servent aux véritables nécessités des hommes ; encore même la plupart des hommes en ce pays, étant adonnés à l'agriculture ou à conduire des troupeaux, ne laissent pas d'exercer les arts nécessaires pour leur vie simple et frugale. [...]

Quand on leur parle des peuples qui ont l'art de faire des bâtiments superbes, des meubles d'or et d'argent, des étoffes ornées de broderies et de pierres précieuses, des parfums exquis, des mets délicieux, des instruments dont l'harmonie charme, ils répondent en ces termes : « Ces peuples sont bien malheureux d'avoir employé tant de travail et d'industrie à se corrompre eux-mêmes ! Ce superflu amollit, enivre, tourmente ceux qui le possèdent : il tente ceux qui en sont privés de vouloir l'acquérir par l'injustice et par la violence. Peut-on nommer bien un superflu qui ne sert qu'à rendre les hommes mauvais ? Les hommes de ces pays sont-ils plus sains et plus robustes que nous ? Vivent-ils plus longtemps ? Sont-ils plus unis entre eux ? Mènent-ils une vie plus libre, plus tranquille, plus gaie ? Au contraire, ils doivent être jaloux les uns des autres, rongés par une lâche et noire envie, toujours agités par l'ambition, par la crainte, par l'avarice, incapables des plaisirs purs et simples, puisqu'ils sont esclaves de tant de fausses nécessités dont ils font dépendre tout leur bonheur.

1. Ainsi sont appelées, dans l'Antiquité, les montagnes qui bordent, du côté de l'Europe et du côté de l'Afrique, le détroit de Gibraltar, aux limites du monde connu.
2. *la terre de Tharsis :* dans l'Antiquité, nom donné à la péninsule ibérique.
3. nom poétique des vents du nord.
4. vents d'ouest, doux, tièdes et agréables.

Travail préparatoire

Fiches p. 287
4 5 6 47
58 à 63 73

Le texte dans son contexte

L'utopie

D'origine grecque, le mot « utopie » signifie « nulle-part » et vient d'un récit publié en latin en 1516 par l'humaniste anglais Thomas More. Le genre de l'utopie réunit les œuvres, principalement narratives, ou les extraits d'œuvre, qui décrivent un monde éloigné du nôtre et de nature tout à fait opposée. Les utopies divertissent le lecteur et lui tendent un miroir qui l'amène à s'interroger sur son existence.

L'objet d'étude : la littérature d'idées du XVIe siècle au XVIIIe siècle

Vous avez dû croiser au cours de votre année les interrogations des écrivains au sujet du bonheur : « Des cannibales » de Montaigne, « Le Savetier et le Financier » de La Fontaine, « Les Troglodytes » de Montesquieu.
Le débat autour des défauts ou des vertus de la civilisation prend son ampleur au XVIIIe siècle en opposant Rousseau à Voltaire. Le premier considère que la société corrompt l'homme naturellement bon ; le second écrira dans son poème « Le Mondain » : « J'aime le luxe et même la mollesse » et appréciera « le superflu, chose très nécessaire ».

Les outils d'analyse

Les outils grammaticaux et lexicaux

Examinez le temps des verbes (Fiches 58 à 63), l'insertion du discours rapporté (Fiche 47), les termes mélioratifs ou péjoratifs (Fiche 73).

Les outils stylistiques

Examinez les antithèses, les énumérations, les interrogations rhétoriques. L'étude des procédés vient étayer l'analyse ; elle n'est en aucun cas regroupée dans un paragraphe spécifique.

La méthode

Une lecture attentive (Fiche 4)

Lisez attentivement le texte et posez-vous les questions suivantes : qu'ai-je retenu ? Qu'est-ce qui m'a touché, intéressé ? Quelles sont les intentions de l'auteur ? Quel est le plan du texte ? Quel est son genre ? À quels autres textes me fait-il penser ? Pourquoi ? En quoi est-il différent ?

L'élaboration du plan (Fiche 5)

Partez de vos impressions de lecture et notez ce qui vous semble important. Bâtissez les grandes lignes de votre plan comme si vous deviez définir le texte : « ce texte, c'est... ». Vous pouvez proposer deux ou trois parties (Fiche 6) ; l'essentiel est de construire une analyse cohérente qui ne laisse de côté aucun aspect important du texte.

Le plan

I. Une utopie
II. Le jeu complexe des regards
III. La portée argumentative : critique de notre société et réflexion sur le bonheur

Corrigé : plan détaillé

*Les **textes en bleu** apparaissant dans ce corrigé, titres et remarques entre crochets, ne doivent pas figurer dans votre devoir. Nous les avons insérés pour vous guider et vous aider à repérer la progression du commentaire.*

Introduction rédigée (Fiche 12)

À l'aube du siècle des Lumières, *Les Aventures de Télémaque*, imprégnées des modèles antiques tant appréciés des Classiques *[partisans du classicisme*]*, racontent, afin d'éduquer le jeune duc de Bourgogne, le voyage initiatique du fils d'Ulysse accompagné de son précepteur Mentor. Guidé par ce sage qui deviendra dans notre littérature un personnage type et, dans notre dictionnaire, un nom commun, le jeune homme découvre le monde et s'interroge sur le sens à donner à l'existence. En approchant des rives de la nymphe Calypso, les deux personnages font la connaissance d'Adoam qui leur dépeint la Bétique, un pays extraordinaire présenté comme inaccessible. Telle l'Atlantide perdue évoquée par Platon dans le *Critias*, la Bétique, sous la plume de Fénelon, est une utopie qui a « conservé tous les délices de l'âge d'or », un pays merveilleux qui inspire notre admiration et notre pensée. Nous verrons ainsi comment la peinture de ce monde utopique, suscitant un jeu complexe de regards, permet une critique de notre société et une réflexion sur le bonheur.

I. Une utopie

A. Un monde à l'écart

Télémaque est un personnage de l'Antiquité et on retrouve dans le texte des repères géographiques antiques. Il est aussi question de l'âge d'or. Le fait que le temps semble immobile nous donne l'impression que la Bétique existe même à l'écart du temps.

La Bétique est excentrée au sein du monde européen (extrême sud) ; Fénelon évoque l'Afrique ou, en référence à l'Antiquité, le Fleuve Océan qui borne le monde. Le climat est différent : « Les hivers y sont tièdes ».

Les habitants ne cherchent pas entrer en contact avec les autres contrées : « ils ne faisaient aucun commerce au-dehors », le discours du deuxième paragraphe montre le peu d'estime qu'éprouve l'orateur pour notre société.

B. Un monde heureux

Au début du texte, Fénelon s'attache à poser le cadre de la vie des habitants en évoquant la **douceur du climat**. On relèvera le vocabulaire mélioratif et le gommage de tout excès : il ne reste plus que les saisons intermédiaires, le printemps et l'automne.

La nature est présentée comme généreuse : « une double moisson », l'énumération, au pluriel, de ce qu'on trouve au bord des chemins. Qualité (or et argent, laine) et quantité caractérisent cette nature offerte aux hommes. Tout se vit sur le mode de l'harmonie, de la bonne entente des hommes à l'« heureux hymen du printemps et de l'automne ».

C. Un monde inverse du nôtre

Comme c'est souvent le cas dans les utopies (abbaye de Thélème de Rabelais ou Eldorado de Voltaire), le monde imaginaire est le négatif (en fait le positif) du nôtre.

L'abondance est le contrepoint du manque, la sérénité celui de la violence. L'or et l'argent sont abondants et sans attrait, ce qui n'est pas le cas dans notre monde.

Le temps est arrêté : « toujours tempérée », « conservé ».

Cette inversion, caractéristique de l'utopie, signale la fantaisie ; on la retrouve au théâtre dans la farce et dans toute littérature d'inspiration festive et carnavalesque.

II. Le jeu complexe des regards

A. Les regards croisés

Adoam, en évoquant le pays merveilleux, rappelle le regard admiratif qu'il pose. On peut relever les marques (« nous », « on ») de ce regard discret. Bien que les habitants ne cherchent pas en entrer en contact avec l'extérieur, ils ont leur opinion. Le discours du deuxième paragraphe exprime **le regard posé par l'un des sages sur notre monde**.

B. Une leçon destinée au public : le regard du lecteur

Le lecteur est appelé à regarder lui aussi la Bétique ; il peut se glisser sous le « nous » et sous le « on » et avoir envie de poser la question à l'origine du discours rapporté.

Le lecteur comprend **la portée argumentative du texte** : les marques de la généralisation sont nombreuses (« on », présent de vérité générale, absence d'individualisation des personnages esquissés...) et la description est exemplaire. Nous n'avons pas affaire à un pays, mais plutôt à une image, à un modèle qui doit nous amener à réfléchir.

III. La portée argumentative : critique de notre société et réflexion sur le bonheur

A. La composition du texte

Le texte est organisé en deux temps qui contrastent par leur forme autant que par leur contenu :

– d'abord, une **description méliorative de la Bétique** présentée comme objective : emploi du verbe « être », de la tournure « il y a » ; quelques modalisateurs garantissent la vérité : « semble », « presque tous »...

– ensuite, **un discours rapporté véhément pour dépeindre notre société** : termes péjoratifs, accumulations, exclamation, interrogations rhétoriques...

Cette forte opposition renforce la critique et donne tout son poids à la réflexion sur les moyens du bonheur.

B. La critique de notre société

Le représentant de la Bétique montre les torts causés par le superflu dans la civilisation occidentale :

– des **conséquences généralisées** : ceux qui détiennent ce superflu comme ceux qui en sont privés en pâtissent ;

– un **esclavage** : les hommes sont dépendants de leur envie ;

– des **tensions** : l'« envie » et l'« ambition » de ceux qui aspirent au superflu d'un côté, l'« avarice » de l'autre ;
– une **grande souffrance** : « violence », « rongés », « agités ».

C. Une réflexion sur les moyens du bonheur

L'erreur des occidentaux : « les fausses nécessités dont ils font dépendre tout leur bonheur ».
Le modèle de la Bétique : « les délices de l'âge d'or » tiennent à la frugalité, à l'harmonie avec la nature et avec les autres, au renoncement à posséder davantage, à la sagesse qui consiste à profiter de ce que l'on a.
On voit apparaître ici **le mythe du bon sauvage** né avec les grandes découvertes et qui nourrira la pensée de Rousseau au XVIIIe siècle.
Le texte prône surtout **un équilibre conforme à l'esthétique classique*** : les étés tempérés par les zéphyrs, l'« hymen du printemps et de l'automne », « les vallons » et « les campagnes »…

Conclusion rédigée (Fiche 13)

Le lecteur aime bien se promener sur les chemins de la Bétique « bordés de lauriers, de grenadiers, de jasmins ». Il ne peut qu'être heureux au sein de cette nature douce et généreuse. Point de famine et de grand froid. Point de tempête et de souffrances. Le voyage est dépaysant et nous oublions dans les « plaisirs purs et simples » les rugosités de notre monde. Mais Fénelon ne cherche pas à apaiser notre malaise en nous berçant sous des cieux « doux » et « serein(s) ». La Bétique est un miroir où nous lisons nos hivers et nos étés, notre « injustice » et notre « violence ». Fénelon ne nous apaise pas ; il critique notre soif de richesses et nous interroge. Comment l'homme doit-il se comporter pour être heureux ? La Bétique est la voie de la simplicité et de la sagesse ; sommes-nous capables de suivre ce chemin ? Alors que Fénelon, dans son *Télémaque*, propose la mise en pratique de la leçon avec la ville de Salente réorganisée par Mentor, Voltaire, lui, dans *Candide*, prolonge d'une autre manière cette réflexion : le pays utopique d'Eldorado est, certes, magnifique et serein, cependant, Candide et son valet Cacambo décident de le quitter car l'homme, être de désir, ne saurait être heureux dans un monde trop parfait.

SUJET 6

4 heures

Objet d'étude : La littérature d'idées du XVIe siècle au XVIIIe siècle

Vous ferez le commentaire de l'extrait du *Dictionnaire philosophique* de Voltaire.

Voltaire, *Dictionnaire philosophique*, article « BÊTES », 1764.

[Voltaire s'attaque dans cet article à la théorie élaborée par Descartes selon laquelle les animaux sont des « machines ».]

BÊTES

Quelle pitié, quelle pauvreté, d'avoir dit que les bêtes sont des machines privées de connaissance et de sentiment, qui font toujours leurs opérations de la même manière, qui n'apprennent rien, ne perfectionnent rien, etc. !

Quoi ! cet oiseau qui fait son nid en demi-cercle quand il l'attache à un mur, qui le bâtit en quart de cercle quand il est dans un angle, et en cercle sur un arbre ; cet oiseau fait tout de la même façon ? Ce chien de chasse que tu as discipliné pendant trois mois n'en sait-il pas plus au bout de ce temps qu'il n'en savait avant les leçons ? Le serin[1] à qui tu apprends un air le répète-t-il dans l'instant ? n'emploies-tu pas un temps considérable à l'enseigner ? n'as-tu pas vu qu'il se méprend et qu'il se corrige ?

Est-ce parce que je te parle que tu juges que j'ai du sentiment, de la mémoire, des idées ? Eh bien ! je ne te parle pas ; tu me vois entrer chez moi l'air affligé, chercher un papier avec inquiétude, ouvrir le bureau où je me souviens de l'avoir enfermé, le trouver, le lire avec joie. Tu juges que j'ai éprouvé le sentiment de l'affliction et celui du plaisir, que j'ai de la mémoire et de la connaissance.

Porte donc le même jugement sur ce chien qui a perdu son maître, qui l'a cherché dans tous les chemins avec des cris douloureux, qui entre dans la maison, agité, inquiet, qui descend, qui monte, qui va de chambre en chambre, qui trouve enfin dans son cabinet le maître qu'il aime, et qui lui témoigne sa joie par la douceur de ses cris, par ses sauts, par ses caresses.

Des barbares saisissent ce chien, qui l'emporte si prodigieusement sur l'homme en amitié ; ils le clouent sur une table, et ils le dissèquent vivant pour te montrer les veines mésaraïques[2]. Tu découvres dans lui tous les mêmes organes de sentiment qui sont dans toi. Réponds-moi, machiniste, la nature a-t-elle arrangé tous les ressorts du sentiment dans cet animal, afin qu'il ne sente pas ? a-t-il des nerfs pour être impassible ? Ne suppose point cette impertinente contradiction dans la nature.

1. *serin :* petit oiseau dont le chant est fort agréable, et auquel on apprend à siffler, à chanter des airs.
2. *veine mésaraïque :* veine qui recueille le sang du gros intestin.

Travail préparatoire

Fiches p. 287
2 4 5 8 29 71

Lecture du texte

Une lecture personnelle

Une lecture indépendante **(Fiche 2)** et sensible est un gage de bonne compréhension.

Lisez attentivement le passage en vous interrogeant sur sa progression, sur les intentions de l'auteur. Sans doute serez-vous sensible au caractère polémique* de l'article, au désir de convaincre* et de persuader* animant Voltaire.

Les outils d'analyse

Définissez le genre du texte et ses différentes tonalités **(Fiche 29)**.

Votre analyse doit se nourrir du repérage et de l'étude des procédés employés par l'auteur.

Intéressez-vous tout particulièrement aux indices d'énonciation **(Fiche 71)**, aux champs lexicaux **(Fiche 8)**, aux interrogations rhétoriques, aux anaphores*, autant de procédés porteurs de sens.

Le texte dans son contexte

Voltaire et les Lumières

Voltaire est un philosophe des Lumières présent sur tous les fronts que vous connaissez bien. Vous savez qu'il mit au service de ses interrogations et de ses engagements les formes les plus diverses de la littérature d'idées. Selon lui, « tous les genres sont bons, sauf le genre ennuyeux ». Les genres courts (le conte, l'article de dictionnaire, le pamphlet) répondent à son désir d'efficacité. Le *Dictionnaire philosophique* paru en 1764 est un instrument de combat comme en témoignent les articles « BÊTES » ou, plus connu, « TORTURE ».

Voltaire et Descartes

Le chapeau introducteur éclaire suffisamment l'orientation de la critique. Voltaire s'attaque à la théorie des « animaux machines » élaborée par le philosophe du XVIIe siècle, Descartes (1596-1650).

Quelques précisions supplémentaires peuvent ici être apportées. Pour Descartes, l'animal est une créature entièrement déterminée, conçue sur le modèle d'un système mécaniste. L'homme au contraire, de nature divine, dispose de la pensée et du langage. Si l'animal n'a pas d'âme, l'âme de l'homme est immortelle. Voltaire, depuis son exil en Angleterre, a découvert l'empirisme* de Locke qui s'oppose au rationalisme cartésien*. Comme le philosophe anglais, il défend la thèse d'une continuité entre les hommes et les animaux. Tout écart entre eux et nous serait de degré et non pas de nature. Voltaire invite donc l'humanité à plus de modestie.

Rappelons enfin que, depuis 1760, Voltaire vit à Ferney, entouré de bêtes qu'il élève, et devient de plus en plus sensible aux « horreurs qui affligent le genre animal ».

La méthode

La recherche de la problématique (Fiche 4)

Vous devez bâtir le plan du commentaire autour d'une problématique. Quels arguments l'auteur oppose-t-il aux thèses de Descartes ? Comment parvient-il à persuader et convaincre ses lecteurs ?

L'élaboration du plan (Fiche 5)

Si chaque axe d'étude développe un enjeu important du texte, les sous-parties permettent d'explorer les différentes facettes de la perspective retenue.

Le plan

I. Un texte polémique
II. Un texte qui peut nous émouvoir
III. Un texte qui emporte notre adhésion

→ *Corrigé : devoir rédigé p. 66.*

Corrigé : devoir rédigé

*Les **textes en bleu** apparaissant dans ce corrigé, titres et remarques entre crochets, ne doivent pas figurer dans votre devoir. Nous les avons insérés pour vous guider et vous aider à repérer la progression du commentaire.*

Introduction (Fiche 12)

Le philosophe des Lumières est un homme de progrès qui va de l'avant, refuse le poids du conformisme. Il est aussi un homme de combat, luttant contre tout ce qui fait obstacle aux lumières de la raison, ou aux élans du cœur. Dans l'article « BÊTES » du *Dictionnaire philosophique* publié en 1764, Voltaire dénonce la théorie cartésienne* des « animaux-machines » qui ouvre la voie aux maltraitances de l'animal. *[Approche et présentation du texte]* Comment l'auteur parvient-il dans ce texte à convaincre* et persuader* ses lecteurs que, contrairement aux thèses de Descartes, il n'existe pas de fossé entre les hommes et les animaux mais une communauté de nature ? *[Problématique]* En nous fondant sur l'étude de la variété des tonalités, nous verrons que ce texte polémique* et provocateur *[Annonce de la première partie]*, peut aussi nous émouvoir *[deuxième partie]* et enfin nous convaincre. *[troisième partie]*

I. Un texte polémique

Pour attaquer la théorie cartésienne des « animaux-machines », Voltaire, oscillant entre le mépris, l'indignation et l'insolence, recourt à une tonalité polémique. *[Annonce des trois sous-parties]*

A. Le mépris

Avec mépris, il souligne le vide de la pensée du philosophe : « quelle pitié, quelle pauvreté », s'exclame-t-il pour qualifier les thèses de Descartes. L'anaphore* de l'adjectif exclamatif, associée aux homéotéleutes* crée d'emblée une agressivité insistante. Un tel enseignement n'aboutit qu'au néant, comme le souligne l'épiphore* « rien ».

Pour marquer l'inconséquence des positions cartésiennes, il emploie l'abréviation « etc. », ne se donnant pas la peine de les développer. Les interrogations rhétoriques du paragraphe suivant (l. 6-13) confirment l'échec du philosophe d'autant qu'elles sont souvent négatives : « n'emploies-tu pas un temps considérable à l'enseigner ? n'as-tu pas vu… ? »

B. L'indignation

Le ton monte et l'indignation se fait jour. On repère des interjections qui disent la révolte : « Quoi ! Eh bien ! »

Loin de l'objectivité associée au genre du dictionnaire, l'article se présente comme un duel verbal. Voltaire prend à parti Descartes au-delà du temps. « Est-ce parce que je te parle que tu juges… » Le pronom personnel « tu », récurrent, renvoie en effet au philosophe, en même temps qu'à ses partisans et peut-être au lecteur complice qu'il s'agit de convaincre.

C. L'insolence

Dans ce débat d'idées, Voltaire ne manque pas d'insolence, multipliant les injonctions* : « Porte donc le même jugement », « Réponds-moi ». Ce dernier impératif est assorti d'une apostrophe* infamante, « machiniste », réduisant Descartes à la théorie décriée. Sommé de répondre, Descartes est en fait confronté à son ignorance et l'adjectif « impertinente », dont le sens étymologique renvoie à un manque de justesse dans le raisonnement, traduit bien son échec. Voltaire inversant la relation maître-élève se propose enfin de faire découvrir à Descartes (l. 20) la vérité.

[Transition] Au-delà de ce ton provocateur, le texte polémique parvient à nous émouvoir et s'enrichit d'une dimension pathétique.

II. Un texte qui peut nous émouvoir

Le lecteur est séduit par l'émotion de l'auteur qui défend la cause animale et, en creux, dénonce la cruauté de l'homme. *[Annonce des deux sous-parties]*

A. L'affirmation d'une sensibilité animale

Il existe une sensibilité animale selon Voltaire. Les exemples qu'il nous donne nous touchent, notamment celui du « chien qui a perdu son maître ». Le lexique de l'affectivité très abondant rend compte de l'évolution des sentiments de l'animal : ses « cris » sont « douloureux », il est « agité, inquiet », puis témoigne sa « joie » au maître « qu'il aime » par des manifestations de tendresse. La structure même du paragraphe constitué d'une longue phrase, sans cesse relancée par des propositions relatives et nourrie de verbes d'action, mime la quête attendrissante du chien.

Il ne s'agit pas ici d'une personnification mais de l'affirmation d'une identité de nature entre l'homme et l'animal. Voltaire, avec une hyperbole* qui se veut persuasive, ajoute même que ce chien « l'emporte si prodigieusement sur l'homme en amitié ». Et pourtant, l'homme trahit cette confiance et commet des actes de barbarie.

B. La cruauté de l'homme

La cruauté de l'homme vis-à-vis de l'animal révolte le lecteur. Il perçoit comme un rapport de cause à effet entre la théorie cartésienne des animaux-machines et l'insensibilité de l'homme à la souffrance des bêtes. La mise en scène de la dissection de « ce chien » fidèle est particulièrement saisissante. Le déterminant démonstratif rappelle la complicité originelle entre les deux êtres qui va être cruellement bafouée. Les hommes sont dits « barbares », c'est-à-dire non civilisés, agissant avec cruauté et sauvagerie. L'hypotypose* permet au lecteur d'assister à la scène de vivisection. Le présent des verbes d'action, le lexique réaliste (« clouent », « dissèquent »), voire scientifique avec la mention des « veines mésaraïques », créent un douloureux effet de réel. Loin d'être « impassible » l'animal souffre et le lecteur aussi.

[Transition] Si l'émotion est un gage de persuasion, le texte argumentatif à la tonalité didactique achève de nous convaincre.

III. Un texte qui emporte notre adhésion

L'article de dictionnaire avec son titre qui renvoie à un classement alphabétique contient de brefs paragraphes ne présentant toutefois qu'une objectivité apparente. Sa construction met en évidence deux thèses chères à l'auteur qui rejette catégoriquement les théories cartésiennes : l'animal pense et sent. *[Annonce des trois sous-parties]*

A. Un texte construit

Si l'on admet que le titre est polysémique*, d'emblée il donne le ton et annonce la contestation.

Le premier paragraphe énonce la position de Descartes qu'il s'agit de contester : « les bêtes sont des machines privées de connaissance et de sentiment ». Par une démarche expérimentale fondée sur des exemples, Voltaire développe le principe de la « connaissance » animale au deuxième paragraphe puis celui du « sentiment » dans la suite de l'article.

Pour structurer la démonstration, on note des effets d'écho. L'auteur multiplie les exemples dans le deuxième paragraphe, où il cite et montre « cet oiseau », « ce chien », « le serin ». Il crée un parallélisme pertinent entre l'homme et le chien dans les paragraphes suivants.

La conclusion de l'article élargit les perspectives puisqu'elle transforme la critique acerbe de Descartes en réquisitoire* contre l'homme, son disciple.

B. La capacité rationnelle de l'animal

Désireux de nous convaincre de la capacité rationnelle de l'animal, Voltaire choisit l'exemple de « l'oiseau qui fait son nid », avec méthode, en s'adaptant aux circonstances. Les expressions géométriques employées, « en demi-cercle », « en quart de cercle », « en cercle », mettent en relief sa faculté d'adaptation et d'innovation.

L'animal est aussi capable d'apprendre ; il est doué de mémoire et de sens critique. En témoigne le lexique de l'enseignement avec les verbes *discipliner*, *savoir*, *apprendre*, *enseigner*. À l'intelligence animale s'ajoutent les sentiments. Comme l'homme, l'animal a « du sentiment, de la mémoire, des idées ».

C. La capacité de sentir

Voltaire démontre la proximité émotionnelle de l'homme et de l'animal à la faveur de deux exemples parallèles. Seule l'absence de parole montre la différence entre les deux êtres vivants. Alors l'auteur qui se met en scène dans l'exemple choisit de ne pas parler : « je ne te parle pas ».

On repère la reprise des mêmes termes pour évoquer la quête de l'homme et celle du chien : tous deux sont inquiets, enchaînent les actions, entrant dans la chambre ou dans la maison, cherchant fébrilement l'un un papier, l'autre son maître, puis c'est la même « joie » finale qui marque les retrouvailles.

L'animal sent et souffre. Il est doté des « mêmes organes de sentiment » que l'homme. On peut comprendre ici qu'il s'agit du foie ou de la rate, siège des humeurs, selon la théorie hippocratique *[d'Hippocrate, médecin grec]* longtemps demeurée en vigueur. Mais on retient surtout l'idée d'une conformité de nature. Si Voltaire emploie à dessein le terme de « ressorts » qui renvoie à l'absurde théorie mécaniste, il insiste surtout sur l'idée d'une parenté. Nier la sensibilité de l'animal, ce serait supposer une contradiction dans la nature et rejeter la filiation divine des êtres vivants. « Un pouvoir divin éclate dans la sensation du dernier des insectes comme dans le cerveau de Newton », écrit Voltaire dans l'article « SENSATION ».

Conclusion (Fiche 13)

Dans cet extrait du *Dictionnaire philosophique*, Voltaire a choisi de réhabiliter les bêtes que Descartes avait discréditées en les réduisant à des machines, des objets. En combattant un adversaire absent, en se mettant lui-même en scène, il a su persuader et convaincre ses lecteurs de l'identité de nature, avec des différences de degré, entre l'homme et l'animal. Ce faisant, il s'est interrogé sur l'origine du mal et a rejeté l'anthropocentrisme* dominant à son époque. Voltaire a appliqué le précepte antique *docere et movere* (enseigner et émouvoir) à une cause résolument moderne. Le philosophe a en effet ouvert la voie aux protestations en faveur des droits de l'animal qui ont abouti à la *Déclaration universelle des droits de l'animal* proclamée solennellement le 15 octobre 1978. Selon cette charte éthique, le respect des animaux par l'homme est inséparable du respect des hommes entre eux. Rappelons enfin que l'animal n'est reconnu par le Code civil comme « un être vivant doué de sensibilité », et non plus comme « un bien meuble », que depuis 2015…

SUJET 7

4 heures

Objet d'étude : Le roman et le récit du Moyen Âge au XXIe siècle

Vous ferez le commentaire de l'extrait de *La Fortune des Rougon* d'Émile Zola.

Émile Zola, *La Fortune des Rougon*, chapitre 1, 1871.

[Le coup d'État du 2 décembre 1851, organisé par Louis-Napoléon Bonaparte, a suscité en Provence des insurrections républicaines, notamment dans le département du Var. C'est cette révolte que décrit Zola au début de La Fortune des Rougon.*]*

La bande descendait avec un élan superbe, irrésistible. Rien de plus terriblement grandiose que l'irruption de ces quelques milliers d'hommes dans la paix morte et glacée de l'horizon. La route, devenue torrent, roulait des flots vivants qui semblaient ne pas devoir s'épuiser ; toujours, au coude du chemin, se montraient de nouvelles masses noires, dont les chants enflaient de plus en plus la grande voix de cette tempête humaine. Quand les derniers bataillons apparurent, il y eut un éclat assourdissant. *La Marseillaise* emplit le ciel, comme soufflée par des bouches géantes dans de monstrueuses trompettes qui la jetaient, vibrante, avec des sécheresses de cuivre, à tous les coins de la vallée. Et la campagne endormie s'éveilla en sursaut ; elle frissonna tout entière, ainsi qu'un tambour que frappent les baguettes ; elle retentit jusqu'aux entrailles, répétant par tous ses échos les notes ardentes du chant national. Alors ce ne fut plus seulement la bande qui chanta ; des bouts de l'horizon, des rochers lointains, des pièces de terre labourées, des prairies, des bouquets d'arbres, des moindres broussailles, semblèrent sortir des voix humaines ; le large amphithéâtre qui monte de la rivière à Plassans, la cascade gigantesque sur laquelle coulaient les bleuâtres clartés de la lune, étaient comme couverts par un peuple invisible et innombrable acclamant les insurgés ; et, au fond des creux de la Viorne[1], le long des eaux rayées de mystérieux reflets d'étain fondu, il n'y avait pas un trou de ténèbres où des hommes cachés ne parussent reprendre chaque refrain avec une colère plus haute. La campagne, dans l'ébranlement de l'air et du sol, criait vengeance et liberté Tant que la petite armée descendit la côte, le rugissement populaire roula ainsi par ondes sonores traversées de brusques éclats, secouant jusqu'aux pierres du chemin.

1. rivière qui coule près de la ville de Plassans.

Travail préparatoire

Fiches p. 287
1 3 5 6 48

La lecture du texte

Le paratexte (Fiche 1)

Le chapeau introducteur vous permet de situer le passage dans son contexte historique et de voir que la scène décrite a réellement existé. Vous pourrez relever dans le texte les indices de cette écriture réaliste mais vous serez surtout sensible à l'ampleur épique* que confère à l'événement le style de Zola, plus romantique* ici que naturaliste*.

Les spécificités du texte

Vous avez noté que le texte associe étroitement description (Fiche 48) et narration. Aucun personnage ne se détache mais ce qui débute comme une peinture à l'imparfait devient un récit dans lequel s'enchaînent les verbes d'action au passé simple.
Dans ce passage en effet, le roman renoue avec l'épopée et c'est la foule elle-même qui acquiert pleinement le statut de personnage. Cette perspective mérite d'être abordée dans votre commentaire.

Les outils d'analyse

Vous vous appuierez sur le vocabulaire et les procédés de style pour montrer la transfiguration littéraire du peuple. Les comparaisons et les métaphores expriment cette métamorphose de la foule ; les hyperboles* caractérisent la tonalité épique.

La méthode

La lecture et le repérage (Fiche 3)

Lisez le texte plusieurs fois afin d'être sensible à sa spécificité et interrogez-vous sur ce que vous avez ressenti, sur ce que l'auteur a voulu faire. Notez vos impressions de lecture. Puis surlignez sur le texte les éléments qui vous paraissent importants et qui expliquent vos impressions. Repérez les procédés et dégagez l'effet produit.

L'élaboration du plan (Fiches 5 et 6)

En partant de ce que vous avez ressenti et repéré, bâtissez un plan qui mette en avant les différents aspects du texte, en allant du moins important au plus important. Vous pouvez choisir une progression en deux ou trois parties. L'essentiel est d'être cohérent.

Le plan

I. Une scène dont les contours historique et géographique sont estompés
II. Une scène qui fait de la foule un personnage
III. Une scène qui nous propose une vision épique de l'Histoire

Corrigé : plan détaillé

*Les **textes en bleu** apparaissant dans ce corrigé, titres et remarques entre crochets, ne doivent pas figurer dans votre devoir. Nous les avons insérés pour vous guider et vous aider à repérer la progression du commentaire.*

Introduction rédigée (Fiche 12)

Émile Zola, dont le projet littéraire est d'étudier une famille sous le Second Empire, inaugure sa fresque des Rougon Macquart par *La Fortune des Rougon*, un roman qui évoque, dans son premier chapitre, la naissance du Second Empire. Le coup d'État de Louis-Napoléon Bonaparte, le 2 décembre 1851, suscite des insurrections, notamment en Provence, pays natal du romancier. Soucieux d'inscrire l'histoire de sa famille fictive dans un cadre bien réel, Zola dépeint la progression de la révolte populaire dans la campagne de Plassans. Mais sous la plume de l'écrivain ami des peintres, le peuple prend une dimension et une force mythologiques. Le compte rendu est ainsi plus proche de l'épopée que de l'Histoire ; en effet les contours géographiques et historiques sont gommés, le peuple devient un véritable personnage et la scène prend une teinte épique*.

I. Une scène dont les contours historique et géographique sont estompés

[Introduction de l'axe] En écrivain naturaliste* épris de réalité, Zola pose, dans le premier chapitre de son roman, le cadre géographique et historique de la fiction. Mais le peintre, fasciné par la force primitive de la foule, gomme ces contours afin de donner à son tableau une dimension universelle.

A. L'ancrage dans une réalité géographique

Les noms propres permettent de situer précisément la scène : « Plassans », « la Viorne ».
Le paysage évoqué correspond bien à la Provence : la campagne dominée par l'homme (« des pièces de terre labourées, des prairies »), une nature libre marquée par une végétation peu élevée (« bouquets d'arbres », « moindres broussailles »), des « rochers » et une nature vallonnée (« descendait », « les coins de la vallée »...).

B. L'ancrage dans une réalité historique

La présence de *La Marseillaise*, « chant national » rattache la scène à la **période révolutionnaire**.
« La campagne [...] criait vengeance et liberté » : ces deux cris évoquent les brimades subies par le peuple et le désir de s'affranchir d'un pouvoir autoritaire. **Le coup d'État de Louis-Napoléon Bonaparte** suscite une réaction forte au sein d'un peuple qui a hérité des idéaux révolutionnaires.

C. Le gommage des contours

Le coup d'État de 1851 n'est pas explicitement évoqué et le lien avec la Révolution (la légende révolutionnaire de la génération romantique) est fortement marqué. On ne connaît pas l'objet de la vengeance, de sorte que les cris « vengeance et liberté » peuvent être ceux de tout révolutionnaire. **L'ancrage historique est gommé.**

Il en est de même de l'ancrage géographique : **l'accent est davantage mis sur des éléments naturels universels** (« vallée », « rochers lointains » donc difficilement identifiables, « prairies »...) que sur des lieux déterminés.

[Transition] Ainsi, Zola, en atténuant les contours identifiables de la géographie et de l'Histoire donne une portée universelle à l'événement. Sous sa plume, le peuple, inscrit dans la légende révolutionnaire plus que dans l'Histoire, devient un personnage à part entière.

II. Une scène qui fait de la foule un personnage

[Introduction de l'axe] L'insurrection populaire rassemble un grand nombre de personnes ; mais la foule ne fait qu'un, n'a qu'une voix et une seule force.

A. Le nombre

Dans la foule, on peut encore distinguer **le noyau dur des insurgés** : « la bande », « la petite armée ».

Mais Zola insiste surtout sur **le nombre de ceux qui rejoignent progressivement le groupe.** En raison de l'obscurité, les contours de ce groupe sont difficiles à cerner : « un peuple invisible et innombrable », « il n'y avait pas un trou de ténèbres où des hommes cachés ne parussent reprendre chaque refrain », « au fond des creux ».

Les **termes collectifs** sont nombreux ainsi que les pluriels.

On a l'impression que **l'espace est saturé** : « emplit le ciel », « tout entière », « jusqu'aux entrailles »...

B. La voix unique d'un personnage violent

Les « quelques milliers d'hommes » forment un seul personnage qui pousse un seul cri : « un éclat assourdissant », « La Marseillaise ». De tous côtés (« des bouches », « des voix humaines », « des hommes cachés ») les voix se réunissent pour partager le même chant (« reprendre chaque refrain ») et le même projet (« criait vengeance et liberté »).

L'expression « le rugissement populaire » souligne **cette voix unique** et fait du peuple un personnage uni dans un même projet violent.

Le vocabulaire militaire (« bataillons », « tambour », « petite armée ») associé au chant violent de *La Marseillaise* montre **l'attitude offensive du peuple**.

Les verbes de mouvement et d'action sont nombreux, notamment ceux qui expriment une prise de position : « enflaient », « emplit », « soufflée », « sortir »...

[Transition] La force du peuple promu personnage en marche prend une dimension universelle, donnant à l'évocation de l'événement historique une tonalité épique.

III. Une scène qui nous propose une vision épique de l'Histoire

En effet, ce n'est pas un simple compte rendu de l'insurrection de 1851 en Provence que Zola nous propose ici. La démesure du tableau et l'expression du mouvement relèvent de la transfiguration épique et donnent une dimension tellurique* à la scène.

A. La démesure

De nombreux termes expriment la démesure : des adjectifs (« superbe, irrésistible », « grandiose », « géantes », « monstrueuses », « gigantesque »...), des adverbes (« terriblement », « de plus en plus »). Ces hyperboles* sont caractéristiques de la tonalité épique.

Les comparaisons et les métaphores donnent l'impression que le langage ordinaire ne suffit pas pour exprimer la force du peuple : « des flots vivants », « cette tempête humaine »...

B. Le mouvement

La progression du texte est marquée par la progression du peuple, son avancée dans la campagne et aussi son nombre et sa force croissants. On peut relever les différentes phases de cette progression : « irruption », « se montraient de nouvelles masses noires », « la campagne endormie s'éveilla » « colère plus haute »...

La proposition marquée par une longue énumération de compléments de lieu avant l'apparition du verbe et de son sujet (« des bouts de l'horizon, des rochers lointains [...] semblèrent sortir des voix humaines ») exprime bien (rythme et sens) cette progression du peuple.

Au début du texte, Zola évoque « la paix morte et glacée de l'horizon » et plus loin « les notes ardentes », « la cascade gigantesque ».

C. La dimension tellurique

Sous la plume de Zola, **le peuple devient une créature mythologique**, un monstre (« monstrueuses trompettes ») qui renoue avec les forces telluriques. On voit en effet la campagne se réveiller « jusqu'aux entrailles » ; les rochers, les prairies semblent crier (« des bouts de l'horizon, des rochers lointains [...] semblèrent sortir des voix humaines »). La route est « devenue torrent » et à la fin du texte l'univers entier « jusqu'aux pierres du chemin » est secoué : « l'ébranlement de l'air et du sol ».

Conclusion rédigée (Fiche 13)

Dans les premières pages de *La Fortune des Rougon*, le roman inaugural de la fresque des Rougon Macquart, Émile Zola se montre soucieux de poser un cadre géographique et historique bien réel. Le coup d'État de 1851 signe, dans la douleur et la violence, l'acte de naissance du Second Empire, régime et société dont le romancier se propose d'étudier les rouages. Mais l'écrivain naturaliste est aussi un peintre épique dont le pinceau brosse un tableau plus universel qu'historique. En effet, le peuple, devenu pleinement un personnage, prend une dimension mythologique et fusionne avec les forces mêmes du monde. Donner au peuple cette force « terriblement grandiose », c'est, dans le sillage de l'idéal révolutionnaire, lui donner – lui rêver peut-être – un rôle essentiel dans l'Histoire. C'est aussi montrer, comme ce sera le cas dans *Germinal* avec la représentation des grévistes en colère, que la littérature, y compris lorsqu'elle forme le projet de représenter le réel, est davantage une transfiguration qu'une photographie de la réalité. Et sans doute en cela le texte littéraire dit-il aussi vrai, à sa manière, que le compte rendu des historiens.

SUJET 8

4 heures

Objet d'étude : Le roman et le récit du Moyen Âge au XXIe siècle

Vous ferez le commentaire de l'extrait de *Regain* de Jean Giono.

Jean Giono, *Regain*, 1930, © Éditions Grasset.

[L'extrait est la dernière page du roman.
Le village abandonné et son dernier habitant sont presque revenus à l'état sauvage ; mais Panturle, en fondant une famille avec sa compagne qui attend un enfant et en reprenant son activité d'agriculteur, va faire renaître le bonheur et la civilisation paysanne.]

Maintenant Panturle est seul.

Il a dit :

– Fille, soigne-toi bien, va doucement ; j'irai te chercher l'eau, le soir, maintenant. On a bien du contentement ensemble. Ne gâtons pas le fruit.

Puis il a commencé à faire ses grands pas de montagnard.

Il marche.

Il est tout embaumé de sa joie.

Il a des chansons qui sont là, entassées dans sa gorge à presser ses dents. Et il serre les lèvres.

C'est une joie dont il veut mâcher toute l'odeur et saliver longtemps le jus comme un mouton qui mange la saladelle du soir sur les collines. Il va, comme ça, jusqu'au moment où le beau silence s'est épaissi en lui et autour de lui comme un pré.

Il est devant ses champs. Il s'est arrêté devant eux. Il se baisse. Il prend une poignée de cette terre grasse, pleine d'air et qui porte la graine. C'est une terre de beaucoup de bonne volonté.

Il en tâte, entre ses doigts, toute la bonne volonté.

Alors, tout d'un coup, là, debout, il a appris la grande victoire.

Il lui a passé devant les yeux, l'image de la terre ancienne, renfrognée et poilue avec ses aigres genêts et ses herbes en couteau. Il a connu d'un coup, cette lande terrible qu'il était, lui, large ouvert au grand vent enragé, à toutes ces choses qu'on ne peut pas combattre sans l'aide de la vie.

Il est debout devant ses champs. Il a ses grands pantalons de velours brun, à côtes ; il semble vêtu avec un morceau de ses labours. Les bras le long du corps, il ne bouge pas. Il a gagné : c'est fini.

Il est solidement enfoncé dans la terre comme une colonne.

Travail préparatoire

Fiches p. 287
1 3 5 6
32 à 37 58 à 63 68

Les outils d'analyse

Le paratexte (Fiche 1)

Le paratexte apporte des renseignements sur l'intrigue, il ouvre aussi une voie d'interprétation plus large en généralisant l'expérience du personnage : « le bonheur et la civilisation paysanne ». La place de la joie et le rôle de la nature maîtrisée par l'homme devront aussi être étudiés.

La situation du passage dans le roman

L'extrait donné à commenter conclut *Regain*. De même qu'on aborde un *incipit* en pensant aux attentes du lecteur, on ne peut comprendre un *excipit* sans considérer sa fonction dans l'œuvre : dénouement de l'intrigue mais aussi dévoilement du sens du roman.

Les outils syntaxiques et stylistiques

Pour étudier un texte quel qu'il soit, il est nécessaire de maîtriser les différents outils syntaxiques et stylistiques étudiés au collège et au lycée. Vous vous intéresserez notamment ici aux temps des verbes (Fiches 58 à 63) (le présent et le passé composé dominent de façon inhabituelle dans un récit), à la syntaxe des phrases (de nombreuses indépendantes juxtaposées (Fiche 68)), au rythme, aux répétitions, aux comparaisons (Fiches 32 à 37).

La méthode

Une lecture attentive et sensible (Fiche 3)

Lisez plusieurs fois le texte, sans vous laisser influencer par les aides que vous apportent le corpus et la question. Demandez-vous simplement ce que vous avez lu, ce que vous avez compris et surtout ce que vous avez ressenti.

Vous serez certainement touché par le lyrisme du passage et ne manquerez pas d'être frappé par la mise en page particulière, proche de celle d'un poème. On croirait voir et entendre (le rythme et les répétitions) les versets* d'un psaume de louange (voir le commentaire de Saint-John Perse, p. 27). Vous devrez être sensible à cette dimension poétique du texte.

La composition du plan (Fiche 5)

En prenant en compte vos impressions de lecture, tracez les grandes lignes de votre plan. Sans séparer la forme et le contenu, chaque axe doit proposer une définition du texte (ce texte, c'est...) en allant du moins important au plus important, d'une lecture première (la fonction narrative du dénouement) à une analyse plus fine.

Le plan comprend deux ou trois parties (Fiche 6) qui se divisent en sous-parties matérialisées dans le devoir rédigé par des paragraphes. Attention : les remarques concernant le style doivent toujours être reliées au sens du texte.

Le plan

I. Un *excipit* centré sur le personnage de Panturle

II. L'harmonie retrouvée

III. La célébration poétique de la victoire

Corrigé : devoir rédigé

*Les **textes en bleu** apparaissant dans ce corrigé, titres et remarques entre crochets, ne doivent pas figurer dans votre devoir. Nous les avons insérés pour vous guider et vous aider à repérer le progresssion du commentaire.*

Introduction (Fiche 12)

Publié en 1930, *Regain* est le troisième roman d'une trilogie comprenant *Colline* et *Un des Baumugnes*. Quand Panturle le montagnard fait la connaissance d'Arsule, la compagne maltraitée d'un rémouleur de passage, il est le dernier habitant d'Aubignane. S'inspirant de la véritable histoire d'un village provençal abandonné, Jean Giono raconte la solitude puis la résurrection d'Aubignane. La dernière page, dressant un bilan quant aux personnages, nous donne le dénouement de l'histoire ; mais Giono ne raconte pas seulement une histoire liée à l'exode rural ; en effet le dénouement dépasse largement le cadre de la narration et du contexte provençal pour célébrer une harmonie entre l'homme et la nature. Ainsi, au-delà d'un bilan centré sur Panturle, l'excipit de *Regain*, évoquant un monde où l'homme et la nature vivent en harmonie, célèbre de façon poétique la victoire de la vie.

I. Un *excipit* centré sur le personnage de Panturle

La dernière page de *Regain* dénoue l'intrigue en accordant une place centrale à Panturle.

A. Le dénouement de l'histoire

L'excipit remplit bien sa fonction narrative en délivrant au lecteur les informations qu'il attend. L'histoire se termine-t-elle bien ? Le mot « victoire » renforcé par l'adjectif épithète « grande » nous rassure. À l'avant-dernière ligne, dans une sorte de clin d'œil, Giono écrit : « Il a gagné : c'est fini. » Le combat pour la sauvegarde du village est terminé. Mais le pronom démonstratif « c' » renvoie également au roman lui-même. Si le combat est achevé, le livre se referme. En effet, à la fin du roman, Arsule est enceinte. L'élément de résolution, pour reprendre la terminologie du schéma narratif, annonce la clôture du récit. « Fille, soigne-toi bien, va doucement » : la dernière page nous rappelle qu'Arsule attend un bébé et l'adverbe « maintenant » qui suit de peu ces injonctions* (« j'irai te chercher l'eau, le soir, maintenant ») exprime ce changement de situation. Dans les dernières lignes, le lien entre la naissance attendue et la résurrection du village est explicité. En effet, Panturle s'est remis au travail et la civilisation prend le dessus ; il est question de « champs » et de « labours ».

B. La place centrale de Panturle dans la dernière page

Nommé au début du passage, Panturle ne sera plus désigné que par « il ». L'anaphore* quasi incantatoire de ce pronom souligne la place du personnage, présent comme une « colonne » centrale dans le dénouement. Arsule ne parle pas, elle est presque absente. Le passé composé « Il a dit » exprime une antériorité qui repousse la jeune femme dans un passé récent. Elle n'est pas aux côtés du montagnard à la clôture du roman et elle n'est que le destinataire de ses paroles. Des paroles injonctives qui expriment, dans la tradition provençale ou rurale, l'autorité masculine. Avec la venue puis la grossesse d'Arsule, Panturle accède au statut d'époux et de père ; la naissance de l'enfant, c'est aussi la sienne en même temps que la résurrection de son village. Mais l'autorité traditionnelle de Panturle, exprimée par les impératifs, est bienveillante et n'affirme pas une supériorité écrasante, bien au contraire. Le « on » et le « nous » ainsi que l'adverbe « ensemble » le suggèrent.

[Conclusion-transition] Ainsi, cette page dénoue l'histoire en évoquant la grossesse d'Arsule qui est renaissance pour Panturle et résurrection pour le village. Mais, au-delà de cette fonction narrative attendue, elle exprime l'harmonie retrouvée entre l'homme et la nature.

II. L'harmonie retrouvée

La présence d'Arsule est pour Panturle source de joie et d'harmonie, une harmonie intérieure quand sensations et sentiments s'accordent, une harmonie universelle quand l'homme et la nature partagent la même « bonne volonté ».

A. La plénitude de la joie

La dernière page est sous le signe de la joie et de la plénitude. Le mot « joie » est répété dans ce texte lyrique et tout vient souligner son intensité, son ampleur plus exactement car on a l'impression qu'elle emplit entièrement le personnage. « Il est tout embaumé de sa joie », « C'est une joie dont il veut mâcher toute l'odeur » : l'adverbe « tout » puis le déterminant indéfini « toute » contribuent à élargir un sentiment qui s'installe également dans la durée comme l'exprime l'adverbe « longtemps ». Le préfixe « en » des participes « embaumé » et « entassées » suggère également cette plénitude que l'on retrouve avec l'image du « beau silence » qui « s'est épaissi en lui et autour de lui comme un pré ». Les verbes « épaissir » et « embaumer » diffusent cette joie jusqu'à ce qu'elle devienne palpable, épaisse, si épaisse qu'elle ne laisse plus rien pénétrer car l'on n'attend plus rien : le « beau silence ». Il n'est plus alors nécessaire de se déplacer : « il ne bouge pas. Il a gagné : c'est fini. »

B. L'harmonie des sens et des sensations

La joie est telle que les sens vibrent à l'unisson. On relève en effet au fil du récit un jeu de correspondances qui concourt à l'harmonie générale. Le sentiment devient parfum dans la phrase isolée : « Il est tout embaumé de sa joie » ; plus loin également : « C'est une joie dont il veut mâcher toute l'odeur ». Dans cette dernière expression, les sensations gustative (« mâcher ») et olfactive sont confondues. L'ouïe est également sollicitée avec les « chansons qui sont là » et le toucher n'est pas absent si l'on est sensible au verbe « s'est épaissi ».

C. L'harmonie de l'homme et du monde

Alors que les chansons « entassées dans sa gorge » étaient retenues par les dents pressées (« presser ses dents ») et les lèvres serrées (« Et il serre les lèvres »), la paix exprimée par le « beau silence » qui s'était « épaissi en lui et autour de lui » se répand « comme un pré ». La plénitude de la joie et l'harmonie des sensations et des sentiments gagnent la nature. Panturle se rapproche progressivement de la terre. D'abord « il marche » et l'on ne sait pas où il va, si ce n'est qu'il s'écarte de sa compagne et qu'il est seul. Le « Maintenant » qui ouvre le texte introduit cette dernière étape du roman ; par la suite, le personnage se rapproche petit à petit de « ses champs » : d'abord il se tient « devant », puis il « prend une poignée de cette terre grasse ». Le geste se précise : « Il en tâte, entre ses doigts, toute la bonne volonté », la préposition « entre » et la personnification de la terre commençant à indiquer l'union de l'homme et de la nature. Avec la révélation du dernier paragraphe, la fusion devient totale car l'homme est décrit avec le vocabulaire de la terre : « Il a connu d'un coup, cette lande terrible qu'il était », « il a ses grands pantalons de velours brun, à côtes ; il semble vêtu avec un morceau de ses labours. »

[Conclusion-transition] Au-delà d'un simple dénouement, la dernière page de *Regain*, profondément lyrique, exprime la joie qui envahit Panturle, une joie qui consacre l'appartenance de l'homme à la nature ; elle célèbre aussi la victoire de la vie.

III. La célébration poétique de la victoire

La dernière page de *Regain* dépasse largement les attentes narratives du lecteur ; elle semble même quitter la terre du roman pour célébrer la victoire de la vie avec des images et des rythmes empruntés à la poésie.

A. La victoire de la vie

Nous avons vu que la dernière page apportait une solution à l'abandon du village : Panturle et Arsule attendent un enfant et la vie triomphe. Telle est la victoire que le second mouvement du texte célèbre, une victoire mise en valeur par la force de la révélation. Les virgules qui coupent le rythme de la première phrase (« Alors, tout d'un coup, là, debout ») et l'assonance* en « ou » scandent le triomphe de la vie. La soudaineté de la révélation est mise en relief par la locution adverbiale « tout d'un coup » reprise un peu plus loin par « d'un coup ». Panturle et son village ont gagné contre la souffrance. En effet, si la « terre ancienne » est « renfrognée et poilue », hostile et tranchante avec « ses aigres genêts et ses herbes en couteau », la terre nouvelle est au contraire « de bonne volonté », docile dans la main de l'homme ; elle se laisse posséder comme le suggère le déterminant possessif qui accompagne le mot « champs » (« Il est debout devant ses champs. »). De même, dans ce monde unifié, Panturle, « cette lande terrible qu'il était », « large ouvert au grand vent enragé », est devenu pareil à « ses labours », immobile (« il ne bouge pas ») et solide comme une colonne. Pour le village comme pour ses deux habitants, cette victoire révélée est celle de la vie. La grossesse d'Arsule est aussi celle de la terre : « Il prend une poignée de cette terre grasse, pleine d'air et qui porte la graine. » L'image finale de la colonne « solidement enfoncé[e] dans la terre » a une connotation sexuelle qui rapproche la relation entre les deux derniers habitants du village de celle qui unit le montagnard et « ses champs ».

B. Une célébration poétique

Pour célébrer cette victoire de la vie qui est réconciliation de l'homme et de la nature, le roman devient véritablement un poème lyrique. Et l'on a envie de parler de versets* plutôt que d'alinéas, de strophes plus que de paragraphes. Le retour fréquent à la ligne qui donne cette mise en page particulière nous invite à ce rapprochement. Mais c'est surtout le rythme qui l'autorise. Un rythme souvent croissant pour exprimer la plénitude qui s'installe progressivement. Le triomphe de la parole qui va s'amplifiant célèbre la victoire de la vie. Prenons pour exemple les versets 5 à 7 (lignes 7 à 10) : d'abord deux syllabes (« Il marche »), puis neuf (« Il est tout embaumé de sa joie ») ; le dernier verset de la série comprend ensuite deux phrases pour mieux exprimer ces chansons qui se pressent. L'emploi du passé composé et du présent, deux temps de l'énonciation, donnent une dimension orale, presque maladroite au récit et invite le lecteur à entrer dans cette joie unificatrice. Le recours à la juxtaposition de propositions indépendantes, l'anaphore*, presque scandée, du pronom « il » ainsi que les nombreuses répétions (« joie », « bonne volonté », « debout »...) se veulent un retour à un langage simple, presque rustre à l'image du personnage, mais surtout un langage dans lequel s'entendent les rythmes anciens de la Bible ou des épopées grecques. On aurait tort de ne voir là qu'une coloration rurale quand Giono célèbre la victoire de la vie avec une poésie universelle.

Conclusion (Fiche 13)

Le village abandonné reprend vie quand Panturle, le dernier habitant, fonde une famille et se remet à labourer ses champs. La dernière page de *Regain* dénoue l'histoire de ce village et de ce montagnard dans une scène lyrique et poétique qui célèbre la victoire de la vie sur la souffrance et la solitude aride. Le roman devient poésie ; et le langage, abrupt comme le paysage et comme les hommes qui y vivent, exprime une harmonie originelle entre l'homme et la nature, une plénitude qui fait vibrer les sens à l'unisson, une joie qui déborde comme une chanson. Ainsi, les dernières lignes du roman, comme un accord final, exposent le dénouement de l'intrigue tout en transmettant une conception de la vie. Au-delà de ces fonctions narratives qui répondent aux attentes du lecteur, l'épilogue pose un point d'orgue qui nous empêche de refermer le livre trop vite.

SUJET 9

4 heures

Objet d'étude : Le roman et le récit du Moyen Âge au XXIe siècle

Vous ferez le commentaire de l'extrait d'*Un barrage contre le Pacifique* de Marguerite Duras.

Marguerite Duras, *Un barrage contre le Pacifique*, 1951, © Éditions Gallimard.

[L'action se situe en Indochine, péninsule d'Asie du Sud-Est, dans les années 1920. La famille de Suzanne, l'héroïne du roman, mène une existence misérable. Désœuvrée et livrée à elle-même, Suzanne erre dans les quartiers de la ville à la recherche de son frère Joseph.]

[…] Elle ne trouva pas Joseph, mais tout à coup une entrée de cinéma, un cinéma pour s'y cacher. La séance n'était pas commencée. Joseph n'était pas au cinéma. Personne n'y était, même pas M. Jo[1].

Le piano commença à jouer. La lumière s'éteignit. Suzanne se sentit désormais invisible, invincible et se mit à pleurer de bonheur. C'était l'oasis, la salle noire de l'après-midi, la nuit des solitaires, la nuit artificielle et démocratique, la grande nuit égalitaire du cinéma, plus vraie que la vraie nuit, plus ravissante, plus consolante que toutes les vraies nuits, la nuit choisie, ouverte à tous, offerte à tous, plus généreuse, plus dispensatrice de bienfaits que toutes les institutions de charité et que toutes les églises, la nuit où se consolent toutes les hontes, où vont se perdre tous les désespoirs, et où se lave toute la jeunesse de l'affreuse crasse d'adolescence.

C'est une femme jeune et belle. Elle est en costume de cour. On ne saurait lui en imaginer un autre, on ne saurait rien lui imaginer d'autre que ce qu'elle a déjà, que ce qu'on voit. Les hommes se perdent pour elle, ils tombent sur son sillage comme des quilles et elle avance au milieu de ses victimes, lesquelles lui matérialisent son sillage, au premier plan, tandis qu'elle est déjà loin, libre comme un navire, et de plus en plus indifférente, et toujours plus accablée par l'appareil immaculé de sa beauté[2]. Et voilà qu'un jour de l'amertume lui vient de n'aimer personne. Elle a naturellement beaucoup d'argent. Elle voyage. C'est au carnaval de Venise que l'amour l'attend. Il est très beau l'autre. Il a des yeux sombres, des cheveux noirs, une perruque blonde, il est très noble. Avant même qu'ils se soient fait quoi que ce soit on sait que ça y est, c'est lui. C'est ça qui est formidable, on le sait avant elle, on a envie de la prévenir. Il arrive tel l'orage et tout le ciel s'assombrit. Après bien des retards, entre deux colonnes de marbre, leurs ombres reflétées par le canal qu'il faut, à la lueur d'une lanterne qui a, évidemment, d'éclairer ces choses-là, une certaine habitude, ils s'enlacent. Il dit je vous aime. Elle dit je vous aime moi aussi. Le ciel sombre de l'attente s'éclaire d'un coup. Foudre d'un tel baiser. Gigantesque communion de la salle et de l'écran. On voudrait bien être à leur place. Ah ! comme on le voudrait. [...]

1. *M. Jo :* fils d'un riche planteur, amoureux de la jeune fille.

2. L'ensemble de ses qualités physiques proches de la perfection.

Travail préparatoire

Fiches p. 287
1 3 5 47

Autour du texte

Le paratexte (Fiche 1)

Peut-être avez-vous lu le roman de Marguerite Duras *Un barrage contre le Pacifique* qui appartient, comme le suggère le chapeau introducteur, au cycle indochinois de l'œuvre et paraît en 1951 ? Roman des origines, il nous renvoie à l'enfance de l'auteur, donnant d'emblée au texte une couleur autobiographique, même si Suzanne n'est pas Marguerite, même si Joseph n'est pas Paul le frère adulé, ni M. Jo le Chinois rencontré et célébré dans *L'Amant*. Marguerite Duras déclarera d'ailleurs qu'à l'exception de *L'Amant*, tous ses romans sont des fictions « où soi-même est un autre ».

L'auteur

Marguerite Duras (1914-1996) est surtout connue depuis le succès de *L'Amant* et le prix Goncourt qui la révéla au grand public en 1984. Auteur rebelle en littérature, elle reste en marge des principaux courants qui ont jalonné le XXe siècle. Ainsi n'a-t-elle jamais appartenu au groupe du Nouveau Roman*, même si sa technique narrative à partir des années 1960 s'en rapproche. Romancière, dramaturge (*L'Éden Cinéma* est une version théâtralisée du *Barrage contre le Pacifique*), Marguerite Duras est aussi cinéaste avec *Hiroshima mon amour* dont elle écrit le scénario en 1959. Le cinéma est au cœur de sa vie et de son œuvre, comme le rappelle notre extrait.

La démarche

Une lecture attentive et sensible (Fiche 3)

Sans négliger les connaissances extérieures, fiez-vous à vos impressions de lecteur. Imprégnez-vous du texte. Interrogez-vous : en quoi le passage nous touche-t-il ? Quelles sont les intentions de l'auteur ? Où intervient-il ?

Les outils d'analyse

Cernez l'originalité de l'écriture de Marguerite Duras, les structures phrastiques [des phrases], le jeu des pronoms et des temps verbaux. Repérez les passages de discours indirect libre (Fiche 47). Étudiez les figures de style toujours porteuses de sens, les anaphores*, les métaphores et comparaisons. Précisez les différentes tonalités du texte conciliant ironie et lyrisme*.

Le plan

L'élaboration du plan (Fiche 5)

Il convient de définir les enjeux du passage et de bâtir un plan autour d'une problématique : comment la magie du cinéma opère-t-elle sur Suzanne ? Quel est le sens de cette mise en abyme* ? Le regard de l'auteur est-il le même que celui de la jeune fille ?

Un plan en 3 parties

En veillant à adopter une progression cohérente et logique, on pourrait proposer le plan suivant qui met en relief les différents aspects du texte.

I. Un témoignage sur l'univers du cinéma muet
II. Le topos* de la rencontre amoureuse
III. L'éloge du cinéma

Corrigé : plan détaillé

*Les **textes en bleu** apparaissant dans ce corrigé, titres et remarques entre crochets, ne doivent pas figurer dans votre devoir. Nous les avons insérés pour vous guider et vous aider à repérer la progression du commentaire.*

Introduction (Fiche 12)

La romancière Marguerite Duras connaît bien l'univers du cinéma. Enfant, en Indochine, elle accompagnait sa mère pianiste à l'Éden cinéma. Bien plus tard, en 1959, elle écrira pour Alain Resnais le scénario d'*Hiroshima mon amour*. On retrouve dans son œuvre et dans son écriture ce goût pour le septième art. *[Brève présentation de l'auteur et de l'œuvre. À défaut de connaissances personnelles, on peut s'aider du paratexte.]* Dans le roman d'inspiration autobiographique *Un barrage contre le Pacifique*, la jeune Suzanne a le bonheur d'assister dans les années 1920 à une histoire d'amour au cinéma muet. Cette scène de rencontre amoureuse est l'occasion d'un double regard, celui de l'auteur amusé, celui de Suzanne envoûtée. *[Présentation du texte et des aspects importants qui justifient le plan]* Au-delà du témoignage sur un art balbutiant, nous verrons que la parodie est vite dépassée par le lyrisme* de l'éloge. *[Annonce du plan en 3 parties]*

I. Un témoignage sur l'univers du cinéma muet

A. La mise en abyme*

Par le biais d'une **mise en abyme**, l'auteur nous présente une scène de cinéma muet où un personnage de fiction romanesque assiste à une fiction cinématographique. La scène tout entière est vue par Suzanne en focalisation* interne.

Cet effet de miroir permet une **complicité avec le lecteur** qui, au cœur de l'illusion, finira par retrouver le chemin de la réalité autobiographique.

B. Les conditions matérielles

On repère **le piano d'accompagnement** (« le piano commença à jouer ») *[les citations dans un devoir rédigé seront intégrées à la phrase* **(Fiche 11)***]*,

souvenir de l'Éden cinéma, qui, dans une phrase brève, donne les premières notes, tandis que le son deviendra progressivement envoûtant comme la vague de la phrase (2e paragraphe).
Les effets de lumière. Aller au cinéma dans les années 1920, c'est d'abord entrer dans une atmosphère où les jeux de lumière ont une grande part. Tout l'extrait est construit sur des oppositions entre le noir et le blanc. On remarque une composition circulaire et des échos entre la salle et la scène. Au début du spectacle, « la lumière s'éteignit dans la salle ». Sur l'écran, à la beauté lumineuse de la femme succède l'ombre de la rencontre, « l'orage » annonçant « la foudre » et l'éclair du baiser (« le ciel sombre de l'attente s'éclaire d'un coup »). On peut imaginer que le baiser marque un *happy end* rendant la salle à la lumière.

C. Un art naissant

Le langage coupé existe bien, marqué par l'asyndète* et l'absence de ponctuation signalant le discours direct (« Il dit je vous aime. Elle dit je vous aime moi aussi »). Même muet, le cinéma n'a jamais pu être silencieux. On peut imaginer des intertitres.
La fascination collective du « on » : l'exaltation des spectateurs conquis par la nouveauté du spectacle n'épargne pas Suzanne englobée dans le pronom « on ». Le chiasme* final traduit cette adhésion enthousiaste de la salle (« On voudrait bien être à leur place. Ah ! comme on le voudrait »).
[Transition] Face à ce désir d'identification, comment ne pas remarquer le regard distancié du narrateur dont l'ironie met à nu les clichés ?

II. Le topos* de la rencontre amoureuse

A. La progression de la scène

Un topos. Avec cette rencontre amoureuse, les spectateurs sont plongés dans un univers fictionnel idyllique. Pour Suzanne, c'est un éblouissement après l'errance initiale. La formulation est d'abord négative (« Elle ne trouva pas Joseph [...] Joseph n'était pas au cinéma. Personne n'y était, même pas M. Jo »). Les phrases courtes scandent sa désillusion et renvoient à sa solitude. Puis tout change, et la magie du cinéma opère. Le passé simple ponctuel cède la place à l'imparfait enveloppant (2e paragraphe) et au présent de narration qui marque l'entrée heureuse dans la fiction (3e paragraphe).

La progression attendue du scénario est un gage de séduction : le jeu des pronoms est très convenu (« Elle », « Il », « ils »). Voilà les protagonistes enlacés, réunis dans la double déclaration et le baiser final. Un cliché que l'auteur souligne avec le discours indirect libre qu'on peut attribuer à Suzanne : « Avant même qu'ils se soient fait quoi que ce soit on sait que ça y est, c'est lui. » On repère ses maladresses de langage, sa naïveté d'adolescente.

B. Les personnages

L'héroïne. Avec la récurrence du pronom « elle », l'héroïne du film envahit le texte, comme elle crève l'écran. Elle est parfaite (« C'est une femme jeune et belle »), trop parfaite ! Une princesse, « en costume de cour ». Elle incarne les rêves des spectateurs et comble toutes les attentes, comme le souligne la structure anaphorique* de la phrase : « On ne saurait lui en imaginer un autre, on ne saurait rien lui imaginer d'autre que ce qu'elle a déjà, que ce qu'on voit. » Belle et riche, « elle a naturellement beaucoup d'argent ». Le modalisateur* adverbial ne manque pas d'ironie. L'auteur poursuit ce stéréotype* de la femme fatale en évoquant ses conquêtes par le biais d'une métaphore filée. « Les hommes se perdent pour elle, ils tombent sur son sillage comme des quilles [...] tandis qu'elle est déjà loin, libre comme un navire, et de plus en plus indifférente ». Une inversion révélatrice de ce qui se passe dans la vraie vie où les femmes, telle Suzanne, sont plutôt des victimes...

Lui, c'est le faire-valoir, un prince de pacotille qui conjugue tous les atouts au superlatif : « Il est très beau l'autre. [...] il est très noble. » Sa beauté ténébreuse est naturellement complémentaire de celle de l'actrice qu'on imagine blonde. L'ironie éclate avec la postposition* du pronom « l'autre » qui fait de lui le compère obligé.

C. Le décor ajoute à la conventionalité du topos

C'est au carnaval de Venise que l'amour l'attend. L'illusion est à son comble et **tous les ingrédients romantiques sont là** : « les colonnes de marbre », « le canal qu'il faut », la « lanterne qui a, évidemment, d'éclairer ces choses-là, une certaine habitude ». Le modalisateur verbal (« qu'il faut ») associé à l'adverbe souligne la parodie et la structure chaotique de la phrase est, à elle seule, un indice de dissonance.

[Transition] Cet univers codé, factice, ne pourrait-il pas être un facteur d'aliénation ? Le lyrisme pourtant l'emporte sur l'ironie.

III. L'éloge du cinéma

A. Le personnage de Suzanne

À peine raillée, **Suzanne fait l'objet d'une ironie bienveillante**. Certes, l'auteur se moque de l'enthousiasme naïf de celle qui s'abandonne à la joie de l'identification en traduisant ses pensées au discours indirect libre : « C'est ça qui est formidable, on le sait avant elle, on a envie de la prévenir. » Pourtant, l'essentiel réside dans **la transfiguration de la jeune fille** inquiète, enlisée dans le quotidien et la misère. Le zeugma* initial nous montre bien tout l'apport de la fiction dans sa vie. L'entrée de cinéma marque une pause dans l'errance (« un cinéma pour s'y cacher »). La libération est radicale comme l'indiquent la rupture du passé simple et l'adverbe « désormais ». « Suzanne se sentit désormais invisible, invincible et se mit à pleurer de bonheur. » La paronomase* (« invisible, invincible ») souligne la transfiguration du personnage. Et il n'est pas interdit d'ajouter au conditionnel final la valeur d'un irréel du présent, l'auteur mettant ainsi en relief le pouvoir d'illusion du cinéma.

B. Le cinéma un lieu magique

Cette illusion est bénéfique car **le cinéma réunit** dans une nuit maternelle et bienfaitrice et permet de **transcender la solitude**. Est évoquée dans une longue phrase de prose poétique relancée par l'anaphore* « la nuit », martelée par l'épiphore* « à tous », la communion régnant dans la salle obscure. L'éloge du cinéma, est encore scandé par des rythmes ternaires ou binaires, par des homéotéleutes* (« ravissante », « consolante » ; « ouverte », « offerte »). Dans le dernier paragraphe, une simple phrase nominale* revient sur cette magie du lieu : « Gigantesque communion de la salle et de l'écran. »

La fiction est aussi salvatrice. « C'était l'oasis. » La métaphore rend bien compte du miracle opéré par le cinéma dans le désert d'une vie. L'image de l'eau affleure avec l'évocation de cette nuit « où se lave toute la jeunesse de l'affreuse crasse d'adolescence ». Le cinéma comme la tragédie antique permet la catharsis*. Suzanne est purifiée, sauvée par ce lieu régénérateur qui se substitue aux églises (comparatifs de supériorité). Le vocabulaire religieux contribue en effet à la sacralisation du cinéma (« toutes les institutions de charité » ; « toutes les églises »). Le passage progressif de Suzanne, d'abord évoquée à la troisième personne « elle » ou par son prénom, au pronom indéfini « on », l'associe aux spectateurs et semble conférer au cinéma une valeur universelle.

Conclusion (Fiche 13)

Dans ce texte où Marguerite Duras a assurément mis beaucoup d'elle-même, conjuguant ses souvenirs, ses émotions, sa nostalgie, nous assistons à un vibrant éloge du septième art. Certes, le cinéma peut apparaître comme une machine à fabriquer des rêves et un vecteur d'aliénation. Pourtant, peu à peu, l'auteur nous a livré sa vision politique et mystique du cinéma, lieu de vie et de survie. *[Bilan du développement]* Si le procédé de la mise en abyme a permis de créer une distanciation entre le lecteur, l'auteur et le personnage, on peut encore le poursuivre. Cette scène du *Barrage contre le Pacifique* a en effet été adaptée au cinéma en 2008, Astrid Bergès-Frisbey interprétant la fragile Suzanne.

SUJET 10

4 heures

Objet d'étude : Le théâtre du XVIIe siècle au XXIe siècle

Vous ferez le commentaire de l'extrait de *Lorenzaccio* d'Alfred de Musset.

Alfred de Musset, *Lorenzaccio*, acte IV, scène 9, 1834.

[La pièce se passe à Florence, au XVIe siècle. Lorenzo de Médicis a décidé d'assassiner son cousin Alexandre de Médicis, duc de Florence, qui gouverne en tyran. Le moindre détail de ce meurtre a été prémédité : Lorenzo a volé la cotte de mailles d'Alexandre, a arrangé un faux rendez-vous galant avec sa tante Catherine Ginori pour attirer Alexandre dans sa propre maison où attend en embuscade Scoronconcolo, un ami dévoué à Lorenzo. Lorenzo erre dans les rues, attendant l'heure du rendez-vous fatal.]

Une place ; il est nuit. Entre Lorenzo.

LORENZO – Je lui dirai que c'est un motif de pudeur, et j'emporterai la lumière – cela se fait tous les jours – une nouvelle mariée, par exemple, exige cela de son mari pour entrer dans la chambre nuptiale, et Catherine[1] passe pour très vertueuse. – Pauvre fille ! Qui l'est sous le ciel si elle ne l'est pas ? – Que ma mère mourût de tout cela, voilà ce qui pourrait arriver.

Ainsi donc voilà qui est fait. Patience ! Une heure est une heure, et l'horloge vient de sonner. Si vous y tenez cependant – mais non pourquoi ? – Emporte le flambeau si tu veux ; la première fois qu'une femme se donne, cela est tout simple. – Entrez donc, chauffez-vous donc un peu, – Oh ! mon Dieu, oui, pur caprice de jeune fille ; et quel motif de croire à ce meurtre ? – Cela pourra les étonner, même Philippe[2].

Te voilà, toi, face livide ? *(La lune paraît.)*

Si les républicains étaient des hommes, quelle révolution demain dans la ville ! Mais Pierre[2] est un ambitieux ; les Ruccellai[2] seuls valent quelque chose. – Ah ! les mots, les mots, les éternelles paroles ! S'il y a quelqu'un là-haut, il doit bien rire de nous tous ; cela est très comique, très comique, vraiment. – Ô bavardage humain ! Ô grand tueur de corps morts ! Grand défonceur de portes ouvertes ! Ô hommes sans bras !

Non ! non ! Je n'emporterai pas la lumière. J'irai droit au cœur ; il se verra tuer... Sang du Christ ! On se mettra demain aux fenêtres.

Pourvu qu'il n'ait pas imaginé quelque cuirasse nouvelle, quelque cotte de mailles. Maudite invention ! Lutter avec Dieu et le diable, ce n'est rien ; mais lutter avec des bouts de ferraille croisés les uns sur les autres par la main sale d'un armurier ! – Je passerai le second pour entrer ; il posera son épée là, – ou là – oui, sur le canapé. – Quant à l'affaire du baudrier à rouler autour de la garde, cela est aisé. S'il pouvait lui prendre fantaisie de se coucher, voilà où serait le vrai moyen. Couché, assis, ou debout ? Assis plutôt. Je commencerai par sortir ; Scoronconcolo est enfermé dans le cabinet. Alors nous venons, nous venons – je ne voudrais pourtant pas qu'il tournât le dos. J'irai à lui tout droit. Allons, la paix, la paix ! L'heure va venir. – Il faut que j'aille dans quelque cabaret ; je ne m'aperçois pas que je prends du froid, et je viderai un flacon. – Non ; je ne veux pas boire. Où diable vais-je donc ? Les cabarets sont fermés.

Est-elle bonne fille ? – Oui vraiment. – En chemise ? – Oh ! non, non, je ne le pense pas.

– Pauvre Catherine ! Que ma mère mourût de tout cela, ce serait triste. – Et quand je lui aurais dit mon projet, qu'aurais-je pu y faire ? Au lieu de la consoler, cela lui aurait fait dire : Crime ! Crime ! Jusqu'à son dernier soupir ! [...]

1. *Catherine :* Catherine Ginori, tante de Lorenzo.

2. Philippe Strozzi, Pierre et les Ruccellai appartiennent au clan des républicains, adversaires des Médicis.

Travail préparatoire

Fiches p. 287
1 3 5 10 52

Les outils d'analyse

Le paratexte (Fiche 1)

Notez bien l'époque (la Renaissance) et le cadre de l'action. Notez aussi la date de publication (*Lorenzaccio* n'était pas destiné à être joué) et rattachez l'auteur au mouvement romantique. La pièce, entre tragédie et comédie, élaborée comme un roman, est un drame romantique*.

Au nombre de noms mentionnés dans le chapeau introducteur, vous devinez la complexité de l'intrigue. Lisez l'introduction attentivement pour bien comprendre ce qui se passe. Le discours de Lorenzo s'apparente à une rêverie intérieure et vous avez besoin de comprendre les allusions aux événements passés (la cotte de mailles, le faux rendez-vous avec Catherine) et imminents (le rôle de Scoronconcolo, l'assassinat du duc de Florence).

Un monologue (Fiches 10 et 52)

Au théâtre, le monologue permet au spectateur d'accéder à la pensée du personnage. Quand le personnage analyse la situation dans laquelle il se trouve pour trouver une issue, comme dans les stances* de Rodrigue (Corneille, *Le Cid*, acte I, scène 6), on parle de monologue délibératif. Ce n'est pas le cas ici, car, si les propos de Lorenzo ne sont pas exempts d'hésitations, ils manifestent une détermination à agir comme prévu.

Pensez au monologue intérieur du roman, qui épouse les méandres de la réflexion ou des émotions du héros. Au théâtre, devant le public, le personnage se doit d'être plus explicite.

Musset ayant choisi d'écrire ses pièces pour un lecteur « dans un fauteuil » plutôt que pour des spectateurs dont il avait essuyé les rires lors de sa première pièce, emprunte au roman les sinuosités parfois confuses du monologue intérieur.

Les procédés grammaticaux ou stylistiques

Examinez les temps des verbes afin de comprendre quelle place ce monologue occupe dans la chronologie de l'intrigue et comment se manifeste (le futur notamment) la détermination de Lorenzo.

Soyez sensible à la syntaxe des phrases, à la façon dont elles suggèrent le trouble, voire le désespoir du héros : les asyndètes*, les phrases brèves, nominales*, les modalités* exclamative et impérative, les interjections... Repérez et commentez aussi les répétitions. Étudiez la façon dont Musset, tout en exprimant les émotions de son personnage, nous donne à imaginer la scène du meurtre. Le monologue de Lorenzo témoigne de la force suggestive de la parole.

La méthode

Une première lecture (Fiche 3)

À la première lecture, le monologue de Lorenzo vous apparaît sans doute complexe et confus. Tout en cherchant à comprendre les enjeux du texte, demandez-vous quels procédés créent cette impression de confusion et ce qu'elle signifie : des voix non identifiées immédiatement viennent se greffer au discours principal et on se perd dans les pronoms.

Vous aurez aussi noté, dès la première lecture, la place du meurtre projeté et la solitude du personnage.

La composition du plan (Fiche 5)

Notez vos impressions de lecture et élucidez le texte en vous appuyant sur le chapeau introducteur sans perdre de vue cette première impression de confusion.

Organisez votre commentaire en mettant en avant les différentes caractéristiques du monologue de Lorenzo.

Le plan

I. Un monologue qui concentre l'intrigue de la pièce

II. Un monologue intérieur qui s'apparente à une rêverie

III. Un monologue qui exprime la solitude et le désespoir de Lorenzo

→ *Corrigé : plan détaillé p. 98.*

Corrigé : plan détaillé

*Les **textes en bleu** apparaissant dans ce corrigé, titres et remarques entre crochets, ne doivent pas figurer dans votre devoir. Nous les avons insérés pour vous guider et vous aider à repérer la progression du commentaire.*

Introduction rédigée (Fiche 12)

Rejetant les règles du théâtre classique, les romantiques prônent le mélange des genres et aspirent à plus de naturel. *Lorenzaccio*, le drame de Musset publié en 1834 dans la seconde édition du *Théâtre dans un fauteuil*, adopte l'esthétique romantique en se libérant également des contraintes et conventions de la scène. Il se nourrit du genre romanesque, multiplie le nombre des personnages, choisit la prose. Le héros qu'il met en scène prémédite le meurtre de son cousin Alexandre de Médicis, le duc et tyran de Florence ; obligé de partager la vie de débauche du tyran pour l'approcher, il sacrifie sa pureté pour une cause qu'il finit par trouver vaine. Quelle est la portée du monologue qu'il prononce juste avant de commettre son crime ? *[Problématique]* Dans ce discours chargé d'émotions qui rappelle ceux des héros de roman, il évoque son projet *[première partie]* dans une longue rêverie *[deuxième partie]* qui exprime toute sa solitude et son désespoir *[troisième partie]*.

I. Un monologue qui concentre l'intrigue de la pièce

A. La mention de nombreux personnages

La présence de **nombreux noms de personnages** ou de groupes (« les républicains », « les Ruccellai »), alors qu'un seul personnage se trouve sur scène, donne l'impression que le discours présente un concentré de l'intrigue.

Sont nommés :

– **Scoronconcolo** : simple auxiliaire de Lorenzo, il apparaît en lien avec l'organisation du meurtre (« enfermé dans le cabinet ») ;

– **la famille de Lorenzo** : Catherine et la mère du héros sont deux incarnations de la vertu. Pour la première : « Qui l'est [vertueuse] sous le ciel si

elle ne l'est pas » ; pour la seconde : « Que ma mère mourût de tout cela, voilà ce qui pourrait arriver ». Les deux femmes sont à nouveau associées à la toute fin du passage ;
– **les républicains** : les Ruccellai et les Strozzi ; ils sont perçus négativement (« les mots, les mots, les éternelles paroles ! » ; ce sont des « hommes sans bras ») ;
– le **duc de Florence** : un personnage omniprésent uniquement désigné par les pronoms « il » ou « lui », une incarnation de la débauche florentine. On le devine imprévisible : « Couché, assis ou debout », homme agissant selon sa « fantaisie » et, de ce fait, conscient des haines qu'il suscite (« quelque cuirasse nouvelle »).

B. Différents moments de l'intrigue

Les étapes de la préparation du meurtre sont rappelées : l'affaire de la cotte de mailles, le faux rendez-vous avec la vertueuse Catherine, la présence de Scoronconcolo, le baudrier à rouler de telle sorte que le duc ne puisse sortir l'épée de son fourreau. Ces préparatifs sont si fortement présents dans l'esprit de Lorenzo qu'ils ne sont pas évoqués au passé. Les événements ne sont pas ordonnés ; ils apparaissent juste en toile de fond du présent : « quelque cuirasse nouvelle, quelque cotte de mailles ».
Le présent du monologue est celui de l'attente : répétition du mot « heure », injonction* « Patience ! ».
Le récit prospectif* du meurtre se fait au futur, de façon éclatée : « je lui dirai », « j'emporterai », « Cela pourra les étonner », « il se verra tuer... » (le non-dit suggéré par les points de suspension).

C. L'examen des hypothèses

Non seulement le monologue rappelle ce qui s'est passé et annonce ce qui va se produire, mais **il envisage différentes hypothèses** : la question de la cotte de maille, la question de la lumière, la position du duc et la mort de la mère en marge du meurtre en employant :
– **la conjonction de coordination « ou »** : « Couché, assis, ou debout ? » ;
– le **subjonctif** exprimant un souhait (l'avenir est donc incertain) : « Pourvu qu'il n'ait pas imaginé quelque cuirasse nouvelle ? », « je ne voudrais pourtant pas qu'il tournât le dos » ;
– le **mode conditionnel** pour dire une action soumise à une hypothèse : « S'il pouvait lui prendre fantaisie de se coucher, voilà où serait le vrai moyen ».

II. Un monologue intérieur qui s'apparente à une rêverie

A. Les changements de voix

Lorenzo s'adresse à **différents destinataires** : lui-même ou les lecteurs, le duc au sein des dialogues rapportés (« Emporte le flambeau si tu veux », « oui vraiment »), la lune (« Te voilà, toi, face livide ? »).
Les **paroles insérées** ne sont ni introduites par des verbes de parole, ni signalées par une ponctuation spécifique. On ne sait pas qui parle, le vouvoiement fait place au tutoiement : « Si vous y tenez cependant – mais non, pourquoi ? Emporte le flambeau si tu veux ».
Cette **confusion des locuteurs** rend compte de la **confusion de Lorenzo**.
Musset privilégie le naturel en recourant aux interjections, voire aux jurons (« Sang du Christ ») et au langage familier (« Grand défonceur de portes ouvertes »).

B. Des ruptures qui relèvent de la rêverie non construite

Le monologue est décousu comme peut l'être la rêverie :
– les **changements de modalité*** : la place des exclamations, des interrogations ;
– les **phrases non verbales** : « Maudite invention ! », « Assis plutôt »... ;
– la **parataxe*** : les propositions sont souvent brèves et juxtaposées ce qui donne l'impression que le discours est décousu : « Sang du Christ ! On se mettra demain aux fenêtres. » ;
– les **hésitations** quant à la stratégie à adopter (« il posera son épée là, – ou là », « Je viderai un flacon. – Non : je ne veux pas boire ».) semblent un détournement du monologue délibératif tragique car les thèmes en jeu (la place de l'épée ou la position du duc) sont prosaïques.
– les **reprises** (« l'heure », « Que ma mère mourût ») et les contradictions (« j'emporterai la lumière », « Non ! non ! Je n'emporterai pas la lumière ») rendent compte du désordre de l'esprit du héros.

III. Un monologue qui exprime la solitude et le désespoir de Lorenzo

A. Le vide autour de Lorenzo

Les **personnages mentionnés** ne communiquent pas avec Lorenzo et ne sont pas en accord avec lui. Le héros se retrouve seul et prononce son monologue face à la lune, figure romantique de la solitude.

Sa **mère** ne peut comprendre son sacrifice et en mourra comme Lorenzo le dit à deux reprises (c'est en effet ce qui se produira).
Les républicains ne savent pas saisir l'occasion : « cela pourra les étonner. », ils parlent (« Ô bavardage humain ! »), ils n'agissent pas (« Ô hommes sans bras ») et leurs discours restent vains : « Grand défonceur de portes ouvertes ».
Le duc est son compagnon de débauche mais Lorenzo prépare son assassinat. Le jeu de masques (paroles douces et geste violent) montre la solitude de Lorenzo.
Dieu est absent (« S'il y a quelqu'un là-haut »), réduit à une interjection (« mon Dieu »).
La ville elle-même semble condamner Lorenzo à la solitude : il se retrouve sur « une place » déserte et « Les cabarets sont fermés ».

B. La souffrance de Lorenzo

Le monologue exprime **l'angoisse du héros désespéré** : la répétition de « voilà » sur le mode hypothétique (« voilà ce qui pourrait arriver ») puis sur celui de l'accompli (« voilà qui est fait ») martèle le discours et montre une précipitation que tempère vainement l'injonction « Patience ! ».
À la fin de l'extrait, **les paroles insérées accroissent la confusion** ; le passage du « oui vraiment » au « non, non », la répétition de « crime » ainsi que la tentation de se perdre dans l'alcool manifestent l'angoisse du héros.
Le face à face avec la lune, au milieu du monologue, semble un regard posé sur un miroir : « face livide ». L'astre serait-il une figure de la mort ?
La violence des paroles révèle un héros à la torture, tout le contraire de « la paix » réclamée : « il se verra tuer », « j'irai à lui tout droit », « Que ma mère mourût de tout cela », « dernier soupir ».

C. La parole et l'action : l'inutilité de l'acte de Lorenzo et le désespoir du héros

Lorenzo est un être sans compromis qui associe parole et action : il raconte un meurtre (hypotypose*) qui sera montré deux scènes plus tard.
Au contraire, **les républicains parlent mais n'agissent pas** : leur intervention est mentionnée sur le mode de l'irréel : « Si les républicains étaient des hommes, quelle révolution demain dans la ville ». Musset généralise la critique : « Ô bavardage humain ».
Pour cette raison, **l'acte de Lorenzo est vain** : Alexandre sera remplacé par un « planteur de choux » (acte V, scène 7), annonce-t-il désespéré à Philippe Strozzi après le meurtre.

On retrouve l**e mal-être de la génération romantique** déçue par la médiocrité de la société de la Restauration. Conscient de l'inutilité de son sacrifice (et de celui de sa mère), Lorenzo fait entendre son amertume : « cela est comique, très comique vraiment ».

Conclusion rédigée (Fiche 13)

Avant la représentation du meurtre qui aurait dû libérer Florence, le monologue de Lorenzo nous en fait le récit au futur et au conditionnel. Il rappelle à cette occasion les étapes de la préparation, de la cotte de mailles au rôle de Scoronconcolo en passant par l'amitié calculée avec le duc. Cette scène tisse en effet les fils de l'intrigue juste avant de les dénouer. Mais le meurtre maintenant inéluctable ne servira à rien car les républicains ne sauront pas saisir l'occasion. Lorenzo a compris que son sacrifice était inutile et le monologue qui passe en revue l'organisation de l'assassinat est surtout le discours désenchanté d'un représentant émouvant de la génération romantique. Il soulève aussi la question du rapport entre parole et action, question que chaque écrivain, à sa manière, ne manque pas de se poser.

SUJET 11

4 heures

Objet d'étude : Le théâtre du XVIIe siècle au XXIe siècle

Commentaire

Vous ferez le commentaire de l'extrait de *Ruy Blas* de Victor Hugo.

Victor Hugo, *Ruy Blas*, acte I, scène 3, 1838.

[Quelques années avoir partagé une vie libre, deux amis, Don César, un noble, et Ruy Blas, un homme du peuple, se retrouvent. Ce dernier est devenu le valet de Don Salluste, un grand d'Espagne.]

RUY BLAS

Hier, il[1] m'a dit : – Il faut être au palais demain.
Avant l'aurore. Entrez par la grille dorée. –
En arrivant il m'a fait mettre la livrée,
Car l'habit odieux sous lequel tu me vois,
Je le porte aujourd'hui pour la première fois.

DON CÉSAR, *lui serrant la main.*

Espère !

RUY BLAS

Espérer ! Mais tu ne sais rien encore.
Vivre sous cet habit qui souille et déshonore,
Avoir perdu la joie et l'orgueil, ce n'est rien.
Être esclave, être vil ; qu'importe ? – Écoute bien :
Frère ! je ne sens pas cette livrée infâme,
Car j'ai dans ma poitrine une hydre[2] aux dents de flamme
Qui me serre le cœur dans ses replis ardents.
Le dehors te fait peur ? Si tu voyais dedans !

DON CÉSAR

Que veux-tu dire ?

RUY BLAS

Invente, imagine, suppose.
Fouille dans ton esprit. Cherches-y quelque chose
D'étrange, d'insensé, d'horrible et d'inouï.

Une fatalité dont on soit ébloui !
Oui, compose un poison affreux, creuse un abîme
Plus sourd que la folie et plus noir que le crime,
Tu n'approcheras pas encor de mon secret.
– Tu ne devines pas ? – Hé ! qui devinerait ? –
Zafari ! dans le gouffre où mon destin m'entraîne,
Plonge les yeux ! – je suis amoureux de la reine !

DON CÉSAR

Ciel !

RUY BLAS

Sous un dais[3] orné du globe impérial,
Il est, dans Aranjuez ou dans l'Escurial,
– Dans ce palais, parfois, – mon frère, il est un homme
Qu'à peine on voit d'en bas, qu'avec terreur on nomme ;
Pour qui, comme pour Dieu, nous sommes égaux tous
Qu'on regarde en tremblant et qu'on sert à genoux :
Devant qui se couvrir est un honneur insigne[4] :
Qui peut faire tomber nos deux têtes d'un signe ;
Dont chaque fantaisie est un événement ;
Qui vit, seul et superbe, enfermé gravement
Dans une majesté redoutable et profonde,
Et dont on sent le poids dans la moitié du monde.
Eh bien ! – moi, le laquais, – tu m'entends, – eh bien ! oui,
Cet homme-là ! le roi ! je suis jaloux de lui !

DON CÉSAR

Jaloux du roi !

RUY BLAS

Hé, oui ! jaloux du roi ! sans doute,
Puisque j'aime sa femme !

DON CÉSAR

Oh ! malheureux !

---

1. *il :* le ministre du roi.
2. *hydre :* monstre mythologique
3. *dais :* tenture fixée au-dessus d'une estrade ou d'un trône.
4. *insigne :* remarquable. Les Grands d'Espagne avaient le privilège de conserver leur chapeau en présence du roi.

Fiches p. 287
4 5 10 39

Travail préparatoire

Les outils d'analyse

L'histoire littéraire

En classe de 2nde comme en 1re, vous avez eu l'occasion de découvrir les mouvements littéraires dans lesquels se sont inscrites les grandes œuvres de notre répertoire théâtral.
Victor Hugo est le chef de file du romantisme, un courant qui rejette dans les années 1830 la rigidité du classicisme et prône le naturel. Cette esthétique affecte aussi bien les genres théâtraux que l'alexandrin : le cloisonnement entre comédie et tragédie laisse place au drame* romantique ; l'alexandrin s'assouplit.
Vous vous demanderez en quoi la scène de *Ruy Blas* s'inscrit dans ce mouvement littéraire.

Victor Hugo

Vous avez déjà lu, au collège et au lycée, des pages de Victor Hugo, qu'il s'agisse d'un poème, d'un roman, d'un discours engagé ou d'un drame. La multiplicité des talents de l'écrivain indique une démesure dont ses héros – Claude Gueux, Jean Valjean, Gavroche, Hernani, Ruy Blas… – se font l'écho.

Les connaissances grammaticales et stylistiques

La rhétorique hugolienne [de Victor Hugo] est particulièrement riche. Repérez les effets de rythme, les gradations, les métaphores, les hyperboles… Soyez sensible aux ruptures, aux exclamations, à la syntaxe complexe de la longue phrase des vers 24 à 35 et à la composition de la réplique qui la contient.

La versification (Fiche 39)

Si *Ruy Blas* est un drame en vers, Hugo s'écarte du modèle racinien. « J'ai disloqué ce grand niais d'alexandrin » écrit-il dans *Les Contemplations*. Préférant le naturel au lisse, il malmène les rythmes (le vers 36) sans pour autant renoncer systématiquement à la césure (le vers 29 par exemple) ou nier les ressources de la diérèse* (« impéri-al », « Escuri-al »).
Il est donc nécessaire de disposer ici d'un minimum de notions de versification.

La démarche

Commenter un texte théâtral (Fiche 10)

Le texte théâtral est destiné à être représenté. Vous devez prendre en compte cette spécificité en examinant les didascalies aussi attentivement que les répliques.

Les grandes lignes de la progression (Fiches 4 et 5)

Quelles sont les grandes caractéristiques du texte ? En quoi nous touche-t-il ? Quelles sont les intentions de Victor Hugo dans cette scène ? Si vous deviez présenter en deux ou trois phrases, ce qui est important ici, que diriez-vous ?
Dans un premier temps, prenez en compte ce que vous avez éprouvé et ce que vous savez. Vous pourrez ainsi tracer les grandes lignes de votre progression.

Le plan

I. Une scène d'aveu classique*...
II. ... représentative du drame romantique*...
III. ... et du héros selon Hugo

Corrigé : devoir rédigé

*Les **textes en bleu** apparaissant dans ce corrigé, titres et remarques entre crochets, ne doivent pas figurer dans votre devoir. Nous les avons insérés pour vous guider et vous aider à repérer la progression du commentaire.*

Introduction (Fiche 12)

« 25 février 1830 ! Cette date reste écrite dans le fond de notre passé en caractères flamboyants ! ». Ces propos de Théophile Gautier évoquent la célèbre bataille d'*Hernani*. Si les partisans des Classiques* *[Le mot doit être pris dans son sens littéraire : évitez de l'employer dans le sens de « traditionnel ».]*

et ceux des romantiques en sont venus aux mains, c'est dire à quel point le drame romantique* rompait avec les critères en vigueur depuis Racine et Molière. Les principes que Victor Hugo a exposés en 1827 dans la préface de *Cromwell*, président également, en 1838, à l'écriture de *Ruy Blas*. L'exposition développée au fil de l'acte I présente le valet éponyme* dans la première scène et Don César, un aristocrate, dans la deuxième. La troisième met en présence le laquais et le grand d'Espagne pour révéler leur amitié ancienne *[Présentation du contexte et de l'œuvre]*. À cette occasion, Ruy Blas avoue progressivement l'inconcevable : son amour pour la reine. Hugo reprend ici le *topos** de la scène d'aveu tel qu'on le rencontre dans la tragédie *[Présentation du texte]*. Que devient cette scène conventionnelle sous la plume du chef de file des romantiques ? *[Problématique]* Nous verrons comment Victor Hugo, reprenant le schéma de la scène d'aveu classique*, l'inscrit dans l'esthétique du drame romantique et contribue à peindre le portrait d'une nouvelle sorte de héros. *[Annonce du plan]*

I. Une scène d'aveu classique...

Victor Hugo ne renie pas le classicisme dans cette scène d'aveu ; en effet, il attribue à Don César le rôle traditionnel du confident, retarde la révélation pour accentuer la tension dramatique et mettre en relief le caractère scandaleux de la vérité révélée.

A. Le rôle du confident

Dans la scène 3 de l'exposition de *Ruy Blas,* l'aveu destiné aux spectateurs se fait à un confident dont le rôle sera de faire parler le héros et de communiquer sa propre émotion à la salle. Dans notre passage, les répliques de Don César sont très brèves ; si les deux premières comportent un verbe, les trois suivantes tendent à se réduire à une interjection : « Ciel ! », « Oh ! malheureux ! ». Réduites à deux ou quatre syllabes, elles initient systématiquement un alexandrin qui se prolonge dans les propos de Ruy Blas comme si leur fonction était de donner la parole au personnage éponyme.

De plus, Don César ne parle pas de lui ici, comme il a pu le faire au début de la scène *[avant notre passage]*, et ses courtes répliques ne portent que sur son interlocuteur. Les deux premières ont pour noyau un verbe à la deuxième personne (« Espère ! », « veux-tu ») et les deux dernières emploient chacune un adjectif se rapportant à Ruy Blas. L'aveu se fait dans le cadre d'une amitié ancienne et solide qui a fait fi des barrières sociales : l'aristocrate Don César, parce qu'il voit en son interlocuteur un ami de valeur et non un simple laquais, est le confident idéal, le seul à pouvoir entendre la vérité scandaleuse qui va être révélée. Au début de notre passage, il exprime d'ailleurs tout son soutien à son ami. L'impératif encourageant « Espère ! » est souligné par un geste qui abolit les frontières entre les castes sociales ; en « serrant la main » de Ruy Blas, Don César garantit son amitié et rend possible l'expression d'une vérité qui, justement, bouscule les rapports sociaux.

Par ailleurs, le trouble du confident se communique aux spectateurs. La réplique « Que veux-tu dire ? » est à la fois un artifice théâtral destiné à déclencher la révélation et une marque d'inquiétude. Par la suite, la modalité exclamative, les interjections et la syntaxe averbale *[sans verbe]* rendent perceptible le trouble de Don César. Lointain héritier du chœur antique, le confident invite ici le spectateur à se lamenter avec lui sur le sort du héros : « Oh ! malheureux ! ». *[Transition]* Ainsi, Victor Hugo, bien que chef de file du romantisme, ne renie pas ici les procédés de l'esthétique classique. La composition de la scène le montre également.

B. La révélation progressive et la tension dramatique

La progression de notre passage retarde la révélation de façon à accentuer la tension dramatique. Après une première réplique qui rappelle sa condition de laquais, Ruy Blas annonce une révélation : « tu ne sais rien encore ». L'adverbe « encore » et la négation, tous deux repris au vers 20, expriment l'aveu tout en contribuant à le retarder. Ce jeu d'annonce et de retardement maintient l'imminence dont se nourrit la tension dramatique.

Le dévoilement s'effectue en trois temps et la gradation est la même dans les trois répliques concernées. Tout d'abord une annonce qui suscite l'attente : « tu ne sais rien encore » (vers 7), « Invente, imagine, suppose. » (vers 14), « Sous un dais orné du globe impérial, [...] il est un homme » (vers 24 à 26). Puis une gradation : « ce n'est rien », « qu'importe » pour la première étape, une succession d'impératifs et d'adjectifs (« étrange », « insensé », « horrible » et « inouï ») dans un deuxième temps. Dans la troisième réplique concernée, la longue phrase des vers 24 à 35 est ponctuée par l'anaphore* du relatif : deux « que » aux vers 27 et 29, quatre « qui » aux vers 28, 30, 31 et 33, deux « dont » aux vers 32 et 35. L'accumulation des neuf subordonnées relatives *[aux huit mentionnées s'ajoute « et qu'on sert à genoux »]* développant l'antécédent « un homme », retarde la révélation de l'identité du personnage évoqué tandis que la « terreur » et le « redoutable » déclinés tout au long du passage ajoutent l'angoisse à l'attente. Enfin, dans chacune de ces trois répliques, le dernier vers marque un moment essentiel de la révélation. Le chiasme* du vers 13 qui achève la première étape oppose le « dehors » et le « dedans » : le dehors connu, c'est la « livrée infâme », la révélation, quant à elle, portera sur le dedans, c'est-à-dire les sentiments. Dans la deuxième réplique, la seconde partie du vers conclusif (vers 23) livre enfin la vérité : « je suis amoureux de la reine ! ». Mais ce n'est pas tout, la dernière étape se présente comme le point culminant de la révélation : l'homme caractérisé par les neuf relatives est le roi si bien que la passion avouée au vers 23 présente au vers 37 la face plus terrible encore d'une jalousie envers le souverain lui-même. *[Transition]* Les effets d'annonce et de retardement créent une tension dramatique tout en accentuant la force bouleversante de la vérité révélée.

C. Une vérité scandaleuse

Après avoir fait de son « habit odieux », de « cette livrée infâme », la métonymie* de sa condition d'homme « vil », Ruy Blas se tourne vers le sommet de la hiérarchie, la reine au vers 23 puis, plus haut encore, celui « Qu'à peine on voit d'en bas », le roi au vers 37. Ce grand écart social montre à quel point la vérité dévoilée est scandaleuse.

Scandaleuse au point d'être indicible ! La syntaxe elliptique* de la proposition principale au vers 13 *[La subordonnée « Si tu voyais dedans » n'est pas accompagnée d'une principale formulée.]*, laisse entendre que le « dedans » n'est pas nommable. Aux vers 16 et 17, la rime et la diérèse rapprochent « inouï » et « ébloui » : la vérité ne peut être ni entendue ni regardée. Seuls les détours de la métaphore et du comparatif permettent de l'approcher. Ainsi la passion s'incarne dans la double (le monstre puis le feu) métaphore de l'« hydre aux dents de flamme » ; elle « compose un poison affreux, creuse un abîme ». Le comparatif du vers 19 accumule les termes négatifs sans parvenir à nommer ce qui reste encore un « secret ». Dans la troisième réplique de l'aveu, c'est le roi lui-même qui est indicible : « il est un homme [...] qu'avec terreur on nomme », en réalité qu'on ne nomme pas encore, si ce n'est avec des relatives qui sont autant de périphrases* approchant peu à peu l'impensable rival. Le spectateur sait pourtant qu'il est question du roi puisque la reine a été mentionnée au vers 23. Aucune attente, aucune surprise ici donc : du « globe impérial » à la « majesté redoutable », les nombreux indices sont là pour nous dire que si le nom du rival ne peut être prononcé c'est parce que la jalousie de Ruy Blas, plus encore que son amour pour la reine, brave une interdiction absolue.

[Transition] Si Victor Hugo reprend ici les ressorts de la tragédie classique, cette scène d'aveu, pourtant, est également représentative du drame romantique.

II. ... représentative du drame romantique...

Sans renier les procédés qui ont fait leur preuve dans le théâtre classique, Victor Hugo met en œuvre en 1838 le mélange des genres et le naturel, deux caractéristiques du drame romantique.

A. Le mélange des genres

Dans le théâtre classique, la tragédie et la comédie occupent des territoires bien distincts. Victor Hugo, en préface à son drame *Cromwell*, dénonce cette « arbitraire distinction des genres » et, rejetant l'« ancien régime littéraire », prône une esthétique nouvelle. Dans *Ruy Blas*, il place l'aveu conventionnel d'un amour tragique sous un éclairage qui appartient davantage à la comédie. En effet, si Don César, un grand d'Espagne, peut évoluer dans une sphère tragique, Ruy Blas est un valet comme le soulignent son costume et ses propos, ce qui est impensable pour les partisans de l'esthétique classique. De plus, Ruy Blas est le personnage principal, le personnage éponyme et, quand il mentionne « cet habit qui souille et déshonore », il se permet d'employer le vocabulaire noble de la tragédie pour évoquer sa condition de laquais.

Les liens que l'intrigue elle-même noue entre les conditions sociales abolit les frontières entre les genres classiques. Lorsque Ruy Blas se dit « amoureux de la reine » puis « jaloux du roi », il brouille le jeu social et réunit le « sublime » royal exposé dans la tragédie et le « grotesque » d'un valet jaloux de « cet homme-là » *[Dans la préface de* Cromwell*, Hugo prône ce rapprochement du « sublime » et du « grotesque »]*. La dernière réplique de Ruy Blas rappelle même, avec un accent presque comique, le bon sens traditionnel du valet de comédie : « Hé oui ! jaloux du roi ! sans doute, / Puisque j'aime sa femme ». En mélangeant de la sorte les genres et les tonalités, le drame romantique se veut plus naturel.

B. Le naturel

« La nature donc ! La nature et la vérité. » : la troisième scène de *Ruy Blas* illustre bien cette injonction* formulée dans la préface de *Cromwell*. Certes, Victor Hugo continue à employer l'alexandrin et la rhétorique qui le soutient : la phrase des vers 24 à 35 par exemple ou bien la diérèse à la rime des vers réguliers 16 et 17, 24 et 25. Mais il fait le choix de la souplesse, étouffe souvent la césure*, a recours aux interjections : « Eh bien ! – moi, le laquais, – tu m'entends, – eh bien ! oui ». La reprise de l'adverbe « oui » (vers 18 et 36), comme les « Écoute bien » ou « tu m'entends », accentuent la force orale des propos et contribuent ainsi au naturel revendiqué par le dramaturge.

La première réplique de notre passage semble particulièrement prosaïque. Aucun de ces « mots de qualité », de ces « syllabes exquises » dont Victor Hugo se moquera dans *Les Contemplations*. La chronologie est simple : « hier », « demain », « Avant l'aurore », « En arrivant ». Le lexique, à l'image des actions elles-mêmes, se veut très ordinaire : « dire », « être », « entrer », « arriver », « faire », « mettre ». De même, la syntaxe épouse très simplement la situation relatée dans les trois premiers vers. Don Salluste, représenté par le pronom « il » et défini par son statut de ministre, est un personnage qui « dit », ordonne (« il faut », « Entrez ») alors que Ruy Blas, son subalterne désigné par le pronom « m' », est en position de complément d'objet. Le recours au discours direct enchâssé dans la réplique relève du même souci de simplicité et de naturel.

[Transition] Sans négliger les ressources du théâtre classique, Victor Hugo, en mélangeant les genres et en assouplissant l'alexandrin, brandit la bannière du drame romantique pour donner vie à un héros selon ses aspirations.

III. ... et du héros selon Hugo

Faisant fi des conventions sociales, Ruy Blas est un héros complexe à l'image de la démesure hugolienne *[de Victor Hugo]*.

A. Un héros au-delà des conventions sociales

Pour mieux rompre avec le cloisonnement des genres dans l'esthétique classique, Hugo imagine l'amitié entre un grand d'Espagne et un simple laquais. Au-delà de l'artifice théâtral, cette fraternité entre deux hommes que tout devrait séparer dans l'Espagne du XVIIe siècle, dessine la silhouette du héros selon Hugo. Si Ruy Blas se sent souillé par la livrée qu'il se voit contraint de porter, c'est que celle-ci le rend « esclave » et « vil ». On devine ici un écart, une opposition, entre la tenue, le « dehors » et ce qu'est vraiment Ruy Blas, un homme qui a connu « la joie et l'orgueil » et qui, autant qu'un noble, craint le déshonneur. D'ailleurs, si notre héros est devenu l'ami de Don César, c'est bien que la grandeur d'âme n'a rien à voir avec la condition sociale. Le roi lui-même, « seul et superbe » a beau peser « dans la moitié du monde », il n'est en définitive, à l'issue de la longue phrase des vers 24 à 35, que « Cet homme-là », un homme ordinaire dont un laquais peut oser être jaloux.

Notre passage définit des relations fondées sur l'estime mutuelle et non sur le rang social. Don César serre la main de Ruy Blas et lui exprime toute sa compassion ; ce dernier le tutoie, emploie son surnom Zafari au vers 23 et l'appelle à deux reprises (vers 10 et 26) « Frère ». Il n'hésite pas à lui avouer son amour pour la reine alors qu'il s'agit d'une passion interdite. Victor Hugo semble mettre en scène des conditions sociales éloignées pour mieux montrer que les sentiments et les valeurs morales tiennent à l'individu et non à sa position. *[Transition]* Mais le héros selon Hugo s'avère plus complexe encore.

B. Un héros complexe

Chez Corneille ou Racine, la complexité du Cid, de Titus ou de Phèdre tient au dilemme qui les déchire. Ruy Blas est différent : la scène 3 ne dévoile pas un déchirement entre devoir et passion. En effet, la complexité de notre héros n'est pas le fait d'un écartèlement entre deux impératifs. Aucune hésitation chez lui mais plutôt la conscience d'éprouver un sentiment présenté comme oxymorique* : « je suis jaloux de lui », « je » étant un simple laquais et « lui » le « superbe » et « redoutable » roi d'Espagne.

Pris dans la fatalité de cette situation impensable (« le gouffre où le destin m'entraîne »), il éprouve lui-même, non pas un dilemme *[Mémorisez l'orthographe de ce mot.]* tragique, mais des émotions contradictoires. D'abord, il adhère tout à fait à la hiérarchie sociale de son temps : tout en bas de l'échelle, sa condition de valet, signalée par « l'habit odieux » est « infâme » ; il se voit déshonoré, « esclave » et « vil » tandis que, à l'autre extrémité du spectre social, le roi « vit, seul et superbe, enfermé gravement / Dans une majesté redoutable et profonde ». Dans ces vers 33 et 34, la royauté se décline sous forme d'un nom, d'un adverbe et de quatre adjectifs. Associée à Dieu au vers 28, sommet d'une verticalité suggérée par les expressions « Qu'à peine on voit d'en bas » et « qu'on sert à genoux », elle incarne un pouvoir absolu qui inspire à Ruy Blas une admiration mêlée de « terreur ». Mais, paradoxalement, ses propos abolissent dans le même temps cette hiérarchie : s'il voit sa tenue comme « infâme », c'est qu'il se sent homme d'honneur.

Quant au roi, malgré tout le respect qu'impose son rang, il n'est finalement pour notre héros qu'un homme – « cet homme-là » – dont on peut être jaloux. *[Transition]* Ces contradictions font de Ruy Blas un personnage complexe selon la démesure hugolienne.

C. Un héros selon la démesure hugolienne

En effet, les répliques de notre héros romantique présentent une cohérence au-delà de leurs contradictions. Qu'il s'agisse de la livrée déshonorante et du prestige royal ou, de l'autre côté, de la désacralisation du roi, la démesure est devenue la norme. Ruy Blas manifeste le même excès, quand il tarde à nommer celui « Devant qui se couvrir est un honneur insigne » ou quand, juste après, il lance sa lapalissade « Hé, oui ! jaloux du roi ! sans doute, / Puisque j'aime sa femme ! ».

Les hyperboles sont dans cette scène les marqueurs de la démesure hugolienne. Le procédé affecte le lexique (« ardents », « inouï », « abîme »...) et se traduit notamment par un rythme binaire dû au doublement amplificateur des termes ou des constructions : « qui souille et déshonore », « la joie et l'orgueil », « compose un poison affreux, creuse un abîme », « Plus sourd que la folie et plus noir que le crime », « seul et superbe »... Les sonorités, dans un jeu d'assonances* et d'allitérations*, se font écho pour souligner les reprises : « souille » / « déshonore », « dehors »/ « dedans », « compose » / « creuse »...

Conclusion (Fiche 13)

Ainsi, une lecture attentive de la scène 3 de *Ruy Blas* permet d'écarter un malentendu concernant le drame romantique. D'*Hernani* *[Pièce de Victor Hugo qui a fait scandale lors de sa première représentatio en 1830.]*, on aurait tort de ne retenir que le gilet rouge d'un Théophile Gautier se battant contre les partisans de Racine. Victor Hugo ne rejette pas le classicisme : il le dépasse en proposant une esthétique qui en absorbe les traits pour dessiner le portrait d'un nouveau héros. Cette scène d'aveu en témoigne. En effet, elle emprunte à la tragédie classique des procédés qui ont fait leur preuve : le rôle du confident, la rhétorique de la révélation imminente, la vérité scandaleuse. Mais, Ruy Blas, sans craindre le déshonneur ni s'inquiéter des règles, ose être amoureux de la reine et jaloux du roi. Même si, dans l'acte V, le dernier mot revient à la mort, rien n'est impossible au héros romantique et sa souffrance est proportionnelle à cette infinie liberté. Ruy Blas ressemble à Hernani et annonce d'une certaine façon, bien que dans un autre genre, Jean Valjean, le forçat devenu maire dans *Les Misérables* : ces grandes figures de notre univers littéraire sont animées par le souffle démesuré de Victor Hugo lui-même.

SUJET 12

4 heures

Objet d'étude : Le théâtre du XVIIe siècle au XXIe siècle

Vous ferez le commentaire de l'extrait de *Rhinocéros* d'Eugène Ionesco.

Eugène Ionesco, *Rhinocéros*, acte I, 1959, © Éditions Gallimard.

[Au début de la pièce, deux amis se retrouvent, dans une ville où une étrange maladie, « la rhinocérite », transformera peu à peu les habitants, sauf Bérenger, en rhinocéros. Cette transformation constitue une image de la montée du nazisme ou d'autres formes de totalitarisme.]

Jean, *l'interrompant* – Vous êtes dans un triste état, mon ami.

Bérenger – Dans un triste état, vous trouvez ?

Jean – Je ne suis pas aveugle. Vous tombez de fatigue, vous avez encore perdu la nuit, vous bâillez, vous êtes mort de sommeil...

Bérenger – J'ai un peu mal aux cheveux...

Jean – Vous puez l'alcool !

Bérenger – J'ai un petit peu la gueule de bois, c'est vrai !

Jean – Tous les dimanches matin, c'est pareil, sans compter les jours de la semaine.

Bérenger – Ah non, en semaine c'est moins fréquent, à cause du bureau...

Jean – Et votre cravate, où est-elle ? Vous l'avez perdue dans vos ébats !

Bérenger, *mettant la main à son cou* – Tiens, c'est vrai, c'est drôle, qu'est-ce que j'ai bien pu en faire ?

Jean, *sortant une cravate de la poche de son veston* – Tenez, mettez celle-ci.

Bérenger – Oh, merci, vous êtes bien obligeant. *(Il noue la cravate à son cou.)*

Jean, *pendant que Bérenger noue sa cravate au petit bonheur* – Vous êtes tout décoiffé ! *(Bérenger passe les doigts dans ses cheveux.)* Tenez, voici un peigne ! *(Il sort un peigne de l'autre poche de son veston.)*

Bérenger, prenant le peigne – Merci. *(Il se peigne vaguement.)*

JEAN – Vous ne vous êtes pas rasé ! Regardez la tête que vous avez. *(Il sort une petite glace de la poche intérieure de son veston, la tend à Bérenger qui s'y examine ; en se regardant dans la glace, il tire la langue.)*

BÉRENGER – J'ai la langue bien chargée.

JEAN, *reprenant la glace et la remettant dans sa poche* – Ce n'est pas étonnant !...

(Il reprend aussi le peigne que lui tend Bérenger, et le remet dans sa poche.)

La cirrhose[1] vous menace, mon ami.

BÉRENGER, inquiet – Vous croyez ?...

JEAN, à *Bérenger qui veut lui rendre la cravate* – Gardez la cravate, j'en ai en réserve.

BÉRENGER, *admiratif* – Vous êtes soigneux, vous.

JEAN, *continuant d'inspecter Bérenger* – Vos vêtements sont tout chiffonnés, c'est lamentable, votre chemise est d'une saleté repoussante, vos souliers... *(Bérenger essaye de cacher ses pieds sous la table.)* Vos souliers ne sont pas cirés... Quel désordre !... Vos épaules...

BÉRENGER – Qu'est-ce qu'elles ont, mes épaules ?...

JEAN – Tournez-vous. Allez, tournez-vous. Vous vous êtes appuyé contre un mur... *(Bérenger* étend *mollement sa main vers Jean.)* Non, je n'ai pas de brosse sur moi, cela gonflerait les poches. *(Toujours mollement, Bérenger donne des tapes sur ses* épaules pour *en faire sortir la poussière blanche ; Jean* écarte *la tête.)* Oh là là... Où donc avez-vous pris cela ?

BÉRENGER – Je ne m'en souviens pas.

JEAN – C'est lamentable, lamentable ! J'ai honte d'être votre ami.

BÉRENGER – Vous êtes bien sévère...

1. *cirrhose :* maladie du foie.

Travail préparatoire

Fiches p. 287
1 5 7 10 66

La lecture du chapeau introducteur (Fiche 1)

Le chapeau introducteur doit toujours être lu avec beaucoup d'attention. Ici, les informations qu'il vous apporte ouvrent trois perspectives que vous devrez explorer.

L'intrigue et le titre de la pièce

L'introduction esquisse le déroulement de l'intrigue et présente les deux personnages. La pièce, qui montre la progression de la « rhinocérite », est associée à l'adjectif « étrange ». Le cadre, « une ville », importe peu : l'histoire, bien qu'imaginaire, a sans doute une portée universelle. Le dénouement est évoqué : seul Béranger échappera au malheur.

Les deux personnages sont d'abord présentés comme amis mais le paratexte signale leur destin différent. Béranger est le personnage principal puisqu'il sera le seul rescapé. On se demande comment il se fait qu'il échappe au fléau alors que son ami Jean sera atteint.

La place de l'extrait

Le texte se situe « au début de la pièce » et vous devrez donc l'aborder comme faisant partie de l'exposition*. Les deux personnages ne savent pas encore qu'une épidémie sévit et leur échange ordinaire n'éclaire pas le titre de l'œuvre. Mais, malgré cet écart, comme dans toute scène d'exposition, le dramaturge*, tout en cherchant à capter l'attention, apporte au spectateur les éléments indispensables à la compréhension de ce qui va se dérouler.

L'interprétation

La pièce date de 1959. D'origine roumaine, Eugène Ionesco (1909-1994) a connu le nazisme et les autres formes de totalitarisme, notamment le communisme dans le bloc soviétique.

L'introduction vous invite à chercher dans la scène (dialogue mais aussi vêtements et gestes) ce qui débouche sur l'interprétation proposée.

Les outils d'analyse

Le genre (Fiche 7)

Ionesco fait partie des dramaturges qui considèrent que les paroles des personnages ne sont qu'une des composantes du théâtre et que le décor, les costumes, les jeux de scène sont tout aussi importants (Fiche 10).

La scène est comique et la gravité de l'enjeu, signalée dans le chapeau introducteur, ne doit pas vous le faire oublier. Interrogez-vous sur ce que Ionesco emprunte à la comédie et sur la façon dont il renouvelle le théâtre comique.

Les procédés

Examinez les modalités* **(Fiche 66)** et le lexique : en quoi rendent-ils compte du tempérament des deux personnages ? Étudiez le lien entre les répliques et les didascalies, les répétitions, tout ce qui fonde les différentes formes comiques : geste, caractère, mot, situation…

La méthode

Organiser le commentaire (Fiche 5)

En vous appuyant sur vos impressions de lecture (le décalage, le comique) et sur le paratexte, bâtissez votre commentaire en gardant pour la fin l'interprétation proposée dans le chapeau introducteur : le conformisme et l'autoritarisme de Jean font qu'il sera une des victimes de la « rhinocérite » alors que Béranger, négligé mais tolérant, sera le seul à échapper à l'épidémie.

Le plan

I. Une scène d'exposition comique
II. Le renouvellement du théâtre comique
III. Deux personnages opposés : la fonction symbolique de la scène

Corrigé : devoir rédigé

*Les **textes en bleu** apparaissant dans ce corrigé, titres et remarques entre crochets, ne doivent pas figurer dans votre devoir. Nous les avons insérés pour vous guider et vous aider à repérer la progression du commentaire.*

Introduction (Fiche 12)

Molière est sans doute, dans notre histoire littéraire, l'auteur pivot du genre de la comédie. Il cristallise la tradition antique (Plaute ou Térence) et s'approprie les pirouettes de la *commedia dell'arte*. Il ouvre la voie à

Marivaux et Beaumarchais. Le XIXe siècle remet en cause la séparation des genres et, dans le drame romantique*, tragédie et comédie se côtoient. Après la Seconde Guerre mondiale, de nombreux dramaturges, comme Eugène Ionesco, ont continué de mêler les genres et les tonalités autrefois distingués. *Rhinocéros* s'ouvre sur les retrouvailles de deux amis aux personnalités opposées, Béranger et Jean. Le dialogue vivant remplit les fonctions d'information et de séduction attachées à l'exposition *[annonce de la première partie]* ; il contribue également à renouveler le théâtre comique *[l'adverbe « également » signale l'annonce de la deuxième partie]* ; enfin *[l'adverbe « enfin » montre qu'il va s'agir de la présentation du dernier axe d'étude]*, les positions des deux personnages préparent la suite de la pièce et la discussion qui a lieu autour de la tenue négligée de Bérenger constitue déjà une réflexion sur le conformisme et la tolérance, réflexion qui sera l'enjeu principal de la pièce.

I. Une scène d'exposition comique

La scène d'exposition est destinée à informer et à séduire le spectateur.

A. Une scène qui informe

Le passage étudié apporte les renseignements nécessaires à la compréhension de la pièce.

En effet, en découvrant, au lever de rideau, les personnages sur la scène, le spectateur situe l'intrigue dans le temps historique. Les costumes sont contemporains et on peut relever, dans les répliques comme dans les didascalies, des mots qui vont dans ce sens : « cravate », « veston ». Le vocabulaire employé signale également cette modernité ; le niveau de langue est familier et recourt fréquemment à des expressions imagées (« mort de sommeil », « mal aux cheveux », « gueule de bois »...). Le milieu social des personnages ainsi que leur mode de vie se laissent deviner de la même manière. On apprend que Bérenger est un employé de bureau et que la vie s'organise selon le calendrier du travail. En effet, Jean s'écrie : « Tous les dimanches matin, c'est pareil, sans compter les jours de la semaine » ; pour lui, le dimanche doit se distinguer des autres jours. C'est le cas aussi pour Bérenger qui répond : « en semaine c'est moins fréquent, à cause du bureau... » Par ailleurs, Jean accorde beaucoup d'importance à l'apparence vestimentaire : « Et votre cravate, où est-elle ? », « Vos vêtements sont tout chiffonnés », etc. Ce souci exacerbé peut être interprété comme un indice social et inscrire les deux amis dans la catégorie de la petite-bourgeoisie.

Mais cette exposition qui informe quant à l'époque et au mode de vie des personnages semble ne pas poser d'intrigue. Le sujet de la discussion est très anodin et ne constitue pas réellement un enjeu possible. Bérenger a « encore perdu la nuit » et son ami Jean lui reproche son apparence négligée et ses habitudes : « La cirrhose vous menace, mon ami. » On ne voit pas se nouer ici un problème que la situation finale devra résoudre et on a l'impression de surprendre une conversation presque ordinaire. Ce manque crée un effet de surprise et d'attente tout en étant, en lui-même, une source d'information : la pièce ne verra pas se dérouler une histoire comme chez Molière. Le monde représenté est vide, ordinaire, sans intérêt. Alors que la comédie classique est riche en problèmes et péripéties, cette pièce moderne raconte au contraire le vide de nos existences, un vide dangereux car sans doute propice à une rapide contagion de la « rhinocérite ».

B. Une scène qui séduit

Ainsi, l'exposition, même si elle surprend en raison du thème anodin de la discussion, joue pleinement son rôle informatif. Tout en posant les éléments nécessaires à ce qui va ensuite se dérouler, elle séduit le spectateur grâce, notamment, à la vivacité du dialogue. Les marques d'oralité sont nombreuses. On peut relever des interjections telles « Ah non », « Oh, merci », ou « Oh là là », une apostrophe* (« mon ami ») ou des impératifs à valeur de contact : « Tiens », « Tenez. » Les redoublements appartiennent aussi à ce langage oral : « Vous êtes soigneux, vous », « C'est lamentable, lamentable. »

La diversité des modalités*, sans être spécifique de l'oral, contribue à animer le dialogue. On rencontre en effet outre les phrases déclaratives, des interrogatives variées exprimant une simple question (« Qu'est-ce qu'elles ont, mes épaules ? »), ou bien un étonnement (« qu'est-ce que j'ai bien pu en faire ? ») ou encore un reproche (« Et votre cravate, où est-elle ? »). La modalité exclamative est fortement présente pour exprimer les reproches successifs de Jean : « Vous puez l'alcool ! », « Vous êtes tout décoiffé ! », « Quel désordre ! » Les phrases injonctives, nombreuses également, sont, dans la bouche de Jean, une marque d'autorité : « Tenez, mettez celle-ci », « Regardez la tête que vous avez », « Gardez la cravate. »

Le dialogue acquiert un relief supplémentaire grâce au jeu sur l'implicite que manifestent les points de suspension. Peut-être les phrases achevées par ces points se prolongent-elles dans un geste ou une mimique significative car la finalité du texte théâtral est sa mise en scène. Le non-dit théâtral devient spectacle et la pièce prend, devant le spectateur, toute son épaisseur : « J'ai un peu mal aux cheveux... », « Vous croyez ?... », « Vous êtes bien sévère... »

[Transition] Alors que le contenu des répliques semble inscrire l'intrigue dans un monde sans intérêt, le spectateur, mis en situation d'attente, découvre une scène qui renouvelle le théâtre comique.

II. Le renouvellement du théâtre comique

Dans *Rhinocéros*, Ionesco amuse le spectateur avec les procédés traditionnels de la comédie tout en renouvelant le genre.

A. Les marques de la comédie

Ce passage d'exposition reprend les conventions classiques* de la comédie. À la différence de la tragédie qui représente des actions impliquant des héros de haut rang, la comédie met en scène des personnages ordinaires ou populaires. Jean, préoccupé par la tenue vestimentaire de son ami, et Bérenger, employé de bureau « dans un triste état », sont bien des personnages de comédie. L'emploi du langage familier imagé, malgré le vouvoiement, est l'un des indices de la comédie liés à la condition sociale des personnages. En général, les préoccupations des personnages de comédie concernent le quotidien. Il suffit de rappeler le « mes gages ! mes gages ! » de Sganarelle à la toute fin du *Dom Juan* de Molière. Dans *Rhinocéros*, Bérenger évoque la réalité contraignante : « en semaine c'est moins fréquent, à cause du bureau. » Et Jean ne cesse de se référer aux contraintes du réel : « vous avez encore perdu la nuit, vous bâillez, vous êtes mort de sommeil... » ; on comprend là un lien de causalité ; c'est parce que Bérenger n'a pas dormi de la nuit qu'il se trouve le dimanche matin dans « un triste état ». De même, un peu plus loin, on retrouve cette même relation de cause à effet qui exprime le poids de la réalité : « Vous ne vous êtes pas rasé ! Regardez la tête que vous avez » ; « Vous vous êtes appuyé contre un mur... » : ici, ce sont les points de suspension qui expriment les conséquences « lamentable[s] » de l'incident. L'importance du quotidien concret, typique de la comédie, se traduit également par l'importance accordée aux accessoires, qu'il s'agisse des costumes (cravate, chemise, souliers) ou des objets tels le peigne, la « petite glace » ou l'hypothétique brosse vers laquelle Bérenger tend machinalement la main.

B. Les ressorts du comique

Cette scène fait jouer les ressorts traditionnels du comique. Le comique de caractère repose à la fois sur l'importance excessive accordée aux apparences chez Jean et sur la naïveté de Bérenger. Jean, ne cessant de faire des reproches à son ami, se présente comme un personnage attaché à ce qui se voit : « votre cravate, où est-elle ? », « Vos vêtements sont tout chiffonnés », « Vos souliers ne sont pas cirés... » Bérenger, lui, montre le « triste état » de quelqu'un qui n'a pas dormi ; il avoue avoir « un peu mal aux cheveux », « un petit peu la gueule de bois ». Les didascalies, à la fin du passage, indiquent qu'il agit « mollement ». De plus, sa naïveté fait sourire ; alors que son ami se montre agressif et autoritaire et qu'il n'hésite pas à dire « J'ai honte d'être votre ami », Bérenger garde son admiration pour Jean : « Bérenger (admiratif) : Vous êtes soigneux, vous. »

Au comique de caractère vient s'ajouter un comique de gestes basé sur la répétition et la chute. Tout d'abord, après avoir constaté la tenue négligée de Bérenger, Jean, comme une sorte de clown prestidigitateur, sort de sa poche un objet et le tend à son ami : une cravate, un peigne, une « petite glace ». La quatrième fois, le scénario est modifié ; c'est la chute. Bérenger, comme habitué à ce que son ami lui apporte une solution pratique pour remédier à ses épaules salies, « étend mollement sa main vers Jean ». Mais Jean, pour le plaisir du spectateur, dira : « Non, je n'ai pas de brosse sur moi, cela gonflerait les poches. »

Le comique de mots repose également sur la répétition, notamment autour du « triste état » dû à l'alcool. Cette expression se prolonge : « vous avez encore perdu la nuit », « J'ai un peu mal aux cheveux... », « Vous puez l'alcool ! », « J'ai un petit peu la gueule de bois », « La cirrhose vous menace. » Alors que Jean insiste de plus en plus sur la gravité de la situation (« triste état », « alcool », « cirrhose »), Bérenger, lui, s'efforce de minimiser les faits en répétant l'adverbe « un peu » sans pour autant s'opposer à son ami (« c'est vrai »). C'est surtout chez Jean que la répétition prend sa force comique : il reprend l'impératif « tenez » et, par trois fois l'adjectif « lamentable ». Ajouté au comique de gestes et au comique de caractère, le comique de mots constitue l'un des ressorts efficaces du rire. Ionesco reprend les procédés traditionnels et les marques conventionnelles de la comédie classique*. Mais il dépasse ces codes et renouvelle le genre.

C. Le renouvellement du théâtre comique

Tout d'abord, Bérenger et Jean ne sont pas des personnages-types de la comédie. Leurs relations ne sont pas non plus stéréotypées. S'il est question d'amitié à plusieurs reprises (« mon ami », « J'ai honte d'être votre ami »), cette amitié est remise en cause par l'agressivité de Jean : « C'est lamentable, lamentable ! J'ai honte d'être votre ami. » Les repères du spectateur sont brouillés et rien ne lui permet de s'identifier à l'un ou l'autre des deux personnages. Ni le « triste état » et surtout le manque de conviction de Bérenger, ni l'attitude méprisante et agressive de Jean ne constituent des modèles. Toutefois, la douceur naïve de Bérenger rend le personnage sympathique.

L'exposition est également déroutante. On a vu que le dialogue entre Bérenger et Jean ne posait aucun problème susceptible d'être résolu par un enchaînement de péripéties. Alors que le spectateur attend une histoire, Ionesco lui donne à entendre une conversation anodine autour de la tenue négligée de Bérenger. Les mots « cravate », « peigne », « glace », « chemise » deviennent les mots clés de l'échange et on ne voit pas le lien avec le rhinocéros annoncé par le titre.

[Transition] Cette scène d'exposition déroutante renouvelle le théâtre comique sans abandonner la fonction traditionnellement critique du genre.

III. Deux personnages opposés : la fonction symbolique de la scène

En mettant en scène deux personnages opposés, Ionesco amorce une critique du conformisme et de l'autoritarisme que la pièce approfondira par la suite.

A. Jean : un symbole du conformisme et de l'autoritarisme

Si Jean reproche à Bérenger sa tenue négligée, c'est parce que lui-même accorde beaucoup d'importance à l'apparence et aux codes sociaux que représente la cravate. Sans chercher à savoir, ni ce que Bérenger ressent ni les raisons profondes de son « triste état », il reste à la surface des choses : des vêtements « tout chiffonnés », des souliers non cirés. Une cravate pour se conformer à l'usage, un peigne pour remettre ses cheveux en ordre, une glace destinée à vérifier que l'on donne une image de soi convenable : les accessoires qui remplissent les poches de Jean ont, par-delà leur fonction comique, une portée symbolique. « Quel désordre ! » s'exclame Jean, exprimant son attachement à l'ordre et à l'apparence. Ce souci d'un extérieur conforme aux exigences sociales est si profondément ancré dans l'esprit de Jean qu'il finit par dire : « J'ai honte d'être votre ami. »

Les nombreux reproches adressés à Bérenger révèlent l'emprise de la norme sociale sur Jean. La « fatigue » et le « sommeil » sont présentés négativement (« tombez », « vous êtes mort ») de même que l'alcool : « Vous puez l'alcool ! » Tout ce qui n'appartient pas au monde social de la cravate et du peigne mais relève au contraire du plaisir est défini comme une perte : « vous avez encore perdu la nuit », « Vous l'avez perdue dans vos ébats ! » La répétition de l'adjectif « lamentable » est un verdict sans appel qui exprime cet ordre moral autoritaire et intolérant. Les marques de l'autorité sont d'ailleurs très nombreuses dans la bouche de Jean. Les impératifs sont fréquents et il a recours au présent de vérité générale pour affirmer une vérité unique : « Tous les dimanches matin, c'est pareil », « La cirrhose vous menace », « C'est lamentable, lamentable ! » Jean détient la vérité (« Je ne suis pas aveugle ») et cette vérité absolue prime sur les sentiments qu'il pourrait éprouver, son amitié notamment. On comprend que Jean sera l'une des premières victimes de la « rhinocérite », cette maladie qui symbolise toutes les formes de totalitarisme contre lesquelles s'érige Ionesco.

B. Bérenger et l'hésitation tolérante

L'attitude de Bérenger est bien différente de celle de son ami et l'on devine dans ce passage les raisons qui font qu'il échappera à la rhinocérite. D'abord, sa tenue négligée montre qu'il accorde peu d'importance au regard des autres et aux conventions. Ni cravate, ni souliers cirés. Ce qui se fait lui importe peu. Pourtant, Bérenger n'est pas un marginal ; il occupe une place ordinaire dans la société puisqu'il est employé de bureau. Mais il aime vivre à sa guise sans se laisser influencer par les autres ; il ne sera pas atteint par la contagion du totalitarisme, ce modèle de pensée unique.

De plus, Bérenger refuse la violence qui sera représentée par le rhinocéros ; il répond avec douceur aux reproches agressifs de Jean et accepte d'être critiqué et remis en question : « Tiens, c'est vrai ! », « Vous croyez ? » ; il va même jusqu'à remercier ou complimenter son ami, montrant ainsi qu'il ne cherche nullement à imposer son mode de vie : « Oh, merci, vous êtes bien obligeant », « Vous êtes soigneux, vous. » Lorsque Jean, après une série de reproches durs, s'écrie qu'il a honte d'être son ami, la réponse de Bérenger n'exprime aucune colère : « Vous êtes bien sévère… » Mais cette douceur tolérante ne signifie pas que Bérenger n'ait pas sa propre opinion ; il affirme ce qu'il pense mais sans agressivité, comme en témoignent la dernière réplique du passage ou bien, au début, son : « Ah non, en semaine c'est moins fréquent, à cause du bureau… » À la différence de son ami, ses affirmations sont tempérées par des adverbes : « J'ai un peu mal aux cheveux… », « J'ai un petit peu la gueule de bois. » Très différent de Jean,

Bérenger se montre tolérant et peu soucieux de se conformer aux usages sociaux ; il s'inquiète plus de la vérité (l'adjectif « vrai » revient plusieurs fois) que des apparences.

Conclusion (Fiche 13)

Ainsi, cette exposition qui semblait poser un dialogue anodin pour surprendre le spectateur remplit pleinement sa fonction informative, voire programmatique ou symbolique. Certes, la conversation des deux amis ne pose pas les éléments d'une intrigue, comme cela pourrait se faire dans une exposition traditionnelle, mais le comportement des deux personnages oppose déjà les valeurs de la douceur et de la tolérance à celles, dangereuses, du conformisme et de la violence. De cette manière, Ionesco, tout en renouvelant le théâtre, renoue avec la tradition de la comédie en ce qu'il reprend les procédés traditionnels du comique et certains codes du genre, mais surtout en ce que son théâtre joue un rôle didactique* et donne une vision critique du monde.

La dissertation

La dissertation

La dissertation porte sur une des quatre œuvres au programme et sur son parcours associé. Elle permet de vérifier vos connaissances ainsi que votre **capacité à organiser et approfondir une réflexion.**

Choisir le sujet de dissertation

• Vous pouvez choisir de traiter le sujet de dissertation **si vous maîtrisez la technique de l'exercice, si vous comprenez clairement la question posée et si vous disposez de connaissances précises** sur l'œuvre et le parcours au programme.

• Une dissertation obtient **une bonne note** quand elle répond aux critères suivants :
– le sujet est compris ;
– le devoir répond à la question posée ;
– les règles de la dissertation sont respectées ;
– les connaissances sont solides et bien employées : plus de la moitié du devoir est occupée par des exemples précis ;
– le plan est clair et cohérent ;
– le devoir est correctement rédigé.

La lecture du sujet

La composition du sujet de dissertation

Le plus souvent, le sujet de dissertation comprend **trois étapes** :

1. Un **constat** qui lie la question proprement dite à l'œuvre et au parcours.
2. Le **problème à analyser,** sous la forme d'une question ou d'une affirmation à discuter.
3. Des **indications méthodologiques** rappelant notamment la place des exemples.

Le type de sujet

Il existe deux grands types de sujets, en fonction de la nature grammaticale de la question posée. Les interrogations **totales** supposent un plan **dialectique** alors que les interrogations **partielles** demandent un plan **analytique** (voir p. 127).

L'analyse du sujet

• Sans laisser de côté aucun des termes du sujet, **dégagez la question posée.** Gardez, autant que possible, dans votre introduction, les termes employés et assurez-vous de bien comprendre leur signification et leur portée, c'est-à-dire ce qu'ils impliquent.
• **Délimitez ensuite précisément le champ d'étude** : s'agit-il plutôt des personnages, du genre, des tonalités, des enjeux de l'œuvre ou du parcours ?

Les grandes lignes du plan

⚠ Rappel

Les grandes lignes du plan se devinent dans le sujet lui-même car **la dissertation doit présenter, de manière cohérente et organisée, les différentes réponses** possibles à la question posée.

Le plan analytique (ou thématique)

• Lorsqu'une question commence par un mot interrogatif (*pourquoi, en quoi, comment...*) et admet grammaticalement une infinité de réponses possibles, il s'agit d'une interrogation « partielle » qui implique un plan analytique. Vous devrez dégager deux ou trois réponses pertinentes à la question posée et les présenter de façon logique et dynamique.
• Quand la question est introduite par « Dans quelle mesure », il est possible de proposer deux réponses qui développent la réflexion, puis une 3e partie qui ouvre une perspective différente, voisine de la réfutation.

Ex. : Dans quelle mesure écrire un récit de vie permet-il de se découvrir soi-même ? (sujet 21)

1) Le récit de sa propre vie permet de se découvrir soi-même.
2) Le récit d'une autre vie permet aussi de se découvrir.
3) Le récit littéraire d'une vie (la sienne ou une autre) permet une création de soi, plus qu'une découverte.

Le plan dialectique

• Quand la question posée par le sujet est « totale », elle n'admet grammaticalement que **deux réponses** possibles : « oui » et « non ». En formulant les deux réponses contradictoires, vous avez posé les grandes orientations de votre plan ; cependant, comme il ne s'agit pas de présenter un sondage d'opinion mais une pensée cohérente, vous devez **reformuler les réponses de façon à rendre leur cohabitation possible au sein de la même réflexion.**

• Dans ce type de plan, une **3e partie** (la synthèse), qui dépasse la contradiction des deux premières parties (la thèse et l'antithèse), est la bienvenue. Mais, si vous ne trouvez pas cette 3e réponse, renoncez-y plutôt que de proposer une perspective hors sujet ou, au contraire, répétitive par rapport à ce qui a été déjà dit. En ce cas, donnez de l'ampleur à votre conclusion en proposant une vision plus synthétique et élargie du problème.

L'introduction : trois étapes

Conseils

• Ne commencez pas votre constat par une banalité du type : « De tout temps, les hommes… »

• Ne vous écartez pas des termes du sujet.

• Ne répondez pas à la question dès l'introduction, car cela rendrait le développement inutile.

• Ne présentez pas lourdement le plan : au lieu de « Dans une première partie, je… », préférez « Dans un premier temps », « D'abord », « Ensuite », « Enfin »…

L'usage est de proposer une introduction formée d'un seul paragraphe mais il est possible aussi de matérialiser par un alinéa les trois étapes ou bien de détacher simplement l'annonce du plan. Appliquez les consignes de votre professeur.

Étape 1 **Amenez le sujet en partant d'une observation incontestable** ; par exemple, présentez l'œuvre et montrez en quoi elle s'inscrit dans le parcours au programme.

Étape 2 **Posez le problème du sujet.** Une expression comme « À ce propos, on peut se demander si… » peut exprimer le lien entre le constat initial et la question qui va être examinée au cours de la dissertation. Si le sujet comprend une citation, vous devez la reproduire dans son intégralité avant de formuler clairement la question..

Étape 3 **Annoncez le plan** de façon précise et souple.

La conclusion : deux étapes

Conseils

- Ne réduisez pas la 1re étape à un résumé : il faut plutôt souligner la logique de la progression.
- Ne proposez pas, en guise d'ouverture, un proverbe (« Les goûts et les couleurs... »), une évidence, une question trop large (« Quel est le rôle de la littérature ? »), une erreur historique...

Les deux étapes de la conclusion peuvent être réunies ou bien scindées en deux paragraphes pour plus de clarté. Suivez les conseils de votre professeur.

Étape 1 **Proposez une réponse à la question du sujet** en rassemblant les différentes pistes abordées.

Étape 2 **Élargissez la réflexion à une problématique plus vaste** en privilégiant le domaine littéraire ou, plus généralement, artistique (pensez aux prolongements étudiés au cours de l'année). Une question, une citation sont également possibles, à condition, bien entendu, d'être pertinentes.

Attention

Dans les 12 dissertations qui suivent, nous avons choisi de vous proposer de nombreux exemples ainsi que des citations afin de vous permettre d'élargir vos connaissances et votre réflexion. Vous serez ainsi mieux armés pour aborder des sujets divers. Dans les plans détaillés, les exemples ne sont souvent que des pistes à approfondir, au gré de votre curiosité.

Dans vos dissertations en cours d'année ou lors de l'épreuve terminale, on ne vous demande pas de vous appuyer sur autant d'exemples : vous devez choisir ceux qui vous conviennent, c'est-à-dire renoncer à certaines références et en préciser d'autres si nécessaire.

SUJET 13 BAC 2021
France métropolitaine

4 heures

Les Contemplations

Œuvre : *Les Contemplations* (livres I à IV), Victor Hugo
Parcours : Les Mémoires d'une âme

Dans la préface des *Contemplations*, Victor Hugo décrit son recueil comme un miroir tendu aux lecteurs.
En quoi cette image rend-elle compte de votre lecture des quatre premiers livres du recueil ?
Vous répondrez à cette question dans un développement organisé en vous appuyant sur les livres I à IV du recueil de Victor Hugo, sur les textes que vous avez étudiés dans le cadre du parcours associé et sur votre culture personnelle.

Travail préparatoire

Fiches p. 287
18 21 23 à 28
Fiche œuvre 1

La lecture du sujet

La forme du sujet

Le premier alinéa, une référence précise à la préface des *Contemplations*, s'apparente à une définition du projet de l'œuvre.
Dans un deuxième temps, le sujet pose de façon claire et directe une question en lien avec la référence proposée.
Le troisième alinéa est un rappel des attentes méthodologiques : la réflexion doit être structurée et les exemples empruntés aux *Contemplations*, aux textes étudiés dans le cadre du parcours associé et à votre culture personnelle.

Le type de sujet (Fiches 18 et 21)

La question, introduite, par la locution « En quoi » ouvre un large champ de réponses centré sur la métaphore du miroir que vous devrez cerner et approfondir.

Le plan attendu est analytique et vous le tracerez en examinant ce que recouvre cette idée de « miroir ».

La méthode

L'analyse des mots du sujet pour bâtir les grandes lignes du plan analytique (Fiche 15)

Pour bâtir votre plan analytique attachez-vous au mot « miroir ». Dans la préface du recueil, il est destiné au lecteur. Demandez-vous quelle(s) image(s) du lecteur il propose. Vous verrez aussi que, puisque *Les Contemplations* se présente comme « les mémoires d'une âme », ce miroir reflète aussi l'auteur.

Dans un souci de cohérence, nous choisissons d'aborder en premier lieu le portrait intime de façon à proposer un élargissement progressif : le poète singulier puis ses lecteurs. Pour trouver une troisième voie qui poursuive le mouvement, intéressez-vous à l'expression « votre lecture » qui introduit le point de vue du XXIe siècle : pensez à la visée universelle de Victor Hugo.

La recherche des arguments et des exemples (Fiche 23)

Notez les poèmes qui peuvent illustrer les différentes images reflétées dans le miroir, le poète, les lecteurs contemporains, tous les hommes. Pensez à citer des vers significatifs ou des expressions fortes que vous avez mémorisés. Le genre poétique s'attachant particulièrement aux ressources du langage, il paraît impossible de composer une dissertation sur la poésie sans un minimum de citations.

L'élaboration du plan

Le plan analytique propose un élargissement progressif de la réflexion :

I. *Les Contemplations*, en tant qu'autobiographie poétique, offre aux lecteurs le miroir intime de Victor Hugo.

II. Néanmoins, comme l'affirme le poète dans sa préface, le recueil est un miroir tendu aux autres, un reflet de la vie des lecteurs.

III. *Les Contemplations* donne surtout à voir le reflet de l'humaine condition où les traits du poète et des hommes se confondent dans une image universelle.

→ *Corrigé : devoir rédigé p. 132.*

Corrigé : devoir rédigé

Les textes en bleu apparaissant dans ce corrigé, titres, textes en marge et conseils entre crochets, ne doivent pas figurer dans votre devoir. Nous les avons insérés pour vous guider et vous aider à repérer la progression de la dissertation.

Les conseils du professeur

Introduction

Dans la préface consacrée à son recueil autobiographique *Les Contemplations*, Victor Hugo définit son projet poétique : « Est-ce donc la vie d'un homme ? Oui, et la vie des autres hommes aussi. [...] Ma vie est la vôtre, votre vie est la mienne, vous vivez ce que je vis ; la destinée est une. Prenez donc ce miroir et regardez-vous y. » Par cette dernière métaphore, Victor Hugo présente son projet poétique en décrivant son recueil comme un miroir tendu aux lecteurs. Ainsi, *Les Contemplations*, vaste autobiographie poétique où Victor Hugo retrace vingt-cinq années de sa vie de 1830 à 1855, renverrait aux lecteurs le reflet de leur propre vie. Ces derniers pourraient alors reconnaître dans ce recueil, pourtant très intime, leurs propres souvenirs, leurs propres joies, leurs propres douleurs et leurs propres combats. En quoi ce recueil constitué comme le miroir d'une âme offre-t-il tout autant au lecteur le reflet du poète que le sien propre ?

> Amorce du sujet (voir Fiche 27).

> Reformulation du sujet.

> Présentation synthétique de la question.

Tout d'abord, *Les Contemplations*, en tant qu'autobiographie poétique, offre aux lecteurs le miroir intime de Victor Hugo. Néanmoins, comme l'affirme le poète dans sa préface, le recueil est un miroir tendu aux autres, un reflet de la vie des lecteurs. Finalement l'œuvre donne surtout à voir le reflet de l'humaine condition où les traits du poète et des hommes se confondent en une image universelle.

> Annonce des trois parties du plan.

> Sautez deux lignes après l'introduction.

I. *Les Contemplations*, en tant qu'autobiographie poétique, offre aux lecteurs le miroir intime de Victor Hugo

L'image de Victor Hugo lui-même se dessine sur le miroir qu'il tend à ses lecteurs. Le recueil, inscrit dans un cadre spatio-temporel fortement autobiographique et hanté par le souvenir de Léopoldine, se présente comme « Les Mémoires d'une âme ».

Introduction de la 1re partie : son enjeu et ses sous-parties.

A. Un cadre spatio-temporel fortement autobiographique

Une sous-partie peut être composée de plusieurs paragraphes.

Chaque partie du recueil est accompagnée de bornes chronologiques précises, « Autrefois : 1830-1843 » et « Aujourd'hui : 1843-1855 », faisant définitivement de l'œuvre un miroir de la vie de Victor Hugo. D'une part, 1830 correspond aux jeunes années du poète romantique qui impose la révolution théâtrale sur les scènes parisiennes ; d'autre part, 1843 renvoie à l'année de la mort prématurée de la fille aînée du poète, Léopoldine ; enfin, 1855 fait directement écho à l'année de rédaction du recueil d'où le poète raconte ses souvenirs.

À ces repères autobiographiques s'ajoutent les dates et les lieux qui viennent marquer chaque poème du sceau de Victor Hugo. Dans « *Pauca Meae* », le poème « Elle avait pris ce pli en son âge enfantin… », daté du « Jour des morts. Novembre 1846. », commémore à l'occasion de la fête religieuse de la Toussaint, l'anniversaire de la mort de Léopoldine, décédée trois ans auparavant. Quant aux toponymes « Les Feuillantines », « Paris », « Villequier », « Ingouville », « Jersey » ou encore « Guernesey », ils font tous référence aux différentes périodes de la vie du poète, depuis son enfance parisienne jusqu'à son exil sur les îles anglo-normandes. Aussi le recueil est-il tout entier marqué par une foule de traces autobiographiques qui font des *Contemplations* un miroir où se reflète avant tout le visage de Victor Hugo.

Approfondissement de l'argument étayé par plusieurs exemples (voir Fiche 24).

B. Un recueil intime hanté par le fantôme de Léopoldine

Dès la préface qu'il consacre à son recueil, Victor Hugo place son œuvre sous le signe de son propre deuil, de sa propre souffrance, de son propre chagrin. Comme il l'explique lui-même, « C'est une âme qui se raconte dans ces deux volumes : Autrefois, Aujourd'hui. Un abîme les sépare, le tombeau ». Et ce tombeau n'est autre que celui de sa fille, Léopoldine qui hante le recueil comme elle hante les souvenirs du poète, père éploré par la perte de son enfant chérie. En effet, une page blanche de points, simplement intitulée « 4 septembre 1843 », marque l'épicentre de l'œuvre, faisant de cette blessure personnelle, le cœur de l'œuvre poétique.

La première phrase du paragraphe présente l'argument qui va être développé.

Les Contemplations devient ainsi un mausolée à la mémoire de la jeune femme dont le prénom n'apparaît jamais mais dont la présence se fait sentir partout. Le recueil s'ouvre sur un poème-dédicace « À ma fille » et s'achève enfin sur un épilogue poétique : son titre périphrastique, « À celle qui est restée en France », renvoie directement à Léopoldine dont la tombe est en effet « restée en France » tandis que le poète se voit prisonnier de son exil guernesiais. En dédiant ainsi l'ensemble de son recueil à sa fille douloureusement perdue, le poète offre aux lecteurs le témoignage intime de son deuil.

Pensez à souligner les titres des œuvres (ici en italique) dans vos devoirs manuscrits et placez les titres des poèmes entre guillemets.

guernesiais : sur l'île de Guernesey

C. « Les *Mémoires* d'une âme »

Le caractère profondément autobiographique du recueil apparaît d'emblée à travers la première définition des *Contemplations* que propose le poète dans sa préface. Avant même de parler d'un miroir tendu aux lecteurs, Victor Hugo envisage bel et bien son œuvre comme les « mémoires d'une âme ». Forme autobiographique particulière, les mémoires consistent en un témoignage personnel articulé au récit des événements historiques. C'est en tout cas dans cette perspective que François-René de Chateaubriand publie ses *Mémoires d'outre-tombe* où le récit des souvenirs du poète romantique en Bretagne dans son château de Combourg se mêle au récit des grands événements révolutionnaires à

À la différence de l'autobiographie centrée sur le « je », les mémoires rendent compte de l'époque dans laquelle a vécu l'auteur.

la fin du XVIIIe siècle. Comme Chateaubriand pour lequel il éprouve une vive admiration, Hugo, à la lumière de tous ses souvenirs d'enfance et de jeunesse, raconte à la manière des grands mémorialistes les événements historiques marquants de la France postrévolutionnaire. Dans « Quelques mots à un autre », lorsqu'il s'adresse à l'ami royaliste de sa mère, ce vieux marquis qui lui offrait des bonbons lorsqu'il était petit, Hugo en profite pour peindre l'évolution socioculturelle de la France au lendemain de la Révolution française : « Et m'écrasant avec tous les noms qu'on vénère, / Vous lâchez le grand mot : Révolutionnaire ! ». À travers ses expériences de vie, Hugo s'efforce de dresser dans *Les Contemplations* le portrait de son siècle.

Utilisez le signe / pour marquer la fin des vers que vous citez.

[Transition] Si *Les Contemplations* se présente incontestablement comme des « mémoires », ce sont pourtant, selon le poète, les « mémoires d'une âme ». L'emploi volontaire de l'article indéfini ouvre alors un espace moins intime et plus universel : le miroir du poète est appelé à renvoyer aux autres hommes le reflet de leur propre vie.

Sautez deux lignes entre la première et la deuxième partie.

II. Néanmoins, comme l'affirme le poète dans sa préface, le recueil est un miroir tendu aux autres, un reflet de la vie des lecteurs.

En effet, miroir d'une époque, non seulement le recueil nous offre un tableau de la vie des lecteurs contemporains mais il se fait aussi le porte-parole de leurs aspirations et de leurs émotions en cette période historique déroutante.

Introduction de la 2e partie : son enjeu et son organisation.

A. *Les Contemplations* : un tableau de la vie des lecteurs au XIXe siècle

« Prenez donc ce miroir et regardez-vous y » : cette injonction du poète dans la préface des *Contemplations* montre bel et bien que le recueil se constitue comme le reflet de la vie des lecteurs, et ne renvoie pas seulement à la vie personnelle du poète. Cette image du miroir avait déjà été utilisée en 1830, bien avant la publication des *Contemplations*, par Stendhal dans son roman *Le Rouge et le noir* : « Eh, Monsieur, un roman est un miroir qui se promène sur une grande route. Tantôt il reflète à vos yeux l'azur des cieux, tantôt la fange des bourbiers de la route. » Le romancier définit alors son œuvre comme une image reflétant la réalité à la fois dans ce qu'elle a de plus splendide et de plus sinistre.

Comme Stendhal, Hugo se propose d'offrir aux lecteurs une image fidèle de cette réalité dans laquelle ils vivent, tout à la fois belle et sinistre, tendre et cruelle. C'est notamment dans le livre III « Les Luttes et les rêves » que cet aspect social et humain de la poésie hugolienne se fait particulièrement sentir. Les poèmes « *Melancholia* », « Chose vue un jour de printemps », « Intérieur » ou encore « Le Maître d'études » mettent en scène la misère, la marginalité, les cloaques, la prostitution, le travail des enfants, la famine. « La faim, c'est le regard de la prostituée, / C'est le bâton ferré du bandit, c'est la main / Du pâle enfant volant un pain sur le chemin ». En abordant toutes ces thématiques sociales, le poète se fait « le peintre de la vie moderne » (Baudelaire) renvoyant ses lecteurs au tableau tristement réaliste du XIXe siècle.

> Cette dimension sociale se retrouve dans *Les Misérables*, roman publié en 1862, six ans après *Les Contemplations*.

> Variez l'origine des exemples.

B. Le poète, porte-parole des lecteurs

Dans ce siècle marqué par la misère sociale, le poète romantique apparaît comme un porte-parole. Non seulement il tend un miroir à ses lecteurs, mais surtout il leur prête sa voix, en s'imposant comme le représentant poétique du peuple. C'est notamment le cas dans la « Réponse à un acte d'accusation » où Hugo n'hésite pas à s'écrier « Oui, je suis ce Danton, je suis ce Robespierre ! », se présentant ainsi comme le porte-parole d'un lectorat populaire. De même, dans « *Melancholia* », Hugo met en scène « Un homme de génie [qui] apparaît. Il est doux, il est fort, il est grand. Il est utile à tous. » Cet homme n'est autre que le poète lui-même dont la voix, l'écriture et l'œuvre sont mises au service de tous.

> Mémorisez des citations pour illustrer vos argument (voir Fiche 26).

> Veillez à l'exactitude des citations et insérez-les correctement dans votre syntaxe (Fiche 11).

Le poète ne parle dès lors plus pour lui-même, mais bel et bien pour tous les hommes. Bien loin d'un Narcisse qui admirerait son propre reflet, le poète est celui qui tend son miroir aux autres. Comme Hugo, Louis Aragon, dans son recueil *La Diane française*, fait du poète le porteur de ce miroir de l'humanité meurtrie. Le célèbre poème « Elsa au miroir » fait effectivement apparaître un miroir dans lequel se regarde la muse du poète ; mais bien au-delà de ce reflet, le miroir renvoie aux lecteurs l'image douloureuse de la France occupée en 1944.

C. Une œuvre aux thématiques romantiques où se reflète la vie de chacun

La troisième sous-partie amorce la réflexion qui sera approfondie dans la 3e partie.

Si chacun peut apercevoir son propre reflet dans le miroir tendu de Victor Hugo c'est que le recueil traite de thématiques particulièrement sensibles au XIXe siècle : l'amour, l'enfance, la nostalgie de la jeunesse, la crainte et la douleur de la mort. Tous ces sujets emblématiques de la tonalité lyrique et chers à la génération romantique apparaissent notamment dans les livres I « Aurore » et II « L'âme en fleur ». « L'atmosphère, embaumée et tendre, semble pleine / Des déclarations qu'au Printemps fait la plaine, / Et que l'herbe amoureuse adresse au ciel charmant. » La poésie célèbre l'amour et un monde harmonieux : en offrant aux lecteurs le tableau tendre, bucolique* et printanier de jeunes amoureux insouciants dans les poèmes « *Vere Novo* », « La Coccinelle », « Premier mai », « Nous allions au verger... », le poète propose une œuvre capable de toucher le plus grand nombre, ce que confirmera le succès du recueil dès sa parution.

Le recueil est abordé ici dans son contexte culturel.

Emblématiques d'une poésie à la fois intime et universelle, les topiques* lyriques de la génération romantique permettent au poète de composer une œuvre poétique pour tous. C'est pourquoi le recueil *Méditations poétiques* d'Alphonse de Lamartine connaît dès sa première publication en 1820 un immense succès : les lecteurs éprouvés par l'entrée dans une ère nouvelle au lendemain de 1789, s'identifient au jeune poète mélancolique, harassé par la vanité de son existence après la mort prématurée de sa muse, Julie.

[Transition] En prenant pour point de départ son expérience personnelle, le poète s'efforce de se tourner vers les autres pour livrer une poésie universelle à travers laquelle chacun peut se reconnaître.

Sautez deux lignes entre la 2e et la 3e partie.

III. *Les Contemplations* donne surtout à voir le reflet de l'humaine condition où les traits du poète et des hommes se confondent dans une image universelle

Les Contemplations donne en effet à voir le reflet de l'humaine condition. Les références autobiographiques sont gommées pour laisser paraître un questionnement universel, le poète se chargeant de porter le miroir de cette humanité partagée.

Introduction de la 3e partie. La première phrase correspond au titre formulé dans le plan.

A. Effacer les références autobiographiques : du témoignage personnel à la méditation universelle

Miroir intime et miroir universel, *Les Contemplations* opère un glissement du témoignage personnel à la méditation universelle, notamment grâce à l'effacement des références autobiographiques. Si de nombreux repères chronologiques et topographiques jonchent ce recueil de souvenirs de Victor Hugo, d'autres marques autobiographiques sont volontairement gommées par le poète en vue d'universaliser l'œuvre. Non seulement le prénom de Léopoldine n'apparaît explicitement nulle part, mais le livre IV, pourtant entièrement consacré à elle porte le titre le plus énigmatique de tous les livres du recueil : « *Pauca Maeæ* ». La traduction littérale de la tournure latine en est la preuve : *Pauca meæ* signifie rigoureusement *quelques petites choses pour la mienne*. Un tel titre crée un mystère en même temps qu'il fait disparaître le sceau trop intime du poète.

De plus, si Hugo évoque son propre deuil, c'est bien pour partager sa peine avec tous les parents éplorés et l'on ne saurait réduire *Les Contemplations* au seul tombeau de Léopoldine, l'œuvre se constituant plutôt comme le tombeau de tous les êtres chers perdus. En témoignent par exemple les poèmes comme « Enfance » mettant en scène la perte de la mère adorée, ou bien « Le Revenant » racontant le terrible chagrin d'une mère déchirée par la mort de son nouveau-né, ou encore « À la mère de l'enfant mort » dont le titre-dédicace met en avant la douleur maternelle. Aussi le deuil du poète se confond-il avec tous les deuils de chacun de ses lecteurs.

B. Un questionnement universellement humain

Après avoir présenté les sentiments universels (première sous-partie), l'analyse aborde une réflexion sur la place de l'homme dans l'univers selon Hugo.

Si le poète et son lecteur voient leur visage se refléter ensemble dans le même miroir, c'est que tous deux partagent la même condition humaine. C'est ainsi que l'on peut comprendre le jeu de chiasmes opéré par Hugo dans sa préface : « Ma vie est la vôtre, votre vie est la mienne, vous vivez ce que je vis ». Cette parfaite symétrie entre « je » et « vous » montre bien que le poète et ses lecteurs partagent la même condition. Le recueil est ainsi composé de sorte que chacun se reconnaisse dans ce témoignage poétique.

Homme parmi les hommes, le poète partage avec ses lecteurs les interrogations qui le hantent. Aussi une réflexion universelle sur la condition humaine est-elle amorcée dans *Les Contemplations*. Dans chaque livre, les questionnements métaphysiques renvoient le lecteur à ses propres interrogations. C'est notamment le cas des poèmes « Unité » ou « *Magnitudo parvi* » qui questionnent la place de l'être humain au cœur d'un univers infiniment grand : « Voilà donc ce que fait la solitude à l'homme / Elle lui montre Dieu, le dévoile et le nomme ». C'est aussi le cas des deux poèmes du livre III « *Une terre au flanc maigre, âpre...* » et « Explication », placés en miroir l'un de l'autre pour interroger l'existence de Dieu en dépit du mal qui règne sur terre. Recueil métaphysique, *Les Contemplations* est donc un miroir méditatif tendu par le poète aux lecteurs.

C. Le porteur privilégié du miroir de l'humanité

La dernière sous-partie étudie le rôle particulier du poète visionnaire et chargé de guider les hommes.

Dans un tel contexte, l'ambition du poète romantique consiste à se faire le porteur privilégié de ce miroir. Plus qu'un autre, le poète semble le mieux à même d'offrir aux

Dissertation

autres hommes ce reflet universel où chacun est appelé à se reconnaître. C'est en effet l'un des objets majeurs de la préface que de définir la mission du poète : « Hélas ! quand je vous parle de moi, je vous parle de vous. Ah ! insensé qui crois que je ne suis pas toi [...] *Homo sum.* » Aussi Hugo pense-t-il son écriture poétique comme une parole universelle, et Charles Baudelaire ira plus loin en définissant le poète romantique comme un « phare de l'humanité » capable de guider tous les hommes.

Porte-parole, guide, prophète, le poète n'est supérieur aux autres qu'au sens où, en tendant ce miroir, il délivre aux hommes une vérité sur leur propre vie. Le poème intitulé « Le poète » et consacré à Shakespeare, révèle à cet égard la conception hugolienne du poète comme un être supérieur se trouvant en droit d'instruire les hommes sur leur propre compte : « Il contemple la foule avec son regard fixe / Et toute la forêt frisonne devant lui. / Pâle, il marche, au-dedans de lui-même ébloui / Il va, farouche, fauve, et, comme une crinière, / Secouant sur sa tête un haillon de lumière. » Aussi ne peut-il tendre le miroir de l'humanité à ses lecteurs que s'il se présente d'abord à eux comme le représentant lumineux de l'humanité.

Conclusion

Ainsi, comme l'affirme Victor Hugo dans la préface de son recueil, *Les Contemplations* est un « miroir » tendu aux lecteurs : miroir de sa propre vie d'une part, miroir de la vie de chacun d'autre part, miroir de tous enfin. Tout le projet poétique de Victor Hugo réside dans cette métaphore du miroir : il s'agit de livrer à tous un reflet intime où chacun se reconnaît. Si l'œuvre s'impose comme une autobiographie, sa vocation finale est indéniablement universelle.

Bilan de l'analyse (voir Fiche 28).

Victor Hugo s'inscrit ici dans l'héritage romantique de Lamartine qui affirmait dans la préface de ses *Méditations poétiques* qu'il espérait faire entendre le chant d'une lyre dont les cordes seraient désormais les fibres du cœur humain. Hugo, comme Lamartine, offre aux lecteurs une poésie universelle car profondément humaine.

Ouverture grâce à une référence à Lamartine, grande figure de la poésie romantique.

SUJET 14 BAC 2021
France métropolitaine

4 heures

Les Fleurs du Mal

Œuvre : *Les Fleurs du Mal*, Charles Baudelaire
Parcours : Alchimie poétique : la boue et l'or

On a reproché à Baudelaire de « tout peindre, de tout mettre à nu » dans son recueil *Les Fleurs du Mal*. Qu'en pensez-vous ?
Vous répondrez à cette question dans un développement organisé en vous appuyant sur le recueil de Charles Baudelaire, sur les textes que vous avez étudiés dans le cadre du parcours associé et sur votre culture personnelle.

Travail préparatoire

Fiches p. 287
15 18 20 23 à 26
Fiche œuvre 2

La lecture du sujet

La forme du sujet

On repère trois parties dans le sujet :
– la citation présentée de manière anonyme, « on a reproché ». Ces propos sont extraits du réquisitoire prononcé par le procureur impérial Ernest Pinard lors du procès intenté à Baudelaire en 1857, à la parution des *Fleurs du Mal*.
– une question ouverte qui appelle une discussion ;
– la consigne qui renvoie aux exigences méthodologiques de la dissertation et précise le champ des exemples.

La problématique (Fiche 15)

Pour traiter le sujet, il convient d'abord d'analyser la citation.
En quoi Baudelaire cherche-t-il à « tout peindre » et quel est ce « tout » qui lui est à deux reprises reproché ? Si le poète est un « peintre de la vie moderne », cherche-t-il seulement à rendre compte des réalités qui l'entourent, à les « mettre à nu » avec complaisance ?

La Beauté ne cohabite-t-elle-pas avec le Mal dans son œuvre ? Au-delà d'une attitude provocatrice ne doit-on pas voir en Baudelaire un déchiffreur du réel, un alchimiste qui transforme la boue en or, comme vous y incite le parcours proposé ?

La méthode

Les exemples (Fiches 24 et 25)

Pour *Les Fleurs du Mal*, œuvre au programme, revenez sur vos poèmes préférés, illustrant le versant de l'Idéal ou celui du Spleen. Isolez des poèmes marquants de la deuxième section « Tableaux parisiens ». N'hésitez pas à citer des vers retenus.

Les autres exemples seront puisés dans vos lectures, avec certains passages attendus. L'alchimiste renvoie à Rimbaud et à son aventure de voyance, la métamorphose à Hugo (le mendiant) ou à Ponge, la laideur du sujet à Lautréamont (le pou) ou Claudel (le porc).

L'élaboration du plan (Fiche 18)

Pour désamorcer la critique et rejeter l'idée de simple provocation, vous pourrez adopter une forme de plan dialectique.

Vous creuserez chaque facette du titre du recueil : le « Mal » omniprésent, le rêve des « Fleurs », la transmutation des *Fleurs du Mal*.

I. Baudelaire, un peintre de la laideur
II. Baudelaire, un peintre de l'oscillation
III. Baudelaire, un alchimiste

Corrigé : devoir rédigé

Les textes en bleu apparaissant dans ce corrigé, titres, textes en marge et conseils entre crochets, ne doivent pas figurer dans votre devoir. Nous les avons insérés pour vous guider et vous aider à repérer la progression de la dissertation.

Introduction

Sous le régime autoritaire de Napoléon III, la censure est très active en France. En 1857, le procureur impérial Ernest Pinard conduit deux grands procès littéraires pour outrage à la morale publique et aux bonnes mœurs, celui de Flaubert pour *Madame Bovary* et de Baudelaire pour *Les Fleurs du Mal*. Déjà *Le Figaro* critiquait *Les Fleurs du mal* en ces termes : « l'odieux y coudoie l'ignoble ; le repoussant s'y allie à l'infect ». Au procès, on reproche à Baudelaire de « tout peindre, tout mettre à nu ». L'absence de sens moral et de voile pudique est considérée alors comme une apologie du vice. Mais quel sens convient-il de donner au pronom « tout » répété par l'accusation ? Le poète s'est-il complu dans son recueil à une exploration du mal, exhibant la laideur sous toutes ses formes ? Nous verrons d'abord que Baudelaire est effectivement un peintre de la laideur, mais, l'horrible n'excluant pas la beauté, qu'il est un peintre de l'oscillation, et surtout, les fleurs naissant du mal, un peintre de la transfiguration.

Les conseils du professeur

Phrase d'accroche qui renvoie au contexte de la citation (Fiche 27).

Analyse de la citation.

Annonce du plan en 3 parties.

Sautez deux lignes après l'introduction.

I. Baudelaire, peintre de la laideur

Baudelaire serait le peintre de la laideur. Il a choisi de « tout peindre », même l'indicible, de « tout mettre à nu ». S'agit-il pourtant d'une provocation ou de l'expression forte d'une vérité ?

Introduction de l'axe : enjeu et annonce des 3 sous-parties.

A. Le réalisme des sujets poétiques

Dans Les *Fleurs du Mal*, la laideur se manifeste dans le réalisme de sujets privilégiés.

La première phrase de la sous-partie est la formulation rédigée du titre figurant dans le plan.

Dans la deuxième section du recueil intitulée « Tableaux parisiens », le poète évoque « le chaos des vivantes cités » et les effroyables rencontres de la décrépitude. Dans « Les petites vieilles », il s'adresse à ces « monstres disloqués » qui « furent jadis des femmes » : « Honteuses d'exister, ombres ratatinées, / Peureuses, le dos bas, vous côtoyez les murs ; / Et nul ne vous salue, étranges destinées ! /Débris d'humanité pour l'éternité mûrs ». La ville est un lieu de misère et de souffrance, un

Une sous-partie peut être constituée de plusieurs paragraphes développant des aspects différents de l'argument. Nous surlignons dans chaque sous-partie les étapes de l'analyse.

Dissertation

foyer de laideur et de corruption dépeint dans le poème « Le jeu » : « Autour des verts tapis des visages sans lèvres, / Des lèvres sans couleur, des mâchoires sans dent, / Et des doigts convulsés d'une effroyable fièvre / Fouillant la poche vide ou le sein palpitant ».

La ville, « cité de fange » est le lieu du fracas et de la débauche. Dans « Le crépuscule du soir » « la Prostitution s'allume dans les rues », tandis que dans « Le crépuscule du matin », « les femmes de plaisir, la paupière livide, /Bouche ouverte, dormaient de leur sommeil stupide ». Aux côtés des femmes damnées, des escrocs et des mendiants aveugles, la « race de Caïn, dans la fange/ rampe et meur[t] misérablement ».

Car la mort rôde dans la ville et dans l'ensemble du recueil, représentée par de nombreuses allégories* héritées de la tradition médiévale, squelettes hideux, cadavres en décomposition. « Des quais froids de la Seine aux bords brûlants du Gange », Baudelaire dépeint « le branle universel de la danse macabre ».

B. Une provocation ?

Tant de laideurs exhibées ressemblent à une provocation. On a pu reprocher au poète de « tout peindre » et de « tout mettre à nu » comme s'il fouillait l'horreur avec force images qui lui donnent un relief saisissant. De fait, Baudelaire renverse les idées reçues.

Selon Saint-John Perse, « Poète est celui-là qui rompt pour nous l'accoutumance ».

La provocation naît du choix de l'objet décrit – l'araignée et l'ortie de Victor Hugo, le porc de Claudel, le morceau de viande de Ponge – mais plus encore de l'éloge paradoxal de sa laideur : si Baudelaire évoque « la carcasse superbe », Germain Nouveau dans son poème « Le peigne » (1887) célèbre un objet sale dont il fait « un grand seigneur ».

Ouverture sur d'autres exemples (Fiche 25).

Voilà la tradition lyrique désacralisée. Le poème de Baudelaire « Une charogne » est apparu au moment de sa publication comme la pure provocation d'un artiste maudit et anti-idéaliste. Avec son vocabulaire cru refusant l'euphémisme* (« charogne infâme », « exhalaisons », pourriture », « puanteur », « putride »), l'auteur semble céder à une complaisance morbide. Il évoque le moment concret de la décomposition du corps et lève un tabou poétique.

La provocation née de cette mise à nu est encore sensible dans l'ironie qui lui est souvent associée. Il y a un parfum de dandysme dans l'œuvre de Baudelaire. Le dandysme répond selon lui à une stratégie de l'étonnement : « c'est le plaisir d'étonner et la satisfaction orgueilleuse de ne pas être étonné » : « Ma femme est morte, je suis libre ! » peut-on lire dans « Le vin de l'assassin. » Étonner, c'est faire chanceler nos goûts et nos valeurs, c'est aussi prendre une distance avec son moi souffrant.

Le dandysme est une attitude esthétique et morale faite de raffinement et d'anticonformisme.

C. L'expression d'une vérité

La provocation n'est donc pas gratuite, simple jeu littéraire scandaleux.

Le laid est l'expression d'un état d'âme qui permet une identification douloureuse et salvatrice. Le poète va révéler dans ses vers ses pensées sombres pour les exorciser. Ainsi les images du spleen, le « peuple muet d'horribles araignées/ [Qui] vient tendre ses filets au fond de nos cerveaux », reflètent son angoisse et ouvrent à une rêverie sur le néant. Le poète exilé, mal aimé, condamné, se reconnaît parfois dans le laid ou les objets dénigrés et mis à nu. Dans « Un voyage à Cythère », il exprime sa détresse : « Dans ton île, ô Vénus, ! je n'ai trouvé debout/Qu'un gibet symbolique où pendait mon image/ – Ah ! seigneur ! donnez-moi la force et le courage / De contempler mon corps et mon cœur sans dégoût ».

Mémorisez durant l'année des citations variées qui pourront étayer votre analyse. Veillez à leur exactitude.

Au-delà de ces raisons intimes, l'exploitation du mal peut impliquer une certaine vision du monde. C'est d'abord une forme de compassion qui est ressentie. Hugo nous invite à plaindre l'araignée et l'ortie, symboles d'exclusion : « J'aime l'araignée et j'aime l'ortie/ Parce qu'on les hait » écrit-il dans *les Contemplations* (livre III). On sent, au-delà des peintures objectives cruelles et des métaphores brutales, une sympathie, au sens étymologique, de Baudelaire pour « les petites vieilles » à qui il consacre un poème. Elles font partie de

Autre exemple inscrivant Baudelaire dans une tradition romantique.

la même communauté d'exilés que lui et appartiennent à un monde qui les rejette. « Ruines ! Ma famille ! » s'écrie le poète. D'autres figures renvoient l'image d'une inquiétude spirituelle. Les aveugles rencontrés dans la ville, « affreux », « vaguement ridicules », « dardant on ne sait où leurs globes ténébreux », incarnent l'ensemble des hommes qui tâtonnent dans le noir et cherchent une réponse à la misère humaine. Baudelaire, pourtant proche de ces inconnus brisés, se désolidarise de leur quête d'espérance : « Vois ! je me traîne aussi ! mais plus qu'eux hébété, / je dis : Que cherchent-ils au Ciel, tous ces aveugles ? » (« Les Aveugles »)

[Transition] La peinture de la laideur choque mais exprime une vision de soi et du monde qui, à elle seule, est une réponse aux détracteurs de Baudelaire. Si on l'accuse de « tout peindre », il convient de redéfinir ce « tout » qui ne saurait se limiter à l'exhibition de la laideur.

La transition résume la partie I et annonce la partie II.

Sautez deux lignes entre les parties.

II. Baudelaire peintre de l'oscillation

Peintre de l'oscillation, Baudelaire a su évoquer la beauté. Tiraillé entre l'Idéal et le Spleen, il rejette toute assimilation du beau au bien.

Annonce de l'enjeu de la partie.

A. Peindre « tout ce qu'il y a de plus doux »

« Celui qui n'est pas capable de tout peindre... tout ce qu'il y a de plus doux et tout ce qu'il y a de plus horrible ..., celui-là n'est pas vraiment poète » écrit Baudelaire. La poésie explore le plus horrible mais créé de belles échappatoires, parmi lesquelles, l'ailleurs, la femme, l'art.

Citation extraite de *L'Art romantique* de Baudelaire (publication posthume 1869).

Plusieurs voyages dans *Les Fleurs du Mal* sont des expériences imaginaires qui renvoient à un ailleurs paradisiaque. Influencé par le romantisme, Baudelaire évoque dans « La vie antérieure » ces « vastes portiques / Que les soleils marins teignaient de mille feux, » en se confiant à nous : « C'est là que j'ai vécu dans les voluptés calmes, / Au milieu de l'azur, des vagues, des splendeurs ». Dans « Parfum exotique », poème inspiré par Jeanne Duval, la Vénus noire, Baudelaire rêve aux

Utilisez le signe / pour marquer la fin des vers que vous citez.

paysages tropicaux : « Je vois se dérouler des rivages heureux / Qu'éblouissent les feux d'un soleil monotone ». L'amour est souvent vecteur d'évasion et « L'invitation au voyage » fait découvrir à la femme aimée un pays idéal où « tout n'est qu'ordre et beauté / Luxe, calme et volupté ».

La femme en effet est au cœur de la poésie lyrique et Baudelaire chante sa beauté. Dans la tradition des poètes du XVIe siècle inaugurant les blasons* du corps féminin, André Breton, chef de file des surréalistes, célèbre dans « Union libre » (1931), « [sa] femme aux seins de creuset de rubis / aux seins de spectre de la rose sous la rosée ». Baudelaire isole, lui, la chevelure de la femme aimée dont la magie sensuelle se déploie sur sept quintils* d'alexandrins : « Ô toison, moutonnant jusque sur l'encolure ! Ô boucles ! Ô parfum chargé de nonchaloir ! / Extase ! » Par le jeu des synesthésies*, le poète connaît auprès d'elle une plénitude sensorielle.

Baudelaire ouvre la voie aux surréalistes.

Tout peindre, c'est aussi évoquer l'art et les grands noms de la peinture et de la sculpture auxquels Baudelaire rend hommage dans « Les Phares ». « C'est pour les cœurs mortels un divin opium ».

Toutefois ces paradis artificiels ne le délivreront pas de la misère comme en témoigne l'architecture du recueil. Beauté et Laideur sont indissociables et le poète est écartelé entre l'aspiration à l'Idéal et l'enfermement dans la réalité matérielle sordide.

B. La dualité au cœur du recueil

En critiquant l'immoralisme de Baudelaire, on n'a pas perçu le déchirement du poète, ces « deux postulations simultanées » qui l'habitent, « l'une vers Dieu, l'autre vers Satan ». Dans « Un voyage à Cythère », Baudelaire nous présente dans l'île de Vénus un étonnant tableau : « De féroces oiseaux perchés sur leur pâture / détruisaient avec rage un pendu déjà mûr, [...], Les yeux étaient deux trous, et du ventre effondré / Les intestins pesants lui coulaient sur les cuisses ». Oui, Baudelaire a mis à nu l'horreur de la mort mais le même poème montre que laideur et beauté peuvent cohabiter : avant d'être saturé

Citation extraite de *Mon cœur mis à nu* qui fait partie des journaux intimes de Baudelaire (publication posthume en 1887).

de termes appartenant au registre macabre, le voyage à Cythère nous offre un cadre idyllique de printemps et de renaissances. Dans les notes qu'il réunit pour préparer sa défense en 1857, le poète écrit d'ailleurs : « A un blasphème j'opposerai des élancements vers le Ciel, à une obscénité des fleurs platoniques ».

Déchiré entre les deux pôles du gouffre et de l'azur, Baudelaire privilégie la figure de l'opposition. Dans « Moesta et errabunda », il interroge Agathe, la femme idéale : « Dis-moi, ton cœur parfois s'envole-t-il Agathe, / Loin du noir océan de l'immonde cité, / Vers un autre océan où la splendeur éclate… » L'antithèse ou l'oxymore*, encore plus resserré, illustrent cette « double postulation ». « Que tu viennes du ciel ou de l'enfer qu'importe, / Ô Beauté » s'écrie Baudelaire dans « Hymne à la beauté ». Pour lui le beau s'écarte du bien et l'esthétique se dissocie de la morale. La femme incarne cette troublante ambivalence : « Ô fangeuse grandeur ! sublime ignominie. » (poème XXV)

Les titres des poèmes sont placés entre guillemets, seuls les titres des œuvres sont soulignés (devoir manuscrit) ou mis en italique.

C. La Beauté par-delà le bien et le mal

La beauté se situe donc pour le poète par-delà le bien et le mal.

Et ses contempteurs, en en restant à la lettre, aux bienséances, n'ont pas compris cette esthétique du mal. C'est ainsi que la noirceur devient matière à création artistique. La beauté du Mal correspond en fait à un renversement. Le Beau n'est plus nécessairement lié au Bien et doit être arraché à l'emprise de la morale et à ses mensonges. Ainsi la représentation de la mort peut-elle participer d'une beauté spasmodique, violente, maintenant le lecteur en état de choc.

contempteurs : ceux qui le méprisent.

Si l'évocation de la mort suscite le dégoût, la dernière section lui est consacrée comme une issue ultime et victorieuse. Une vision apaisée de la mort nous est donnée qui rejoint le paradoxe du « mort joyeux ».

[Transition] Peintre de la vie moderne, moins provocateur que tiraillé entre deux pôles, Baudelaire est avant tout le peintre de la transfiguration.

III. Baudelaire, peintre de la transfiguration

Que le poète s'inspire du beau ou du laid, peu importe finalement. En effet, loin de copier la réalité, il choisit de la déchiffrer, de la transfigurer en recourant à la magie du langage poétique.

Annonce des 3 sous-parties.

A. Le poète est un déchiffreur

Au-delà du rêve exotique, Baudelaire cherche dans la nature un mystère de l'être qui reflète un langage divin. Nous découvrons dans « Correspondances » le poète médiateur entre la nature et l'homme : « La Nature est un temple où de vivants piliers / Laissent parfois sortir de confuses paroles ; / L'homme y passe à travers une forêt de symboles / Qui l'observent avec des regards familiers ». La mission du poète consiste à rendre perceptibles aux hommes les mystérieuses correspondances qui tissent une trame entre les choses et les êtres. Le poète est donc un déchiffreur qui comprend « le langage des fleurs et des choses muettes » (« Élévation »).

La poésie est interrogation et investigation sur le monde et les univers cachés. En levant le voile, Baudelaire souhaite entreprendre la quête de l'inexploré. Il devient selon l'expression de Rimbaud « voleur de feu ». Dans la *Lettre à Paul Demeny* (1871), ce dernier dans le sillage de Baudelaire détaille sa mission : « je dis qu'il faut être voyant, se faire voyant. » Nous assistons dans « Le bateau ivre » à la folle dérive du poète qui repousse les limites du langage jusqu'au « dérèglement de tous les sens ». Au seuil de l'irréel, il voit le monde autrement : « J'ai rêvé la nuit verte aux neiges éblouies », écrit-il, « et j'ai vu quelques fois ce que l'homme a cru voir ». Apollinaire à son tour s'élancera dans l'aventure de la voyance. Comme Apollon le dieu oraculaire, il devient « porteur de soleils » et entend révéler les lois du monde. De même, si Baudelaire peint le réel et fouille la densité des choses, c'est pour en extraire du sens.

Rimbaud est l'héritier de Baudelaire. Apollinaire suivra le chemin tracé par Rimbaud.

B. Le poète est un alchimiste

Le poète explore le monde, il le transfigure aussi. Baudelaire en choisissant pour titre *Les Fleurs du Mal*, affiche d'emblée cette volonté d'« extraire la beauté du mal », comme il le dira dans un de ses projets de préface (1861). Le poète alchimiste métamorphose le réel. S'adressant à Paris, Baudelaire déclare : « Tu m'as donné la boue et j'en ai fait de l'or » et ce défi est relevé dans le recueil. Dans « Tableaux parisiens », « tout, même l'horreur, tourne aux enchantements » (« Les petites vieilles ») et le soleil, « ainsi qu'un poète », ennoblit le sort des choses les plus viles » (« le Soleil »). De même dans « Une charogne », l'auteur évoque un monstrueux accouplement : « les mouches bourdonnaient sur ce ventre putride, / D'où sortaient de noirs bataillons / De larves [...], On eût dit que le corps enflé d'un souffle vague, / Vivait en se multipliant ». Cette fécondité paradoxale nous entraîne vers une poétique de la mort. Baudelaire affirme la supériorité de l'art et de la spiritualité sur la vie et la matérialité. À partir de la décomposition qui est l'occasion de nombreux procédés hyperboliques, il parvient à recréer la beauté et à reconstituer ce que le temps a détruit : « Alors, ô ma beauté ! dites à la vermine / Qui vous mangera de baisers/ Que j'ai gardé la forme et l'essence divine / De mes amours décomposés ».

L'alchimiste échoue parfois dans cette transmutation. Et Baudelaire le reconnaît sans détour dans le sonnet « Alchimie de la douleur ». Le patronage d'Hermès Trismégiste est une malédiction pour le poète : « Tu me rends l'égal de Midas / Le plus triste des alchimistes ». Incapable de surmonter son désespoir, Baudelaire se dépeint comme **un alchimiste inversé** : « Par toi je change l'or en fer ». Son travail poétique dégrade la matière au lieu de l'élever. Il en résulte une dénaturation au lieu d'une transfiguration. Même si dans ce poème Baudelaire doute de ses pouvoirs poétiques, sa détresse est créatrice.

L'alchimie est une science occulte du Moyen Âge consistant en la recherche de la transmutation des métaux en or.

Hermès Trismégiste est un personnage mythique gréco-égyptien dont se réclament les alchimistes. Baudelaire l'associe à Satan.

Midas : tout ce que le roi de Phrygie Midas touchait se transformait en or. Ce don de Dionysos devint une malédiction.

C. Le poète est un démiurge

Le poète enfin est un démiurge qui, par son travail d'orfèvre, crée un autre monde.

Artisan des mots, il cherche dans le langage son inspiration. La poésie ne vient-elle pas du grec *poiein* (faire) ?

Mallarmé prônait même « la disparition élocutoire du poète qui cède l'initiative aux mots ». Grâce aux images, le poète rapproche des réalités pour en faire naître une nouvelle. Dans « Harmonie du soir », « le soleil s'est noyé dans son sang qui se fige ». C'est grâce à l'allégorie*, procédé cher à Baudelaire, que la femme devient la Beauté, perd son animalité et se métamorphose en une réalité supérieure, un absolu : « Viens-tu du ciel profond ou sors-tu de l'abîme, / Ô Beauté ? » (« Hymne à la Beauté »)

Veillez à insérer correctement les citations dans votre syntaxe (Fiche 11).

La réalité la plus triviale parée d'un habillage rythmique, sonore et lexical est sublimée. Baudelaire qui détestait le naturel et fit l'éloge du maquillage choisit de parer de bijoux la nudité des prostituées. L'érotisme des « Bijoux », pièce censurée en 1857, devient musique : « Quand il jette en dansant son bruit vif et moqueur, / Ce monde rayonnant de métal et de pierre/ Me ravit en extase, et j'aime à la fureur / Les choses où le son se mêle à la lumière ». La mendiante rousse rencontrée dans ses errances parisiennes est idéalisée un temps en « reine de roman ». Mais c'est sa nudité, par le jeu de rimes et le tétrasyllabe final, qui triomphe : « Va donc, sans autre ornement, /Parfum, perles, diamant, / Que ta maigre nudité, / Ô ma beauté ! »

Sautez deux lignes avant la conclusion.

Conclusion

Ainsi le poète peut s'inspirer de la laideur ou de la beauté. Comme l'écrit Victor Hugo dans la Préface des *Orientales* (1829), la création poétique est un espace de liberté, un « grand jardin, où il n'y a pas de fruit défendu. » L'essentiel, n'en déplaise aux détracteurs de Baudelaire, est dans la beauté du geste poétique. Il revient au poète de conduire une recherche esthétique afin, à l'aide de la musique et des mots, d'explorer l'univers, d'interpréter le réel et de transfigurer la laideur en beauté.

Bilan du développement (Fiche 28).

On comprend mieux dès lors la formule de Baudelaire : « Le beau est toujours bizarre ». À la croisée des chemins poétiques, Baudelaire a ouvert la voie aux audaces de Rimbaud et des surréalistes. « La beauté sera CONVULSIVE ou ne sera pas » écrira Breton dans *Nadja* (1928).

Ouverture.

SUJET 15

4 heures

Alcools

Œuvre : *Alcools*, Guillaume Apollinaire
Parcours : Modernité poétique ?

Le vers « À la fin tu es las de ce monde ancien » ouvre le recueil *Alcools*. La rébellion contre l'héritage du passé, au nom de la modernité poétique, vous semble-t-elle caractériser le recueil d'Apollinaire ?

Vous répondrez dans un développement organisé en vous appuyant sur votre connaissance du recueil *Alcools* d'Apollinaire, sur les poèmes étudiés en classe et vos lectures personnelles.

Travail préparatoire

Fiches p. 287
15 18 20 23 à 26
Fiche œuvre 3

La lecture du sujet

Le type de sujet (Voir p. 126)

La question posée par le sujet est une interrogation totale (réponse par « oui » et par « non ») qui demande un plan dialectique.

Les notions en jeu (Fiche 15)

Vous devrez peser les termes du sujet et cerner la façon dont ils éclairent *Alcools* et les poèmes que vous avez étudiés ou lus en complément. Comment se manifeste la rébellion ? En quoi consiste l'héritage du passé ? La modernité poétique suppose-t-elle nécessairement le rejet des formes et thèmes anciens ? Faites appel à vos connaissances (le parcours associé et vos lectures) pour cerner cette notion de modernité et voir comment elle se manifeste dans *Alcools*.

La méthode

La construction du plan (Fiches 18 et 20)

Deux réponses contradictoires émergent immédiatement du sujet : d'une part, la rébellion contre l'héritage du passé, au nom de la modernité poétique, caractérise *Alcools* et les poèmes étudiés et d'autre part, cette rébellion ne la définit pas.

Les deux premières parties de la dissertation ne doivent pas laisser paraître cette contradiction. Le deuxième axe de réflexion soulignera donc en quoi, malgré les signes d'une rébellion contre le passé (premier axe), *Alcools* et les poèmes étudiés s'en nourrissent. Une troisième partie (la synthèse), dépassant ces deux perspectives, pourra montrer comment *Alcools* et les poèmes étudiés, ont dépassé l'impasse de la rébellion en choisissant le chemin du renouvellement, de l'innovation.

La recherche des arguments et des exemples (Fiches 23 à 26)

Notez les poèmes qui peuvent nourrir votre réflexion et émaillez votre devoir de citations significatives.

Lisez notamment les dissertations réunies ici, même si elles portent sur une œuvre que vous n'avez pas abordée, car elles vous proposent des exemples qui peuvent élargir votre culture et éclairer votre réflexion. Relevez les citations proposées, cherchez les poèmes desquels elles proviennent.

Le plan

I. La rébellion contre l'héritage du passé au nom de la modernité poétique

II. L'héritage du passé

III. Une modernité qui se définit par l'innovation plus que par la rébellion

→ *Corrigé : plan détaillé p. 154.*

Corrigé : plan détaillé

*Les **textes en bleu** apparaissant dans ce corrigé, titres et conseils entre crochets, ne doivent pas figurer dans votre devoir. Nous les avons insérés pour vous guider et vous aider à repérer la progression de la dissertation.*

Introduction rédigée (Fiche 27)

Le XXe siècle naît dans l'enthousiasme et la joie de « l'esprit nouveau » : « Les étoiles mouraient le jour naissait à peine », écrit Guillaume Apollinaire pour refermer le recueil *Alcools* qu'il publie en 1913. Dans le premier vers de « Zone », ce constat semble même un manifeste : « À la fin tu es las de ce monde ancien ». Peut-on pour autant dire que la rébellion contre l'héritage du passé, au nom de la modernité poétique, caractérise le recueil d'Apollinaire, voire toute œuvre poétique notamment depuis les romantiques ? Après avoir considéré les formes et les enjeux de cette rupture avec le « monde ancien », nous verrons quelle place occupe la tradition dans *Alcools* et plus largement dans les œuvres poétiques. Mais si l'on veut caractériser les vers d'Apollinaire et peut-être toute forme de poésie, sans doute faut-il dépasser la question de l'héritage et de la modernité pour laisser la nouveauté nous mettre à vif.

I. La rébellion contre l'héritage du passé au nom de la modernité poétique

A. Le refus des conventions littéraires jugées étouffantes

[Argument] Le mot « moderne » est entré dans la réflexion esthétique par opposition au mot « ancien » dans la querelle des Anciens et des Modernes *[En 1687, le poème de Charles Perrault « Le siècle de Louis Le Grand » conteste la nécessité d'imiter les Anciens]* : il s'agissait déjà de rejeter l'héritage du passé pour ouvrir de nouvelles voies. Cette perspective, très forte dans la seconde moitié du XIXe siècle, se prolonge au début du XXe siècle.

[Alcools] Bouleversant nos repères, **la surprise** semble présider à l'organisation du recueil : on rencontre des poèmes de diverses longueurs (« Zone » ou « Vendémiaire » mais aussi « Chantre » réduit à un vers unique). Certains poèmes sont regroupés en sections et d'autres non.

Cette diversité se retrouve aussi dans les **niveaux de langue**. Apollinaire adopte le registre familier (« Juliette Blaesius qui rote » dans « Schinderhannes ») mais aussi un lexique soutenu spécialisé, botanique (« l'ancolie » dans « Clotilde »), zoologique (les « gypaètes », dernier mot du « Vent nocturne ») ou religieux (« aséité » dans « Chœur »).

Le poète fait entendre **différentes voix** (« Les Femmes ») et **différentes langues** : l'ancien français (« l'huis » dans « Saltimbanques », « nicette » dans « Automne malade »), le latin (le titre « Aubade chantée à Lætare un an passé »), l'hébreu (le dernier vers de « La Synagogue »), les noms allemands (« Le songe Herr Traum survint avec sa sœur Frau Sorge » dans « Les Femmes »).

[Autres exemples] Le **romantisme** revendique la rupture comme principe poétique : Hugo écrit « Et sur les bataillons d'alexandrins carrés / Je fis souffler un vent révolutionnaire ».

Par la suite, **Baudelaire** en dédicaçant *Les Fleurs du Mal* à Théophile Gautier (l'Art pour l'Art) et son dernier poème à Maxime Du Camp (la poésie utile, au service du progrès), renvoie dos à dos deux perspectives contraires pour emprunter une voix nouvelle, celle de la modernité.

Après Baudelaire, la génération des **poètes maudits**, cherchant à échapper à la prison de la forme imposée par les poètes parnassiens, affichera une rébellion plus forte encore : Lautréamont et Rimbaud bien sûr (tous deux rejettent le vers) mais aussi Tristan Corbière qui se joue du sonnet dans « Le Crapaud » et même Verlaine qui disloque le vers traditionnel.

B. Le rejet des démarches rationnelles

[Argument] La modernité poétique se libère de la raison car elle laisse à la presse et au roman le soin de représenter le monde visible.

[Alcools] On relève des images qui défient la raison dans « Zone » (« tu recules aussi dans ta vie lentement »), « Le Voyageur » (« Te souviens-tu du long orphelinat des gares »), « Vendémiaire » (« Les villes répondaient maintenant par centaines »). La rupture avec les conventions poétiques et grammaticales va de pair avec un goût pour le rêve.

[Autres exemples] Les synesthésies*, devenues chez **Baudelaire** dans le sonnet « Correspondances » un chemin pour atteindre « l'expansion des choses infinies » sont une entorse à la raison : « Les parfums, les couleurs et les sons se répondent ».

Rimbaud, « dispersant gouvernail et grappin » (« Le Bateau ivre »), c'est-à-dire tout ce qui oriente et retient, multiplie les visions irrationnelles : « Il y a une cathédrale qui descend et un lac qui monte » (*Les Illuminations*).

L'esthétique cubiste *[voir Pablo Picasso,* Les Demoiselles d'Avignon, *1907]* éclaire les principes esthétiques d'*Alcools* : libérée de la représentation fidèle du réel, elle entreprend de peindre la simultanéité.
Le **surréalisme**, prolongeant la révolte dadaïste de Tristan Tzara, rejette le passé rationnel : la poésie est, selon André Breton, « débâcle de l'intellect ». « La terre est bleue comme une orange / Jamais une erreur les mots ne mentent pas » écrit Paul Éluard (« L'Amour la poésie », 1929). Rappelons que c'est Apollinaire qui, dans la préface des *Mamelles de Tirésias* (1917), a forgé le mot « surréalisme » adopté ensuite par André Breton.

C. Le poète cherche à saisir la modernité du monde

[Argument] Apollinaire, après d'autres poètes du XIXe siècle, nous montre un monde transformé par l'urbanisation et l'industrialisation.
[Alcools] Dans « Mai », l'éloignement des Tziganes exprime la disparition du « monde ancien ». Apollinaire évoque les « troupeaux d'autobus mugissants » (« Zone »), les « sonneries électriques des gares » (« Le Voyageur »), « les métalliques saints de nos saintes usines » (« Vendémiaire »).
La ville est un nouveau motif poétique. Elle est multipliée et personnifiée dans « Vendémiaire » : « Et Rennes répondit avec Quimper et Vannes ». Elle est ambivalente : espace de l'errance triste du mal-aimé (« Un soir de demi-brume à Londres »), de la compassion (« J'ai une pitié immense pour les coutures de son ventre » dans « Zone ») ou des excès (« Soirs de Paris ivres de gin / Flambant de l'électricité » dans « La Chanson du mal-aimé »). Elle est aussi intimement liée à l'expérience poétique d'*Alcools* : « J'ai soif villes de France et d'Europe et du monde / Venez toutes couler dans ma gorge profonde ».
[Autres exemples] **Baudelaire** peignait déjà la ville (en vers dans les « Tableaux parisiens » des *Fleurs du Mal* et, en prose dans *Le Spleen de Paris*). Il s'agissait non pas de figer Paris mais au contraire de saisir ses images fugaces (« À une passante ») et son ambivalence (« Paysage » et « Les petites vieilles »).
Paris et ses paysages changeants (les transformations sous Haussmann), et plus largement **la ville**, inspirent les poètes : « La grande complainte de la ville de Paris » écrite en « prose blanche » par Jules Laforgue. Rimbaud dans les trois « Villes » *(Les Illuminations)* relève le défi : « Des chalets de cristal et de bois qui se meuvent sur des rails et des poulies invisibles ».
Le train est aussi un symbole du monde nouveau. Après Verlaine qui évoquait déjà dans *La Bonne chanson* « Le paysage dans le cadre des

portières », *La Prose du Transsibérien et de la petite Jehanne de France* de Blaise Cendrars (1913), illustrée par les peintures abstraites de Sonia Delaunay, célèbre en vers libres la modernité.

II. L'héritage du passé

A. Le poète emprunte les formes poétiques éprouvées

[Argument] Le rejet du passé ne signifie pas une rupture complète avec les repères des aînés.

[Alcools] Apollinaire emprunte un chemin ouvert par Baudelaire et Rimbaud : paysages urbains, images et formes poétiques nouvelles. On entend aussi chez lui la musicalité de François Villon *[Pensez à ce que vous avez étudié en 2nde.]* et de Verlaine : la « chanson » (« Sous le pont Mirabeau »), le rythme des vers, les diérèses* (« Et comme l'espérance est violente »)...

Apollinaire ne rompt pas avec la versification traditionnelle : l'alexandrin (« Nuit rhénane », « Automne ») est le mètre* le plus employé dans *Alcools* et le recours à l'octosyllabe (« La Chanson du mal-aimé », « Crépuscule »), le vers préféré de François Villon, est également fréquent.

[Autres exemples] La rébellion n'a pas toujours été un principe poétique. Avant les romantiques, les poètes revendiquaient au contraire l'héritage : on emploie le mot « **innutrition** » pour désigner l'**imitation**, essentielle selon **du Bellay** qui se nourrit de Pindare, de Virgile et d'Ovide.

Si les thèmes abordés, les perspectives ouvertes sont nouvelles, la forme, dans *Les Fleurs du Mal* est à première vue traditionnelle. **Baudelaire** ne rejette pas la contrainte car il en perçoit la force : « Parce que la forme est contraignante, l'idée jaillit plus intense » écrit-il dans une lettre adressée à Armand Fraisse pour défendre le **sonnet**. Alors qu'il a commencé à écrire ses poèmes en prose, le poète ne renonce pas pour autant à la versification.

Le surréalisme n'a pas enterré la versification traditionnelle. Le poème en prose « Allégeance » de **René Char** est en réalité formé d'alexandrins classiques *[une pause à la césure]* : « Dans les rues de la ville il y a mon amour. Peu importe où il va dans le temps divisé ».

B. Les images du « monde ancien »

[Argument] Évoquer les villes, les gares, les usines n'empêche pas le poète de puiser aussi son inspiration dans les textes canoniques de notre culture.

[Alcools] Bien qu'Apollinaire écrive au début de « Zone » : « Tu en as assez de vivre dans l'antiquité grecque et romaine », il s'inspire du **patrimoine gréco-romain**. Il évoque les sirènes dans « Lul de Faltenin », les Tyndarides et Amphion dans « Le Brasier » ; le poème « Le Larron », en référence à la tragédie grecque, fait parler un chœur et multiplie les références à l'Antiquité (Aphrodite, les Lydiennes...).

Il puise aussi dans **la Bible**. *[L'enchaînement se fait par l'approfondissement d'un exemple.]* Dans « Le Larron », on relève une allusion à Moïse, « Un homme bègue ayant au front deux jets de flammes », mais aussi au bon larron crucifié en même temps que le Christ : « Et le larron des fruits cria Je suis chrétien ». « Les Fiançailles » présentent de même de nombreuses références au Nouveau Testament : « une Madone », « des colombes », « le Paraclet », « un ange », « des agneaux des pasteurs ».

[Autres exemples] **Les parnassiens**, rejetant l'idéal et le lyrisme romantique au nom de la modernité, puisent leur inspiration non pas dans le monde nouveau mais dans l'Antiquité ; pour Leconte de Lisle (préface des « *Poèmes antiques* ») l'antidote à une période troublée consiste « à se recueillir et à s'étudier dans son passé glorieux ». **Mallarmé**, dont la quête poétique est novatrice, n'hésite pas emprunter ses thèmes à la mythologie (*L'Après-midi d'un faune*).

C. Les thèmes et les tonalités intemporelles

[Argument] Si les formes évoluent et si la rébellion s'affiche, certains thèmes et certaines tonalités (le lyrisme notamment) traversent les siècles.

[Alcools] **La femme, idéale mais cruelle**, héritée de l'amour courtois et avivée par l'expérience personnelle (Annie Pleyden et Marie Laurencin) hante *Alcools*. Les femmes-fées sont attirantes et maléfiques : « Ces fées aux cheveux verts qui incantent l'été », « à en râle-mourir » (« Nuit Rhénane »), « une sorcière blonde / Qui laissait mourir d'amour tous les hommes à la ronde » (« La Loreley »).

Les femmes sont souvent associées à **la nature**, autre thème intemporel : « Les pétales tombés des cerisiers de mai / Sont les ongles de celle que j'ai tant aimée » (« Mai »).

Le temps qui passe est aussi un thème de prédilection et Apollinaire n'hésite pas à reprendre l'image de l'eau dans « Le Pont Mirabeau » et le thème de l'automne que l'on avait déjà chez Lamartine.

[Autres exemples] On pourra poser quelques jalons dans un parcours centré sur **la femme** : la sensualité de « L'Andalouse » chez Musset, l'ambivalence de la femme chez Baudelaire (« La chevelure », « L'invitation au voyage » en vers et en prose, « À une passante » mais aussi « Une charogne » et « Le Fou et la Vénus »), le recueil *Les Yeux d'Elsa* d'Aragon...
[Lisez ces poèmes et retenez des expressions frappantes et significatives.]

III. Une modernité qui se définit par l'innovation plus que par la rébellion

A. La modernité ne s'exprime pas sans nostalgie

[Argument] Malgré l'enthousiasme que suscitent formes et paysages modernes (« la grâce de cette rue industrielle » dans « Zone »), le monde ancien que le poète rejette s'efface en laissant une empreinte telle que la modernité ne peut s'exprimer sans nostalgie.

[Alcools] Les **légendes** (« Nuit rhénane », « La Loreley ») marquent cet attachement au « monde ancien ». On retrouve une **tonalité élégiaque** dans « La Chanson du mal-aimé », « Les Colchiques » ou « Automne ».

[Autres exemples] Au XIXe siècle, cette **nostalgie** signifie un rejet des « célébrités de la peinture et de la poésie modernes » pour privilégier les « refrains niais », les « rythmes naïfs » (Rimbaud). Verlaine affectionne la **tonalité élégiaque** : « Il pleure dans mon cœur / Comme il pleut sur la ville » (ici, plainte et évocation de la modernité vont de pair).

La Prose du Transsibérien et de la petite Jehanne de France par Cendrars est aussi nostalgique : « Un vieux moine me lisait la légende de Novgorod ».

[Argument] **La modernité poétique porte en germe son propre effacement** ; elle est par définition éphémère.

Sur le plan de la forme, la poésie moderne qui a rejeté la stabilité du « monde ancien » flirte aussi avec sa propre destruction, elle s'écrit à la limite de sa propre dissolution dans la prose ou le langage courant.

[Alcools] Le temps efface tout si vite que « même les automobiles ont l'air d'être anciennes » (« Zone »). La multiplication des images et la diversité des formes suggèrent ce rythme effréné de la modernité. La locution adverbiale « à peine » qui achève le recueil marque aussi cette rapidité à laquelle la disparition des étoiles ajoute une note nostalgique.

Certains poèmes s'achèvent comme si la poésie elle-même en mourait : « Soleil cou-coupé » à la fin de « Zone », « Mon verre s'est brisé comme un éclat de rire » pour clore « Nuit rhénane » ou bien encore l'unique vers de « Chantre ».

[Autres exemples] Dans *Les Illuminations* de **Rimbaud**, la prolifération des images aboutit à un « Assez vu » ou un « D'ailleurs il n'y a rien à voir là-dedans ». Plus radicalement encore, la modernité poétique se retourne contre elle-même : Rimbaud renonce à toute poésie et ne se soucie même pas de la publication des *Illuminations*.

Dans le recueil ***Calligrammes*** qui associe dessin et poésie, **Apollinaire** cherchera d'autres voies ; elles seront ensuite empruntées par les surréalistes qui multiplieront les innovations.

B. Le poète ne rejette pas les formes anciennes, il les renouvelle

[Argument] Le poète moderne s'approprie les formes anciennes et les bouscule.
[Alcools] Sans cesse Apollinaire nous déroute : « Les Cloches » est en octosyllabes, sauf le dernier vers. De la même manière, « Nuit Rhénane », en alexandrins, s'apparente à un sonnet sans en être un (le statut du dernier vers). Dans de nombreux poèmes (« Cortège », « Le Voyageur »), les vers libres semblent se greffer sur l'armature solide des vers réguliers. Avant le déploiement des vers libres dans « Zone », le recueil s'ouvre sur un alexandrin classique contenant une diérèse*.
[Autres exemples] **Charles Baudelaire** renouvelle la forme versifiée en travaillant la progression du poème : chaque mètre trouve sa résonance par rapport à l'ensemble du poème et prépare l'envol des derniers vers : « Élévation », « Le Guignon », « Correspondances »...
Paul Verlaine renouvelle l'écriture poétique en privilégiant métonymie* et synecdoque* **(Fiche 34)** suggestives, reléguant au second plan les comparaisons et les métaphores : « L'heure du thé fumant et des livres fermés » (XIV, *La Bonne chanson*).
André Breton renouvelle la forme médiévale du blason* dans « Union libre » : voir sujet 14, I. A., p. 144.

C. L'innovation poétique renforce la force émotive du poème

[Argument] Au-delà de la reprise des « vers antiques » pour exprimer « des pensers nouveaux » (André Chénier), la poésie se définit par les émotions qu'elle suscite, émotions qui tiennent à la façon nouvelle de reprendre des formes anciennes et des thèmes atemporels. Plus que la modernité, c'est l'innovation (l'introduction de la nouveauté dans le cadre ancien, une réponse à l'« innutrition » mentionnée en II. A.) qui définirait le mieux la force poétique.
[Alcools] « Le mai le joli mai a paré les ruines / De lierre de vigne vierge et de rosiers » : ce vers de « Mai » rend compte de la poésie d'*Alcools*. Les vestiges du « monde ancien » sont réhabilités par des innovations poétiques qui suscitent l'émotion du lecteur : les images nouvelles sur des airs de comptine (« Marie »), les néologismes* (« râle-mourir », « incantent »

dans « Nuit Rhénane »), les jeux de mots (« puis » et « puits » dans « La Tzigane »), les réseaux de sonorités (« Le vent du Rhin secoue sur le bord les osiers / Et les roseaux jaseurs et les fleurs nues des vignes » dans « Mai »), la suppression de la ponctuation qui invite le lecteur à s'approprier le poème en y mettant son propre souffle.
[Autres exemples] Les images poétiques consistent en des rencontres inédites au sein du lexique. Écartant la question de l'héritage et de la rupture, le langage poétique se singularise en rapprochant les mots de façon à créer des échos sonores ou des images qui suscitent en nous des émotions : **du Bellay** (le singulier de « la cheminée » associé au « petit village » dans le sonnet 31 des *Regrets*), **Hugo** (les couleurs à la fin de « Demain dès l'aube... » : « l'or du soir qui tombe », « un bouquet de houx vert et de bruyère en fleurs ») ou bien encore les titres des recueils d'**Yves Bonnefoy** : *Dans le leurre du seuil*, *L'Encore aveugle*, *Raturer outre*...

Conclusion rédigée (Fiche 28)

Ainsi, lorsqu'Apollinaire, soutenant une modernité qui semble condamner le « monde ancien », nous fait entendre les « sonneries électriques des gares », c'est pour les mêler dans le même vers (« Le Voyageur »), au « chant des moissonneuses ». La tour Eiffel, quant à elle, symbole de « l'esprit nouveau », reste une Bergère veillant sur « le troupeau des ponts » (« Zone »). Mais, en considérant que la poésie se définit par la force des émotions suscitées, nous pouvons renvoyer dos à dos l'ancien et le nouveau afin de chercher en nous un bouleversement poétique, « un éclat de rire » ou de vers (« Nuit rhénane ») déchirant notre vision habituelle du monde. Au-delà des échos et des ruptures esthétiques, laissons-nous traverser en silence par la poésie car elle est, selon René Char, « de toutes les eaux claires celle qui s'attarde le moins aux reflets de ses ponts ».

SUJET 16

4 heures

Gargantua

Œuvre : *Gargantua*, François Rabelais
Parcours : Rire et savoir

« Faire rire, c'est faire oublier », écrit Victor Hugo qui ajoute : « Quel bienfaiteur sur la Terre, qu'un distributeur d'oubli ! »
Cette réflexion vous semble-t-elle éclairer le pouvoir du rire dans *Gargantua* de Rabelais ?
Vous prendrez appui sur *Gargantua*, sur les textes rencontrés en lien avec le parcours « Rire et savoir » ainsi que sur vos lectures personnelles.

Travail préparatoire

Fiches p. 287
14 15 18 20
23 24
Fiche œuvre 4

La lecture du sujet

La composition du sujet (Fiche 15)

Le sujet commence par une citation dans laquelle le verbe « rire » évoque le parcours au programme tandis qu'« oublier » se présente comme l'antonyme de « savoir ».
La question qui suit se noue autour du rôle du rire dans *Gargantua* : la proposition de Victor Hugo et l'exclamation qui l'accompagne peuvent-elles éclairer la fonction du rire chez Rabelais ?
Le dernier alinéa précise, comme toujours, le champ des exemples.

La compréhension de la citation et de la question (Fiche 14)

Faire du « distributeur d'oubli » – personnage ou auteur – un « bienfaiteur », revient à dire que le rire permet d'échapper à une réalité décevante, voire douloureuse. Dans quelle mesure les fantaisies de Rabelais permettent-elles de fuir le réel, de lui substituer un monde différent ? Faut-il réduire le rire à cette unique perspective ?

La méthode

Identifier le type de sujet pour définir le plan (Fiches 18 et 20)

La forme de la question appelle un plan dialectique. En effet, les deux réponses possibles sont « il me semble que la réflexion de Hugo éclaire... » et « il ne me semble pas que la réflexion de Hugo éclaire... ». Pour éviter la contradiction, on reformulera la deuxième réponse : la citation ne suffit pas à éclairer le pouvoir du rire qui a d'autres significations dans *Gargantua*. Il vous faudra alors envisager deux parties (l'antithèse et la synthèse) pour approfondir cette seconde voie.

Approfondir les perspectives du plan dialectique (Fiches 23 et 24)

Vous devrez d'abord voir en quoi peut consister chez Rabelais « l'oubli » par le rire, en quoi ce dernier est une libération, un bienfait. Pensez notamment aux différentes formes d'inversion carnavalesque qui traversent le récit, au plaisir des repas, des loisirs.

Puis, pour discuter cette fonction, vous serez amené(e) à vous tourner vers son contraire. Notez les mots qui peuvent être des antonymes d'« oubli » et regardez s'ils correspondent à une des significations du rire chez Rabelais : mémorisation ? savoir ? conscience ? présence ?...

Vous pourrez commencer par montrer comment le rire permet de dénoncer. Appuyez-vous aussi sur Molière ou Voltaire.

Ensuite, demandez-vous si le rire n'est pas en lui-même une forme de présence au monde, une présence libératrice et enthousiaste, profondément humaine « pour ce que ris est le propre de l'homme ». Cette perspective pourra constituer une synthèse.

Le plan

I. « Faire rire, c'est faire oublier »
II. Faire rire, c'est révéler : la force de la satire
III. Faire rire, c'est faire vivre : les valeurs humanistes* du rire

Corrigé : devoir rédigé

*Les **textes en bleu** apparaissant dans ce corrigé ne doivent pas figurer dans votre devoir.*

Les conseils du professeur

Introduction

Lorsqu'on aborde *Gargantua*, une question surgit : pourquoi François Rabelais, religieux érudit, médecin renommé, éditeur et auteur de savants traités, a-t-il entrepris de publier quatre ouvrages qui mettent à l'honneur le rire ?

Amorce du sujet par une remarque générale sur l'œuvre au programme

À cette question, Victor Hugo propose une réponse : « Faire rire, c'est faire oublier ». Et d'ajouter aussitôt : « Quel bienfaiteur sur la Terre, qu'un distributeur d'oubli ! ». Cette réponse, concernant Gwynplaine dans *L'Homme qui rit*, peut-elle éclairer aussi *Gargantua* ?

Présentation de la citation au cœur du sujet

Après avoir étudié la nature et les bienfaits de cet oubli, nous verrons que le rire, permet aussi de dénoncer le réel. Mais sans doute faut-il dépasser le divertissement et la satire pour chercher les bénéfices du rire du côté d'un art de lire et de vivre.

Annonce du plan en trois parties (voir Fiche 27)

Sautez deux lignes entre l'introduction et la 1re partie.

I. « Faire rire, c'est faire oublier »

« Faire rire, c'est faire oublier ». En effet, *Gargantua* retentit comme un éclat de rire qui nous affranchit du réel, nous ouvre un monde heureux, miroir inversé du nôtre, et nous offre le plaisir des mots.

Introduction de la partie : son enjeu et sa progression

A. Le rire libérateur

Avant que le lecteur n'entre dans le récit, l'auteur l'avertit de ce que « Mieux est de rire que de larmes écrire ». Il ne s'agit pas de compatir, mais plutôt de se « dépouill[er] de toute émotion », voire de tout repère.

Une sous-partie peut comprendre plusieurs étapes.

Commençons par la logique. Le héros est un géant dont la taille semble varier. On le voit avaler des pèlerins perdus dans sa salade mais aussi se battre pied à pied contre les soldats de Picrochole. Rabelais, dans le trompe-l'œil d'un cadre géographique réaliste, brouille sans cesse nos codes.

La progression du paragraphe apparaît clairement.

Les balises de la religion sont également bousculées si bien que l'Église n'hésitera pas à mettre les récits de Rabelais à l'Index. Lors de l'attaque du clos de Seuilly, Frère Jean, faisant de la Croix une arme, substitue sans vergogne le « service du vin » au « service divin ».

La poésie n'échappe pas non plus au rire : dans le chapitre consacré à la recherche du meilleur « torchecul », les références à la forme poétique du rondeau, sont dénigrées par le vocabulaire grossier. Conforme à la culture populaire médiévale, le narrateur Alcofribas Nasier déploie tout le lexique de la scatologie et de l'obscénité tel qu'il apparaît dans divers fabliaux.

Veillez à distinguer l'auteur (un humaniste) de son narrateur imprégné de culture médiévale.

Quant à l'édification de l'abbaye de Thélème, point d'orgue du récit, ne fait-elle pas de l'affranchissement même un principe ? Lorsque la règle est « Fais ce que voudras », tout autre article est nécessairement vain.

B. Les vertus de l'inversion

Arraché à ses conventions rigides, oubliant toute règle, le lecteur est introduit dans un monde nouveau, miroir déformé, inversé. L'écrivain russe Mikhaïl Bakhtine a analysé dans *L'Œuvre de François Rabelais et la culture populaire au Moyen Âge et sous la Renaissance* le processus comique de l'inversion. Pour libérer les hommes d'une réalité sombre, le rire ouvre la porte du monde inversé, celui du carnaval qui, dans le calendrier chrétien, rompt les digues de la privation et de la soumission. À une réalité qui impose des règles et prône le recueillement dans la liturgie des Heures, Rabelais oppose la liberté de Thélème et la joie des festins.

Lien avec le A et présentation du thème du B

Le carnaval se déroule juste avant ou au milieu du Carême.

Ce principe d'inversion qui permet d'oublier le réel est aussi le ressort traditionnel de la comédie. Molière, fait des savants de ridicules marionnettes et confie à ses

La réflexion fait aussi appel à des exemples autres que *Gargantua* (voir Fiche 24).

valets les rênes de l'intrigue. Si nous aimons toujours voir Scapin battre son maître, c'est sans doute parce que nous avons besoin de ce rire libérateur, voire vengeur.

C. Le rire et le pouvoir des mots

Mais, avant d'être un monde à l'envers, *Gargantua* est un vaste jeu avec les mots.

Lien avec le B et présentation du thème du C

Chez Rabelais, plus que l'inversion, c'est souvent l'invention qui provoque le rire bienfaiteur. Huit cents mots de notre dictionnaire au moins font leur première apparition dans ses récits. À ces termes nouveaux à l'époque s'ajoutent les mots techniques sans doute mal connus et le recours très fréquent à la polynomie*. Les énumérations débordantes, telles celle du chapitre XII, les jeux sur les sonorités (« depuis que le monde moinant moina de moinerie ») finissent par se substituer au sens. Comme chez les médecins de Molière, la surenchère submerge le lecteur, l'entraîne dans un tourbillon où le réel se dissout. C'est ici au pouvoir poétique que l'on doit la libération bienfaitrice du rire. En témoigne le poème « Le Grand Combat » d'Henri Michaux, qui pourrait évoquer Frère Jean : « Il l'emparouille et l'endosque contre terre ; / Il le rague et le roupète jusqu'à son drâle ».

Mémorisez durant l'année des citations qui étayeront votre réflexion.

Diversifiez les exemples en complément de l'œuvre étudiée.

[Transition] Mise en déroute des repères, inversion, invention : le rire libérateur est un bienfait qui guérit de ce qui « mine et consume » (le prologue). Du côté du lecteur, avec Henri Michaux, « on s'étonne, on s'étonne, on s'étonne » car le rire ouvre aussi les yeux.

Sautez deux lignes entre les parties.

II. Faire rire, c'est révéler : la force de la satire

Avec son rire tantôt grossier tantôt subtil, Alcofribas Nasier dénonce les travers de son temps. Mais n'est-il pas lui-même critiqué par Rabelais ?

Introduction de la partie : son enjeu et sa progression

A. Les procédés de la satire

Les écrivains ont recours à différents procédés comiques pour démasquer les mœurs et les institutions de leur temps. De la scatologie médiévale à l'ironie subtile de Proust peignant l'hypocrisie et la prétention du salon Verdurin, la palette comique est large.

La première phrase du paragraphe est une formulation rédigée de son titre dans le plan.

Rabelais, quant à lui, adopte toutes les tonalités. Ainsi, lorsque Gargantua noie sous son urine 260 418 Parisiens, l'auteur dénigre un peuple présenté comme « inepte ». La grossièreté de ce procédé ne doit pas masquer le sourire ironique de Gargantua : il urine en « soubriant ». L'étymologie (*sub-ridere* : rire en dessous) nous écarte du grand rire populaire. Les allusions savantes ne manquent pas d'ailleurs, comme celle faite aux mouches (chapitre XVI) qui symbolisent, pour les humanistes, les théologiens de la Sorbonne. Chez Cicéron, elles désignaient déjà les visiteurs importuns. L'onomastique* participe de cette ironie et contribue subtilement à la satire ; Lasdaller, est par exemple, un pèlerin « las d'aller ». Quant au précepteur de Gargantua, le « grand docteur sophiste nommé Maître Thubal Holoferne », le voilà discrédité par « Thubal » qui signifie « confusion » en hébreu et par son nom emprunté à un général de Nabuchodonosor alors que lui meurt peu glorieusement de la vérole. Le rire repose ici sur une connivence entre lettrés.

Les exemples doivent être précis. Ne vous contentez pas d'une allusion.

B. Les cibles de la satire

La reprise d'un terme permet la transition entre le A et le B.

C'est au nom de cette connivence et des valeurs partagées que Rabelais ridiculise les précepteurs sophistes de Gargantua. Alors que les humanistes prônent l'apprentissage des langues anciennes qui offrent un accès direct aux textes, le jeune Gargantua est sommé de mémoriser, dans le bon sens mais aussi à l'envers, des commentaires sans fin. Rabelais dénonce un savoir figé, une éducation rétrograde à laquelle celle proposée par Ponocrates s'oppose en tous points.

La sous-partie est organisée : les précepteurs sophistes, les théologiens de la Sorbonne, Charles Quint.

Rabelais s'en prend aussi aux théologiens de la Sorbonne, prisonniers d'un dogme. Sans suivre la voie des partisans de la Réforme, il défend un retour à l'esprit des Évangiles et se moque de la superstition, celle qui enrichit le commerce des reliques et nourrit de mauvaises raisons les pèlerinages. L'un des pèlerins ne s'est-il pas en réalité mis en route parce que sa femme était laide ? Et pour cautionner les propos de Frère Jean selon lequel « les heures sont faites pour l'homme et non l'homme pour les heures » (chapitre XVLI), le narrateur se moque des moines de Seuilly qui, célèbrent la liturgie « tout hébétés comme des fondeurs de cloches ».

> Offices religieux

La soif de conquêtes de Picrochole, rappelant Charles Quint, est une autre cible importante de la satire dans *Gargantua*. Au nom de la raison et de la tolérance, les humanistes sont partisans de la paix. Aussi Alcofribas Nasier couvre-t-il Picrochole de ridicule alors qu'il loue les efforts de Grandgousier pour parvenir à une conciliation. En 1853, Victor Hugo se moquera à son tour de Napoléon III, le singe qui a, selon lui, revêtu la peau du tigre.

> Ne confondez pas le titre de l'œuvre (ici en italique mais souligné dans la copie manuscrite) et le personnage.

> Allusion au poème « Fable ou Histoire » extrait des *Châtiments* de Victor Hugo (1853).

C. Satire d'Alcofribas Nasier par Rabelais

Rabelais a confié à Alcofribas Nasier le soin de rédiger « La Vie très horrifique du grand Gargantua ». Certes l'anagramme est une invitation à voir l'auteur derrière le narrateur et Rabelais partage souvent le point de vue d'Alcofribas. Mais, il se sert aussi de ce dernier pour parodier les histoires extravagantes (la naissance du héros par une oreille de Gargamelle) et les prouesses des récits de chevalerie : les compagnons rassemblés autour de Gargantua lors de la guerre contre Picrochole rappellent notamment *La Chanson de Roland*.

Rabelais, l'humaniste, prend ainsi ses distances avec la culture populaire médiévale. La description des repas du jeune héros qui absorbe « quelques douzaines de jambons, de langues de bœuf fumées » et autres mets trouve sa place dans le chapitre XXI consacré à l'éducation des sophistes. Ponocrates, le bon précepteur, après

> Pour insérer une citation, privilégiez son introduction dans la syntaxe de votre phrase.

avoir mesuré (chapitre XXIII) « combien la manière de vivre de Gargantua était pervertie » préconise un repas « sobre et frugal », « prescrit par l'art de bonne et sûre médecine » opposé aux « officines des sophistes ».

Citations insérées dans la syntaxe

Si Rabelais nous fait entrer dans le monde débridé et inversé d'un carnaval « distributeur d'oubli », le prologue nous invite à ne pas nous y perdre. Rabelais ressemble plutôt à Socrate « toujours riant, toujours buvant à tous et à chacun, toujours se moquant », mais « toujours dissimulant son divin savoir ».

Rappel du sujet

Scinder la citation avec un « mais », permet de souligner sa signification.

[Transition] Et le rire ne mènerait-il pas justement, par-delà divertissement et satire, à ce « divin savoir » ? Avec Henri Michaux à la toute fin du « Grand Combat », « On cherche aussi, nous autres, le Grand Secret ».

Sautez deux lignes entre les parties.

III. Faire rire, c'est faire vivre : les valeurs humanistes du rire

Le « Grand Secret » de Michaux nous rappelle la « substantifique moelle » : découvrons dans ce rire qui « est le propre de l'homme » toute la richesse, la fraternité, et la sagesse d'un humaniste.

Les références au « Grand Combat » de Michaux contribuent à relier les étapes du devoir.

A. Faire rire, c'est célébrer la richesse de l'homme

Le grand rire des géants redonne toute sa place à l'homme. Ce dernier « est une grande merveille » (Pic de la Mirandole) que Rabelais déploie en de nombreuses énumérations. Dans le chapitre XXVII, le combat meurtrier lui-même est l'occasion de montrer à la fois la complexité du corps humain (« mandibules », « ischios », « suture lambdoïde »...) et l'étendue du savoir médical. La narration mélange formes et tonalités, croise chronique, épopée et facétie. Déclenché par les avalanches lexicales, les diverses hyperboles et distorsions, le rire est une louange. Il célèbre le monde, l'homme créé géant à l'image de Dieu.

L'œuvre étudiée est située dans son contexte. Jean Pic de la Mirandole (1463-1494) est en effet un humaniste italien.

B. Faire rire, c'est promouvoir la fraternité

Le rire bienfaiteur défend également la valeur évangélique de la fraternité. Dans *Gargantua*, il est à partager au même titre qu'un festin. La comédie qui, selon la tradition carnavalesque, fait une part belle aux repas, célèbre aussi la fraternité. Chez Molière, on voit Dom Juan rire un moment avec Sganarelle lors du dîner de l'acte IV. De même, la réconciliation et le pardon sont célébrés par un festin à la fin des *Fourberies de Scapin*.

Si *Gargantua* a été interdit par l'Église, Rabelais est toujours resté attaché à son statut de moine.

Le rire instaure une communion des esprits et montre que tous doivent œuvrer pour le bien commun. « La charité ne cherche pas son propre avantage », dit Frère Jean. Cette dimension évangélique est renforcée par la structure en chiasme d'un récit qui, en se repliant sur lui-même (le chapitre LVIII rappelle le II, les chapitres LVI et LVII sont un écho des chapitres VIII à XV...), place au cœur de notre lecture les chapitres XLI et XLII dans lesquels Frère Jean soutient Gargantua et ses compagnons. L'entraide et l'amitié sont des valeurs-clés. Ainsi, lorsque Frère Jean entre chez Grandgousier avec cinq pèlerins et Touquedillon, « ils se [mettent] à festoyer joyeusement tous ensemble ». C'est à cette occasion que Grandgousier, en humaniste, prodigue ses conseils aux pèlerins (« vivez comme vous l'enseigne le bon apôtre Saint-Paul », chapitre XLV) et à Touquedillon (« Le temps n'est plus de partir ainsi à la conquête des royaumes au grand dommage de son prochain », chapitre XLVI).

Le livre lui-même contribue activement à célébrer et pratiquer cette fraternité évangélique. En effet, Rabelais médecin vient au secours du lecteur ; en écrivant « de rire » plutôt que « de larmes », non seulement il chasse « la peine qui [le] mine et consume » mais il lui propose un art de vivre qui mène à la sagesse.

Utilisez des crochets pour modifier une citation afin de l'insérer dans votre phrase.

C. Faire rire, c'est ouvrir un accès à la sagesse

« Il est vrai qu'ici peu de perfection / Vous apprendrez, si n'êtes enclin à rire », avertit l'auteur. Le rire libère le lecteur de ses certitudes. Les surprises du récit brisent les repères et interdisent toute lecture univoque. Le prologue présente d'ailleurs l'ouvrage comme de « belles balivernes » produites par « une cervelle de yaourt ». Et le récit s'achève sur une « énigme en prophétie » interprétée de deux manières radicalement différentes : « la sauvegarde de la vérité divine » pour Gargantua et « une description du jeu de paume » pour Frère Jean. Le rire nous désarçonne et la lecture nous invite alors à demeurer modestes devant la multiplicité des significations. L'image des silènes, de l'os à « entommer » (avec Frère Jean des Entommeurs ?), les indices à décrypter font de la lecture – et de la vie – une quête active.

Faire rire, c'est mettre en mouvement les lecteurs. Au lieu de rester prisonniers d'un sens premier tel Ulysse écoutant les Sirènes (le prologue), nous devons, à la façon du chien de chasse ayant flairé « la substantifique moelle », lire et vivre à la recherche du « plus haut sens ». Et ce dernier, si mystérieux, ne serait-il pas la quête elle-même, cet appel d'air qui nous met en chemin ?

Sautez deux lignes entre la dernière partie et la conclusion.

Conclusion

Les récits « pleins de pantagruélisme » occupent dans notre littérature une place particulière car nous n'avons jamais fini d'en élucider le « haut sens » au-delà de toutes les significations accessibles : oubli par la fantaisie, surprise et libération par l'inversion, plaisir des mots affranchis du dictionnaire, dénonciation des carcans en tous genres, critique des prétentions et des ambitions guerrières au nom des valeurs humanistes…

La première partie de la conclusion dresse le bilan de ce qui a été étudié.

Le rire démasque les situations absurdes et figées tout en célébrant la grandeur de l'homme, un homme confiant, ouvert aux autres, un homme qui, finalement, par les vertus décapantes du rire, se sait ou se fait petit. Laissons à Flaubert le dernier mot : « C'est quelque chose, le rire : c'est le dédain et la compréhension mêlés, et en somme la plus haute manière de voir la vie. »

La seconde partie élargit la réflexion (voir Fiche 28).

SUJET 17

4 heures

Les Caractères

Œuvre : *Les Caractères* (livres V à X), Jean de La Bruyère
Parcours : La comédie sociale

Les auteurs du XVIIe siècle connaissent bien la devise latine appliquée à la comédie « *Castigat ridendo mores* » (« elle corrige les mœurs en riant »). Dans quelle mesure cette devise vous semble-t-elle illustrer le travail de La Bruyère dans son œuvre *Les Caractères* ?

Vous répondrez à cette question dans un développement structuré. Votre travail prendra appui sur l'œuvre de La Bruyère, sur les textes et documents que vous avez étudiés en classe dans le cadre du parcours associé à cette œuvre, et sur votre culture personnelle.

Travail préparatoire

Fiches p. 287
14 15 18 21 23 24
Fiche œuvre 5

La lecture du sujet

La composition du sujet (Fiche 15)

La citation latine « *Castigat ridendo mores* », attribuée à Horace et en général appliquée à la comédie, est au cœur du sujet.

La question vous invite à lire *Les Caractères* sous l'angle de cette devise.

Le dernier alinéa vous rappelle la nécessité d'un plan cohérent (« développement structuré »). Il précise l'origine des exemples : *Les Caractères* de La Bruyère au programme, les textes liés au parcours associé, et votre culture personnelle.

La compréhension de la citation et de la question (Fiche 14)

La citation noue deux perspectives concernant la comédie : elle divertit et elle corrige. Elle prolonge une autre formule latine connue, « *placere et docere* » (« plaire et instruire »), en éclairant la conjonction de coordination employée : c'est par le rire que l'on corrige, c'est en séduisant le lecteur que l'on parvient à l'instruire.

La méthode

Identifier le type de sujet pour tracer les grandes lignes du plan (Fiches 18 et 21)

La forme de la question appelle un plan analytique. Vous devrez examiner l'ouvrage de La Bruyère à travers le double foyer de la devise proposée : faire rire d'une part, corriger de l'autre.
La locution interrogative « dans quelle mesure » invite à mesurer les limites de la proposition du sujet pour la discuter. Après avoir montré que la citation éclaire *Les Caractères*, vous êtes invité(e) à emprunter un autre chemin dans une troisième partie.

Approfondir les deux perspectives de la citation (Fiches 23 et 24)

Notez les passages qui vous ont particulièrement amusé(e) et demandez-vous pourquoi. Quels ressorts La Bruyère actionne-t-il pour nous divertir ? Cherchez d'autres auteurs chez qui se retrouvent les mêmes procédés.
Examinez ensuite les cibles de la satire en vous appuyant sur des exemples précis (nom des personnages, citations...). Pensez à effectuer des rapprochements avec d'autres œuvres.

Ouvrir une troisième perspective

Sans remettre en question les fonctions divertissantes (1re partie) et moralisatrices (2e partie) des *Caractères*, vous pouvez montrer que l'observation amusée est aussi un chemin de connaissance.

Le plan

I. Une lecture de divertissement
II. La voix amère d'un homme aspirant à un changement moral et social
III. Le regard d'un anthropologue amusé et indulgent

Dissertation

Corrigé : devoir rédigé

*Les **textes en bleu** apparaissant dans ce corrigé ne doivent pas figurer dans votre devoir.*

Les conseils du professeur

Introduction

Molière dans ses comédies, ou bien La Fontaine dans ses fables, observent attentivement leurs contemporains tant pour s'en moquer que pour les inciter à se corriger. Ils semblent appliquer la devise latine bien connue, « *Castigat ridendo mores* ». Qu'en est-il de l'auteur des *Caractères* ? Témoin amusé, mais bien souvent acerbe de la « comédie humaine » qui se joue sous ses yeux dans les galeries, les couloirs et les escaliers du château de Versailles, La Bruyère enrichit chaque jour son carnet, de notes, de remarques caustiques et de caricatures mordantes. Dans quelle mesure met-il en pratique la devise suivie par Molière et La Fontaine ?

Phrase d'accroche qui introduit le sujet

Présentation de la citation au cœur du sujet

Formulation de la question

Nous montrerons que *Les Caractères* se présente d'abord comme une lecture de divertissement. Puis, nous verrons qu'au-delà du plaisir moqueur se fait entendre une voix révoltée et amère. Enfin, nous observerons que l'humour de La Bruyère est plutôt celui d'un anthropologue indulgent et d'un philosophe résigné.

Pensez à souligner les titres (ici, en italique) dans votre devoir manuscrit.

Annonce du plan en trois parties (voir Fiche 27)

Sautez deux lignes entre l'introduction et la 1re partie.

I. Une lecture de divertissement

Pour divertir son lecteur, La Bruyère lui propose des énigmes et des portraits ; il s'inspire également de la comédie.

Introduction de la partie (enjeu et sous-parties)

A. Un jeu d'énigmes pour se moquer des contemporains

Le divertissement que constitue la lecture des *Caractères* au XVIIe siècle réside essentiellement en un jeu d'énigmes plaisant. Sous chaque nom de personnage

Argument : la première phrase est la forme rédigée du titre de la sous-partie.

se cache le modèle réel d'un contemporain vivant à la Cour. Il attise, par exemple, la curiosité de son lecteur avec un certain « N*** », personnage tapageur (VIII, §15). Ce jeu littéraire est en vogue au XVIIe siècle, notamment sous la plume de Mademoiselle de Scudéry depuis la publication, dans les années 1660, de son roman à clé *Clélie*.

Exemple

En 1688, ce sont les « clés » des *Caractères* qui sont publiées révélant le nom des modèles présumés. L'œuvre connaît alors un succès considérable. Ainsi, Théophile (IX, §15) serait Gabriel de Roquette, évêque dont l'ambition et l'hypocrisie étaient notoires ; Cydias (V, §75) serait Fontenelle, adversaire de La Bruyère lors de son élection à l'Académie.

Nouveau paragraphe : approfondissement de l'argument

Exemples précis tirés des *Caractères*

Dissertation

B. Des portraits ludiques et caustiques

Le plaisir de curiosité du lecteur se double d'un plaisir d'association. De façon ludique, le lecteur associe en effet un défaut à un nom. Il se constitue ainsi un échantillonnage des défauts humains. Le livre V « De la société et de la conversation » est à cet égard le réservoir de portraits le plus riche de l'œuvre. Acis (V, §7) est le parleur inutile et envahissant, Arrias (V, §9) le prétentieux qui sait tout sur tout, Théodecte (V, §12) le tapageur : « il rit, il crie, il éclate, on bouche ses oreilles, c'est un tonnerre ».

Mémorisez durant l'année des citations qui étayeront votre réflexion.

Cette galerie de portraits, qu'enrichit consciencieusement La Bruyère au fur et à mesure de ses neuf éditions, est une pratique sociale récurrente des salons mondains. À l'aube du siècle du persiflage (le XVIIIe siècle), les courtisans lettrés se plaisent à railler sans pitié les extravagances de leurs pairs. Ainsi Célimène, dans *Le Misanthrope*, dresse le portrait caustique de Timante : « Tout ce qu'il vous débite en grimaces abonde ; / à force de façons, il assomme le monde ». On sent la proximité de Molière et de La Bruyère.

Situation dans le contexte

Comédie de Molière (1666)

C. Une comédie sur les travers de la société

Les Caractères prend d'ailleurs parfois l'allure d'une comédie de Molière. Par un effet d'hypotypose*, La Bruyère projette, comme au théâtre, sous le regard du lecteur devenu spectateur, les mimiques et les singeries de ses personnages. Une saynète du livre VIII « De la Cour » s'ouvre précisément sur le verbe « voir » comme si le moraliste offrait directement aux yeux du lecteur le spectacle de ses contemporains : « *Vous voyez* des gens qui entrent sans saluer que légèrement. » (§17)

> Lien avec le paragraphe précédent (comédie)

Très vite, le rire glisse vers la moquerie. On ne saurait en effet ignorer la cruauté – ou du moins la rancœur – à l'œuvre dans les portraits humoristiques de La Bruyère. Le livre VI « Des Biens de Fortune » consacré à l'argent occasionne une moquerie corrosive sur les parvenus (VI, §14). Tout comme Molière se moquait d'eux sans vergogne avec son *Bourgeois gentilhomme*, La Bruyère ne les épargne en rien, notamment avec la figure risible et dégradante d'Oronte (VI, §60) vieux libidineux qui se fait épouser pour sa fortune par une fille de seize ans.

> Les titres de livres qui composent les *Caractères*, comme ce des fables, se mettent entre guillemets.

> Mordante, décapante

[Transition] Les Caractères, œuvre divertissante répondant aux goûts des lecteurs du XVIIe siècle, se construit en même temps comme une œuvre profondément critique sur les pratiques sociales de la Cour.

> Sautez deux lignes entre les parties.

II. La voix amère d'un homme aspirant à un changement moral et social

Les Caractères fait résonner la voix amère d'un homme qui aspire à un changement moral et social.

> Introduction : enjeu et sous-parties

A. La tonalité amère de La Bruyère

Le ton amer et corrosif de La Bruyère résonne à travers un renversement des valeurs morales : ce que l'on prend pour du raffinement est en fait de la superficialité, ce que l'on prend pour de la contenance est en fait de l'hypocrisie, ce que l'on prend pour de la vertu est en fait du vice. On pense alors à la maxime du

> Une sous-partie peut comprendre plusieurs paragraphes.

Dom Juan de Molière : « L'hypocrisie est un vice à la mode, et tous les vices à la mode passent pour vertu. » Le livre VIII « De la Cour » s'ouvre sur ce renversement des valeurs. Le courtisan, loin d'être l'homme civilisé par excellence, apparaît plutôt comme un manipulateur redoutable : « Un homme qui sait la Cour est maître de son geste, de ses yeux, et de son visage [...] : tout ce raffinement n'est qu'un vice, que l'on appelle fausseté. » (§2) Ce raffinement extrême qui se réduit en réalité à une artificialité pernicieuse annonce déjà l'éducation libertine promue par la Marquise de Merteuil dans *Les Liaisons dangereuses* (Lettre LXXXI).

Roman épistolaire de Choderlos de Laclos (1782)

Or, là où les personnages de Molière et de Laclos (Dom Juan, Merteuil) adhèrent à la corruption des valeurs morales de la société, La Bruyère s'insurge pour corriger ce travers social. Comme La Fontaine dans sa fable « Les Obsèques de la Lionne », La Bruyère n'hésite pas à comparer la figure du courtisan à celle du singe (VII, §15). Il va même jusqu'à abaisser le « Grand » au niveau de la « crapule ». On entend alors le ton révolté d'un homme qui aspire à un changement moral et social.

Les exemples tirés de l'œuvre au programme sont associés à d'autres références.

B. Une critique de la comédie sociale

Ce qui révolte surtout La Bruyère, c'est l'art de la dissimulation qui règne à Versailles. Il ne cesse de comparer les courtisans à des acteurs pour mieux dénoncer leur hypocrisie. Le livre VIII « De la Cour » met en scène cette hypocrisie et bien des personnages comme Théodote « avec [son] habit austère » (VIII, §61) rappellent le célèbre personnage hypocrite de Molière, Tartuffe.

Pour mieux corriger ce travers moral qui pervertit la société tout entière, La Bruyère montre la vanité de tous ceux qui, à Versailles, portent un masque. Pour La Bruyère, les Grands sont réductibles à des marionnettes, sans utilité ni consistance, capables seulement de jeter de la poudre aux yeux comme un feu d'artifice : « ils pirouettent, ils gesticulent, ils crient, il s'agitent ; semblables à ces figures de carton qui servent de montre à une fête publique [...] ; jusqu'à ce que venant à s'éteindre ils tombent, et par leur chute deviennent traitables, mais inutiles » (IX, §32). Par cette comparaison, La Bruyère pointe du doigt les travers de la comédie sociale qui se joue à la Cour du Roi-Soleil.

Veillez à l'exactitude des citations et coupez-les avec le signe [...] si nécessaire.

C. Une volonté de changement social

Le ton parfois virulent employé par le moraliste laisserait alors transparaître une volonté de corriger les travers des contemporains, de rectifier les dérives de la Cour et peut-être même de changer l'ordre social. En mettant en scène le cas de Philanthe qui sert un Grand comme un esclave (IX, §8), La Bruyère critique les rapports de domination. Cette remise en cause des hiérarchies sociales est également lisible à travers la remarque ironique de La Bruyère sur la bipartition des prénoms, révélatrice d'une fracture sociale : « C'est déjà trop d'avoir avec le peuple une même religion et un même Dieu ; quel moyen encore de s'appeler Pierre, Jean, Jacques, comme le marchand ou le laboureur : évitons d'avoir rien de commun avec la multitude. » (IX, §23)

Partisan du peuple contre le mépris, l'hypocrisie et l'artificialité des Grands (IX, §25), La Bruyère adopte, au-delà du comique, un parti qui pourrait avoir des résonances avec la posture révolutionnaire d'un philosophe des Lumières comme Jean-Jacques Rousseau. En attaquant la vacuité d'une existence de petits-maîtres citadins (VII, §7, §12) faite de distractions futiles, La Bruyère fait l'éloge de l'authenticité paysanne : « On s'élève à la ville dans une indifférence grossière des choses rurales et champêtres ». Ainsi, « L'homme du monde d'un meilleur esprit que le hasard a porté au milieu d'eux leur est étranger : il se trouve là comme dans un pays lointain, [...] ; il y perd son maintien, ne trouve pas où placer un seul mot, et n'a même pas de quoi écouter.» (VII, §4)

Allusion au *Discours sur l'origine et les fondements de l'inégalité parmi les hommes* (1755) de Rousseau.

[Transition] Si le ton ironique de La Bruyère, « châti[ant] les mœurs par le rire » pourrait annoncer l'ambition des Lumières de *corriger* les inégalités, le moraliste n'est pas pour autant un révolutionnaire qui

Reprise de la citation du sujet pour renforcer l'unité du devoir

Formulation rédigée du titre de la partie annoncée

conteste l'ordre social. C'est donc moins en critique véhément et vindicatif qu'en anthropologue amusé et indulgent que La Bruyère observe les défauts humains.

Sautez deux lignes entre les parties.

III. Le regard d'un anthropologue amusé et indulgent

L'observation des comportements humains est un hommage malicieux aux anciens humanistes* en même temps que le constat lucide d'un anthropologue.

Présentation des trois sous-parties : reprise rédigée des titres

A. Une sage observation des comportements humains

Malgré son amertume, La Bruyère ne cherche pas à changer ses contemporains, mais bien plutôt à les observer (et peut-être même les accepter) tels qu'ils sont. C'est ce que traduit l'emploi du présent de vérité générale qui fixe les dérives de la Cour comme des défauts intemporels de la nature humaine. Comme La Rochefoucauld dans ses *Maximes*, La Bruyère fait ainsi ressortir des caractéristiques universelles, tel l'amour-propre : « L'on dit à la Cour du bien de quelqu'un pour deux raisons, la première afin qu'il apprenne que nous disons du bien de lui ; la seconde afin qu'il en dise de nous. » (VIII, §36)

« L'amour-propre est plus habile que le plus habile homme du monde. » La Rochefoucauld, 1665.

Chaque chapitre s'achève sur une conclusion dépourvue de véritable morale. Un simple constat est livré au lecteur comme une maxime générale sur les comportements humains. Tout comme La Fontaine qui en moraliste résigné formulait ainsi la conclusion de « La Cour du Lion » : « Ceci vous sert d'enseignement : / Ne soyez à la Cour si vous voulez y plaire / Ni fade adulateur, ni parleur trop sincère / Et tâchez quelquefois de répondre en Normand. », La Bruyère conclut le livre IX « Des Grands » par un même type de constat neutre, résigné et amoral : « L'on doit se taire sur les puissants ; il y a presque toujours de la flatterie à en dire du bien ; il y a du péril à en dire du mal pendant qu'ils vivent, et de la lâcheté quand ils sont morts » (§56).

Pour éviter d'aller à la ligne lorsque vous citez des vers, utilisez le signe /.

Qui est étranger à la morale ; différent d'« immoral » (qui est contraire à la morale).

B. Un hommage malicieux aux anciens humanistes

Observateur amusé des hommes, La Bruyère se rapproche du philosophe humaniste. Il ne se prive pas d'ailleurs de pasticher avec enthousiasme les humanistes du XVIe siècle, plus particulièrement Montaigne. En écho aux *Essais* (livre III, chapitre I) « De l'utile et de l'honnête » et chapitre VIII « De l'art de conférer », La Bruyère défend la franchise et l'authenticité contre l'hypocrisie et le mensonge : « Je n'aime pas un homme que je ne puis aborder le premier, ni saluer avant qu'il me salue, sans m'avilir à ses yeux, et sans tremper dans la bonne opinion qu'il a de lui-même ». Montaigne dirait : « Je veux avoir mes coudées franches, et estre courtois et affable à mon point, sans remords ne conséquence. » (V, §30)

Nous donnons les références précises des exemples pour vous permettre de les retrouver mais vous n'êtes pas tenu(e) de les mémoriser.

De ces pastiches* découle une sagesse qui tire parti des expériences malheureuses, comme celle de la Cour, pour se ménager et préserver son bonheur personnel. Comme tout humaniste, La Bruyère est attaché aux préceptes antiques comme l'adage *« Ne quid nimis »* (« Rien de trop ») promouvant la mesure en toute chose : « Ainsi les Grands se plaisent dans l'excès, et les petits aiment la modération » (IX, §5). Au-delà de la critique des mœurs contemporaines, c'est l'occasion pour La Bruyère de faire l'éloge de la tempérance.

Comme les humanistes de la Renaissance, les auteurs classiques du XVIIe siècle prennent l'Antiquité en modèle.

C. Le constat lucide d'un anthropologue

Héritier de la sagesse humaniste, le moraliste s'impose comme un conseiller sage et avisé. Précepteur de métier, La Bruyère use en effet d'une rhétorique didactique pour instruire le monarque. Dans le livre X, La Bruyère s'adresse en effet au roi en conseiller lucide pour lui présenter à la fois une image utopique du souverain et lui préconiser une certaine méfiance des courtisans hypocrites. Anthropologue, La Bruyère dresse le tableau d'une société en mutation où la hiérarchie de l'argent prend le pas sur la hiérarchie du sang faisant émerger une nouvelle classe sociale, les parvenus (VI, §7).

Le livre X s'intitule « Du Souverain et de la République », le mot « république » devant s'entendre ici dans son sens latin de « chose publique ».

Qu'il s'adresse aux lecteurs ou au roi, le constat des *Caractères* est le même : le monde est un théâtre où les courtisans se plaisent à dissimuler leurs intentions parfois pernicieuses sous le masque de l'honnêteté. Pour le sage moraliste, rien ne sert de se révolter, l'homme ne changera pas et participera toujours d'une façon ou d'une autre à la grande comédie du monde.

Citation de Shakespeare : la métaphore du *theatrum mundi*, inspirée de l'Antiquité, est au cœur de la pensée baroque.

Aussi conclut-il le livre VIII « De la Cour » sur l'intemporalité de cette comédie sociale : « Dans cent ans le monde subsistera encore en son entier : ce sera le même théâtre et les mêmes décorations. [...] Il s'avance déjà sur le théâtre d'autres hommes qui vont jouer dans une même pièce les mêmes rôles » (§99).

Sautez deux lignes avant la conclusion.

Conclusion

Ainsi, La Bruyère fait partie de ces grands moralistes du XVIIe siècle qui suivent la devise latine *« Castigat ridendo mores »*. En effet, *Les Caractères,* à bien des égards, a les allures d'une comédie de Molière qui raille les comportements ridicules de ses contemporains. De la raillerie découle alors une critique assez âpre des défauts du siècle laissant transparaître l'espoir d'un changement social. Or, on ne saurait faire de La Bruyère un censeur aux idées rebelles : l'humour du moraliste, précepteur sage et lucide, lui permet plutôt d'observer avec philosophie la nature humaine universellement imparfaite. C'est ainsi un autre précepte énoncé par le poète latin Horace dans l'*Art poétique*, *« placere et docere »*, qui nous semble éclairer plus justement *Les Caractères* : « La palme est à l'auteur / Qui, joignant avec art l'agréable et l'utile, / Offre charme et leçon à notre esprit docile ».

Retour au sujet

Bilan de la 1re partie

Bilan de la 2e partie

Bilan de la 3e partie

Ouverture

SUJET 18

4 heures

Déclaration des droits de la femme et de la citoyenne

Œuvre : *Déclaration des droits de la femme et de la citoyenne*, Olympe de Gouges
Parcours : Écrire et combattre pour l'égalité

Selon Jean-Paul Sartre dans *Qu'est-ce que la littérature ?* (1948), « l'écrivain engagé sait que les mots [...] sont des pistolets chargés. S'il parle, il tire. »
Le discours polémique est-il, selon vous, la meilleure façon en littérature de défendre la cause des femmes et, plus largement, la dignité humaine ?
Vous répondrez à cette question en vous appuyant sur la *Déclaration* d'Olympe de Gouges, sur les textes rencontrés dans l'étude du parcours associé et sur vos lectures personnelles.

Fiches p. 287
15 18 20 23 24
Fiche œuvre 6

Travail préparatoire

La lecture du sujet

La forme du sujet (Fiche 15)

Le sujet comprend trois étapes : une citation initiale de Jean-Paul Sartre, extraite de *Qu'est-ce que la littérature ?*, puis le sujet proprement dit, présenté sous la forme d'une interrogation totale, enfin la consigne qui rappelle les contraintes inhérentes à l'exercice.

La citation

L'expression « littérature engagée » est lancée par Sartre en 1945. Dans son essai, *Qu'est-ce que la littérature ?* publié en 1948, le philosophe théorise cette doctrine littéraire. L'écrivain, selon lui, doit intervenir dans les débats de son temps, avec la conviction que la littérature, du moins la prose essentiellement utilitaire, suppose communication et échange avec son public. « La littérature vous jette dans la bataille » écrit-il. La citation proposée filant la métaphore guerrière rappelle que les mots sont des armes, que dire les choses, c'est vouloir les changer en livrant un combat.

La méthode

Le type de sujet (Fiches 18 et 20)

Pour construire la dissertation, il est indispensable d'avoir identifié le type de sujet. Lorsque la question posée prend la forme d'une interrogation totale, on attend un plan dialectique.

L'expression « la meilleure façon » impliquant une variété et une hiérarchie des modes d'engagement vous met déjà sur la voie et vous permet de nuancer les perspectives du plan dialectique.

Si le discours polémique est une arme de choix, il existe d'autres stratégies équivalentes ou plus efficaces encore.

Le parcours et le problème du sujet

Le sujet s'inscrit clairement dans le parcours. Vous retrouvez les notions d'« écrire et combattre » avec l'expression « discours polémique ». « L'égalité » est développée, en liaison avec l'œuvre au programme, par « la cause des femmes et la dignité humaine ». Malgré sa relative concision, le texte d'Olympe de Gouges doit être au centre de votre réflexion.

La recherche des arguments et des exemples (Fiches 23 et 24)

Notez les passages de la *Déclaration* et les autres textes qui peuvent nourrir votre analyse et dégagez-en les arguments. Il est souvent commode de partir des exemples pour dégager des arguments.

Associez « le discours polémique » à d'autres formes d'argumentation directe empruntant à la littérature d'idées ou à d'autres genres, susceptibles de combattre les inégalités.

Sans en rester au point de vue de Sartre qui exclut la poésie de l'engagement, pensez à la poésie engagée.

Interrogez-vous sur le pouvoir de la fiction pour servir ces mêmes causes.

Le plan

Vous proposerez une progression privilégiant le mode d'engagement littéraire qui vous semble le plus efficace pour convaincre et persuader :

I. Le discours polémique est une arme efficace
II. Les autres stratégies de l'argumentation directe
III. La fiction, une arme privilégiée

Corrigé : devoir rédigé

*Les **textes en bleu** apparaissant dans ce corrigé ne doivent pas figurer dans votre devoir.*

Les conseils du professeur

Introduction

Postuler la nécessité de l'engagement constitue un geste décisif dans le contexte de l'après-guerre. Pour Jean-Paul Sartre, la visée esthétique ne peut se suffire à elle-même et se double d'un projet éthique, d'une vision de l'homme et du monde. L'écrivain est « dans le coup » quoi qu'il fasse. « L'écrivain engagé, écrit-il dans *Qu'est-ce que la littérature ?*, sait que les mots [...] sont des pistolets chargés. S'il parle, il tire ». La littérature engagée revêt une grande diversité de formes, s'exprimant en des genres très différents. Dans le sillage d'Olympe de Gouges, auteure de la *Déclaration des droits de la femme et de la citoyenne*, le discours polémique, issu d'une situation conflictuelle, est-il la meilleure façon de défendre la cause des femmes et la dignité humaine ? S'il combat efficacement pour l'égalité, nous verrons qu'il n'est pas la seule arme de l'argumentation et que d'autres genres peuvent même le supplanter pour le plus grand plaisir du lecteur.

Commencez l'introduction par une phrase d'accroche.

Reproduisez et éclairez la citation du sujet.

Posez la problématique.

Annonce du plan en trois parties

Sautez deux lignes après l'introduction.

I. Le discours polémique est une arme efficace

Les discours polémiques représentent par excellence la littérature de combat que l'engagement, dans son désir d'intervention directe dans le débat politique, semble prescrire. Cette défense de causes égalitaires implique un même recours à une rhétorique de l'indignation.

Introduisez la partie en présentant son enjeu.

A. La défense de la cause des femmes

Approfondissement de la notion de « discours polémique »

Le pamphlet est un mode de discours polémique, qui attaque, conformément à l'étymologie grecque du terme (*polemos :* la guerre). On stigmatise la pensée des adversaires comme fausse ou mensongère pour rétablir face à elle les droits de la vérité. La *Déclaration des droits de la femme et de la citoyenne* a une dimension pamphlétaire. Olympe de Gouges dans le postambule lance aux femmes un vibrant appel : « Femme, réveille-toi ; le tocsin de la raison se fait entendre dans tout l'univers ; reconnais tes droits. » Pour les amener à réagir, elle invoque l'esprit des Lumières, la « raison » et la « vérité » qui ont chassé « préjugés », « fanatisme », « superstition » et « mensonges ». La Révolution a permis une libération des fers de l'esclavage. Toutefois, une nouvelle forme d'injustice s'est installée puisque les femmes n'ont pas bénéficié de la liberté conquise par les Révolutionnaires. L'auteure fustige l'orgueil et la prétention des hommes à borner la liberté des femmes, « un sexe qui a reçu toutes les qualités intellectuelles ». Rien ne justifie cette configuration même chez les animaux ou les végétaux. Sur le ton du discours polémique, Olympe de Gouges réclame l'égalité des sexes, le partage.

Le titre de l'œuvre (ici en italique) doit être souligné dans la copie manuscrite.

Et ce combat pour la cause des femmes se poursuit. Nelly Roussel dans son *Discours de protestation contre les procès intentés aux néo-malthusiens* en 1905 plaide la cause des femmes, esclaves de la maternité. Elle s'insurge : « Les femmes sont des machines dont un maître peut disposer à son gré ». Elle appelle à la révolte collective celles qui sont la proie des hommes, au nom de la « fierté féminine » et de la maternité voulue.

B. Les autres cibles souvent croisées

On le voit, la femme est souvent nommée esclave. Olympe de Gouges croise les deux dénonciations dans son postambule : « Tout autre chemin de la fortune est fermé à la femme que l'homme achète, comme l'esclave sur les côtes d'Afrique ». Dès 1788, dans son texte *Réflexions sur les hommes nègres*, elle se confiait : « L'espèce d'hommes nègres m'a toujours intéressée à son déplorable sort ». Et elle ajoutait : « Un commerce d'hommes !... Grand Dieu ! et la nature ne frémit pas ! S'ils sont des animaux, ne le sommes-nous pas comme eux ? »

Il est question ici de la dignité humaine.

L'esclavage est la deuxième cible croisée.

L'esclavage est une des cibles exemplaires du discours polémique au XVIIIe siècle. Condorcet dans *Réflexions sur l'esclavage des nègres* s'en prend aux colons. Il défend la cause de ces « Nègres victimes de la férocité de leurs maîtres ». « Il s'agit pour le Nègre de la liberté, de la vie ; il ne s'agit pour l'Européen que de quelques tonnes d'or, et c'est le sang de l'innocent qu'on met en balance avec l'avarice du coupable » déclare-t-il.

Le philosophe Condorcet a partagé les combats d'Olympe de Gouges.

Le discours polémique concerne enfin le grand fléau qu'est la misère. En 1849, à l'Assemblée nationale, Victor Hugo prononce un discours contre la misère. Il insiste sur l'antinomie entre l'idée de civilisation et la réalité sociale de la misère. L'orateur s'adresse aux députés de la IIe République naissante pour leur rappeler que seule la justice sociale peut garantir la dignité de l'homme. De l'homme et de la femme ajouterait Olympe de Gouges qui évoque le cas de la concubine « née d'une famille pauvre » qui ne connaît, malgré ses mérites que « la pauvreté et l'opprobre ».

Troisième cible de la dénonciation : la misère

Autre exemple de discours polémique dans la lignée d'Olympe de Gouges

C. La rhétorique de l'indignation

Il résulte de ces prises de conscience une agressivité et même une violence verbale, parfois une surenchère dans l'outrance. Pour rallier l'auditoire ou les lecteurs à leur cause, les auteurs manifestent leur indignation, manient l'apostrophe*, l'anaphore*, l'accumulation et d'autres procédés emphatiques*. « Vous n'avez rien fait... » assène

Victor Hugo à ses collègues députés. Pour entraîner les femmes dans le mouvement d'émancipation qu'elle entend initier, Olympe de Gouges recourt à la force persuasive de la parole, usant de nombreux procédés oratoires, telles les interrogations rhétoriques : « Quand cesserez-vous d'être aveugles ? », « Quels sont les avantages que vous avez recueillis de la Révolution ? ». Avec le postambule, l'auteure innove par rapport à son modèle. Le style juridique est submergé par une flambée d'éloquence. Les hommes sont présentés comme inférieurs alors que les femmes sont courageuses et se rangent « sous les étendards de la philosophie », terme guerrier.

Exemples présentés en écho

[Transition] Si l'allure vitupérative du discours est un mode de combat efficace, fondé sur le caractère performatif* de la parole engagée, il existe d'autres stratégies argumentatives pour convaincre* et persuader*.

Cinglante, qui critique violemment.

Sautez deux lignes entre les parties.

II. Les autres stratégies de l'argumentation directe

Le manifeste, moins marqué par l'immédiateté, obtient une adhésion rationnelle et affective. Mais l'art du détournement ou la parole poétique peuvent aussi servir la défense des justes causes.

A. Le manifeste ou la raison à l'œuvre

La *Déclaration* d'Olympe de Gouges est aussi un manifeste. À la différence du pamphlet, le manifeste expose clairement la thèse qu'il soutient et la développe selon une structure démonstrative explicite, ici le texte juridique de la déclaration. Le destinataire est clairement désigné, ici l'Assemblée nationale.

Après une 1re partie qui s'est principalement appuyée sur le postambule, l'étude porte sur la *Déclaration* elle-même.

Au XVIIIe siècle, les femmes sont exclues de la participation directe à la vie politique et confinées à la sphère privée. En 1791, Olympe de Gouges revendique l'égalité politique des femmes et des hommes dans une déclaration calquée sur la *Déclaration des droits de l'homme et du citoyen* de 1789 qui se décline en dix-sept articles. Dans ce texte, l'égalité est réclamée pour la femme au plan constitutionnel (article IV), pénal (VII à IX), ainsi que du point de vue de la liberté d'expression (X et XI), des contributions (XIII à XV) et de la propriété (XVII). Les articles XII et XVI soulignent l'importance pour la société tout entière de garantir les droits des femmes. L'article IV se démarque du modèle en ce qu'il déclare que l'égalité des femmes et des hommes découle de leur égalité naturelle et que la tyrannie qu'exerce l'homme sur la femme est artificielle, culturelle. En jouant sur la polysémie du mot « homme », restreint pour elle au masculin, Olympe de Gouges a pu rendre à la femme sa place et détourner le sens de l'œuvre révolutionnaire.

N'hésitez pas à approfondir l'exemple du texte au programme.

À côté des écrits juridiques, figurent les textes théoriques qui, sous la forme d'essais par exemple, prennent la défense des femmes. Sur un fond d'antiféminisme qui caractérise la Révolution française, la voix de Condorcet se détache. Dans *Sur l'admission des femmes au droit de cité* (1790), le philosophe traite des questions essentielles des droits civiques et de l'éducation. Sans emphase, il détruit tous les arguments contre l'égalité civique des femmes en invoquant d'abord l'habitude comme cause de cette violation.

Autre exemple contemporain de défense de la cause des femmes

Si les femmes ont obtenu le droit de vote en 1946, le sexisme continue à sévir. « On ne naît pas femme, on le devient » écrit Simone de Beauvoir en 1949 dans *Le Deuxième Sexe*, un essai philosophique et féministe au succès controversé. Son approche n'est pas militante ou polémique. Elle cherche à convaincre et à tracer un nouveau chemin permettant aux femmes d'échapper aux pesanteurs historiques qui les aliènent. Elle s'intéresse à l'infériorisation de la femme pour en révéler les causes et proposer deux solutions : le contrôle des naissances et l'accès au monde du travail. Les femmes, selon elle, ont leur destin en mains.

Autre exemple marquant du XXe siècle soulignant la modernité du combat d'Olympe de Gouges

B. Le détournement

Olympe de Gouges, au cœur du bouleversement révolutionnaire devait entrer de front dans la bataille. Mais l'écriture de combat peut aussi opter pour une forme de détournement, d'engagement oblique par le biais de l'ironie. C'est ainsi que Montesquieu choisit de dénoncer l'esclavage dans « De l'esclavage des nègres » en 1748. En ridiculisant les arguments des colons, il montre de manière encore plus saisissante la brutalité des Européens, le racisme qui justifie la traite des Noirs et l'impiété de ceux qui se disent chrétiens. « Le sucre serait trop cher, si l'on ne faisait travailler la plante qui le produit par les esclaves. »

Autre stratégie au service d'une même cause

C. La parole poétique

Troisième versant de ce mode de combat qui échappe au discours polémique et relève d'un autre genre que la littérature d'idées

La parole poétique enfin se substituera avec générosité au discours polémique plus abrupt. Loin de se retrancher dans sa tour d'ivoire, le poète peut en effet choisir d'être au monde. Comme dans le pamphlet, il faut arracher ses contemporains à l'indifférence. À la concision, la poésie allie la variété des mètres, des tonalités, la magie des mots, des images, de la musique. Par là, elle touche et persuade le lecteur plus qu'elle ne le convainc.

Le poème de Victor Hugo « Melancholia » évoque la misère des enfants qui « s'en vont travailler quinze heures sous des meules ». Par le réalisme des descriptions et le surgissement des images, Hugo suscite une prise de conscience chez son public, lui fait prendre en pitié ces enfants esclaves du progrès : « Accroupis sous les dents d'une machine sombre, / Monstre hideux qui mâche on ne sait quoi dans l'ombre ».

On repère plusieurs stratégies de dénonciation chez un même auteur.

[Transition] Au-delà des différentes formes d'argumentation directe, pour défendre l'égalité, le recours à la fiction n'est-il pas une arme privilégiée ?

III. La fiction, une arme privilégiée

En utilisant la fiction, l'écrivain engagé peut transposer les faits, leur donner corps et âme. Par le biais des personnages, par les discours qu'ils tiennent, par l'hybridation des genres, le combat peut s'épanouir.

Enjeu de la partie et annonce des trois sous-parties

Croisement

A. Par le biais des personnages

La prostitution est combattue par le romancier au nom de la dignité de la femme. Le destin de Fantine obligée de se sacrifier pour permettre à Cosette de survivre nous émeut. Hugo conjugue dans ce personnage des *Misérables* un réquisitoire contre la condition de la femme et contre la misère. Que dire de Gervaise dont la déchéance rythme le récit de Zola dans *L'Assommoir* ?

La fiction prend pour cibles les mêmes causes, souvent imbriquées.

L'esclavage est dénoncé par Véronique Olmi à travers la vie romancée de Bakhita, esclave au Darfour. Plus proche de nous, le destin croisé de trois femmes victimes de mariages forcés dans *Les Impatientes* de Djaïli Amadou Amal nous rappelle que la condition féminine peut encore être un esclavage moderne.

Bakhita, roman de Véronique Olmi paru en 2017.

Ce roman a obtenu le prix Goncourt des lycéens en 2020.

B. Par les discours

Les discours tenus par les personnages de théâtre augmentent encore l'efficacité de la protestation. Pour plaider en faveur des femmes au XVIIIe siècle, quelle meilleure arme que la tirade de Marceline dans *Le Mariage de Figaro* s'adressant aux hommes « plus qu'ingrats » (III, 16) : « les femmes n'obtiennent de vous qu'une considération dérisoire : leurrées de respects apparents, dans une servitude réelle ; traitées en mineures pour nos biens, punies en majeures pour nos fautes ! ».

Le discours s'insère aussi dans la trame romanesque faisant des personnages les porte-parole de l'auteur et leur donnant une grande force de conviction. Quand Maître Manouri dans *La Religieuse* dénonce l'enfermement dans les couvents, c'est la voix de Diderot que l'on entend : « Faire vœu d'obéissance, c'est renoncer à la prérogative inaliénable de l'homme, la liberté. » Zola délègue à Étienne Lantier son combat contre la misère ouvrière : « le salariat est une forme nouvelle de l'esclavage » s'écrie Lantier dans un discours rapporté au style indirect libre où il tente de convaincre les mineurs de poursuivre la grève.

Plus directement, le romancier dans un moment de pause peut lui-même intervenir et poursuivre le réquisitoire.

Ces intrusions d'auteur ont une fonction idéologique, voire polémique. C'est ainsi que Victor Hugo dans *Les Misérables* s'interroge : « Qu'est-ce que c'est que cette histoire de Fantine ? C'est la société achetant une esclave. »

Approfondissement des exemples

C. Par les genres hybrides

Au XVIIIe siècle, des genres hybrides permirent aussi à leurs auteurs de s'engager pour la défense de l'égalité et de la dignité de la personne humaine.

Ces genres hybrides relèvent de la littérature d'idées tout en recourant à la fiction.

Le conte philosophique est un genre narratif qui ouvre une réflexion sur la condition humaine. On retrouve dans *Candide* de Voltaire la dénonciation de l'esclavage. Le nègre de Surinam nous offre par son discours un témoignage poignant du Code Noir édicté par Colbert en 1685 : « Quand nous travaillons aux sucreries, et que la meule nous attrape le doigt, on nous coupe la main ; quand nous voulons nous enfuir, on nous coupe la jambe : je me suis trouvé dans les deux cas ».

Voltaire encore, dans un texte satirique qui porte le titre d'une phrase attribuée à Saint Paul : « Femmes, soyez soumises à vos maris » dresse le portrait de la maréchale de Grancey. Face à l'abbé de Châteauneuf, cette dernière revendique vigoureusement l'égalité homme-femme qui passe par une éducation non discriminante. La forme du dialogue donne à la maréchale l'épaisseur d'un personnage de théâtre.

Le personnage est inspiré par son amie Émilie du Châtelet.

Olympe de Gouges enfin ne nous livre-t-elle pas, dans sa *Déclaration* aux multiples facettes, un discours fictif qu'elle sait perdu d'avance, un pastiche qui fait entendre deux textes en un, la déclaration de 1791 ne se comprenant qu'en regard de celle de 1789 ? Sans doute annonce-t-elle que cette déclaration est « à décréter par l'Assemblée nationale dans ses dernières séances ou dans celles de la prochaine législature ». Mais, l'auteure y croit-elle ? Ce pastiche critique ne relève-t-il pas de la fiction dans la mesure où il ne recherche pas une portée effective mais une empreinte dans les esprits ?

Clôture des exemples sur le texte d'Olympe de Gouges, pamphlet, manifeste et pastiche

Sautez deux lignes avant la conclusion.

Conclusion

L'engagement est un espace incertain et riche de potentialités. Son mode opératoire est varié, à la croisée du discours polémique qui porte la marque de l'immédiateté, et de la fiction qui en est la modalité la plus haute et peut-être la plus authentique. Par le biais de la fiction, le combat prend des allures détournées pour poursuivre les mêmes cibles. Toutefois, avec ces personnages auxquels nous nous identifions, peut-être sommes-nous davantage persuadés* que convaincus*. L'argumentation directe permet l'approfondissement de la dénonciation, mais le détour fictionnel donne à la prise de conscience une incomparable dimension solidaire. Olympe de Gouges dans la *Déclaration de la femme et de la citoyenne* a recouru à un faisceau de stratégies, conjuguant le discours polémique, le manifeste et le détour fictif, qui devait lui permettre de se faire entendre.

Bilan du développement

Justification de la progression adoptée par le texte de référence

Pour défendre les causes auxquelles il croit, l'écrivain engagé prend des risques. On se rappelle Hugo exilé à Jersey, Zola condamné pour « J'accuse », Desnos déporté… La littérature est un acte et en tirant sur ces cibles, l'écrivain se met en danger. En témoigne le destin tragique d'Olympe de Gouges conduite à l'échafaud en 1793.

Mais, en s'engageant, l'écrivain a le courage de rencontrer les exigences du temps présent. Le combat d'Olympe de Gouges a porté ses fruits. Écoutons la jeune poétesse noire Amanda Gorman évoquant dans son poème lu à l'investiture de Joe Biden cette « colline que nous gravissons » dans l'espoir de « composer un pays engagé vis-à-vis de toutes les cultures, couleurs, caractères et conditions de l'homme ».

Ouverture sur notre temps

SUJET 19

4 heures

La Princesse de Clèves

Dissertation

Œuvre : *La Princesse de Clèves*, Madame de Lafayette
Parcours : Individu, morale et société

Quelles images de la femme retenez-vous de votre étude de *La Princesse de Clèves* et des œuvres ou textes découverts au fil du parcours « Individu, morale et société » ?

Travail préparatoire

Fiches p. 287
15 18 19 21 23 à 25
Fiche œuvre 7

La lecture du sujet

La forme du sujet (Voir p. 126)

Le sujet se réduit à une question et à une consigne qui rappelle les impératifs méthodologiques de la dissertation et montre l'importance des connaissances personnelles. L'expression « retenez-vous » ouvre aussi une perspective singulière, nourrie de votre propre sensibilité. (Fiche 19) Ne vous enfermez pas durant l'année dans les œuvres et parcours définis et explorez, dans le domaine des Lettres mais aussi dans celui des arts, les voies qui vous attirent afin d'enrichir votre culture personnelle.

Le type de sujet (Voir p. 126)

La question posée commence par un déterminant interrogatif ; il s'agit d'une interrogation partielle dont les réponses, à la différence de l'interrogation totale, ne figurent pas dans la question. Le plan attendu est analytique. (Fiche 21)

Les termes à peser (Fiche 15)

Notez le pluriel du mot « images » et remarquez que la consigne ne restreint pas votre réflexion aux héroïnes des romans. Bien entendu, vous vous attarderez sur *La Princesse de Clèves* mais vous ne pourrez approfondir votre réflexion qu'en considérant les autres personnages féminins mis en scène par Madame de Lafayette, la duchesse de Valentinois ou bien Madame de Tournon par exemple.

La méthode

La recherche des arguments et des exemples (Fiches 23 à 25)

À la différence du plan dialectique, qui doit être dégagé de la question elle-même, le plan analytique suppose que l'on ait d'abord fait le tour des différentes perspectives à développer.

Pour cela, partez de *La Princesse de Clèves* et posez-vous les questions suivantes : quelles images de la femme l'héroïne vous donne-t-elle ? Qu'en est-il des autres femmes ? Puis passez en revue les romans que vous avez étudiés ou lus et voyez en quoi les figures féminines se rapprochent ou diffèrent des femmes mises en scène par Madame de Lafayette. Approfondissez (quelles significations ? quelles implications ?) et précisez votre analyse (des moments particuliers, éventuellement des citations).

Demandez-vous, en vous appuyant d'abord sur l'œuvre au programme, ce qui différencie les personnages féminins de leurs homologues masculins et ce qui fait la spécificité des figures féminines dans les romans.

L'élaboration du plan (Fiches 18 et 21)

Plusieurs solutions sont envisageables, en deux ou trois parties, à condition d'éviter un catalogue des femmes rencontrées dans vos lectures et d'établir une progression qui vous permettra, en dernier lieu, de cerner la spécificité des figures féminines.

Le plan

I. La femme et le sentiment amoureux
II. La femme dans/contre la société
III. La spécificité du personnage de roman féminin

Corrigé : devoir rédigé

*Les **textes en bleu** apparaissant dans ce corrigé, titres et conseils entre crochets, ne doivent pas figurer dans votre devoir. Nous les avons insérés pour vous guider et vous aider à repérer la progression de la dissertation.*

Introduction (Fiche 27)

La Princesse de Clèves, que Madame de Lafayette publie en 1678, s'ouvre sur une présentation de la Cour de France « dans les dernières années du règne d'Henri second ». Dès la deuxième phrase, « Diane de Poitiers, duchesse de Valentinois » entre en scène et montre son emprise sur le roi mais aussi sur l'intrigue. Ce roman, écrit par une femme et dont le personnage éponyme* est une femme, accorde visiblement une place décisive aux figures féminines. *[Présentation du roman et introduction de la problématique]* Mais quel est le visage de ces femmes qui fréquentent la Cour recréée par Madame de Lafayette et qui, plus largement, traversent, hantent ou embrasent nos univers romanesques ? *[Problématique]* Après avoir analysé l'image de la femme en lien avec le sentiment amoureux *[1re partie]*, nous verrons comment Madame de Lafayette et les romanciers qui ont suivi la situent dans son environnement. *[2e partie]* Enfin, nous devrons nous interroger sur la spécificité du personnage féminin. *[3e partie]*

I. La femme et le sentiment amoureux

Lorsqu'on évoque la femme dans le roman et plus particulièrement chez Madame de Lafayette, on songe aux héroïnes dont la beauté extraordinaire constitue un des ressorts de l'intrigue romanesque.

A. La beauté de la femme

Si on fait remonter le roman à son étymologie médiévale (un récit en langue romane), on rencontre des femmes dont la beauté est un pôle essentiel de l'intrigue. Cette femme idéale, née à l'époque de l'amour courtois*, est un topos* de la littérature romanesque, influençant notre conception de la relation amoureuse comme le montre Denis de Rougemont dans *L'Amour et l'Occident [1939]*. Mademoiselle de Chartres, devenue ensuite princesse de Clèves, illustre cette idéalisation. Devant une Cour où on n'a jamais vu « tant de belles personnes et d'hommes admirablement bien faits » « par[aît] alors une beauté » « qui attir[e] les yeux de tout le monde, et l'on doit croire que c'[est] une beauté parfaite ». Les superlatifs et les marques d'admiration se multiplient pour décrire l'héroïne au fil du roman : « la blancheur de son teint », « un éclat que l'on n'a jamais vu qu'à elle », « Monsieur de Nemours fut tellement surpris de sa beauté »...

Mais cette beauté parfaite n'est pas l'apanage du roman précieux et des contes ; on la retrouve dans des genres aussi variés que le roman réaliste de Balzac ou le roman d'aventures de Théophile Gautier. Le jeune Félix de Vandenesse (*Le Lys dans la vallée*, 1836) rencontre lors d'un bal Madame de Mortsauf dont la beauté l'éblouit : « la peau satinée », « le brillant des cheveux », « un cou velouté »... L'ingénue du *Capitaine Fracasse* (1863) apparaît plus modeste mais Théophile Gautier n'en insiste pas moins sur sa beauté : « le visage mignon », « de beaux cheveux d'un châtain soyeux », « l'œil voilé par de longs cils »... Le roman contemporain ne s'est pas affranchi de cet archétype* de la littérature et l'on voit Julien Gracq, dans *Le Rivage des Syrtes* (1951), imaginer Vanessa, une femme fatale. Parfois même, c'est en tentant de se démarquer de ce topos ou en s'en moquant que les romanciers assurent sa pérennité. On évoquera le roman d'Aragon, *Aurélien* (1944), dans lequel l'héroïne est tout d'abord présentée comme laide : « une étoffe qu'il avait vue sur plusieurs femmes », « ses cheveux étaient ternes », « plutôt petite, pâle »...

B. Une femme séduisante

Comme dans le roman courtois, la beauté de la femme constitue bien souvent un des ressorts de l'intrigue. Les scènes de première rencontre, véritables archétypes de la littérature romanesque, révèlent ce pouvoir de séduction exercé sciemment ou involontairement par les héroïnes. Dans *La Princesse de Clèves* *[Exemple 1]* , le bal donné par Henri II pour les fiançailles de sa seconde fille avec le duc de Lorraine est une des pages les plus célèbres du genre romanesque. La plus belle jeune femme de la Cour danse avec le plus beau jeune homme si bien que « quand ils commencèrent à danser, il s'éleva dans la salle un murmure de louanges ». Balzac dans *Le Lys dans la vallée* et Marguerite Duras dans *Le Ravissement de Lol V. Stein* *[Exemples 2 et 3]* reprendront cette scène fondatrice. Lorsqu'il rapporte la première rencontre de Félix de Vandenesse et de Madame de Mortsauf dans *Le Lys dans la vallée*, Balzac peint la passion naissante du jeune homme comme une attraction à laquelle il ne saurait résister : « tout me fit perdre l'esprit. » Dans *L'Éducation sentimentale* (1869) de Flaubert *[Exemple 4]*, le récit de la rencontre de Frédéric et de Madame Arnoux sur le bateau qui les mène à Paris exprime également cette séduction qui semble échapper à la femme elle-même, une sorte de rayonnement qui la transfigure et fait d'elle une œuvre d'art : « Et son nez droit, son menton, toute sa personne se découpait sur le fond de l'air bleu. »

Ces scènes de première rencontre, qui provoquent une « dépossession de soi » (Julien Gracq) constituent en général le point de départ d'une intrigue qui se ramifiera de différentes façons selon que la jeune femme est consciente ou non de la séduction qu'elle exerce. Éduquée selon une morale stricte, la princesse de Clèves se tient à l'écart des galanteries de la Cour mais elle n'est pas naïve au point d'ignorer l'effet qu'elle a produit sur Monsieur de Nemours. Il lui faudra toutefois un certain nombre de chapitres pour nommer le sentiment qui la réjouit et la torture en même temps. À la différence de la princesse, Madame de Mortsauf et Madame Arnoux, quant à elles, ne semblent pas touchées en même temps que Félix de Vandenesse et Frédéric Moreau. L'intrigue de ces deux romans développera les réactions et tentatives des jeunes gens pour approcher les femmes aimées.

Cette idéalisation de la femme nourrit aussi les rêves de tristes héroïnes. Telle est l'image qui hante les pensées de Madame Bovary lorsqu'elle se remémore le bal à la Vaubyessard, lointain écho du bal orchestré par Madame de Lafayette. Quand Rodolphe viendra, elle pensera avoir trouvé le grand amour de ses lectures. Chez Flaubert, la passion absolue et réciproque n'est plus qu'échec et désillusion.

C. Le détournement de cette image

La séduction liée à la beauté de la femme est beaucoup plus complexe : la femme peut utiliser sa beauté comme une arme de domination. Ainsi, la duchesse de Valentinois exerce sur le roi un « empire si absolu que l'on peut dire qu'elle [est] maîtresse de sa personne et de l'État ». Madame de Chartres l'utilisera comme exemple pour mettre sa fille en garde contre les dangers de la Cour. De même, le prince de Clèves, afin d'ôter à sa femme ses illusions, racontera l'histoire de Madame de Tournon, femme vertueuse en apparence seulement, puisqu'elle a promis à Sancerre de l'épouser mais aussi à Monsieur d'Estouteville. Les différentes fenêtres que le roman ouvre sur la Cour éclairent un monde bien différent de l'idéal qui anime l'héroïne. La beauté et la séduction servent les intrigues galantes, comme celles que l'on connaît à Monsieur de Nemours.

Cette image d'une femme sciemment séductrice surgit dans de nombreux romans. Comme dans le roman de Madame de Lafayette, il peut s'agir d'un personnage secondaire en contrepoint d'une héroïne idéalisée. C'est le cas de Zerbine, à côté d'Isabelle, dans *Le Capitaine Fracasse [Exemple 1]* : Théophile Gautier nous la montre tentant de séduire le marquis de Bruyères. Mais, dans d'autres romans, ces femmes manipulatrices occupent le devant de la scène. Pierre Louÿs, dans *La Femme et le Pantin [Exemple 2]*, imagine une héroïne cruelle, Concha, qui, jouant l'ingénue, aguiche le narrateur pour mieux se refuser et accroître son désir. Elle disparaît plusieurs fois au cours du roman et à chaque fois elle retrouve son « pantin » plus épris que jamais. On retrouve une image similaire dans *La Duchesse de Langeais* de Balzac *[Exemple 3]* dont l'héroïne, avant de regretter son attitude cruelle et de se réfugier dans un couvent, s'amuse des souffrances du général de Montriveau. *[Autres exemples possibles :* Manon Lescaut *de l'abbé Prévost,* Les Liaisons dangereuses *de Laclos]*

[Transition] Ainsi, le roman de Madame de Lafayette, qu'il s'agisse de l'héroïne idéalisée ou de certains personnages secondaires, tend à montrer que les femmes dans le roman sont avant tout aimées ou amoureuses. Mais c'est aussi la relation entre le personnage féminin et la société dans laquelle elle évolue qu'interroge la romancière.

II. La femme dans/contre la société

Les figures féminines, quand elles ne sont pas le miroir de la société dans laquelle elles s'inscrivent, expriment, avec plus ou moins de succès, leur opposition.

A. La femme à l'image de la société dans laquelle elle vit

L'héroïne du roman de Madame de Lafayette ressemble aux femmes de la Cour, celle d'Henri II éclatante de « magnificence » et de « galanterie » mais aussi celle de Louis XIV que la romancière a fréquentée. Dans ce roman qui s'ouvre sur une longue évocation des habitudes de l'aristocratie parisienne, le lecteur comprend que l'auteur ambitionne, non pas de raconter des histoires de bergères comme dans les romans précieux en vogue mais de peindre la société telle qu'elle la fréquente dans les salons, le sien ou celui plus austère de l'Hôtel de Nevers. L'héroïne fictive côtoie des figures qui ont bien existé, la duchesse de Valentinois (Diane de Poitiers) par exemple, ou encore le duc de Nemours et le prince de Clèves. Le lecteur voit la princesse se préparer pour les bals, rendre visite à la reine Dauphine, recevoir dans son lit comme c'était l'usage. Il entend les confidences mondaines, celle de Sancerre ou du vidame de Chartres ; il découvre les différentes péripéties de la galanterie : le portrait dérobé par le duc de Nemours, la lettre perdue, retrouvée, réécrite...

Nombreux sont les romans du XIXe siècle qui, après celui de Madame de Lafayette, mettront en scène des personnages féminins emblématiques de leur milieu. Eugénie Grandet ne représente-t-elle pas le milieu étroit de la province tel que le voit Balzac tandis que les filles du père Goriot, Anastasie de Restaud et Delphine de Nucingen, sont deux figures de la bonne société parisienne sous la Restauration ? Emma Bovary chez Flaubert puis Jeanne Le Perthuis des Vauds chez Maupassant *[Une vie, 1883]* n'incarnent-elles pas respectivement la petite bourgeoisie et l'aristocratie de province dans la seconde moitié du XIXe siècle ? Chez Zola, de façon affichée, les personnages sont asservis au projet naturaliste* de représenter le réel. La beauté des femmes participe à l'évocation de leur condition sociale. Ainsi, dans *Germinal*, la peau blanche de Catherine, même si elle trouble Étienne, n'est pas celle de Madame de Clèves : elle indique avant tout la misère, la maladie et la souffrance des jeunes filles contraintes de travailler dans les mines. Mais quelle est la place de ces personnages féminins dans le monde que représentent les romanciers ?

B. La femme prisonnière de la société dans laquelle elle vit

Plus encore que leurs homologues masculins, les personnages féminins sont prisonniers des codes de la société dans laquelle ils évoluent. Il suffit de considérer le titre du roman de Madame de Lafayette comme d'ailleurs celui de Flaubert en 1857. En effet, les deux héroïnes, Mademoiselle de Chartres et Emma Rouault, n'y apparaissent que sous leur nom de femmes mariées. Leur identité et leur volonté (les femmes ne pourront gérer leurs biens qu'à partir de 1965), voire leur personnalité, s'effacent devant celles de leurs maris. Virginia Woolf donne de la même manière le titre de *Mrs Dalloway [roman anglais, paru en 1925]* à son roman qui relate la journée d'une femme de la bonne société londonienne.

De manière générale, les héroïnes de roman sont souvent des femmes mariées, de sorte que l'amour, parce qu'illégitime, devient une souffrance. Tel est le nœud tragique de *La Princesse de Clèves [Exemple 1] :* la jeune femme n'est pas libre de ses sentiments ; elle épouse sans amour l'homme que sa mère a choisi pour elle et elle luttera jusqu'à sa mort contre sa passion pour le duc de Nemours. On pourra reconnaître là aussi les souffrances de Madame de Mortsauf dans *Le Lys dans la vallée [Exemple 2]*, de Madame de Rênal dans *Le Rouge et le Noir [Exemple 3]* de Stendhal *[1830]* ou bien, cyniquement orchestrées par Valmont et La Merteuil, celles de la présidente de Tourvel dans *Les Liaisons dangereuses [Exemple 4]* de Laclos *[1782]*. On peut évoquer aussi *Anna Karénine [Exemple 5]* de Tolstoï *[roman*

Dissertation

russe publié en 1877]. Ce n'est sans doute pas un hasard d'ailleurs si un certain nombre de scènes de première rencontre se déroulent à l'occasion d'un bal : cet événement mondain par excellence installe autour de l'héroïne – belle et séduisante comme nous l'avons vu plus haut – les barreaux d'un regard social qui déterminera la progression de l'intrigue.

C. La femme opposée à la société dans laquelle elle vit

Les héroïnes ne sont pas toutes aussi passives que Jeanne dans *Une vie* de Maupassant. Dans *La Religieuse* *[Exemple 1]* de Diderot *[1796]*, la famille et la société semblent se liguer contre Suzanne Simonin. L'héroïne est enfermée contre son gré dans un couvent et la grille qui se referme lors de la cérémonie des vœux marque la victoire de la société sur l'individu. Mais *La Religieuse* est aussi l'histoire d'un combat pour la liberté : « Non, monsieur, non [...] je vous ai bien entendu, et je vous réponds que non... » clame Suzanne au religieux qui lui demande si elle veut entrer dans les ordres. Si certaines héroïnes comme Jeanne subissent leur sort en pleurant silencieusement ou sont emmurées vivantes dans une famille (Thérèse Desqueyroux *[Exemple 2]* étouffée en même temps que le scandale de son crime *[Mauriac, 1927]*), d'autres, comme Suzanne, Madame Forestier ou Madame de Marelle (*Bel-Ami*, 1885) *[Exemple 3]*, affirment leur liberté.

La princesse de Clèves, quant à elle, semble se plier docilement aux règles de la Cour, sans paraître remarquer qu'elles ne suivent pas les principes moraux prescrits par sa mère. Lorsque son mari lui demande de paraître dans les salons alors qu'elle s'applique à fuir le duc de Nemours, elle respecte sa décision. Mais sa docilité s'arrête là. En effet, alors que le roi et la reine eux-mêmes la poussent dans les bras de Nemours et que la galanterie est la norme, elle résiste et va même jusqu'à avouer sa passion à son mari. Cet aveu inédit montre sa volonté propre. Ayant compris que ses principes et sa soif d'absolu (une passion qui ne cesserait pas) n'ont pas leur place à la Cour, elle préfère renoncer au monde et au duc qu'elle pourrait pourtant légitimement épouser après la mort du prince.

[Transition] Ainsi, indépendamment de son image idéale et de son pouvoir de séduction, la femme, dans les romans, est un des vecteurs de la représentation du réel. Socialement soumise à l'homme pendant des siècles, elle constitue dans l'intrigue romanesque le point névralgique d'un affrontement entre une instance collective (un milieu, une famille suivant ou non la morale) et une conscience individuelle. Est-ce en cela que l'on peut parler de spécificité du personnage féminin dans le roman ?

III. La spécificité du personnage de roman féminin

Car enfin, dans la multitude et la variété des personnages romanesques, et notamment dans cette matrice littéraire qu'est *La Princesse de Clèves*, quelle place spécifique faut-il attribuer aux personnages féminins ?

A. Une image complexe, voire contradictoire

Femme idéale, inaccessible, douée d'un pouvoir de séduction capable de réduire l'homme à un « pantin » dépossédé de lui-même, femme victime de cette séduction même ou d'une société qui l'étouffe, il ressort de notre traversée des paysages romanesques que les images de la femme se croisent et se contredisent à la fois, y compris au sein même du roman de Madame de Lafayette. À côté de la princesse de Clèves, on rencontre en effet des femmes menant un double jeu telle Madame de Tournon et d'autres, comme la reine, capables d'accepter la maîtresse d'un époux : « la politique l'obligeait d'approcher cette duchesse de sa personne, afin d'en approcher aussi le roi. ». L'art de la dissimulation, que ces deux femmes maîtrisent parfaitement, contraste fortement avec la sincérité de la princesse envers son mari. De nombreux romans opposent ainsi les figures féminines pour leur donner plus de force et accroître la tension dramatique : la Présidente et La Merteuil dans *Les Liaisons dangereuses,* Henriette de Mortsauf et Lady Dudley dans *Le Lys dans la vallée*, Madame Walter et Madame de Marelle dans *Bel-Ami* *[Maupassant, 1885]*...

Et l'héroïne elle-même n'est-elle pas déchirée aussi par ces contradictions ? On retient de la princesse de Clèves son refus ferme de recevoir le duc de Nemours et même d'entendre parler de lui à la fin du roman mais il ne faut pas oublier la « joie pure » qu'elle éprouve lorsqu'elle réécrit avec lui la lettre rendue au vidame de Chartres. Les monologues intérieurs qui jalonnent le roman rendent compte des déchirements dont elle prend progressivement conscience : « je fais aujourd'hui tout le contraire de ce que je résolus hier ».

Ne serait-ce pas là justement que résiderait une des spécificités du personnage féminin ? Une spécificité littéraire fondée sur une réalité sociale : la femme doit être à la fois un objet de désir et, par le mariage, la garante d'une stabilité morale, sociale et familiale. La princesse de Clèves *[Exemple 1]* n'est-elle pas en effet, en même temps et de façon superlative, la femme pour laquelle le duc éprouve une passion qui le fait renoncer à la couronne d'Angleterre et celle qui défend, même au-delà de la mort, les engagements du mariage ? On le voit aussi avec *Madame Bovary*

Dissertation

[Exemple 2] qui, dans une tout autre tonalité, ajoute au roman de Madame de Lafayette le statut de mère : Emma, épouse de Charles et mère de la petite Berthe, se perçoit aussi comme l'objet romanesque de désirs illusoires (Rodolphe, Léon). Les romanciers affectionnent particulièrement ces héroïnes qui sont à la fois femmes, épouses et mères : Madame de Rênal (*Le Rouge et le Noir [Stendhal, 1830]*), Madame de Mortsauf (*Le Lys dans la vallée*), sur un mode détourné Madame Arnoux (*L'Éducation sentimentale [Flaubert, 1869]*), Anna Karénine... *[Exemples 3, 4, 5 et 6]* Dans ces nombreux romans de l'adultère, le personnage féminin, à la différence de ses homologues masculins, tire de son triple statut une force et un relief qui suffisent à polariser l'intrigue. Au cœur de ce déchirement complexe, la figure féminine se cherche une identité propre.

B. Une quête d'identité

Écartelée entre les attentes de la morale (représentée par Madame de Chartres), de la passion (celles du duc de Nemours le séducteur et de son contraire le prince de Clèves, mari fidèle) et de la Cour (les modèles de la duchesse de Valentinois, de Madame de Tournon...), l'héroïne de Madame de Lafayette est en quête d'une identité qui lui soit propre. Les différents monologues intérieurs manifestent cette volonté d'introspection et cette interrogation douloureuse : quand toutes les « résolutions sont inutiles » comment conquérir sa propre liberté, échapper à une passion que Madame de Lafayette, sans doute influencée par les jansénistes*, juge destructrice ? Pour répondre à cette question, la princesse de Clèves, écartant à la fois ses propres désirs, les attentes de la morale (son mari) et les tentations d'une société accommodante, emprunte le chemin difficile de la fidélité à soi-même. L'héroïne, qui n'a pas oublié le conseil maternel (« songez ce que vous vous devez à vous-même »), s'interroge à la fin du roman : « Veux-je me manquer à moi-même ? ». Cette exigence, qui dépasse les contradictions, affirme la liberté individuelle d'un personnage qui ne veut rien devoir ni à la société (elle quitte la Cour) ni à l'homme qu'elle aime et dont elle redoute les infidélités.

Rares sont les personnages féminins qui mèneront jusqu'au bout cette quête d'absolu : Eugénie Grandet *[Exemple 1]* sans doute, qui tout au long du roman reste fidèle à elle-même et libre de ses choix, malgré les contraintes et les déceptions, Fantine *[Exemple 2]* (*Les Misérables*) qui n'oubliera jamais sa fille, certaines héroïnes de Zola telles Denise dans *Au Bonheur des dames* ou Angélique mourant après un premier baiser dans *Le Rêve* *[Exemples 3 et 4]*. Mais, le plus souvent, cette quête, mise à mal par les illusions et les échecs, s'évanouit ou apparaît difficilement. Si Emma Bovary *[Exemple 5]* est une petite paysanne abusée par les romans lus au couvent, ses déboires ne manifestent-ils pas malgré tout une quête identitaire à la mesure d'un absolu que la médiocrité ambiante rend inaccessible ? D'ailleurs, lorsqu'elle se refuse au notaire à la fin du roman (« Je suis à plaindre mais pas à vendre ») et préfère mourir, elle manifeste clairement sa liberté. Comme la princesse de Clèves, elle ne veut pas se manquer à elle-même. Bien que prisonnières d'une société qui voudrait les réduire à des normes (plus qu'à une vraie morale), toutes deux partagent la même quête d'une identité propre : « je me trouve comme les autres femmes, étant si éloignée de leur ressembler », se dit Madame de Clèves. À ce titre, elles ne peuvent être totalement considérées comme des héroïnes tragiques puisqu'elles finissent par affirmer leur liberté.

Conclusion (Fiche 28)

Que le roman soit né dans une société médiévale qui se polissait en définissant un code amoureux et en sacralisant la femme, explique sans doute en partie la première image que nous avons de ces créatures de papier, héroïnes fatales, inaccessibles, femmes coupables d'user de leur charme, ou femmes victimes de leur beauté. Mais le roman tel que Madame de Lafayette l'inaugure prend son essor au cœur du réel. La princesse de Clèves, bien qu'idéalisée comme les héroïnes courtoises, suit et subit les codes de la Cour d'Henri II. Plus largement, nous rencontrons dans les romans des figures féminines que la société étouffe, des épouses et des mères qui souffrent, des femmes qui se débattent, prisonnières de leur statut, de leur éducation, et aussi de l'image véhiculée par les romans eux-mêmes… Quoi qu'il en soit, plusieurs siècles après le roman courtois, l'image de la femme est plurielle ; à l'intérieur d'un même roman comme *La Princesse de Clèves*, ou dans un univers romanesque intertextuel *[commun à plusieurs romans]*, les portraits se croisent, s'opposent, se font écho.

Et, à ces images entre lesquelles les personnages féminins recherchent à tâtons leur singularité et leur liberté, nous ajoutons notre subjectivité et notre propre quête de lecteur… ou de lectrice.

SUJET 20

4 heures

Le Rouge et le Noir

Œuvre : *Le Rouge et le Noir*, Stendhal
Parcours : Le personnage de roman, esthétiques et valeurs

Le personnage de roman, dans la diversité de ses esthétiques et de ses valeurs, se construit-il exclusivement par son rapport à la réalité ?
Vous répondrez à cette question dans un développement organisé en vous appuyant sur votre connaissance du roman *Le Rouge et le Noir* de Stendhal, sur les textes étudiés en classe et vos lectures personnelles.

Travait préparatoire

Fiches p. 287
15 18 à 20 23 à 25
Fiche œuvre 8

La lecture du sujet

Le type de sujet (Voir p. 126)
Deux thèses contradictoires (oui et non) répondent à la question posée ; le sujet appelle donc un plan dialectique.

Une bonne compréhension du sujet (Fiche 15)
La question reprend d'abord les termes « esthétiques » et « valeurs » que vous avez examinés en classe en étudiant le parcours associé. Si les « valeurs » font appel à ce que défend ou simplement représente le personnage, le terme « esthétiques » renvoie à la place du héros dans l'économie du roman et dans l'histoire littéraire mais aussi à sa création par le romancier.

Ce dernier point ouvre un horizon de réflexion auquel vous conduira aussi l'examen critique de la construction pronominale « se construit ». En quoi peut-on dire que le personnage « se construit » ? Et si l'on dit qu'il « est construit », qui est à l'œuvre ? L'auteur bien entendu mais aussi le lecteur.

La méthode

Les grandes lignes du plan (Fiches 18 et 20)

Comme pour tout plan dialectique, les perspectives des deux premiers axes se lisent dans la question elle-même : le personnage de roman, dans la diversité de ses esthétiques et de ses valeurs, se construit / ne se construit pas par son rapport à la réalité. En retirant l'adverbe « exclusivement » qui déclenche la réflexion, vous pourrez enchaîner de façon cohérente les deux premières parties. Pour dépasser le débat, examinez la notion de construction.

Les arguments et les exemples (Fiches 23 et 24)

Appuyez-vous sur les exemples qui vous viennent à l'esprit pour dégager les arguments et pensez à comparer les personnages de Stendhal avec les autres héros que vous connaissez.
Chaque sous-partie présente un argument illustré par des exemples. Méfiez-vous de ne pas énumérer un trop grand nombre d'exemples. Le roman de Stendhal doit garder la première place et, pour ce qui est des autres titres, privilégiez les exemples précis et significatifs, quitte à renoncer à certaines références.

Le plan

I. Le personnage de roman se construit comme un « miroir » de la réalité [Thèse]

II. Le personnage de roman se construit au cœur de l'imaginaire [Antithèse]

III. Le personnage ne *se* construit pas, il *est* construit : il n'est qu'une fiction produite par le lecteur et le romancier [Synthèse]

Corrigé : devoir rédigé

*Les **textes en bleu** apparaissant dans ce corrigé, titres et conseils entre crochets, ne doivent pas figurer dans votre devoir. Nous les avons insérés pour vous guider et vous aider à repérer la progression de la dissertation.*

Introduction (Fiche 27)

Quand on s'interroge sur le roman, on en vient rapidement à le présenter, avec Stendhal, comme « un miroir que l'on promène le long d'un chemin », autrement dit comme un reflet de la réalité. Est-ce à dire que le personnage de roman, dans la diversité de ses esthétiques et de ses valeurs, se construit exclusivement par son rapport à la réalité ? Est-ce notamment ainsi que s'élaborent Julien Sorel et les personnages du *Rouge et le Noir* ? Simple procédé ou finalité du genre romanesque, l'illusion réaliste nous invite à répondre « oui » à cette question et nous verrons en quoi, en effet, le personnage de roman se façonne au contact de la réalité. *[1re partie]* Mais en rester là serait oublier que tout roman est « songe » comme l'écrit Julien Gracq et que ses personnages s'abreuvent aussi aux sources de l'imaginaire. *[2e partie]* Nous serons finalement amenés à constater que le personnage est une fiction, fruit de l'imagination du romancier et du lecteur : il ne *se* construit pas lui-même, mais il *est* construit par le romancier et par le lecteur. *[3e partie]*

I. Le personnage de roman se construit comme un « miroir » de la réalité

Le personnage de roman se construit et se nourrit de toutes les réalités historique, sociale et psychologique auxquelles il est confronté.

A. Une réalité historique

Ce sont le plus souvent les événements historiques qui constituent le décor dans lequel chemine le personnage de roman. Un lien intime se tisse alors entre la construction du personnage et la situation historique dans laquelle il évolue. Notons à cet égard que le sous-titre du *Rouge et le Noir* n'est autre que *Chronique du XIXe siècle* ou *Chronique de 1830*. Le choix de ce sous-titre indique que les événements historiques de la France sous la Restauration dessinent nécessairement le personnage de Julien Sorel, éclairent ses valeurs et définissent son esthétique. L'admiration pour les exploits napoléoniens, à l'image de ce qu'éprouve l'auteur lui-même, modèle en effet, dès le début du roman, un personnage principal avide de rêves et d'ambitions. Il s'imagine un avenir semblable au destin de Bonaparte qui, « pauvre encore avait été aimé de la brillante Madame de Beauharnais » : la rencontre de Madame de Rênal se nourrit de ces rêves de jeunesse tandis que l'ambition sociale du héros se calque sur celui qui a su devenir « le maître du monde avec son épée », c'est-à-dire avec son seul mérite personnel. Au fil du roman, Stendhal glisse quelques allusions à l'actualité pour renforcer cet ancrage dans la vérité historique : une allusion à *Hernani* *[II, 10]* ou au ballet *Manon Lescaut* *[II, 28]*, tous deux représentés en 1830.

Les cadres historiques des romans semblent ainsi conditionner le portrait des personnages principaux. C'est le cas par exemple du *Colonel Chabert*, ce récit de Balzac qui met en scène un héros de la bataille d'Eylau rejeté par une société de la Restauration sans idéal. Mais on peut quitter l'épopée napoléonienne, sa légende et ses valeurs, pour mentionner les romans de chevalerie de Chrétien de Troyes, notamment *Lancelot ou le chevalier à la charrette* : le contexte médiéval ancre l'intrigue, aussi imaginaire soit-elle, au cœur des pratiques féodales, ce qui détermine fondamentalement les relations entre les différents personnages. C'est effectivement bien dans le contexte historique de la chevalerie du haut Moyen Âge que Lancelot se construit en vassal par rapport à son suzerain Arthur et à sa suzeraine Guenièvre.

[Transition] Néanmoins, remarquons que la réalité à l'image de laquelle les héros se façonnent est davantage sociale qu'historique.

B. Une réalité sociale

Ce sont en effet les clivages sociaux de la réalité qui nourrissent les personnages de roman. Leur position sociale les définit, conditionne leurs gestes, crée – et parfois détruit – leurs élans.

Sans entreprendre de longues descriptions du milieu comme le fera Balzac, Stendhal pose au début du *Rouge et le Noir* un cadre social dont les détails significatifs constituent le titre des premiers chapitres : « Une petite ville », « Un maire ». Le roman s'ouvre sur la confrontation de deux hommes incarnant les deux milieux sociaux entre lesquels, le héros, Julien Sorel, s'apprête à évoluer : d'une part Monsieur de Rênal, un aristocrate, symbole de l'autorité financière et politique, et d'autre part le père Sorel, vieux paysan bourru et illettré. Le parcours du personnage, avant que le dénouement n'ouvre de nouvelles perspectives, est une ascension sociale qui prend forme et valeur de revanche. Le changement de nom nourrit l'imaginaire de Julien : Monsieur de la Vernaye ne serait-il pas « le fils naturel de quelque grand seigneur exilé [...] par le terrible Napoléon » ? Le fils du charpentier de Verrières est à Paris un dandy qui a oublié jusqu'à son amour de l'Empereur.

De manière générale, la réalité sociale motive les luttes et les renoncements de nombreux personnages romanesques. Les intrigues racontent, chacune à leur manière, la confrontation d'un individu avec la société dans laquelle il évolue. Après Eugène de Rastignac *[Exemple 1]* qui défie Paris à la fin du *Père Goriot* *[Balzac, 1835]* (« À nous deux maintenant ! » lance-t-il), c'est au cœur du réalisme social de la fin du XIXe siècle, que Georges Duroy, jeune arriviste sans scrupule, rejoint les hautes sphères de la presse à scandale dans le roman de Maupassant, *Bel-Ami* *[Exemple 2]* de 1885. Comme Julien Sorel, le héros change son nom et devient Georges du Roy ; son histoire s'achève par un mariage tel celui que le héros de Stendhal avait imaginé. Dans *Une vie* *[1883]*, Maupassant *[Exemple 3]*, se souvenant sans doute de *Madame Bovary* *[Flaubert, 1857]* choisit plutôt de montrer une héroïne, prisonnière et victime de son milieu. Chez Zola *[Exemples 4 et 5]*, l'emprise de la société sur le destin de Gervaise *[L'Assommoir, 1876]* ou de sa fille Nana *[Nana, 1880]* est l'enjeu même d'une démonstration à caractère scientifique : le naturalisme entend mettre en lumière ce déterminisme social aussi important que l'hérédité.

[Transition] Mais ce qui fait la spécificité des héros de romans, outre cet ancrage social, tient aussi à leurs traits de caractère complexes manifestant un certain réalisme psychologique.

C. Une réalité psychologique

Le lecteur d'un roman a l'impression que le personnage dont il suit les aventures a l'épaisseur d'une véritable personne. Ses actions semblent en effet découler de tel ou tel trait de son caractère.

Cette impression d'une réalité psychologique apparaît nettement dans *Le Rouge et le Noir* au tournant du roman, lorsque Julien tire sur Madame de Rênal dans l'église de Verrières. En se plaçant dans l'optique du « meurtrier », le narrateur éclaire un personnage qui se laisse submerger par ses émotions au point d'agir de manière presque irrationnelle. En effet, ce coup de théâtre, qui ruine l'ambition sociale du héros et a parfois été perçu de ce fait comme un dénouement peu vraisemblable, obéit à la logique intime de l'amour-propre blessé. Celui qui, selon ce qu'écrit Madame de Rênal, « a cherché à se faire un état et à devenir quelque chose », ne peut supporter ce portrait et redevient le jeune homme animé d'une profonde haine sociale : « Je meurs après avoir soldé mon compte envers l'humanité ». Ce réalisme psychologique préside à l'écriture même du roman et notamment au traitement du temps. Le récit, bien qu'à la troisième personne, est écrit au rythme des émotions de Julien. Le chapitre 6, par exemple, rapporte simplement la première rencontre du « petit paysan » « aux yeux si doux » avec Madame de Rênal alors que le chapitre 7 se déroule sur plusieurs mois.

Stendhal nous montre que le roman est souvent l'occasion pour le romancier et le lecteur de sonder le labyrinthe de la psychologie humaine, parfois dans ses recoins les plus sombres. C'est ainsi que l'on peut comprendre l'intensité d'un roman tel que *Les Liaisons dangereuses*. Le choix de la forme épistolaire par Laclos permet en effet de faire entendre la voix des personnages afin de mieux exposer leur pensée retorse. C'est avec une lucidité presque scientifique que la marquise de Merteuil explique dans sa lettre LXXXI son apprentissage du machiavélisme*. Le lecteur est d'autant plus terrifié par le personnage que la psychologie de la marquise lui semble réaliste.

[Transition] Pourtant, on ne saurait ignorer la part d'extravagance romanesque et d'imaginaire fabuleux qui est propre au personnage de roman.

II. Le personnage de roman se construit au cœur de l'imaginaire

Le roman, depuis ses racines épiques*, se nourrit sans cesse de fictions, de rêves, d'exploits extraordinaires et semble se définir avant tout par son caractère imaginaire, voire invraisemblable.

A. Le personnage de roman sort de l'ordinaire et revendique son exception

Héritier direct de l'épopée antique et des chansons de geste médiévales, le personnage romanesque se construit depuis toujours au sein d'un univers fictif, exceptionnel et prodigieux. Aussi le protagoniste est-il appelé à rêver, à se surpasser et à transgresser la banalité d'un quotidien prosaïque auquel le lecteur cherche sans doute à échapper. N'est-ce pas le cas de la jeune et romanesque Mathilde de La Mole qui espère avec ardeur rencontrer un homme d'exception avec qui vivre une histoire d'amour passionnée ? Elle cherche à voir en Julien cet « homme supérieur » parmi tant de prétendants trop ordinaires, à qui elle puisse écrire avec audace des lettres enflammées. Et si le crime de Julien puis son refus d'être aidé par les deux femmes qui l'aiment paraissent invraisemblables, sans doute doit-on voir là, plus qu'un réalisme psychologique, un retour à l'héroïsme romantique : « Laissez-moi ma vie idéale » dit le héros dans sa prison et Stendhal d'ajouter à la toute fin du roman : « Jamais cette tête n'avait été aussi poétique qu'au moment où elle allait tomber ».

De façon plus large, la poursuite des rêves et des idéaux occupe en effet une place majeure dans le parcours des personnages romanesques. Cette nécessité pour le héros de roman de se surpasser lui-même apparaît notamment au XVIIe siècle dans *Les Aventures de Télémaque* de Fénelon *[Exemple 1]*. Ce roman didactique raconte en effet le périple extraordinaire du fils d'Ulysse affrontant et surmontant les épreuves avec son précepteur Mentor. Le roman d'aventures, selon Alexandre Dumas ou Théophile Gautier *[Exemples 2 et 3]* dans *Le Capitaine Fracasse*, met en scène un héros qui accomplit des exploits et renoue avec la veine héroïque des épopées antiques. Plus profonds que le comte de Monte-Cristo ou le baron de Sigognac, les héros qui, tels les personnages de *La Condition humaine* *[Malraux, 1933]* ou de *La Peste* *[Camus, 1947]*, sont en quête d'un sens à donner à leur vie, cherchent également à se dépasser *[Exemples 4 et 5]*. Pensons à la célèbre scène au cours de laquelle Katow [La Condition humaine] se sacrifie en donnant sa dose de cyanure.

[Transition] Le personnage qui se construit au fil d'un itinéraire hors du commun est digne des grandes figures héroïques.

B. Le personnage de roman s'inspire des grandes figures héroïques découvertes dans ses lectures

On ne peut oublier que le héros est à l'origine, dans l'épopée antique, un demi-dieu. Ainsi, le héros de roman se doit de se construire comme un être hors du commun, dans la lignée des grands modèles épiques, ce qui le pousse à s'arracher au quotidien. Dans ces conditions, ce sont souvent des critères esthétiques hérités d'une culture nourrie d'héroïsme qui président à son élaboration. Dans *Le Rouge et le Noir*, Julien est un grand lecteur de romans et de livres d'aventures, ce qui lui vaut d'être rudoyé et méprisé par son père. Fasciné par la figure de Napoléon, il dévore le *Mémorial de Sainte-Hélène*. Il se passionne par ailleurs pour *Les Confessions* de Rousseau, « le seul livre à l'aide duquel son imagination se figurât le monde ».

De nombreux personnages de roman sont, comme Julien, déterminés par les modèles héroïques découverts dans leurs lectures. Par exemple, Don Quichotte *[Exemple 1]*, le personnage éponyme imaginé par Cervantès au XVIIe siècle, est un lecteur forcené des récits de chevalerie. Pensons aussi à Madame Bovary *[Exemple 2]* qui tente de se tracer un destin à la mesure des héroïnes qu'elle a fréquentées dans les livres. Plus récemment, l'écrivain japonais Haruki Murakami *[Exemple 3]* éclaire le mécanisme de la création romanesque à partir des modèles anciens en écrivant *1Q84* qui rappelle *1984*. Dans ce roman, l'héroïne Aonamé lit Tchekov puis Proust.

[Transition] On en déduit que, non seulement le personnage se construit par rapport à son propre imaginaire, mais qu'il appartient aussi à un imaginaire qui le dépasse : l'esthétique globale du roman.

C. Le personnage de roman participe à un univers esthétique particulier

Il convient d'appréhender le personnage de roman dans son rapport avec le vaste édifice – « la cathédrale » dirait Marcel Proust – auquel il appartient : décors, lieux, objets, et costumes.

En 1885, dans *Germinal* *[Exemple 1]* de Zola, Étienne Lantier, émerge du décor d'une plaine glacée de Montsou, se met en route et achève son voyage en se fondant à nouveau dans le paysage, printanier cette fois, sur le chemin de Vandame à Paris : le personnage paraît s'être construit, non pas dans un miroir du quotidien au service du réalisme, mais dans un décor fictif au service de la narration. On peut percevoir cela nettement dans *Le Rouge et le Noir* *[Exemple 2]* grâce à toutes les épigraphes qui marquent le début de chaque chapitre : chacune de ces petites citations soigneusement choisies crée un effet d'annonce concernant les agissements à venir du personnage et oriente donc ses actions. Dans les romans policiers, les héros se construisent en fonction des nécessités de l'intrigue et souvent comme par jeu. Par exemple, la polysémie* de « la recluse » (araignée ou femme enfermée) chez Fred Vargas (*La Recluse*, 2017) *[Exemple 3]* donne naissance au personnage de l'assassin.

[Transition] Ainsi, le personnage de roman se construit-il autant en lien avec l'imaginaire qu'en reflétant la réalité. Mais examinons à présent la façon, non pas dont il *se* construit lui-même, mais dont il *est* construit par deux instances qui lui sont extérieures : le romancier d'une part et le lecteur d'autre part.

III. Le personnage ne se construit pas, il est construit : il n'est qu'une fiction produite par le lecteur et le romancier

Ce serait une illusion de croire que le personnage romanesque est capable de se construire seul. Il est une pure création de l'auteur et tire sa vitalité du plaisir du lecteur.

A. L'auteur se projette dans son personnage

Tous les personnages sont les produits de l'imagination de leur auteur. Le romancier est un créateur de personnages fictifs sur lesquels il projette ses émotions présentes, ses expériences passées, ses espérances et ses angoisses futures.

Comment vivre après Napoléon ? Il semble que ce soit pour répondre à cette question que Stendhal se met à façonner le personnage principal du *Rouge et le Noir*. Henri Beyle *[véritable nom de Stendhal]* est effectivement hanté depuis sa plus jeune enfance par cette figure historique, disparue au moment de la rédaction du roman. Comme Julien, il a lui aussi rêvé de gloire et de passion pour se retrouver finalement à fréquenter les salons parisiens. C'est avec pour devise ces mots de Danton « La vérité, l'âpre vérité » qu'il peint dans sa chronique un tableau cruel de la France sous la Restauration. À la fin du roman, l'on peut voir en Julien Sorel, jeune ambitieux vaincu au milieu d'une société de privilégiés, la projection de la révolte amère du romancier.

On attribue à Flaubert la phrase « Madame Bovary, c'est moi. » : l'auteur se reconnaîtrait dans une héroïne dont, pourtant, il se moque. Cette identification de l'auteur à son personnage s'explique et se comprend par le simple fait qu'Emma Bovary n'est que le pur produit de l'imagination du romancier. Au XXe siècle, les romans de Marguerite Duras, *Un barrage contre le Pacifique* ou *L'Amant* ne cachent pas la ressemblance entre les héroïnes et leur auteur. Marcel Proust dans *À la recherche du temps perdu*, avait déjà imaginé un personnage-narrateur prénommé Marcel comme lui ; conscient de se projeter dans ce héros, il était avant tout soucieux de souligner la différence fondamentale entre une personne mortelle, prisonnière des aléas du réel et un personnage, fruit d'une création échappant aux ravages du temps.

Cette possible projection des convictions ou des déceptions de l'auteur sur le personnage peut parfois éclairer le lecteur.

B. La contribution du lecteur à la fiction romanesque

Notre plaisir de lecteur consiste à donner vie aux personnages, à participer activement à leur création en nous les représentant, en les imaginant et plus simplement, en suivant attentivement leur itinéraire romanesque. « Le lecteur peut être considéré comme le personnage principal du roman, à égalité avec l'auteur, sans lui, rien ne se fait. » écrivait Elsa Triolet *[romancière, 1896-1970]*. C'est par exemple ce phénomène de lecture active et participative qui entretient ce qu'on appelle « le mystère » de *Manon Lescaut*. Le roman de l'Abbé Prévost repose en effet sur une véritable énigme qui entoure le personnage principal dont on ne sait finalement que très peu de choses. Aussi le lecteur est-il sans cesse invité avec le narrateur interne (en l'occurrence, le chevalier Des Grieux) à construire – en essayant en vain de le cerner – le personnage de Manon. C'est ce mystère, rencontré au cours de la lecture, qui constitue le personnage comme un fantasme – ici, le fantasme de la femme fatale.

Le goût de la lecture est également nourri par le plaisir de reconnaître, dans le roman, nos préoccupations, nos rêves et nos émotions incarnés par les personnages. Dans *Le Rouge et le Noir*, lorsque Madame de Rênal aperçoit pour la première fois Julien à la porte de son jardin, c'est bien le lecteur qui anticipe la romance et prête aux deux personnages des émotions, des sentiments et des intentions amoureuses alors même que ces derniers ne viennent que de faire connaissance.

[Transition] Notre plaisir de lecture réside ainsi dans cette anticipation, cette tension, et participe nécessairement à la construction du personnage de roman.

C. Les personnages ne sont jamais que des « êtres de papier » (Roland Barthes)

La construction du héros par le romancier en amont et par son lecteur en aval nous montre bien que les personnages ne sont jamais que des figures dépourvues de toute consistance réelle. Le critique littéraire Roland Barthes *[1915-1980]* définissait les personnages de roman comme des « êtres de papier », pures fictions sans réalité tangible. C'est précisément ce qui se manifeste chez les Nouveaux Romanciers comme Alain Robbe-Grillet : dans *La Jalousie*, en nommant simplement son héroïne A, le romancier déchire le voile de l'illusion réaliste et vide le personnage de toute substance. Déjà Diderot, dans l'incipit de *Jacques le Fataliste* rappelait « qu'il est facile de faire des contes » et que ses personnages n'étaient que des marionnettes entre ses mains.

Cette absence de psychologie peut être envisagée dans tout type de roman dès lors que l'on aborde le personnage comme une création de l'auteur, comme une forme qui ne prend vie que momentanément lors de l'instant de lecture. Aussi peut-on envisager les personnages du roman de Stendhal – Julien Sorel, Mathilde de la Môle, Madame de Rênal – comme ces fameux « êtres de papier » auxquels le lecteur donnerait un souffle lors de sa lecture. Les fameuses intrusions d'auteur, qui expriment le jugement de Stendhal sur ses personnages, contribuent sans doute à l'illusion réaliste mais elles installent surtout un dialogue entre le romancier et son lecteur, un peu à la manière de Diderot dans *Jacques le Fataliste*. Le héros, sur le mode esthétique comme sur celui des valeurs, naît de cet échange, de cette collaboration entre les deux instances que sont l'auteur et son lecteur.

Conclusion (Fiche 28)

Ainsi, le personnage de roman – notamment dans les romans réalistes tel *Le Rouge et le Noir* – se fait miroir de la réalité, se construisant, en conséquence, par rapport à elle. *[Bilan de la 1re partie]* Il appartient pourtant, depuis son origine, à un univers fabuleux, idéalisé. Aussi est-il sans cesse appelé à s'échapper des frontières de la réalité, à accéder à ses rêves et à se constituer grâce à l'accomplissement d'actions exceptionnelles ou la découverte de sentiments hors du commun. *[Bilan de la 2e partie]* Finalement, qu'il soit un miroir de la réalité ou une vision de l'imaginaire, que l'on évoque sa place dans l'équilibre esthétique de l'œuvre ou les valeurs qu'il incarne, le personnage de roman, est toujours une fiction co-construite par l'auteur et son lecteur, capable de dire à la fois une vérité de la réalité et les fantasmes, rêves et fantaisies des hommes. *[Bilan de la 3e partie]* En effet, comme l'écrit Marcel Proust dans *Le Temps retrouvé*, « chaque lecteur est, quand il lit, le propre lecteur de soi-même. »

SUJET 21

4 heures

Mémoires d'Hadrien

Œuvre : *Mémoires d'Hadrien*, Marguerite Yourcenar
Parcours : Soi-même comme un autre

Dans quelle mesure écrire un récit de vie permet-il de se découvrir soi-même ?

Vous répondrez dans un développement organisé en vous appuyant sur votre connaissance des *Mémoires d'Hadrien* de Marguerite Yourcenar, sur les textes étudiés en classe et vos lectures personnelles.

Travail préparatoire

Fiches p. 287
15 17 18 21 23 à 25
Fiche œuvre 9

La lecture du sujet

Le type de sujet (Voir p. 126)

L'expression « Dans quelle mesure » oriente votre réflexion vers une démarche analytique. Mais cette locution interrogative n'est pas le synonyme exact de « En quoi » et vous pouvez envisager de mettre en question la proposition du sujet dans une troisième partie ou dans la conclusion.

La question (Fiche 15)

Examinez de près les mots et cernez ce qu'ils signifient. Que recouvre le groupe nominal « récit de vie » ? Vous avez dû réfléchir au genre des *Mémoires d'Hadrien* et vous comprenez que cette formulation est suffisamment large pour englober toutes les formes de récits centrés sur un personnage (autobiographie, biographie, roman). Interrogez-vous sur « se découvrir soi-même » : parvient-on vraiment à se définir ou s'agit-il seulement d'une quête ? dans quel but ? qui est ce « soi-même » ? Ne rejoint-il pas les autres ?

Le parcours (Fiche 17)

La question posée ne met pas en relation « soi-même » et « un autre », l'expression du parcours n'apparaissant que dans les consignes méthodologiques, mais tirez parti des réflexions conduites en classe ; elles vous permettront d'approfondir la découverte de soi-même au centre du sujet.

La méthode

Les arguments et les exemples (Fiches 23 à 25)

Notez les passages des *Mémoires* sur lesquels vous pouvez vous appuyer et pensez aux *Carnets de notes* qui vous aident à cerner les enjeux de l'œuvre.

Puisez les autres exemples dans des genres variés : autobiographie, autofiction, journaux intimes, biographies, romans...

Le plan (Fiches 18 et 21)

La troisième partie, justifiée par la locution « Dans quelle mesure » aborde la question sous un angle différent sans remettre en cause ce qui a été développé.

I. Le récit de sa propre vie permet de se découvrir soi-même
II. Le récit d'une autre vie que la sienne permet également de se découvrir soi-même
III. Le récit de vie littéraire est écrit par un « autre moi » et permet, plus qu'une découverte, une création de soi

Corrigé : plan détaillé

Les ***textes en bleu*** *apparaissant dans ce corrigé, titres et conseils entre crochets, ne doivent pas figurer dans votre devoir. Nous les avons insérés pour vous guider et vous aider à repérer la progression de la dissertation.*

Introduction rédigée (Fiche 27)

En écrivant ses mémoires, l'empereur Hadrien, tel que Marguerite Yourcenar l'imagine, dresse le bilan de sa vie afin d'aborder sa mort imminente « les yeux ouverts ». Ajustées et réunies après l'écriture de cette autobiographie/biographie particulière, les notes qui suivent le récit laissent entendre que la quête d'Hadrien a été aussi celle de l'auteur. De manière générale, écrire un récit de vie permet-il de se découvrir soi-même ? Après avoir montré comment la démarche autobiographique mène à la connaissance de soi pour mieux appréhender le présent, nous verrons que la biographie et la fiction ouvrent des perspectives similaires. Mais l'enjeu des récits de vie, plus que la découverte de soi, ne serait-il pas plutôt une création qui est aussi découverte d'un « autre moi » ? *[Allusion à une célèbre formule de Marcel Proust citée en III. B.]*

I. Le récit de sa propre vie permet de se découvrir soi-même

A. L'écriture permet un retour sur soi

[Argument] Les différentes formes de l'écriture de soi permettent de **se découvrir**, de se souvenir de ce que l'on a été mais aussi d'**analyser ce que l'on a vécu et ce que l'on est**. Le **journal intime** dissèque les événements et les sentiments au fil des jours ; l'**autobiographie** mêle récit du passé et analyse au présent ; les **mémoires** éclairent un « je » lié, comme témoin ou acteur, à l'Histoire.

[Mémoires d'Hadrien] Hadrien n'est pas le véritable auteur des *Mémoires* (le texte a dû exister mais a été perdu), mais sa **démarche, telle que Marguerite Yourcenar l'a imaginée est exemplaire**. L'érudition de l'auteur et les mises au point qu'elle présente dans ses *Carnets* garantissent la vérité historique.

Le récit est centré sur Hadrien : le genre épistolaire s'efface progressivement et cède la place à une démarche d'introspection où le « je » prend toute sa place. La perception du temps est subjective (lenteur des débuts dans une seconde partie qui comprend huit chapitres, temps mesuré en saisons plus qu'en années : « J'ai ma chronologie bien à moi »).

Le projet consiste à se connaître avant de mourir : « j'ai formé le projet de te raconter ma vie », « me définir, me juger », « me mieux connaître avant de mourir ». Il s'agit de se connaître jusque dans la mort : « Tâchons d'entrer dans la mort les yeux ouverts ». Cette expression qui clôt les *Mémoires* résume l'attitude d'Hadrien tout au long de son œuvre.

[Autres exemples] Rousseau dans ***Les Confessions*** *[1789]* revendique la sincérité : « Je veux montrer à mes semblables un homme dans toute la vérité de la nature ». Cette vérité/sincérité, qui entraîne des aveux difficiles

(le vol du ruban) fonde le « pacte autobiographique » qui se noue entre l'autobiographe et son lecteur selon Philippe Lejeune *[Le pacte autobiographique, 1975]*.
Dans les ***Mémoires d'outre-tombe*** *[1849]* de Chateaubriand, le retour sur soi éclaire une période de l'Histoire : « J'ai mis ma main dans le siècle ».

B. Le récit de sa propre vie est une quête de soi

[Argument] « Soi-même » n'est pas nettement cerné avant que ne commence l'écriture et cette dernière devient l'instrument d'une **quête identitaire**.
[Mémoires d'Hadrien] **Hadrien tire des événements passés des réflexions générales qui le concernent toujours** : dans « *Tellus Stabilita* », il se présente comme un bâtisseur, se dit « responsable de la beauté du monde » et exprime une lucidité tirée de l'expérience : « Je doute que toute la philosophie du monde parvienne à supprimer l'esclavage ». Il exprime sa quête métaphysique, sa « curiosité des choses du ciel » et ses réflexions sur la mort, objet d'une « contemplation constante » et sur l'« immortalité », dernier mot de la partie.
Dans une tout autre perspective, **on peut considérer les *Carnets de notes* comme une quête autobiographique** : plus que des notes prises au fil de l'écriture, il s'agit d'un retour sur la genèse des *Mémoires* après leur écriture, « un essai autobiographique sur la composition d'Hadrien » (Marguerite Yourcenar dans une lettre).
[Autres exemples] Le récit ***Enfance*** *[1983]* de Nathalie Sarraute prend la forme d'un dialogue pour mieux exprimer cette quête de soi par l'écriture. Lorsque la narratrice rapporte un événement, une seconde voix l'invite à aller plus loin : « Crois-tu vraiment ? », « Fais un effort ».
W ou le souvenir d'enfance *[1975]* de George Perec est lui aussi une quête de soi d'autant plus difficile qu'au départ l'auteur, dont les parents ont été victimes de la Shoah, dit « Je n'ai pas de souvenir d'enfance ».
La trilogie autobiographique de Marguerite Yourcenar ***Le Labyrinthe du monde*** a nécessité de nombreuses recherches sur ses ancêtres : « des informations tirées de bouts de lettres », des démarches « dans les mairies ou chez les notaires » (*Souvenirs pieux,* 1974, incipit).

C. Le récit de sa propre vie permet de mieux aborder le présent

[Argument] La distance qu'introduit le récit rétrospectif permet de dominer son passé pour mieux se comprendre dans le présent.

[Mémoires d'Hadrien] Hadrien écrit ses mémoires pour comprendre ce qu'il est et **affronter la maladie et la mort**. Alors qu'il se présente comme un nomade et un conquérant, un homme qui a lutté contre la mort d'Antinoüs en l'embaumant, en lui bâtissant un sanctuaire et une ville, il se replie, s'immobilise dans sa Villa, accepte la maladie : « J'acceptais d'être cet homme las ». En dominant le passé, il peut affronter la mort « les yeux ouverts ».

Les *Carnets de notes* permettent à Marguerite Yourcenar de se libérer des Mémoires pour aborder d'autres projets : « Ce que j'étais capable de dire a été dit ; ce que je pouvais apprendre a été appris. Occupons-nous pour un temps d'autres travaux. »

[Autres exemples] ***Les Confessions*** de Rousseau sont une quête de soi mais sont aussi destinées à justifier l'auteur devant ses ennemis : il s'agit bien de donner au présent une assise solide.

Dans ***Un pedigree*** *[2005]*, Patrick Modiano égraine les faits bruts des vingt premières années de sa vie pour les évacuer et aborder, en se sentant « plus léger », des temps meilleurs.

Les récits écrits par les survivants de la Shoah ont aussi cette fonction : ***Histoire d'une vie*** d'Aharon Appelfeld (1999), ***La Nuit*** d'Elie Wiesel (1955) qui répond à un devoir de mémoire.

Dans ***L'Écriture ou la vie*** (1994), Jorge Semprun témoigne sur l'expérience concentrationnaire et nous dit, dans son titre même, que l'écriture de la mort peut seule permettre de vivre.

II. Le récit d'une autre vie que la sienne permet également de se découvrir soi-même

[Les sous-parties A. et C. ne pouvant évoquer les Mémoires d'Hadrien*, seront plus resserrées.]*

A. Écrire une autofiction ouvre une voie vers la connaissance de soi

[Argument] Plutôt que de s'analyser dans un récit rétrospectif* fidèle ou sincère, **certains auteurs empruntent de façon affichée la fiction pour parler d'eux-mêmes**. La quête de soi par ce biais se poursuit souvent sur plusieurs récits.

[Exemples] Dans ***W ou le souvenir d'enfance*** (1975), c'est la contre-utopie de W (un camp sportif évoquant les camps de concentration) qui permet d'approcher l'enfance de George Perec, enfant juif caché durant la guerre.

Marguerite Duras dans ***Un barrage contre le Pacifique*** (1950), ***L'Amant*** (1984) et ***L'Amant de la Chine du Nord*** (1991), met en scène une héroïne qui lui ressemble : « L'histoire de votre vie, de ma vie, elles n'existent pas [...]. Le roman de ma vie, de nos vies, oui, mais pas l'histoire. C'est dans la reprise des temps par l'imaginaire que le souffle est rendu à la vie ».
Amélie Nothomb, dans ***Stupeur et tremblements*** (1999), aborde avec humour un sentiment d'exil qu'elle a connu au Japon.
Éric Fottorino avec son roman ***Korsakov*** (2004) part en quête de son enfance et de son identité. Il poursuit la quête avec ***17 ans*** (2018).

B. Écrire une biographie amène à s'interroger sur soi

[Argument] Pour écrire une biographie, il faut effectuer de nombreuses recherches qui amènent à **s'interroger sur les émotions, les sentiments, la façon de voir le monde de la personne que l'on étudie et donc sur ses propres émotions, sentiments et pensées**.
Le choix d'une personne plutôt qu'une autre révèle des affinités avec l'auteur.
[Mémoires d'Hadrien] Marguerite Yourcenar écrit la vie de l'empereur Hadrien après avoir effectué de très nombreuses recherches (cf. « Note » à la fin du *Carnet de notes*) qui ont été l'occasion pour elle de s'interroger (cf. le *Carnet*). On a pu noter des ressemblances entre Hadrien et sa biographe : érudition, goût pour les arts, fascination pour la Grèce, homosexualité et vie « hors les murs ». Mais l'auteur a rejeté cette démarche (« Grossièreté de ceux qui vous disent "Hadrien, c'est vous" ») et ce sont plutôt des valeurs que l'empereur partage avec Marguerite Yourcenar : respect des autres, des animaux, de la nature en général, rigueur et sens de la justice, liberté.
[Autres exemples] Marguerite Yourcenar, dans la trilogie du ***Labyrinthe du monde***, associe biographie et autobiographie : *Souvenirs pieux* (1974) évoque la branche maternelle et *Archives du Nord* (1977) le côté paternel ; à la fin du second volume, l'auteur n'a que six mois alors que l'incipit du premier tome affiche un projet autobiographique. Parler des autres, c'est une façon de parler de soi.
Anne et Claire Berest en rapportant la vie de Gabriële (***Gabriële***, 2017), la femme du peintre Francis Picabia, s'interrogent sur l'influence des choix de leur arrière-grand-mère sur leur vie à elles deux.
Le livre ***Dans le faisceau des vivants*** de Valérie Zanetti (2019) est à la fois la quête d'une enfance, celle d'Aharon Appelfeld dont elle a traduit la plupart des livres et un désir de se comprendre elle-même.

C. Écrire un roman centré sur la vie d'un personnage fictif permet de se découvrir soi-même

[Argument] Le romancier qui imagine et fait vivre un personnage se donne ainsi l'occasion de mieux se connaître. Il apprend à cerner l'environnement dans lequel il a vécu ; il découvre les subtilités des sentiments et des relations humaines du personnage qu'il a créé, même si celui-ci est différent de lui.
[Exemples] Quand il évoque la jeunesse de Katerina (***Katerina***, 1989) une simple paysanne ukrainienne, domestique chrétienne chez des juifs, à la veille de la Seconde Guerre mondiale, Aharon Appelfeld aborde avec délicatesse l'horreur de la shoah dont il a été l'un des survivants.
Les romanciers du XIXe siècle développent l'analyse psychologique de leurs personnages et peuvent ainsi éclairer leur propre personnalité. En réfléchissant à ce que représente l'argent pour les deux pères opposés que sont Félix Grandet et le Père Goriot (***Eugénie Grandet*** en 1833, ***Le Père Goriot*** en 1834), Balzac peut s'interroger sur son propre rapport à l'argent.

III. Le récit de vie littéraire est écrit par un « autre moi » et permet, plus qu'une découverte, une création de soi

A. Écrire un récit de vie permet d'échapper au temps, de forger un « soi-même » éternel

[Argument] Les différentes formes de l'écriture de soi permettent de faire revivre les souvenirs et d'échapper à l'effacement dû au passage du temps.
[Mémoires d'Hadrien] Hadrien autobiographe rassemble ses souvenirs et détaille chacune de ses réalisations. **Le procédé de l'énumération**, récurrent dans les *Mémoires* (monuments et villes édifiées, statues d'Antinoüs, lieux aimés...), rend compte de ce **souci d'exhaustivité**. Dans « *Disciplina Augusta* », on voit l'empereur examiner les vers qu'il a écrits et s'interroger sur leur postérité : « Un jour quelqu'un aurait peut-être envie de lire tout cela ».
[Autres exemples] Le dernier volume de ***À la recherche du temps perdu*** de Marcel Proust s'intitule *Le Temps retrouvé* (posthume 1927). Alors que la mémoire involontaire (notamment l'épisode de la madeleine qui fait surgir « Combray et tous ses environs ») reste fragile et aléatoire, l'écriture permet d'échapper au temps destructeur.

B. Écrire un récit de vie permet se créer « soi-même » comme « un autre »

[Argument] Pour répondre à Sainte-Beuve, qui pensait expliquer une œuvre par la vie de son auteur, Proust écrit : « un livre est le produit d'un autre moi que celui que nous manifestons dans nos habitudes, dans la société,

dans nos vices. Ce moi-là, si nous voulons essayer de le comprendre, c'est au fond de nous-mêmes, en essayant de le recréer en nous, que nous pouvons y parvenir ». Écrire un récit de vie permet de se comprendre *[Parties I et II]* mais il s'agit surtout **d'atteindre « un autre moi » plus profond qui est le fruit, non pas des aléas de notre hérédité et de notre histoire, mais de notre volonté créatrice**.
[Mémoires d'Hadrien] Considérant **ses poèmes**, l'empereur se demande s'il doit retenir les vers obscènes ; il les garde finalement même s'il eût « préféré que les [s]iens fussent autre chose, l'image exacte d'une vérité nue ». Le choix d'un poème plutôt qu'un autre, d'une information plutôt qu'une autre dans l'autobiographie, dessine cet « autre moi ».
Dans **les premières pages des *Mémoires*** : « Quand je considère ma vie, je suis épouvanté de la trouver informe », « matériaux divers entassés pêle-mêle » dont les « granits de l'inévitable » et « les éboulements du hasard » : la composition des *Mémoires* devient un moyen de donner forme à l'existence. Mais ce « je », sous une plume littéraire (les nombreuses métaphores, notamment) est devenu un autre : « les poètes nous transportent dans un monde plus vaste ou plus beau, plus ardent ou plus doux que celui qui nous est donné ».
[Autres exemples] Rousseau dans ses ***Confessions*** avoue prendre des libertés par rapport aux faits pour pallier les défaillances de sa mémoire. Mais sans doute s'agit-il aussi de se présenter sous un jour meilleur, de se créer un « autre moi ». Le déséquilibre des adjectifs dans la première page de l'œuvre est significatif : « bon, généreux, sublime » et « misérable et vil ».
Proust imagine des personnages et des lieux qui ressemblent à ceux qui ont existé (un narrateur malade prénommé Marcel, la mère, la grand-mère, Illiers devenu Combray et Cabourg rebaptisé Balbec...) mais, à la différence des auteurs d'autofiction, il ne met pas en avant les points communs et souligne plutôt la création romanesque de cet « autre moi ».

C. Écrire un récit de vie permet de toucher une humanité universelle

[Argument] Les personnes/personnages analysés dans les récits de vie présentent des traits partagés et, en écrivant leur histoire, **les auteurs éclairent notre nature humaine profonde**.

[Mémoires d'Hadrien] Si on a pu remarquer que Marguerite Yourcenar et Hadrien avaient des points communs, c'est avant tout parce qu'ils ont pour dénominateur **les fondements positifs de la nature humaine**. Dans les *Carnets* : « Je me suis plu à faire et à refaire ce portrait d'un homme presque sage », « Tout être qui a vécu l'aventure humaine est moi ».

Le choix de cet empereur tient notamment à **une période historique dans laquelle l'homme est libre donc vraiment lui-même**. Marguerite Yourcenar cite une lettre de Flaubert : « Les dieux n'étant plus et le christ n'étant pas encore, il y a eu de Cicéron à Marc-Aurèle, un moment unique où l'homme seul a été. »

[Autres exemples] Les récits de vie permettent d'analyser dans leurs moindres recoins les sentiments tels que la jalousie : ***La Princesse de Clèves*** de Madame de Lafayette, ***Pierre et Jean*** de Maupassant, ***À la recherche du temps perdu*** de Proust.

En imaginant ***Madame Bovary***, Flaubert analyse les aspirations humaines confrontées à la réalité. Il faut entendre le célèbre « Madame Bovary, c'est moi. » comme une expression de cette universalité de la nature humaine. En 1902, Jules de Gaulthier utilise le mot « bovarysme » pour désigner une « faculté départie à l'homme de se concevoir autrement qu'il n'est » et le sentiment d'impuissance qui en résulte.

Conclusion rédigée (Fiche 28)

Écrire le récit d'une vie, qu'il s'agisse de la sienne, de celle d'un autre qui a vraiment existé ou même de celle d'un personnage de papier, est sans aucun doute un chemin vers la découverte de soi. Ce qui est une évidence pour l'autobiographe effectuant des recherches, rassemblant et ordonnant ses souvenirs est vrai également pour le biographe et le romancier qui s'interrogent sur les émotions, les sentiments, les ressorts de la personne ou du personnage mis en scène. Nous avons vu que les frontières entre ces genres conventionnels sont poreuses : le romancier imagine des personnages qui lui ressemblent, le biographe s'intéresse à une figure avec laquelle il a des affinités et l'autobiographe n'hésite pas à recourir au détour de la fiction. Les *Mémoires d'Hadrien* témoignent de cette hybridité : autobiographie à la fois historique et fictive, biographie à la première personne, reconstitution « minutieuse et libre », « roman » puisqu'aujourd'hui « on est à peu près forcé d'en passer par lui »... Mais la découverte de soi est aussi une création de soi, une façon « de rejointoyer les fragments de verre brisé », pour s'inscrire dans l'éternité d'une nature humaine que le lecteur partage et que le style de l'écrivain parvient à faire vibrer.

SUJET 22 BAC 2021
France métropolitaine

4 heures

Le Malade imaginaire

Œuvre : *Le Malade imaginaire*, Molière
Parcours : Spectacle et comédie

La comédie *Le Malade imaginaire* est-elle un spectacle de pure fantaisie ?
Vous répondrez à cette question dans un développement organisé en vous appuyant sur la pièce de Molière, sur les textes que vous avez étudiés dans le cadre du parcours associé et sur votre culture personnelle.

Travail préparatoire

Fiches p. 287
14 15 18 à 20
23 à 25
Fiche œuvre 10

La lecture du sujet

La composition du sujet en deux étapes

La question, posée de façon directe et simple, quasi abrupte, constitue le premier alinéa. Elle ajoute aux termes « spectacle » et « comédie » figurant dans l'intitulé du parcours, l'expression « pure fantaisie » qui sera au cœur de votre analyse.

Vient enfin la consigne qui rappelle la nécessité de bâtir un plan rigoureux (« développement organisé ») puis définit le champ des exemples : l'œuvre au programme, les textes étudiés dans le cadre du parcours, les lectures personnelles.

Une bonne compréhension de la question (Fiche 15)

La question est une interrogation totale (oui/non) qui appelle un plan dialectique. Vous devrez montrer dans un premier temps en quoi *Le Malade imaginaire* est un « spectacle de pure fantaisie ». Puis, il vous faudra envisager les autres enjeux de la comédie : elle a aussi une fonction satirique. Enfin, sans reprendre ni la première ni la deuxième partie, vous pourrez explorer une troisième voie en vous appuyant sur les circonstances particulières de la pièce. Cette ultime comédie fantaisiste ne serait-elle pas le testament de Molière ?

La méthode

L'examen minutieux du sujet (Fiches 18, 20)

Commencez par identifier le type de sujet et le type de plan. Notez les deux premiers axes directeurs en vous efforçant de gommer la contradiction. Reprenez les termes du sujet dans la formulation de vos perspectives puis approfondissez les mots importants : comédie, spectacle, fantaisie. Que signifient-ils ? Quels exemples, quelles idées vous viennent à l'esprit ? Les comédies de Molière ressemblent-elles toutes au *Malade imaginaire* ?

La recherche des arguments et des exemples (Fiches 23, 24 et 25)

Intéressez-vous au **spectacle** : dressez la liste des comédies que vous connaissez en évoquant les mises en scène que vous avez pu découvrir. En pensant au *Malade imaginaire*, cherchez en quoi le texte théâtral lui-même est destiné à devenir spectacle.

Examinez la **fantaisie** : en quoi et pourquoi Molière s'affranchit-il des codes, privilégie-t-il la légèreté et l'imagination ?

Demandez-vous quels peuvent être les autres enjeux de la comédie : représentation de la société, satire, réflexion sur l'homme....

Le plan dialectique

I. La comédie *Le Malade imaginaire* est un spectacle de pure fantaisie

II. La fantaisie a toutefois une fonction satirique

III. Cette fantaisie est surtout à comprendre comme le testament du dramaturge

Corrigé : devoir rédigé

Les textes en bleu apparaissant dans ce corrigé ne doivent pas figurer dans votre devoir.

Les conseils du professeur

Introduction

Des *Fâcheux* en 1661 au *Malade imaginaire* en 1673 en passant par *Le Bourgeois Gentilhomme* en 1670, Molière, associé à Lully puis à Marc-Antoine Charpentier, a composé une quinzaine de comédies-ballets qui illustrent sa conception du théâtre comme spectacle. « Les comédies ne sont faites que pour être jouées », note-t-il d'ailleurs dans la préface de *L'Amour médecin* (1665). Le spectacle auquel pense le dramaturge est sans doute davantage une fantaisie divertissante qu'une œuvre exemplaire. Cependant, en écrivant en vers *Le Tartuffe* ou *Le Misanthrope*, Molière a souhaité égaler la tragédie, donner à son théâtre une dimension littéraire ambitieuse. Il est donc légitime de s'interroger sur les enjeux de sa dernière pièce. Est-elle vraiment, comme on pourrait le penser en premier lieu, un simple spectacle de pure fantaisie ?

Amorce du sujet (Fiche 27).

Présentation du problème du sujet.

Après avoir savouré la dimension spectaculaire et légère du *Malade imaginaire*, nous analyserons le sérieux de ses enjeux critiques et, situant cette comédie-testament dans son contexte particulier, nous nous intéresserons à la riche signification de cette fantaisie pure.

Annonce des trois parties du plan.

Sautez deux lignes après l'introduction.

I. La comédie *Le Malade imaginaire* est un spectacle de pure fantaisie

Un texte qui ne prend sa force et son sens que mis en scène, des invraisemblances qui écartent la pièce de la réalité, une esthétique de l'apparition (*phantasia*) et de la surprise : *Le Malade imaginaire* semble en effet être un spectacle de pure fantaisie.

Introduction de la première partie : ses trois sous-parties et son enjeu.

A. La dimension spectaculaire essentielle dans la comédie

Une sous-partie peut être formée de plusieurs paragraphes.

Tout dans le théâtre montre l'importance de la représentation : le changement d'actes permet de renouveler les chandelles, la longueur du texte est ajustée à la durée de la représentation. Mais, alors que l'auteur d'une tragédie s'inscrit pour la postérité en ciselant ses alexandrins, les auteurs de comédie, parce qu'ils privilégient le spectacle, semblent moins attachés à leurs écrits. Pour Molière, en inconditionnel de la *commedia dell'arte*, le texte abouti n'est pas une priorité. On ne dispose d'ailleurs d'aucun manuscrit original de ses pièces. La comédie s'écrit en même temps qu'elle se joue, ce dont témoigne les « etc. » et le « Galimatias » de la scène 3 du *Médecin volant*. Le texte du *Mariage de Figaro* (1784) n'a-t-il pas été lui aussi peaufiné au fil des répétitions ?

Le mot « spectacle » définit d'autant mieux la dernière pièce de Molière que les chants et les ballets s'ajoutent au texte. Au lever de rideau, Flore célèbre, au milieu du corps de ballet des bergers, les « vastes exploits » de Louis XIV : *Le Malade imaginaire* est un spectacle total offert au roi Soleil, protecteur de Molière.

La locution « de même que » permet de relier les arguments présentés (spectacle des ballets, mise en spectacle du texte).

De même que les musiques et les ballets sont lettres mortes sans le spectacle, les didascalies perdent tout relief sans la représentation. La scène avec Louison manque de saveur si l'on ne visualise pas les indications de l'auteur : « Louison se jette à genoux », « Il met son doigt à son oreille. » Et que dire des « Ah ! » de Toinette dans la scène 2 de l'acte I et des « Ah, ah, ah, ah » de Zerbinette dans *Les Fourberies de Scapin* (III, 3) ? La lecture ne donne rien : écoutons la première crier et la seconde rire. À la différence du monologue tragique lu avec émotion, le long discours d'Argan dans la première scène décourage rapidement le lecteur. L'entrecroisement des paroles rapportées, les fastidieuses énumérations d'actes médicaux repoussants, les comptes sans fin, ne prennent sens que durant le spectacle. De la même manière, on ne saurait apprécier le double rôle de Toinette dans le dernier acte sans la voir vêtue tantôt en médecin tantôt en servante. Le jeu du « médecin volant », à la fois faux docteur et faux jumeau, est quasi incompréhensible à la lecture alors que, mis en scène par Dario Fo pour la Comédie-française, il déchaîne les rires. Et le rythme fou qui achève la « folle journée » de Figaro ne nous touche que mis en mouvement sur la scène.

Pensez à diversifier les exemples pour éclairer votre analyse du *Malade imaginaire* (Fiches 24 et 25).

Rappelons que le mot théâtre est issu d'un verbe grec signifiant « contempler ». Décors, costumes et travestissements, rires et chants : le spectacle est un gène dominant dans la comédie.

B. Le spectacle de la comédie offre un monde à l'écart du réel

À la différence de la tragédie qui met en scène des personnages connus, le spectacle que nous offre la comédie semble ouvrir, au cœur du quotidien, une pure parenthèse. Alors que le spectateur de *Phèdre* ou *Bérénice* se voit déchiré par la catharsis*, celui qui assiste à une comédie prend ses distances avec la réalité grâce au rire et au fait que les personnages ne sont pas crédibles. « Ne diriez-vous pas que c'est effectivement Toinette ? », « Si je ne les voyais tous deux, je croirais que ce n'est qu'un », dit Argan dans les scènes 8 et 9 de l'acte III: la naïveté du prétendu malade qui ne comprend pas que le médecin miraculeux est en fait sa servante vaut la sottise de Thomas Diafoirus commençant devant Angélique le compliment destiné à Béline. Au cœur du *Malade imaginaire*, la longue scène 5 du deuxième acte est à elle seule un chef-d'œuvre comique qui multiplie les invraisemblances. L'écart entre la scène et le réel est creusé par les apartés d'Angélique (« s'il est aussi bon médecin qu'il est bon orateur, il y aura plaisir à être de ses malades ») et par l'éloge que Monsieur Diafoirus fait lui-même de son fils qui n'a « jamais eu l'imagination bien vive » et qui, à neuf ans, « ne connaissait pas encore ses lettres ».

La reprise des mots « spectacle » et « comédie » assure la transition.

Soulignez les titres (en italique ici) dans votre devoir manuscrit.

Cet écart qui fait de l'espace scénique comique un monde à part prend souvent la forme d'une inversion des rôles. La servante refuse d'obéir à son maître en feignant

Approfondissement de l'argument.

s'être cognée à un volet (I, 2). Elle prend la place du médecin et parle avec autorité (III, 10) : « Le poumon ! » Elle usurpe aussi le rôle du père de famille : « Quand un maître ne songe pas à ce qu'il fait, une servante bien sensée est en droit de le redresser. » (I, 5) Pendant ce temps, Argan, dans son fauteuil de malade, n'adopte-t-il pas le comportement d'un petit enfant ?

En s'affranchissant de la réalité, le spectacle de la comédie s'ouvre aux richesses de la fantaisie.

C. La fantaisie au cœur de la comédie

En effet, ce qui caractérise la comédie, c'est cet abandon des règles qui autorise la surprise, la fantaisie. Le mot lui-même, issu du terme grec *phantasia* signifiant « apparition », désigne cette surprise légère et réjouissante. Rien dans la réalité ne nous invite à penser que la servante pourrait exercer la médecine ni que le patient puisse devenir médecin lui-même. Quant à Monsieur Purgon, on ne pouvait deviner qu'il prononcerait des imprécations contre son malade : « je veux qu'avant quatre jours vous deveniez dans un état incurable ». Les maladies énumérées deviennent alors les termes magiques d'une malédiction qui tire sa force comique de l'assonance en -i pour finir sur une condamnation sans appel : « Et de l'hydropisie dans la privation de la vie où vous aura conduit votre folie ».

La première phrase du paragraphe présente l'analyse qui va être développée.

Mémorisez les citations qui pourront étayer votre argumentation (Fiche 26).

La fantaisie et l'esthétique de l'apparition, de la surprise, autorisent tous les possibles. Toinette « quitte son habit de médecin si promptement » qu'Argan admet l'idée qu'il y a bien deux personnes distinctes. On assiste à une scène identique dans *Le Médecin volant* ; le faux médecin, Sganarelle, prétend avoir un jumeau. « Faites-moi la grâce de le faire paraître avec vous, et de l'embrasser devant moi à la fenêtre », lui demande Gorgibus qui finit par en déduire l'existence de deux frères : « ne les voilà pas tous deux ? ». Prolongeant cette veine comique de l'apparition, Beaumarchais met aussi en scène un personnage « volant », Chérubin. Sans heurter totalement la vraisemblance, l'impossible semble se produire : le

L'étymologie du mot « fantaisie » est le fil conducteur du paragraphe.

Le Mariage de Figaro (1784) de Beaumarchais.

Dissertation

jeune homme apparaît et disparaît. Au XXe siècle, Ionesco repousse encore les frontières de la vraisemblance pour nous offrir le spectacle d'un homme devenant rhinocéros. Et que dire de *La Cantatrice chauve* dans laquelle la logique et le langage lui-même se fissurent sous les assauts irrésistibles de la pure fantaisie.

Rhinocéros (1959) et *La Cantatrice chauve* (1950) sont deux pièces d'Eugène Ionesco.

[Transition] Ainsi, *Le Malade imaginaire*, et plus généralement la comédie, accordent une place essentielle au spectacle et, s'écartant du réel, laissent la fantaisie s'emparer de l'espace scénique. Cette libération réjouissante des possibles n'exclut pas d'autres enjeux.

Sautez deux lignes entre la première et la deuxième partie.

II. La fantaisie a toutefois une fonction satirique

« *Castigat ridendo mores* », la devise empruntée par Molière résume la fonction satirique de la comédie. Puisant dans la réalité, le spectacle de pure fantaisie dénonce les comportements. Il propose également une réflexion sur les impostures et les abus de pouvoir.

Enjeu de la partie.

Présentation des trois sous-parties.

A. La comédie prend en compte les réalités sociales, familiales et psychologiques

L'invraisemblance des personnages et de l'intrigue n'empêchent pas la comédie de puiser son inspiration dans la réalité. *Le Malade imaginaire*, selon l'usage, se déroule dans la *domus*, au sein d'une famille. De Louison à Argan, différents âges sont représentés. Différents statuts sociaux aussi : le maître de maison, les médecins et Toinette la servante. L'intrigue conventionnelle du mariage forcé montre les tensions dans l'espace clos de la famille. Le père ne songe qu'à satisfaire ses caprices et ne se soucie pas du bonheur de sa fille. La pièce s'enrichit d'une intrigue secondaire, celle de la nouvelle épouse qui cherche à détourner la fortune de son mari. *Le Bourgeois gentilhomme* brodait un motif secondaire similaire, celui de Dorante, noble désargenté vivant aux dépens de Monsieur Jourdain. Qu'ils figurent au premier plan ou bien restent en retrait, ces motifs nous donnent une image claire des réalités sociale et familiale.

Le dramaturge déploie au grand jour la toile intime des relations familiales et choisit d'éclairer plus particulièrement un personnage dont la psychologie lui semble problématique. Il accentue alors sa monomanie pour souligner son inadaptation sociale : on rit d'Argan et de ses « vingt lavements » de même qu'on a ri d'Harpagon préparant sa réception ou, dans *La Marmite* de Plaute, d'Euclion se lamentant sur son or perdu. Imiter pour révéler n'est pas le seul enjeu de la comédie : elle entreprend aussi de corriger.

Harpagon est le personnage principal de *L'Avare* (1668) de Molière. La pièce s'inspire de *La Marmite* (vers 194 av. J..C) de Plaute.

Transition.

B. Le spectacle de pure fantaisie vise à corriger les comportements

Molière critique l'égoïsme et l'hypocondrie d'Argan, les manœuvres de Béline, l'ignorance des médecins, l'emprise de l'argent sur les esprits… Dans *Le Tartuffe*, *Dom Juan* et *Le Misanthrope*, il dénonce l'hypocrisie. *Les Précieuses ridicules* et *Les Femmes savantes* se moquent des prétentions féminines mais, dans *L'École des femmes*, Molière critique pourtant l'obscurantisme et une éducation qui maintient les filles dans l'ignorance. Les médecins sont souvent mis en cause et l'autorité abusive des pères presque toujours.

Le spectacle et la fantaisie jouent un rôle dans ces multiples dénonciations. La légèreté, les jeux de surprise qui obtiennent l'adhésion du public amènent à s'approprier la critique. Le rire creuse un fossé qui, en mettant les défauts à distance, permet de mieux les éclairer. Le spectateur que le titre de la pièce suffit à informer trouve ridicule l'obsession d'Argan même s'il peut parfois être tenté de le prendre en pitié.

Dans *Les Précieuses ridicules*, son premier succès, Molière, par un jeu de théâtre dans le théâtre, met en scène le processus même de cette correction par la comédie. Deux jeunes gens éconduits par deux prétentieuses demandent à leurs valets de jouer le rôle de courtisans devant ces demoiselles pour démasquer leur vanité. Marivaux reprendra le procédé dans *L'Île des esclaves* en confiant au personnage de Trivelin le

Approfondissement de l'argument.

soin de l'expliciter. Les serviteurs Cléanthis et Arlequin, promus maîtres sur cette île où les conditions sociales sont inversées, offrent à leurs patrons respectifs un spectacle destiné à les corriger : « Souvenez-vous en prenant son nom [celui de son maître], mon cher ami, qu'on vous le donne bien moins pour réjouir votre vanité que pour le corriger de son orgueil », explique Trivelin à Arlequin.

C. La fantaisie permet une réflexion sur l'imposture et les abus de pouvoir

Dans *Le Malade imaginaire*, l'orgueil n'est pas la principale cible. C'est plutôt, comme dans *Le Tartuffe*, l'imposture qui entraîne les abus de pouvoir. À sa manière Argan est un imposteur tout comme les médecins et Béline. Il se fait passer pour un malade et se prend à ce jeu qui le place au centre de la famille. Les médecins prétendent détenir un savoir alors qu'ils sont incompétents. Béline fait semblant d'être une épouse soucieuse du bien-être de son « pauvre petit-fils », incapable de lui survivre : « La vie ne me sera plus de rien ». Mais sa précipitation la démasque aux yeux des spectateurs : « Ne me parlez point de bien je vous prie. Ah ! de combien sont les deux billets ? ». Sa réaction lorsqu'elle apprend qu'Argan est mort révèle sa lucidité à la différence de son mari qui, comme le Bourgeois gentilhomme, restera jusqu'au baisser du rideau le jouet de son illusion. La position des médecins vis-à-vis de leur mensonge est plus ambiguë. Dans la scène 5 de l'acte II, l'éloge que Monsieur Diafoirus fait de son fils semble une stratégie pour le marier à Angélique. Mais dans la scène 3 du dernier acte, Béralde reconnaît que Monsieur Purgon croit sincèrement aux vertus des remèdes qu'il prescrit.

> Reprise du mot « orgueil » pour assurer la transition entre les deux sous-parties.

> Il s'agit ici du personnage et non de la pièce ; on ne le met pas en italique.

Le principal danger de l'imposture est l'abus de pouvoir sur lequel elle débouche. Béline et les médecins exercent une emprise puissante sur Argan qui lui-même tient entre ses mains le destin d'Angélique. La fantaisie légère de la comédie est brodée sur une toile sombre qu'elle contribue à révéler. « Parce que vous êtes un grand seigneur, vous vous croyez un grand génie ! » : lorsque Figaro, dans la pièce de Beaumarchais, prononce son monologue il démasque le comte Almaviva et dénonce le pouvoir qu'il exerce abusivement sur sa maison. Si cette comédie a été interdite durant plusieurs années à la fin du XVIIIe siècle, c'est parce que les arabesques fantaisistes de la « folle journée » mettent en relief les mensonges et les abus de la société.

Le titre exact de la comédie de Beaumarchais est *La folle Journée* ou *le Mariage de Figaro*.

[Transition] La fantaisie de la comédie nous écarte de la réalité pour mieux la révéler et démasquer ses travers. La pièce ne perd pas pour autant de sa légèreté. Reste à nous interroger sur le sens que les circonstances donnent à la fantaisie dans cette ultime comédie.

III. Cette fantaisie est surtout à comprendre comme le testament du dramaturge

Résonnant particulièrement au cœur des circonstances de sa création, *Le Malade imaginaire* fait figure de testament en nous apportant les réflexions du dramaturge sur le théâtre et sur la vie.

Présentation de l'axe d'étude et de ses sous-parties.

A. La fantaisie est une réponse aux circonstances

Après avoir été admiré et protégé par Louis XIV lui-même, Molière connaît à la fin de sa vie des années plus difficiles dont *Le Malade imaginaire* se fait l'écho. La différence d'âge entre Argan, centré sur sa santé, et Béline, sa jeune épouse pleine de projets, rappelle Molière et Armande Béjart de vingt ans sa cadette. La trahison de Béline peut évoquer aussi celle de Lully, le musicien avec qui le dramaturge a composé *Le Bourgeois gentilhomme* et qui, préféré par Louis XIV, lui tourne le dos. Car, même si la fortune de Molière est faite, il s'agit toujours de plaire au roi : « Louis offre à vos chansons la plus belle des matières », chante Flore lors du ballet champêtre qui ouvre la pièce. Quant au thème de la médecine, récurrent chez l'auteur, il résonne ici particulièrement car Molière, qui incarne l'hypocondriaque est, lui, gravement malade. La pièce semble d'ailleurs composée pour limiter ses déplacements sur les planches.

De façon plus large, *Le Malade imaginaire* semble répondre à ces circonstances difficiles. À la trahison, l'âge, la maladie, Molière oppose l'amour, la jeunesse, le rire. Dans la joie d'une cérémonie qui dépasse toutes les espérances d'Argan, le dénouement exprime le triomphe de l'amour vrai sur les mensonges et les abus de pouvoir. Laissant de côté, pour son ultime œuvre, les codes littéraires des « grandes comédies », Molière fait le choix de la pure fantaisie et exprime ainsi sa conception du théâtre.

Le Tartuffe, Le Misanthrope, Les Femmes savantes sont, comme les tragédies, des pièce[s] en vers et en cinq acte[s]

B. La fantaisie est au cœur d'une réflexion sur le théâtre…

Le titre de la pièce est lui-même un indice : l'« imaginaire » vient en tête. Certes il s'agit de caractériser Argan, mais, en juxtaposant souffrance (« malade ») et fantaisie (« imaginaire »), Molière ne nous livre-t-il pas sa conception du théâtre ?

Le spectacle de la comédie, au-delà de sa simple fonction satirique, conduit tout d'abord à réfléchir sur les pouvoirs de l'illusion et la quête nécessaire de la vérité. Et c'est en étant lui-même une image (*phantasia*), une imposture, que le théâtre peut démonter devant les spectateurs les mécanismes et le pouvoir de l'illusion. « Qu'un gueux qui, quand il vint, n'avait pas de souliers, / Et dont l'habit entier valait bien six deniers » se fasse passer pour « un homme de bien », un « dévot personnage » : tel est le nœud du *Tartuffe* que Molière s'applique à dévoiler. Pour faire éclater la vérité et arracher Orgon aux fausses images de sainteté associées à son invité, Elmire n'aura d'autre chemin que celui de la comédie : en donnant à son mari le spectacle d'une femme qui cède aux avances du dévot, elle le libère de l'illusion. De même, en contrefaisant le mort, Argan démasque Béline et découvre la sincérité des sentiments d'Angélique. Quant aux promesses des médecins, « il en est comme de ces beaux songes qui ne vous laissent au réveil que le déplaisir de les avoir crus. » D'ailleurs, pour dissiper les songes d'Argan et lui montrer que ses « grands médecins » sont « les plus ignorants des hommes », Béralde envisage d'emmener son frère voir « sur ce chapitre quelqu'une des comédies de Molière ».

Utilisez le signe / quan[d] vous citez des vers. N'hésitez pas à citer a[...] des expressions brève[s] que vous mémorisere[z] facilement.

Soignez l'insertion des citations dans votre analyse (voir Fiche 11).

La fantaisie a en effet une vertu curative comme le laissait entendre Rabelais dans l'avis aux lecteurs de *Gargantua* : « Voyant le deuil qui vous mine et consume : / Mieux est de rire que de larmes écrire ». De même que le ballet qui conclut *Le Bourgeois gentilhomme* n'a pas détrompé Monsieur Jourdain, le spectacle final du *Malade imaginaire* n'arrache pas Argan à ses illusions mais elle le rend heureux. Et peu importe au fond, nous dit Béralde, porte-parole de Molière : « ce n'est pas tant le jouer que de s'accommoder à ses fantaisies. [...] Le carnaval autorise cela. » La fantaisie du ballet des médecins réjouit Argan et réconcilie les personnages, laissant filtrer une réflexion sur la vie elle-même.

Transition

C. ...et sur la vie

Danser et chanter même si l'on se berce d'illusions, assister, voire participer, à des comédies, boire son vin pur, « manger du bon gros bœuf, du bon gros porc, de bon fromage de Hollande » : serait-ce la leçon finale du *Malade imaginaire* ? Molière déploie sous nos yeux, dans l'esprit du carnaval qui « autorise cela », un univers aussi varié que débordant : la sombre réalité de la maladie côtoie la féérie des bergers et la fantaisie associée à Polichinelle. La leçon de la pièce s'apparenterait à un *carpe diem* si le thème de la mort, très présent au XVIIe siècle, n'y était pas aussi fortement marqué. Son lexique traverse la pièce : on la feint (Louison et Argan), on spécule sur ses avantages (Béline), on s'en afflige (Angélique), on s'en inquiète (Argan). Elle conclut le monologue introductif : « ah, mon Dieu ! ils me laisseront ici mourir ». Molière, faisant parler Béralde, nous rappelle la fragilité de notre existence. À la question d'Argan « Que faire donc quand on est malade ? », il répond « Rien, mon frère ». La nature peut seule « se tir[er] doucement du désordre où elle est tombée » et personne n'est en mesure de l'aider « par de certaines choses » : Molière parle de médecine peut-être aussi de religion. Et, pour souligner davantage notre médiocrité, Molière, de façon plus sombre que dans *Le Tartuffe*, laisse son personnage naïf dans l'erreur jusqu'à la fin.

Allusion au ballet d'ouverture et au premier intermède.

Carpe diem : cueille le jour.

Nous avons vu que la fantaisie de la comédie avait une vertu curative. Elle constitue même une réponse à la mort en s'en moquant, en affirmant jusqu'au bout la joie de la vie. Dans la scène 3 du troisième acte, Argan, s'en prend à Molière lui-même : « Crève, crève ! cela t'apprendra une autre fois à te jouer de la Faculté ». Dans une pirouette baroque, le dramaturge comédien nous invite à rire de sa propre mort. À la façon de Dom Juan qui n'a jamais cédé devant le Ciel, quitte à en mourir, Molière affirme jusqu'au bout la force rédemptrice du rire, la puissance subversive de la comédie. La pièce se termine sur le triomphe de l'amour, de la musique et de la danse.

L'esthétique baroque affectionne ces jeux de miroir.

Sautez deux lignes avant la conclusion.

Conclusion

Du ballet des bergers à celui des docteurs en passant par Toinette tantôt servante tantôt médecin, Molière offre à son public un spectacle de pure fantaisie. Pour achever son parcours littéraire quand il se sait très malade, il choisit non pas les alexandrins des grandes comédies mais les pirouettes et les invraisemblances. Qu'on ne s'y trompe pas : le choix de la fantaisie ne vide pas la pièce de tout contenu, bien au contraire. *Le Malade imaginaire* dénonce les prétentieux, les imposteurs, les égoïstes, les hypocrites et les manipulateurs. Il explore les liens familiaux, démonte, avant l'heure, les mécanismes de la névrose obsessionnelle. Il s'intéresse aussi aux ressorts du théâtre, à cette illusion qui, paradoxalement, détient le pouvoir de démasquer nos chimères. Et, enfin, il nous propose une réflexion sur la vie, fragile et forte à la fois.

Bilan de l'analyse (voir Fiche 28).

Dans le ballet final, le triomphe du rire et de l'amour est une réponse à la mort qui s'apprête à frapper, une dernière insolence du dramaturge. Que le refrain continue de résonner : « *Vivat*, *vivat*, *vivat*, *vivat*, cent fois *vivat novus doctor* » ; « cent fois *vivat* » Molière…

Ouverture sous la forme d'une citation du ballet final.

SUJET 23

4 heures

Les Fausses Confidences

Œuvre : *Les Fausses Confidences*, Marivaux
Parcours : Théâtre et stratagème

Mettant en scène une comédie de Marivaux qui n'est pas sans rappeler *Les Fausses Confidences*, Anne Kessler affirme : « Je crois que [...] Marivaux veut raconter l'histoire d'un complot ; or rien ne ressemble davantage à un complot que la création d'un spectacle. On y complote pour le bonheur du spectateur. »
À la lumière de cette remarque, vous vous demanderez quelle place occupent les stratagèmes dans *Les Fausses Confidences* et plus généralement au théâtre.
Vous vous appuierez sur votre étude de la pièce de Marivaux ainsi que sur les textes étudiés dans le cadre du parcours associé à cette œuvre et sur vos lectures personnelles.

Travail préparatoire

Fiches p. 287
14 15 17 18 21 23
Fiche œuvre 11

La lecture du sujet

La composition du sujet

Le sujet commence par une citation dans laquelle le mot « complot » rappelle le « stratagème » au cœur de votre parcours.
La question qui suit se noue autour du parcours étudié mais l'on vous demande de prendre en compte les deux perspectives ouvertes par la citation.
Le dernier alinéa précise comme toujours le champ des exemples : l'œuvre au programme, les textes éclairant le thème « théâtre et stratagème », ceux que vous avez étudiés en classe, lus ou vus.

Une bonne compréhension de la citation (Fiche 14)

La citation propose d'entendre le mot « complot » à deux niveaux : celui de l'histoire imaginée par le dramaturge (« l'histoire d'un complot ») et celui de la stratégie adoptée pour créer un spectacle apprécié par le public : « on y complote pour le bonheur du spectateur ». Vous devrez distinguer les stratagèmes des personnages pour parvenir à leur fin et ceux de l'auteur, du metteur en scène et des comédiens pour élaborer le spectacle.

La difficulté de la consigne (Fiche 17)

La question (« quelle place ») est une interrogation partielle qui appelle un plan analytique. Elle reprend le thème du parcours et vous avez certainement des éléments de réponse. La difficulté sera d'examiner la notion de « stratagème », non pas avec l'éclairage de votre cours mais avec celui de la citation.

La méthode

L'examen minutieux du sujet (Fiche 15)

Identifiez le type de sujet (plan analytique) et examinez le sens des mots :

– « un complot » : le mot ajoute au « stratagème » une dimension collective que vous aborderez. La citation invite à situer le complot à deux niveaux distincts ;

– « quelle place » : il s'agit de mesurer l'espace occupé par les stratagèmes (notez le pluriel) mais aussi de dégager leurs significations.

La recherche des arguments et des exemples (Fiche 23)

Dans un premier temps, recherchez les différentes sortes de stratagèmes mis en place dans les pièces de théâtre que vous connaissez. Variez les genres et les époques. L'action n'étant pas essentielle dans le théâtre contemporain (voir sujet 24), ne soyez pas ennuyés de ne pas trouver d'exemples récents.

Explorez les deux perspectives proposées par la citation et proposez ensuite si possible un approfondissement en vous interrogeant notamment sur la signification de ces stratagèmes.

Le plan analytique (Fiches 18 et 21)

I. Stratagèmes et complots : des ressorts dramatiques essentiels

II. L'écriture théâtrale comme complot

III. Pourquoi tant de complots ?

Corrigé : devoir rédigé

*Les **textes en bleu** apparaissant dans ce corrigé, titres, textes en marge et conseils entre crochets, ne doivent pas figurer dans votre devoir. Les titres d'œuvres sont en gras pour montrer la diversité des exemples. Ces derniers sont nombreux pour que vous puissiez retenir ceux qui vous intéressent.*

Les conseils du professeur

Introduction

L'amour ne naissant pas toujours d'une rencontre due au hasard et à la chance, il est parfois nécessaire d'établir un plan d'attaque stratégique pour le faire naître : c'est précisément l'entreprise des personnages de Marivaux dans *Les Fausses Confidences* jouée pour la première fois en 1737. C'est pourquoi Anne Kessler affirme : « Je crois que [...] Marivaux veut raconter l'histoire d'un complot ; or rien ne ressemble davantage à un complot que la création d'un spectacle. On y complote pour le bonheur du spectateur. » Ainsi, on identifie deux niveaux d'analyse du complot dans les pièces de Marivaux : d'une part le plan d'attaque pensé et réalisé par certains personnages sur scène en vue de faire triompher l'amour et d'autre part l'écriture du spectacle pensée par le dramaturge et réalisée par les acteurs pour faire triompher la pièce. On peut donc percevoir avec Anne Kessler une similitude entre le stratagème de Dorante associé à Dubois pour séduire Araminte et le stratagème de Marivaux associé à ses acteurs pour séduire le public. Plus généralement, on pourra se demander quelle place occupent les stratagèmes au théâtre et pour quelles raisons.

> Introduction du sujet, accroche (Fiche 27)

> Citation du sujet

> Reformulation du sujet et application à la pièce

> Le problème posé par le sujet

Nous verrons d'abord que stratagèmes et complots s'imposent au dramaturge comme un ressort dramatique redoutablement efficace. Nous observerons ensuite que la création de tout spectacle suppose une véritable stratégie, un véritable « complot » de la part de l'auteur. Enfin, nous nous intéresserons aux différentes finalités de ces stratagèmes.

> Annonce du plan (3 parties)

> Sautez deux lignes entre l'introduction et la première partie.

I. Stratagèmes et complots : des ressorts dramatiques essentiels

Les stratagèmes et les complots sont à plusieurs titres des ressorts dramatiques essentiels.

Présentation de l'enjeu de la partie

A. Un ressort comique efficace

Hérités des canevas à rebondissements de la *commedia dell'arte*, les travestissements, les stratagèmes et les conspirations des valets comme Brighella, Scapin ou Arlequin, garantissent au dramaturge le rire spontané du public.

La première phrase du paragraphe exprime son idée directrice.

Dans ***Les Fausses Confidences*** (I, 17), Dubois fait mine de ne pas connaître Dorante auprès de Marton. Il prend alors plaisir à désigner son ancien maître par le terme insolent de « freluquet ». Ici, le valet profite du rôle qu'il doit jouer pour parler de Dorante en des termes qu'il n'aurait pu employer autrement, ce qui suscite le rire du public. C'est ainsi que l'on peut comprendre la reprise assez systématique de ce schéma dans la majorité des pièces de Marivaux. On retrouve en effet ce même plaisir du valet lorsqu'il peut, sous un masque ou un déguisement, prendre le dessus sur son maître en toute impunité dans ***L'Île des esclaves*** ou dans ***Le Jeu de l'amour et du hasard*** (II, 4). Arlequin, valet de Dorante, profite du stratagème amoureux établi par son maître pour imiter le ton impérieux de celui-ci : habillé en Dorante, il s'amuse à congédier sèchement ce dernier qui joue quant à lui le rôle du valet. Le stratagème du maître se retourne donc un instant contre lui lorsqu'Arlequin s'amuse de la situation, ce qui, là encore, provoque les éclats de rire du public. Le complot s'impose donc comme un ressort d'une grande efficacité comique.

Quand vous allez à la ligne, n'oubliez pas l'alinéa.

Exemples empruntés à Marivaux

Cette force comique du stratagème est une des ressources-clés de la comédie. S'inspirant du ***Phormion*** (161 av. J.-C.) de Térence, Molière imagine les ruses de Scapin pour aider Octave et Léandre qui, sans le consentement de leurs pères respectifs, ont épousé Hyacinte et Zerbinette. Dans ***Le Mariage de Figaro*** (Beaumarchais,

Autres exemples

1784), ce sont Suzanne et la comtesse qui, échangeant leurs tenues, entreprennent de piéger le comte. Si le complot déclenche les rires, il joue aussi un rôle dans la progression dramatique de la pièce.

Transition

B. Un ressort dramatique essentiel

La mise en scène des ruses, des fourberies, des divers calculs politiques vient renforcer l'intensité dramatique et assurer le vif intérêt du public. Dès le début des ***Fausses Confidences***, une didascalie indique l'« air de mystère » de Dubois, renforcé par la mention d'un « projet » censé rester secret entre Dorante et son valet. Le complot est ainsi simplement suggéré aux oreilles du spectateur ravi de voir sa curiosité ainsi piquée.

Présentez l'idée directrice de votre sous-partie ; elle correspond au titre qui n'apparaît que sur votre plan au brouillon.

Si cette mise en scène de la ruse est l'ingrédient principal de la réussite des comédies de Marivaux, on la trouve aussi dans certaines tragédies, cette fois-ci mise au service des effets cathartiques* traditionnels : la terreur et la pitié. C'est le cas notamment dans ***Britannicus*** (II, 6) de Racine (1669) lorsque Néron, caché, assiste à un dialogue entre Junie et le personnage éponyme. L'empereur romain a créé de toutes pièces cette scène amoureuse en imposant à Junie sa partition : elle doit convaincre Britannicus qu'elle ne l'aime plus et qu'elle lui préfère désormais Néron. Ce complot voué à affaiblir Britannicus suscite alors la vive compassion du spectateur à l'égard des amants malheureux.

Ouverture de la réflexion à la tragédie

Vous n'êtes pas obligé(e) de préciser la date des œuvres que vous mentionnez.

C. La démultiplication des complots : la jubilation du public enthousiasmé

Si la mise en scène d'un stratagème suffit à accrocher l'attention, la dimension collective du complot et la multiplication des stratagèmes sur scène sont sources d'une véritable jubilation pour le public, placé en observateur curieux des intrigues qui s'enchâssent sous ses yeux.

Transition

Idée directrice

On assiste avec plaisir à la superposition des différents stratagèmes dans les pièces de Marivaux et le titre même des ***Fausses Confidences***, au pluriel, indique cette multiplication des coalitions : un premier clan se forme autour de Dubois et Dorante pour obtenir les faveurs d'Araminte ; un autre clan s'organise autour de Madame Argante et du Comte pour marier Araminte. Lorsque cette dernière prend en charge l'arrivée du nouvel intendant (II, 4), Marton, par un complexe jeu d'alliances, devient complice du Comte et rivale de Dorante. Dans la salle, le spectateur ressent alors un véritable amusement à observer la façon dont se nouent ces ligues. Dans ***Le Jeu de l'amour et du hasard***, on se réjouit de l'imbrication des stratagèmes élaborés, sans s'être consultés, par Silvia et Dorante et repris par leurs valets. Molière avait déjà choisi de doubler l'intrigue dans ***Les Fourberies de Scapin***.

Exemples de comédies

Cette multiplication des stratagèmes n'est pas l'apanage de la comédie. En effet, le premier acte du **drame *Cromwell*** (1827) de Victor Hugo, intitulé « Les Conjurés », annonce que la pièce entière obéit à une véritable esthétique du complot. Voué à interroger le machiavélisme en politique, ce drame est structuré par l'organisation d'attentats contre le Lord Protecteur et par toutes les tactiques de ce dernier pour s'y dérober. Les complots se multiplient, se superposent et s'enchâssent en même temps que l'intensité dramatique se renforce et le public jubile de voir ainsi mis à nu les dessous de la politique. Déjà Shakespeare, dans ***Beaucoup de bruit pour rien*** (1612), proposait chassés-croisés et rebondissements pour le plus grand plaisir du spectateur.

Exemple puisé dans le drame romantique pour ouvrir l'analyse

Si les stratagèmes, simples ou démultipliés, sont si importants sur scène c'est qu'ils sont le miroir du principal complot qui se déroule dans la salle, celui conduit par l'auteur « pour le bonheur du spectateur ».

Transition

Sautez deux lignes entre deux parties.

II. L'écriture théâtrale comme complot

A. Le dramaturge, un fin stratège

Pour plaire au spectateur, le dramaturge, en fin stratège, utilise des ressorts, des tactiques et des ruses qu'il organise et agence soigneusement lors de l'écriture de son œuvre. Il

Idée directrice rédigée à partir du titre de la sous-partie

construit scrupuleusement en amont sa pièce comme un programme que les acteurs devront exécuter en aval sur scène. Dans ***Les Fausses Confidences***, Marivaux conçoit une véritable machine qui fait intervenir à la fin un élément déclencheur, la lettre écrite par Dorante et confiée à Dubois pour que Marton l'intercepte et la remette à Araminte (III, 1, 2, 3, 8). Se succèdent alors des scènes qui précipitent le dénouement et qui avaient été soigneusement prévues et agencées pour maintenir jusqu'au bout l'intérêt du spectateur.

Facette particulière de l'argument : le coup de théâtre

Un des ressorts privilégiés de cette machine théâtrale est le coup de théâtre. En général placé à la fin, il consiste en un dernier rebondissement permettant à l'auteur-machiniste d'émouvoir son public tout en dénouant les fils de l'intrigue. Ainsi, dans le dernier acte du ***Cid*** (1637) de Corneille, le roi ment à Chimène en lui annonçant la mort de Rodrigue. Ébranlée, cette dernière confesse alors tout son amour pour le meurtrier de son père. L'aveu fait, le roi dévoile la vérité : « Chimène, sors d'erreur, ton amant n'est pas mort » et le mariage est possible. On voit ici, derrière la ruse du roi, une tactique de Corneille pour assurer un dénouement heureux à sa tragi-comédie et satisfaire ainsi les attentes de son public. On retrouve ce coup de théâtre de la mort feinte dans ***Le Malade imaginaire*** (1673) lorsqu'Argan, en simulant sa propre mort, démasque les projets cyniques de son épouse. Mais le complot de l'auteur ne se situe pas seulement dans les mécanismes de l'intrigue.

Deux exemples de coups de théâtre appartenant à deux genres distincts

Transition

B. Le dramaturge, un habile faussaire

Idée directrice

Le dramaturge, en habile faussaire, crée artificiellement une imitation de la nature : son objectif est de séduire le public en faisant illusion. Le succès des pièces de Marivaux est en grande partie lié au faux naturel qui émane du langage de ses personnages. Le « marivaudage » est en effet cette imitation sophistiquée du style spontané de la conversation. On en voit un bel exemple dans ***Les Fausses Confidences*** : alors que Dubois a interrompu l'entretien de Dorante et Araminte pour avertir cette dernière des sentiments de son jeune et bel intendant (I, 14), Araminte troublée se répète, se contredit et réfléchit en même temps qu'elle s'exprime, s'adressant à Dorante de manière confuse (I, 15) : « Oui, Monsieur ; de quoi vous parlais-je ? Je l'ai oublié. ». On peut lire dans ce langage hésitant une marque du génie illusionniste de Marivaux qui parvient à retranscrire artificiellement le trouble amoureux, confiant à la comédienne Silvia Balletti le soin de l'incarner.

Précisez les exemples.

De manière générale, l'usage de la prose renforce cette illusion de réel. Dans ***Dom Juan*** (1665), Molière recourt à la prose, inhabituelle dans une pièce en cinq actes, pour faire entendre avec force le naturel des voix du libertin provocateur et de son valet opportuniste. On comprend ainsi pourquoi Thomas Corneille s'est empressé de réécrire cette pièce en alexandrins, atténuant en même temps son caractère provocateur.

À la toute fin du XXe siècle, ***Retour au désert*** (1988) de Bernard-Marie Koltès ou ***Art*** (1994) de Yasmina Réza s'approchent au plus près du langage ordinaire et poussent à l'extrême l'illusion de réel pour mieux atteindre le spectateur.

Le metteur en scène, les comédiens et les techniciens s'ingénient à rendre vivantes les situations imaginées par l'auteur. Les œuvres sont incarnées le temps de la représentation. Que les costumes soient historiquement fidèles (***Les Fausses Confidences***, vues par Didier Bezace) ou au contraire décalés (la même pièce par Luc Bondy), la présence en scène des comédiens crée une forte impression de réalité et contribue au complot qui vise le « bonheur du spectateur ». Une des spécificités du genre théâtral réside dans cette incarnation du texte, rendue possible par une création collective, ce que traduit bien le mot « complot » choisi par Anne Kessler.

Réflexion élargie à la mise en scène

Rappel du sujet

C. Le spectacle : un stratagème pour communiquer avec le public

Méticuleusement créé, avec les stratagèmes du metteur en scène et des comédiens, le spectacle s'apparente

Transition

à un complot dont l'un des objectifs serait de faire communiquer auteur et spectateur. C'est là tout le principe de la double énonciation : au-delà des personnages et des comédiens, le public et l'auteur peuvent dialoguer. Surplombant la scène, le spectateur des ***Fausses Confidences***, comprend le discours implicite adressé à Araminte par Dorante : « *Araminte* : Ce qu'il y a de consolant pour vous, c'est que vous avez le temps de devenir heureux. – *Dorante* : Je commence à l'être aujourd'hui, Madame. » (I, 7). Face à ce double discours, le public se lie de connivence avec le dramaturge.

Pensez à citer l'œuvre au programme.

Dans d'autres pièces davantage politiques, la double énonciation devient un précieux stratagème pour qui cherche à faire entendre ses convictions. Ainsi, lors de son célèbre monologue, plus Figaro exprime ses malheurs et ses déboires, plus le spectateur entend, non plus la voix du valet, mais bien celle de Beaumarchais : le stratagème de l'auteur consiste alors à aborder ainsi la houleuse question de la liberté d'expression à travers le récit picaresque* du personnage principal.

Allusion à une œuvre connue : *Le Mariage de Figaro* (Beaumarchais, 1784)

De même que les personnages complotent pour parvenir à leurs fins, le dramaturge, aidé par le metteur en scène et les comédiens, élabore des stratagèmes pour émouvoir son public. Mais pourquoi ces complots occupent-ils tant de place au théâtre ?

Transition

III. Pourquoi tant de complots ?

La multiplication des complots invite le spectateur à réfléchir au sentiment amoureux et plus largement à son rapport au monde. Elle ouvre également la voie de la transgression.

Présentation des trois sous-parties

A. Une réflexion sur l'amour : fortunes et infortunes des stratagèmes amoureux

Grâce à l'esthétique du complot, Marivaux, livre une réflexion, voire une vérité sur l'amour. Dans ***Les Fausses Confidences***, c'est le masque qui fait naître le sentiment amoureux. Tous les personnages avancent masqués,

Idée directrice

Première perspective

Dissertation

cachant leurs véritables intentions. Paradoxalement, c'est ce jeu de dissimulation qui va leur permettre d'évoluer pour découvrir finalement la vérité de leurs sentiments. Selon la dramaturgie de Marivaux, le cheminement d'Araminte vers la sincérité doit passer par la mauvaise foi, les dérobades et les mensonges à l'égard de tout son entourage, et notamment à l'égard de Dubois à qui elle reproche la naissance de son trouble : « c'est de ton silence dont j'ai besoin pour me tirer de l'embarras où je suis, et où tu m'as jetée toi-même ; car sans toi je ne saurais pas que cet homme-là m'aime, et je n'aurais que faire d'y regarder de si près. » (II, 12).

Les complots peuvent cependant se révéler funestes pour les amoureux lorsque les manipulateurs aveuglés par l'amour manœuvrent mal. Le dramaturge livre alors une morale bien plus sombre sur les conséquences de ces jeux de rôles en amour. C'est le cas notamment chez Musset dans ***On ne badine pas avec l'amour*** (1834). Le titre-même de ce drame romantique livre le fond de l'enseignement du dramaturge : alors que Perdican, désespéré par la froideur de sa cousine Camille qu'il prend pour de l'indifférence, choisit de piquer sa jalousie en séduisant la jeune paysanne Rosette, c'est sans compter sur la passion amoureuse de cette dernière qui meurt finalement de chagrin en découvrant le subterfuge du jeune homme. En l'absence des ruses d'un valet, l'issue tragique du complot donne un avertissement terriblement cruel sur les risques des faux-semblants en amour : l'amour ne doit pas être un théâtre.

Seconde perspective

B. Une réflexion sur le monde : le *theatrum mundi*

L'intérêt de l'auteur pour toutes les formes que revêt le complot (déguisements, mensonges, conjurations) s'explique par une volonté de penser le monde comme un théâtre. Métaphore née au XVIe siècle, le *theatrum mundi* (théâtre du monde) consiste en effet à lire le monde comme un théâtre où chaque homme est un acteur qui joue son rôle tel un pantin dont les ficelles seraient tirées par un créateur supérieur, Dieu.

Une sous-partie peut comprendre plusieurs étapes qui développent des aspects différents de l'argument.

Ainsi, placé en position de surplomb, le spectateur des ***Fausses Confidences*** partage le point de vue de ce créateur et assiste au jeu de marionnettiste auquel se livre le dramaturge. Lorsque le spectateur découvre en même temps que Dorante (III, 1) que c'est Dubois qui a envoyé Marton interrompre l'entretien galant de Dorante et d'Araminte (II, 15), cette révélation l'amène à réfléchir sur son propre destin soumis à des interruptions aléatoires qu'il pourrait bien attribuer au hasard, à la fatalité ou aux agissements d'une force supérieure.

Approfondissement de l'argument

L'idée que le monde est un complot théâtral où les hommes sont des acteurs jouant plus ou moins habilement leur rôle nous amène à réfléchir sur la société. Molière se plaît en effet à accuser les dérives sociales en insistant sur l'artificialité du rôle de certains. C'est par exemple le cas dès qu'il réduit la fonction du médecin à simple déguisement, notamment dans ***Le Malade imaginaire*** lorsque Toinette se fait passer pour un médecin ou dans ***Dom Juan*** lorsque Sganarelle se prend pour un docteur par le simple fait qu'il en porte le costume. Au-delà de l'efficacité comique et dramatique du déguisement, ces stratégies livrent un enseignement sur l'artificialité du monde réel, un thème dont Molière fait, par ailleurs, le sujet du ***Misanthrope*** (1666).

C. Une réflexion sur la société : s'affranchir des contraintes sociales

Enfin, dans ce théâtre du monde, le complot du déguisement peut permettre de transgresser les barrières et codes sociaux. Dans ***Les Fausses Confidences***, c'est tout l'enjeu de l'entreprise de Dorante qui, grâce à son emploi d'intendant, peut contourner l'inconvenance sociale de déclarer son amour à une noble et jeune veuve alors qu'il est sans le sou et devrait plutôt épouser Marton comme l'entend son oncle. Sous couvert d'un lien professionnel, le sentiment amoureux naît par-delà les entraves sociales. Lorsqu'Araminte de plus en plus sensible au charme de Dorante, défend ce dernier (II, 11), elle dissimule habilement son désir de voir Dorante rester auprès

Rappel de la précédente sous-partie et présentation de l'idée directrice

Dissertation

d'elle sous l'argument de l'efficacité professionnelle de son intendant.

Le stratagème du déguisement, quand il apparaît comme un moyen de transgresser les normes sociales, interroge alors la légitimité de ces normes, du moins lorsqu'il est question d'amour. Lorsqu'un valet tombe amoureux de la reine d'Espagne, quel autre moyen a-t-il pour l'atteindre que d'accepter de participer à un complot qui fait de lui un aristocrate puis un ministre ? Le stratagème échafaudé par Victor Hugo dans ***Ruy Blas*** (1838) fissure l'ordre politique en légitimant la voix d'un valet capable de se hisser au rang d'un roi. Cinquante ans auparavant, le complot de Suzanne et de la comtesse parvient à déjouer le stratagème du comte pour tromper son valet et sa femme : rien d'étonnant si ***Le Mariage de Figaro*** (Beaumarchais) a été interdit. Quant au spectateur, pris dans les filets tissés par le dramaturge, le metteur en scène et les comédiens, il est la proie d'une émotion qui l'amène à reconsidérer les normes.

Approfondissement de l'argument

Sautez deux lignes entre la dernière partie et la conclusion.

Conclusion

Ainsi, Anne Kessler insiste sur l'importance du complot qui, dans l'œuvre de Marivaux, envahit toutes les strates de la création dramatique, de la conduite de l'intrigue au travail du dramaturge lui-même. La mise en scène de complots, de ruses et de stratagèmes apparaît d'abord comme un outil précieux pour l'auteur qui cherche à captiver son spectateur par ces tortueuses mises en abyme*. Le dramaturge est en effet un habile marionnettiste qui manipule aussi bien ses personnages que son public qu'il mène au gré de son inspiration et de ses réflexions. Le complot se révèle finalement l'essence même du théâtre dans la mesure où il permet de représenter la comédie du monde.

Rappel du sujet

La première partie de la conclusion dresse le bilan de l'analyse (Fiche 28).

Or, cette « comédie humaine », parfois si choquante dans la réalité, devient sur scène l'occasion d'une jubilation pour le public placé astucieusement en observateur distant et amusé des agissements humains.

Ouverture

SUJET 24

4 heures

Juste la fin du monde

Œuvre : *Juste la fin du monde*, Jean-Luc Lagarce
Parcours : Crise personnelle, crise familiale

Ionesco, dans *Notes et contre-notes* (1962), déclare qu'« il faut aller au théâtre comme on va à un match de football, de boxe, de tennis ». Et il poursuit : « Le match nous donne en effet l'idée la plus exacte de ce qu'est le théâtre à l'état pur : antagonismes en présence, oppositions dynamiques, heurts sans raison de volontés contraires. »
Peut-on considérer le conflit familial comme le principal vecteur dramatique ?
Vous répondrez à cette question en vous appuyant sur *Juste la fin du monde* de Jean-Luc Lagarce, sur les œuvres que vous avez vues ou lues en classe dans le cadre du parcours « Crise personnelle, crise familiale » ainsi que sur votre culture personnelle.

Travail préparatoire

Fiches p. 287 15 18 20 23 à 25
Fiche œuvre 12

La lecture du sujet

La composition du sujet

On repère trois parties dans le libellé.
Deux citations de Ionesco extraites de *Notes et contre-notes* (1962) associent théâtre et conflits. La première est une déclaration sans appel, une évidence pour le dramaturge. La seconde reprend la même idée sous une forme imagée reliant le théâtre à la riposte, à la confrontation sportive, voire au combat.
Une question recentre le sujet sur « le conflit familial ».

La consigne renvoie aux exigences méthodologiques de la dissertation et rappelle le parcours « Crise personnelle, crise familiale ».

Une bonne compréhension de la question (Fiche 15)

La question posée par le sujet est une interrogation totale (à laquelle on peut répondre par « oui » ou par « non ») qui suggère un plan dialectique. « Peut-on » : la question appelle la discussion.
Il convient d'examiner précisément les termes du sujet.
Considérer « le conflit familial » comme un « vecteur dramatique » revient à lui donner un rôle dans la progression de l'action. La dramaturgie classique, se référant à Aristote conçoit le déroulement de l'action sur le mode d'une croissance comparable à celle d'un organisme vivant. Pour le philosophe grec (384-322 av. J.-C.), la tragédie est « imitation d'une action menée jusqu'à sa fin et formant un tout », ce qui implique « commencement, milieu et fin. » (*Poétique)*
L'adjectif « principal » remet en cause le caractère privilégié de cette fonction et permet d'envisager d'autres facettes du conflit.

La méthode

La recherche des arguments et des exemples (Fiches 23 à 25)

Comme vous y invite le parcours, distinguez conflit extérieur et crise personnelle.
Réfléchissez aux ressources spécifiques au théâtre pour traduire le conflit. La parole conflictuelle est-elle toujours un vecteur dramatique ? On peut creuser cette problématique en relation avec la dramaturgie nouvelle des années 1950 et au-delà.
Vos arguments seront étayés d'exemples significatifs puisés dans *Juste la fin du monde*.
Pensez aussi aux pièces lues ou étudiées, empruntant vos exemples aux différents genres théâtraux.

Le plan (Fiches 18 et 20)

Regroupez vos arguments selon trois perspectives. La troisième partie (la synthèse) dépassera les deux premières réponses (la thèse et l'antithèse).

I. Le conflit familial, source de tragique
II. Les autres conflits
III. Les remises en cause de l'action

Corrigé : devoir rédigé

*Les **textes en bleu** apparaissant dans ce corrigé, titres, textes en marge et conseils entre crochets, ne doivent pas figurer dans votre devoir. Les titres d'œuvres sont en gras pour montrer la diversité des exemples. Ces derniers sont nombreux pour que vous puissiez retenir ceux qui vous intéressent.*

Les conseils du professeur

Dissertation

Introduction

Si le théâtre a une fonction de divertissement, il est aussi un lieu de crise et de tension. C'est ainsi que Ionesco, dans *Notes et contre-notes* (1962), déclare qu'« il faut aller au théâtre comme on va à un match de football, de boxe, de tennis. » Et il poursuit : « Le match nous donne en effet l'idée la plus exacte de ce qu'est le théâtre à l'état pur : antagonismes en présence, oppositions dynamiques, heurts sans raison de volontés contraires. » Le conflit est l'essence même du théâtre puisque « sans conflits, il n'y aurait pas de théâtre ».

Approche du sujet par le biais des citations de Ionesco (Fiche 27)

Depuis l'Antiquité, le conflit familial a nourri la tragédie grecque, des Labdacides aux Atrides, d'Œdipe à Oreste. Est-il pour autant le principal vecteur dramatique ? Le conflit est-il toujours d'ailleurs un vecteur dramatique ? La faillite de la parole, instrument spécifique dont dispose le théâtre pour représenter ces situations de crise, ne pourrait-elle pas contribuer à nier toute progression dramatique ?

Présentation de la problématique.

Si la crise familiale est au cœur de l'action théâtrale, nous verrons qu'elle doit être élargie et redéfinie comme vecteur dramatique. Nous nous interrogerons enfin sur le lien entre le conflit et l'action parasitée par la parole.

Annonce du plan (3 parties)

Sautez deux lignes entre l'introduction et la 1re partie.

I. Le conflit familial

Le conflit familial est un socle dramatique primordial, dans la tradition classique comme dans l'écriture théâtrale moderne. Il est essentiellement porté par le dialogue.

Introduction de la partie : son enjeu

A. Le conflit familial, source de tragique

Le retour du fils – prodigue ou non – est, depuis la parabole que l'on trouve dans l'Évangile de Luc (XV, 23), l'origine d'un conflit théâtral.

Une sous-partie peut comprendre plusieurs étapes.

Après Eschyle et Sophocle, Euripide nous présente dans sa tragédie ***Électre*** (410 av. J.-C.) le retour d'Oreste désireux de venger son père Agamemnon. La pièce est tout entière tendue vers le matricide : soutenu par sa sœur Électre, Oreste tue Clytemnestre, leur mère. Comme l'écrit Jean-Pierre Vernant : « il est devenu banal d'observer que l'histoire d'Oreste, dans le théâtre grec, exprime en termes de tragédie les conflits qui déchirent l'institution familiale, spécialement ceux qui dressent l'un contre l'autre, à l'intérieur d'une même maison, l'homme et la femme : conflit du mari et de l'épouse, du fils et de la mère, de la lignée paternelle et de la lignée maternelle. » Dans la pièce d'Harold Pinter ***Le Retour*** (1965), Teddy, le fils de Max, philosophe installé aux États-Unis où il a épousé Ruth, rentre à Londres. Le couple va servir de révélateur aux passions refoulées de la famille, composée de Sam et Joey les frères de Teddy, Max son père, et Lennie, son oncle proxénète. Au long de la pièce, Teddy observe passivement ses frères séduire sa femme qui finit par se prostituer. Il repart seul pour les États-Unis. Quant à Jean-Luc Lagarce, dans ***Juste la fin du monde*** (1990), il met en scène le retour de Louis qui donne naissance à un conflit familial, puisque le protagoniste affronte les reproches de sa sœur, de sa mère et de son frère. Entre les deux frères, le conflit est ouvert : « Tu me touches : je te tue », déclare Antoine. On n'en connaît pas la cause véritable. Peut-être, d'après les dires de son entourage, le retour de l'aîné priverait-il le cadet du rôle du père décédé que ce dernier joue auprès de sa mère et de sa sœur.

Choix d'exemples antiques et modernes dans cette sous-partie

Les exemples doivent être développés.

La pièce peut opposer deux frères ennemis, dans la lignée de Caïn et Abel.

La seconde étape de la sous-partie aborde un autre mythe fondateur.

La tragédie d'Eschyle, ***Les Sept contre Thèbes*** (467 av. J.-C.), rapporte la lutte qui oppose Étéocle et Polynice, les frères d'Antigone, après la mort de leur père Œdipe pour la possession du royaume de Thèbes. En dépit des supplications du chœur, Étéocle ne recule pas et les deux frères s'entretuent. Il y a peu d'action dans la pièce, mais Eschyle fait attendre et prépare habilement l'événement capital, le duel fratricide. Dans ***Britannicus*** (1669), Racine présente une version moderne du fratricide avec l'empoisonnement de Britannicus par Néron, son frère adoptif. La pièce dessine une montée vers le crime scandée par des péripéties : l'enlèvement de Junie, l'arrestation de Britannicus, les menées d'Agrippine et de Narcisse.

B. Le conflit familial, vecteur de comique

La comédie, elle aussi, se construit autour d'une intrigue, d'un agencement d'événements et d'actions résultant des projets contradictoires des personnages. Véritable force dramatique, le conflit familial est souvent le nœud de l'action.

Les différents genres sont abordés dans la première partie, la seconde sous-partie étant centrée sur la comédie.

La comédie de Molière a fréquemment pour trame le désaccord familial. Dans ***Tartuffe*** (1669), Orgon destine sa fille Mariane au faux-dévot éponyme, alors que celle-ci veut épouser le jeune Valère. L'affrontement éclate au début de l'acte II, quand Orgon révèle ses intentions à Mariane. Entiché de Tartuffe, ce n'est qu'à l'acte V qu'Orgon est décillé. Déjà, dans le prologue des ***Nuées*** d'Aristophane (423 av. J.-C.), le vieux Strepsiade tiraillé par ses dettes se plaint de son fils Phidippide qui dilapide les biens familiaux pour assouvir sa passion des chevaux. L'intrigue est ici fondée sur le conflit générationnel, source de rebondissements.

C. Le conflit familial porté par le dialogue

Le conflit familial est porté par le dialogue. Selon la formule de Ionesco, le dialogue est une « parole de combat » qui fait avancer l'action.

La première phrase de la sous-partie correspond au titre qui n'apparaîtra pas sur votre copie.

L'échange peut opposer de longues tirades. Ainsi, à la scène 2 de l'acte IV de ***Britannicus***, Agrippine, dans un long plaidoyer-réquisitoire, somme Néron, son fils, de se réconcilier avec Britannicus. Celui-ci feint d'accepter. Le

Le rôle des tirades

dialogue dramatique construit l'action. Il est performatif* : dire, c'est faire.

La dispute d'Électre et Clytemnestre par tirades interposées au second épisode de l'***Électre*** (414 av. J.-C.) de Sophocle est un moment de grande tension qui prépare l'arrivée d'Oreste et le matricide. Pour dire la violence conflictuelle, les tirades alternent avec les échanges brefs et percutants. La scène 8 de l'acte III de ***Britannicus*** progresse à l'aide de stichomythies* :

Le rôle de la stichomythie

« *Britannicus* – Ainsi Néron commence à ne se plus forcer.
Néron – Néron de vos discours commence à se lasser ».
Dans ***Médée*** (431 av. J.-C.) d'Euripide, à l'heure de l'exodos*, Médée et Jason se livrent un terrible duel. Médée est non seulement régicide, mais infanticide. Jason s'indigne :
« *Jason* – Ô mes enfants, quelle criminelle était votre mère !
Médée – Quel fut, mes enfants, la faute paternelle qui vous perdit !
Jason – Ce n'est pas ma main qui les fit mourir.
Médée – Non, c'est ton outrage, ta nouvelle union. »
Plus proche de nous, Bernard-Marie Koltès qui appréciait les films d'arts martiaux chinois, de kung-fu notamment, a recours dans ***Le Retour au désert*** (1988) à la joute verbale en forme de stichomythie. Dans l'échange entre le frère et la sœur, on retrouve la violence de la tragédie grecque :

Vous n'êtes pas obligé(e) d'indiquer la date des œuvres que vous mentionnez.

« *Mathilde* – Notre père ? De l'amour pour notre père ? La mémoire de notre père, je l'ai mise aux ordures il y a bien longtemps.
Adrien – Ne touche pas à cela, Mathilde. Respecte au moins cela. Cela au moins, ne le salis pas.
Mathilde – Non, je ne le salirai pas, cela est déjà très sale tout seul ».

Le conflit familial soutenu par le dialogue est un vecteur dramatique essentiel, source de comique ou de tragique. Toutefois, le théâtre joue de toutes les tensions qui déchirent les hommes et le conflit n'est-il que familial ?

Résumé et transition

Sautez deux lignes entre les parties.

II. Les autres conflits

Le conflit familial est souvent associé à d'autres formes de conflits et cède parfois la place à une crise intérieure dont le monologue est l'interprète privilégié.

Annonce des sous-parties

A. Les différentes formes de conflits

Le conflit amoureux, familial et le conflit politique sont souvent imbriqués.

Première sous-partie : l'imbrication des conflits

C'est ainsi que la haine que se vouent les deux nobles familles des amants de Vérone, les Montaigu et les Capulet, fait obstacle à l'amour des héros éponymes de la pièce de Shakespeare ***Roméo et Juliette*** (1594-1595). À l'acte III, scène 1, Roméo apparaît partagé entre deux codes : celui de l'honneur qui interdit qu'il se laisse insulter sans réagir, et celui de l'amour qui lui défend de porter la main sur le cousin de celle qu'il aime. Dans une situation analogue à celle de Rodrigue dans *Le Cid*, Roméo est contraint de tuer Tybalt. L'escalade tragique est en marche. Quand Sophocle met en scène Antigone, il oppose les lois divines et les lois humaines, les lois indicibles et les lois écrites, les lois du *genos* et les lois de la *polis*. La famille dès lors s'oppose à la cité. Chez Anouilh, dans sa réécriture d'***Antigone*** (1944), les motivations religieuses disparaissent et Antigone, en affrontant le roi Créon, son oncle, se conforme à la piété fraternelle, d'essence affective et non religieuse.

Le conflit familial et amoureux

« *Créon* – Pourquoi as-tu tenté d'enterrer ton frère ?
Antigone – Je le devais.
Créon – Je l'avais interdit.
Antigone – Je le devais tout de même… C'était mon frère. »

Le conflit social peut se vivre dans un contexte amoureux. ***Le Mariage de Figaro*** (Beaumarchais, 1785) met aux prises le valet Figaro et le comte Almaviva, son maître. Le comte a des visées sur Suzanne, la fiancée de Figaro. « Non, Monsieur le Comte, vous ne l'aurez pas… vous ne l'aurez pas », s'écrie Figaro (V, 1).

Le conflit social

Le conflit politique enfin peut dominer dans un théâtre d'idées comme celui de Sartre.

Le conflit politique

Dans ***Les Mains sales*** (Sartre, 1948), Hugo s'oppose à Hoederer, l'idéaliste qui se bat pour des principes, non pour des hommes, au chef politique réaliste pour lequel « tous les moyens sont bons quand ils sont efficaces ». Mais Hugo, hanté par son passé bourgeois, vit conjointement une crise personnelle.

B. La crise personnelle

On assiste souvent au théâtre à une intériorisation du conflit : une crise personnelle que peuvent déclencher des contextes politique, amoureux ou familial tendus.

La reprise de « crise personnelle » assure la transition avec le paragraphe précédent.

Dans ***Caligula*** de Camus (1944), l'empereur s'aperçoit, à la mort de Drusilla, sa sœur et maîtresse, que le monde tel qu'il est n'est pas satisfaisant. Dès lors, il tente d'exercer par le meurtre et la perversion systématique de toutes les valeurs une liberté dont il découvrira qu'elle n'est pas la bonne. La quête de Caligula est celle de l'impossible. L'accumulation de ses forfaits suscite la révolte. Sa démesure criminelle a donc une efficacité dramatique. Et si la pièce n'offre pas de véritable rebondissement, on ne manque pas de suivre le glissement du personnage dans le dénuement et la solitude. Phèdre est déchirée, quant à elle, par son amour coupable pour Hippolyte, son beau-fils. Dès sa première apparition, la reine a résolu de mourir. Le déroulement de l'intrigue ne fera que retarder cette annonce initiale. Pour Phèdre, la fatalité a le visage de Vénus et prend la forme d'une passion contre laquelle elle ne peut lutter. La crise personnelle dans ***Phèdre*** de Racine (1677) est aussi celle du silence. Dire ou ne pas dire ? L'héroïne est tiraillée et nous sommes confrontés à la puissance tragique de la parole libérée ou retenue.

Dans ***Juste la fin du monde***, la crise personnelle de Louis engendre un conflit familial. Dès le prologue, il nous explique qu'il a décidé de rejoindre sa famille pour « annoncer / dire, / seulement dire, [s]a mort prochaine et irrémédiable, / l'annoncer [lui]-même, en être l'unique messager ». Le prologue propose une fausse annonce présageant un réconfort, une réconciliation. Mais Louis

Les exemples tirés de l'œuvre au programme sont particulièrement approfondis.

repart sans avoir dit ce qu'il tenait à dire. La catastrophe n'a pas eu lieu, d'où la présence de l'adverbe rectificatif « juste » dans le titre. Alors qu'il est venu chercher la compassion, il quitte les siens avec des remords ; c'est l'inverse de la parabole de l'enfant prodigue. La crise intérieure de Louis, son mal-être, nous sont d'abord traduits par les discours des membres de sa famille. Suzanne suggère qu'il a honte d'eux, Antoine conteste sa pseudo-supériorité : « Tout n'est pas exceptionnel dans ta vie. » La mère lui reproche de n'avoir pas assumé sa responsabilité d'aîné. Selon Antoine, Louis ne se sentait pas aimé.

La troisième sous-partie, comme dans le premier axe, aborde les moyens d'expression.

C. Le monologue

Le monologue ou le soliloque* sont des instruments essentiels de la quête identitaire.

La dramaturgie classique recourt souvent à des monologues délibératifs supposés résoudre une crise personnelle et faire avancer l'action.

Le monologue délibératif dans la dramaturgie classique

Déjà Euripide dans ***Médée*** nous fait entendre le monologue déchirant de la protagoniste. Médée a lutté pour blinder son cœur, pour perpétrer le crime affreux ; on assiste à des revirements pathétiques, à des élans d'amour. Dans le long monologue où elle se convainc du bien-fondé de sa décision, Médée passe d'un discours à l'autre : « Oh ! non ! non !... Laisse-les, épargne ces petits, malheureuse ! Mais non ! [...] De toute façon le sort en est jeté. » La terrifiante vengeance aura lieu. La comédie, elle aussi, recourt au monologue délibératif. Ainsi Arnolphe dans ***L'École des femmes*** de Molière (1662) s'efforce de voir clair en lui. Doit-il se venger des jeunes gens amoureux ou persévérer dans la folle illusion de se faire aimer d'Agnès ? Doit-il s'abandonner à la rage ou croire encore à l'amour ? Les contradictions le déchirent : « J'étais aigri, fâché, désespéré contre elle : / Et cependant jamais je ne la vis si belle. » Mais la folie l'emporte, la deuxième solution est retenue et le monologue se termine par un défi à son rival : « Et de moi tout à fait vous ne vous rirez point. » (IV, 1).

Au cours du monologue, le personnage peut entrer en lui-même, tenter d'analyser la crise existentielle qui l'habite.

Présentation de l'idée qui va être développée dans la seconde étape : ici, le monologue exprimant une quête identitaire dans le théâtre contemporain.

Caligula a pris conscience de l'échec de sa logique (IV, 3). Face au miroir, instrument d'introspection, il s'écrie : « Je n'ai pas pris la voie qu'il fallait, je n'aboutis à rien. Ma liberté n'est pas la bonne. » Lui qui désirait la lune, il n'a rencontré que la nuit de la douleur humaine... Dès lors, lui apparaissent sa tragique solitude, sa finitude. Le voici prisonnier de lui-même, lui qui voulait la délivrance. L'Empereur, au terme de ce monologue, brise le miroir et efface ainsi le reflet de ce monstre qu'il est devenu pour obéir à sa logique sacrilège. Dans ***Juste la fin du monde,*** à la scène 10 de la première partie, Louis présente les différents états d'âme qui ont été les siens. Il s'est d'abord persuadé pour se sentir moins seul que « le reste du monde disparaîtra[it] avec [lui] ». Ensuite, pour éviter le pathos, il s'est amusé à deviner les réactions des vivants après sa mort, à lancer des défis : « On pleure. / On est bien. / Je suis bien ». Puis s'additionnent les ressentiments, les désirs de meurtres : « Je vous détruis sans regret avec férocité ». Et il poursuit, haineux : « Je pense du mal. / Je n'aime personne, / Je ne vous ai jamais aimés, / Je n'aime personne et je suis solitaire ». Louis s'interroge sur sa mort, et veut assumer son destin : « Je décide de tout, / la Mort aussi elle est ma décision », avant de conclure cyniquement : « Pourquoi la Mort devrait-elle me rendre bon ? »

La parole solitaire a donc pu rendre compte de ces crises extérieures ou intérieures qui tourmentent les êtres ou les précipitent vers leur destruction. Mais ces différents conflits sont-ils toujours des vecteurs dramatiques ?

Transition vers la synthèse en forme de dépassement

III. Les remises en cause de l'action dramatique

La troisième partie pourra éclairer la spécificité de la pièce de Lagarce.

Dans ces situations conflictuelles, on assiste à des remises en cause de l'action dramatique. La parole loin de permettre une avancée de l'action tendrait, dans le théâtre moderne et contemporain notamment, à s'enliser. La parole de crise deviendrait une crise de la parole.

A. Des pièces déstructurées

Pour Aristote, « la tragédie est représentation d'action ». Hegel, suivant la même lignée, considère dans son ***Cours d'esthétique*** (1830) que dans toute structure dramatique, le conflit est associé à l'idée de « progression permanente vers la catastrophe* finale ». Pour lui, c'est la collision qui détermine la dramaticité de l'œuvre. Elle est vecteur d'action.

Or, nombre de pièces conflictuelles, relevant par exemple du théâtre de l'absurde, ne nous apparaissent-elles pas déstructurées, niant toute avancée dramatique ?

La synthèse dépasse le débat en remettant en cause la notion de « vecteur dramatique ».

Ionesco, dans ***La Cantatrice chauve*** (1950), choisit une structure circulaire qui traduit l'enfermement des couples interchangeables et usés prononçant les mêmes banalités. La didascalie finale l'explique : « La pièce recommence avec les Martin, qui disent exactement les répliques des Smith dans la première scène, tandis que le rideau se ferme doucement. » Beckett, lui aussi, s'en prend au modèle aristotélicien, fondant sa pièce ***En attendant Godot*** (1952) sur le principe de circularité. Si la tension est réelle avec le motif de l'attente renouvelé, le schéma est déceptif : aucune avancée de l'action, aucune résolution de l'intrigue. Le nœud de la pièce est dilué dans l'œuvre et c'est la corde qui se métamorphose en nœud. Le dénouement est désamorcé par un jeu d'échos et de ressassement. La pièce peut recommencer sans fin d'autant qu'elle a sans doute commencé la veille.

On retrouve dans ***Juste la fin du monde*** cette linéarité du temps, de l'arrivée au départ de Louis, sans que rien n'advienne. Loin de toute réconciliation, la pièce offre aux spectateurs l'image d'une famille déchirée. Lors de l'épilogue, Louis se rappelle cette nuit d'été où il marchait « seul dans la nuit » et son incapacité à crier sa douleur et sa mort prochaine. C'est ainsi que « sans avoir rien dit de ce qui [lui] tenait à cœur », il « repri[t]

Pensez à citer l'œuvre au programme.

la route » (II, 1). Les disputes familiales n'ont donc pas pour effet de produire de l'action mais des situations de langage qui traduisent une impossible communication. C'est ainsi que Jean-Pierre Vincent, qui a signé la mise en scène de plusieurs pièces de l'auteur, a pu parler de « ratage » du théâtre de Lagarce : « La presque totalité des fables consiste en ceci : quelque chose doit arriver, se dérouler, quelque chose est planifié. Et ce quelque chose ne se produit pas ; il y a échec. »

B. Une impossible communication

Loin d'être un vecteur dramatique, la parole conflictuelle traduit une impossible communication et fige l'action.

Après l'éclatement des structures (1re sous-partie), la parole en question.

Le dialogue de Marc et Serge, dans l'exposition de la pièce de Yasmina Reza, ***Art*** (1994), révèle des personnages stéréotypés qui s'affrontent amicalement autour de l'art contemporain. Marc est « l'adepte du bon vieux temps », tandis que Serge, l'acquéreur d'un monochrome blanc signé Andrios, « a toujours hanté les galeries de manière ridicule ». L'affrontement banal et mécanique finit par se figer en un échange où la parole ne circule plus. Le théâtre de l'absurde choisit de rompre la dynamique du dialogue qui, dans le théâtre classique, fondait la tension dramatique. Didi et Gogo, dans ***En attendant Godot***, sont des naufragés de l'existence. Leur déchéance commune est source d'agressivité. Ce qui les unit, c'est l'attente. On note un cheminement parallèle des mots et des pensées, sans échange véritable : « *Estragon* – Je t'écoute. *Vladimir* – Mais non ! »

Jean-Luc Lagarce a été influencé par les dramaturges de l'absurde. Les disputes familiales dans ***Juste la fin du monde*** sont stériles et traduisent la difficulté de communiquer, une des formes du tragique de la condition humaine. Comme l'écrit Anne Ubersfeld : « la tendance de l'écriture dramatique contemporaine est de se plaire à des modes d'échange non conformes. Il y a une extraordinaire prédominance du monologue et du faux monologue avec des phrases parlées entre des personnages qui ne communiquent pas, la seule juxtaposition des monologues produisant le sens ». Dans la pièce de Lagarce, on remarque une invasion du monologue qui n'est pas l'apanage de Louis sur lequel l'intérêt se concentre mais de tous, si bien qu'on s'interroge sur l'identité du protagoniste. On assiste à une constellation des points de vue qui finit par brouiller le message. Si le prologue et l'épilogue mettent Louis en avant, ses discours interfèrent avec les soliloques de Suzanne, de Catherine, de la mère et d'Antoine. C'est Catherine à la scène 6 de l'acte I qui monopolise la parole, se fait le porte-parole de son mari, interrompt Louis qu'elle renvoie à Antoine. Mais sa médiation échoue, comme en témoigne la réplique de Louis : « Je n'ai rien à dire ou ne pas dire, je ne vois pas. » La confrontation à distance entre les monologues de Louis (I, 5) et d'Antoine (II, 3) est significative : ils ont tous pensé ne pas être aimés mais aucun véritable échange entre eux n'a été possible. « Rien ici ne se dit facilement » constate Antoine, qui reproche à Louis d'être « silencieux, ô tellement silencieux », avant de conclure : « J'ai fini / Je ne dirai plus rien ».

Si la parole échoue dans sa mission de communication et de conciliation, elle en vient même à se déliter, à devenir mimétique de la crise.

L'enjeu de la troisième partie explique que les exemples soient tous récents. *Juste la fin du monde* est abordé ici dans son contexte.

C. Une dérive de la parole

La parole avortée, mutilée, est significative du conflit et de la négation de l'action.

À la fin de ***La Cantatrice chauve***, les mots en délire éclatent en onomatopées et se réduisent à des enchaînements sonores : « Bizarre, beaux-arts, baisers ». La parole en vient à se dégrader en combat verbal. Dans le théâtre de la deuxième partie du XXe siècle, parvenir à dire est une épreuve et les personnages, pour traduire une crise personnelle, sont souvent condamnés à adopter un langage troué de silences, heurté par des parataxes*, ralenti par des points de suspension.

Comme dans les deux axes précédents, la troisième sous-partie aborde les moyens d'expression.

Nous retrouvons dans ***Juste la fin du monde*** cette parole en crise qui s'enlise et s'enferme. On assiste à d'incessantes corrections, reprises, comme si les mots trahissaient la pensée. La figure de l'épanorthose* caractérise le discours des personnages. Il en résulte une impression de ressassement, d'étirement, voire de silence, comme si la circularité du langage, l'incessante reformulation, illustraient un état statique du drame. À la fin de la première partie, ce ne sont dans le discours de Louis que des variations sur le verbe « connaître » : « tu ne me connais pas », « tu crois me connaître », « tu ne me connais plus », « je ne te connais pas », « on ne se connaît pas ». Suzanne (III, 1) utilise anadiplose* et anaphores* pour étirer ses propos, comme pour les rectifier à l'infini ; ailleurs, les temporalités se mêlent. Entre le ressassement du passé et l'avenir invalidé, le présent dans sa fragilité interdit toute progression dramatique.

Sautez deux lignes entre la dernière partie et la conclusion.

Conclusion

Le théâtre depuis ses origines grecques jusqu'au XXIe siècle a donc privilégié le conflit comme vecteur dramatique. Au-delà du conflit familial, la confrontation peut revêtir bien d'autres formes et se muer en une crise personnelle, un conflit intérieur. Toutefois, si le discours théâtral rend compte de ces conflits, il évolue en tant que vecteur dramatique. Habituellement source d'une progression de l'action, il devient souvent dans les œuvres modernes et contemporaines signe d'enlisement. Par un étonnant mimétisme, la parole conflictuelle peut ainsi se figer et traduire une cristallisation de l'action.

La première partie de la conclusion dresse le bilan de l'analyse (Fiche 28).

Le conflit dégage donc une forme de violence face à laquelle le spectateur ne reste pas passif.

Par le biais de la catharsis*, il permet une libération de l'angoisse, mais aussi une réflexion sur notre condition humaine.

Élargissement

L'épreuve orale

L'épreuve orale

L'épreuve orale s'appuie sur le travail effectué durant l'année. Le sérieux des candidats est récompensé.

Avant l'épreuve

Le descriptif

• L'examinateur a reçu quelques jours auparavant les descriptifs des élèves qu'il va interroger, ce qui ne vous dispense pas de présenter, sans ratures autres que celles autorisées par votre professeur, votre propre descriptif signé par votre enseignant et le chef de votre établissement.
• Le descriptif présente le travail effectué au cours de l'année de Première : les extraits étudiés (entre 20 et 24) de façon précise et les textes abordés de façon cursive sont nettement distingués.

L'organisation matérielle

• Présentez-vous devant l'examinateur muni des documents suivants : votre convocation, votre pièce d'identité ; votre « descriptif des lectures et activités » et vos textes (extraits, œuvres intégrales) en double exemplaire.
• L'examinateur vous donne un bordereau d'interrogation sur lequel figurent le texte que vous devrez expliquer de façon linéaire et la question de grammaire.
• À l'issue des trente minutes de préparation, l'examinateur vous appelle. L'épreuve comprend deux parties : l'exposé, noté sur 12, dure 12 minutes ; l'entretien noté sur 8 dure 8 minutes.

Conseils

• Portez une tenue correcte, neutre et dans laquelle vous êtes à l'aise.
• Soyez poli : « Bonjour Monsieur », « Bonjour Madame »... « Merci »...

Première partie de l'épreuve : 12 minutes

La lecture à voix haute (2 points)

Vous lirez le texte de façon claire et expressive. Lisez posément et pensez à marquer la ponctuation et les paragraphes. Soignez particulièrement les textes en vers.

Conseils

- Assurez-vous de bien prononcer les noms propres et certains mots particuliers (ceux qui contiennent un « ch » se prononçant « k » par exemple).
- Faites les liaisons.
- Pour les textes en vers, veillez à la métrique* et aux diérèses*.
- Entraînez-vous plusieurs fois dans l'année pour chaque texte présenté.

L'explication de texte (8 points)

• **Le texte.** L'explication de texte porte sur un des textes que vous avez étudiés durant l'année. Il est tiré d'une des œuvres au programme ou bien est rattaché à un des parcours. Si le texte est long, l'examinateur pourra sélectionner un passage d'une vingtaine de lignes.

• **L'explication linéaire.** Votre explication suit la progression du texte en mettant en relief ce qui est important.

– En vous rappelant ce qui a été vu en classe, notez la problématique de votre étude : comme pour le commentaire, il s'agit d'éclairer les principaux enjeux du texte.

– Dégagez le plan du texte. Étudiez chacune de ses parties en suivant sa progression. Appuyez-vous sur un repérage et un commentaire des procédés. Mettez en relief ce qui est important.

– Votre explication comprend une introduction et une conclusion.

Conseils

- Soignez votre expression orale et utilisez un vocabulaire précis.
- Regardez l'examinateur.
- Évitez le mot à mot et la paraphrase : il ne s'agit pas de redire le texte avec vos termes à vous mais de montrer ses enjeux et les spécificités de son écriture.

• **L'introduction de l'explication linéaire** comprend trois grandes étapes.

Étape 1 Présentation de l'auteur, de l'œuvre ; situation du passage dans l'œuvre intégrale.

Étape 2 Présentation du texte et de la problématique de l'étude.

Étape 3 Annonce du plan : les grandes lignes de la progression du texte.

• **La conclusion de l'explication linéaire** comprend deux grandes étapes.

Étape 1 Un bilan de ce qui a été étudié : les grands enjeux du texte.

Étape 2 Une ouverture vers l'œuvre ou d'autres textes.

La question de grammaire (2 points)

La question porte sur un court passage du texte et concerne la syntaxe. Utilisez les termes grammaticaux qui conviennent.

Conseils

Distinguez bien les natures (classes grammaticales, **Fiches 55 et 56**) et les fonctions (rôles dans la phrase, **Fiche 57**). Revoyez ces notions ainsi que ce qui concerne la phrase (**Fiches 66 à 70**).

Seconde partie de l'épreuve : 8 minutes

Présentation de l'œuvre choisie

• Présentez de façon synthétique l'œuvre choisie, son auteur, le mouvement dans lequel elle s'inscrit, ses principales caractéristiques.
• Expliquez la raison de votre choix : cette œuvre est représentative d'un mouvement, d'une époque ; elle soulève un problème qui vous concerne ; elle vous touche…

Entretien

• L'examinateur vous pose des questions sur l'œuvre choisie, sur les raisons de votre choix dans le cadre du descriptif.
• Il attend des réponses claires et développées. Appuyez-vous sur des exemples précis.

Conseils

• N'hésitez pas à demander à l'examinateur d'expliciter une question si vous ne l'avez pas comprise.
• Prenez le temps de développer votre réponse.
• Montrez votre culture sans chercher à éblouir.
• Soyez spontané tout en restant respectueux et posé.

SUJET 25

« Elle avait pris ce pli... », *Les Contemplations*

Œuvre : « Elle avait pris ce pli... », *Les Contemplations*, Victor Hugo, 1856
Parcours : Les Mémoires d'une âme

1. Vous présenterez l'explication linéaire de « Elle avait pris ce pli... », extrait des *Contemplations* de Victor Hugo.

2. Vous répondrez à la question de grammaire suivante.
Donnez la fonction des différents mots ou groupes dans la dernière phrase (les trois derniers vers).

Elle avait pris ce pli...

Elle avait pris ce pli dans son âge enfantin
De venir dans ma chambre un peu chaque matin ;
Je l'attendais ainsi qu'un rayon qu'on espère ;
Elle entrait et disait : « Bonjour, mon petit père » ;
Prenait ma plume, ouvrait mes livres, s'asseyait
Sur mon lit, dérangeait mes papiers, et riait,
Puis soudain s'en allait comme un oiseau qui passe.
Alors, je reprenais, la tête un peu moins lasse,
Mon œuvre interrompue, et, tout en écrivant,
Parmi mes manuscrits je rencontrais souvent
Quelque arabesque folle et qu'elle avait tracée,
Et mainte page blanche entre ses mains froissée
Où, je ne sais comment, venaient mes plus doux vers.
Elle aimait Dieu, les fleurs, les astres, les prés verts,
Et c'était un esprit avant d'être une femme.

Son regard reflétait la clarté de son âme.
Elle me consultait sur tout à tous moments.
Oh ! que de soirs d'hiver radieux et charmants,
Passés à raisonner langue, histoire et grammaire,
Mes quatre enfants groupés sur mes genoux, leur mère
Tout près, quelques amis causant au coin du feu !
J'appelais cette vie être content de peu !
Et dire qu'elle est morte ! hélas ! que Dieu m'assiste !
Je n'étais jamais gai quand je la sentais triste ;
J'étais morne au milieu du bal le plus joyeux
Si j'avais, en partant, vu quelque ombre en ses yeux.

Novembre 1846, jour des Morts.

1. Corrigé de l'explication linéaire

Ce plan détaillé correspond aux notes que vous pourriez prendre pendant votre temps de préparation.

Fiche œuvre 1

Introduction

[Accroche] Dans la préface des *Contemplations*, Hugo rappelle le projet de son œuvre : « c'est une âme qui se raconte dans ces deux volumes : Autrefois, Aujourd'hui. Un abîme les sépare, le tombeau. ». Le livre IV « *Pauca Meæ* » apparaît justement comme cet abîme. C'est surtout dans les premiers poèmes de cette section, profondément marqués par la douleur de la perte de l'enfant chérie, que le lecteur partage la peine du poète endeuillé.

[Présentation du poème] Le poème V de cette section n'échappe pas à la tonalité chagrine du livre IV. Dans « Elle avait pris ce pli... », le poète se remémore avec une amère nostalgie les souvenirs de sa fille enfant.

[Problématique] Nous pouvons alors nous demander comment le poète peint le souvenir de sa fille perdue.

[Annonce de plan] Nous verrons que le poète commence d'abord par tenter de faire revivre sa fille et de l'idéaliser (vers 1 à 13). Puis, nous étudierons le tableau passé et parfait de sa famille réunie au complet avec Léopoldine en position centrale (vers 14 à 22). Enfin, nous observerons la tonalité profondément amère du constat présent de l'absence de sa fille (vers 23 à 26).

I. Un portrait vivant et idéalisé de Léopoldine (v. 1-13)

Le poème V s'ouvre d'abord sur un double portrait de Léopoldine : dans les sept premiers vers, elle est comme ressuscitée par le poète qui la met en scène pour mieux la faire revivre ; dans un deuxième temps, elle est idéalisée par Hugo qui l'immortalise en en faisant sa muse.

A. La dramatisation des habitudes de l'enfant chérie (v. 1-7)

Dès les premiers vers, le lecteur a l'impression d'assister à une mise en scène de Léopoldine vivante. Tout se passe comme si le souvenir de l'enfant perdue reprenait vie dans cette remémoration dramatisée des habitudes de Léopoldine enfant.

• L'emploi d'un **imparfait d'habitude** : « attendais », « entrait », « prenait », « riait »

→ insiste sur « ce pli », cette habitude ancienne et permet au lecteur de se figurer la routine d'un père et de sa fille.

• **Une énumération de verbes de mouvement :** « entrait », « ouvrait », « s'essayait », « dérangeait », « s'en allait »

→ donne un certain dynamisme à la scène, met en scène l'enfant virevoltante.

• Le recours au **discours direct** introduit par un **verbe de parole** : « et disait : « Bonjour, mon petit père »

→ fait entendre au lecteur la voix de Léopoldine et la rend présente à son oreille.

Dans cette mise en scène du souvenir, il semble que le poète cherche à ressusciter l'enfant perdue en se remémorant un rituel intime entre un père et sa fille.

B. Léopoldine, une figure de muse (v. 8-13)

Par la suite, ce n'est plus tant le père qui se rappelle les habitudes de sa fille, mais le poète qui idéalise sa muse. Léopoldine est en effet immortalisée par le poète qui la peint avec les traits de la parfaite muse poétique.

• Le déploiement du **vocabulaire de la création poétique** : « œuvre », « en écrivant », « manuscrit », « page blanche » (+ « papier », « livre », « plume » dans les vers précédents)
→ met en scène le poète à sa table de travail et rappelle au lecteur que le sujet lyrique parle à la fois en tant que père mais aussi en tant que poète et démiurge (celui qui crée et produit une œuvre) face à la quête d'inspiration ; dès lors la petite fille devient naturellement la muse du poète.
• Le **choix d'une expression** comme « arabesque folle » (v. 11) pour désigner le trait tracé par Léopoldine apparaît comme une **hyperbole***
→ cela permet au poète de sublimer le griffonnage de sa fille en le comparant au motif sophistiqué de l'arabesque.
• L'emploi d'un **superlatif relatif de supériorité** « mes plus doux vers » (v. 13) a aussi une **valeur hyperbolique**
→ le poète attribue à la vivacité de sa fille toute la valeur littéraire de son œuvre et la place sur un piédestal : elle est celle à qui il doit son inspiration et sa célébrité.
Après avoir donné l'impression qu'il cherchait à ressusciter sa fille en mettant en scène aux yeux du lecteur ses petites habitudes de fillette, le poète semble chercher à l'immortaliser en la présentant comme sa muse. Aussi assiste-t-on à une véritable idéalisation du souvenir de l'enfant perdue.

II. Le tableau chaleureux des souvenirs familiaux (v. 14-22)

L'idéalisation de la fille chérie du poète se poursuit lorsque ce dernier dépeint le souvenir de sa famille réunie au complet. Il commence d'abord par se focaliser sur l'élément central de son tableau, Léopoldine. Puis, il crée une atmosphère heureuse et douce qui enveloppe chaleureusement ce souvenir.

A. Au centre du tableau : l'enfant divinisée (v. 14-17)

Dans la continuité de la figure de muse que dessine le poète, le portrait de Léopoldine est mis en valeur au cœur du poème ; elle est présentée comme un esprit, ce qui contribue à sa divinisation mais rappelle aussi sa disparition.
• La **focalisation du poète** sur le **pronom personnel** « elle » (6 fois dans le poème) sans jamais nommer le prénom Léopoldine (le prénom n'apparaît jamais dans le recueil)
→ on assiste à une dépersonnalisation (dématérialisation) de l'enfant pour mieux la diviniser.

• Le recours à une **comparaison** « c'était un esprit avant d'être une femme » + la **rime** « femme/âme » renforce également ce phénomène + le **champ lexical de la lumière** « Dieu », « astre », « clarté »
→ tout cela met davantage en valeur l'être spirituel que l'être charnel : tout se passe comme si Léopoldine avait toujours été un ange (avant d'être un enfant) ; sa mort en est ainsi adoucie : elle n'a pas été arrachée à la vie mais elle a été rendue à sa condition spirituelle d'origine.
L'« esprit » et l'« âme » de Léopoldine semblent ainsi flotter dans ce souvenir du poète. L'idéalisation nostalgique du passé heureux avec sa fille vivante est encore renforcée par le tableau de la famille unie et réunie qui apparaît dans la suite du poème.

B. Le souvenir d'une famille unie (v. 18-22)

La fille et muse du poète se voit alors auréolée d'une atmosphère douce, paisible et heureuse : le tableau de la famille unie vient achever la peinture nostalgique du bonheur passé.
• L'emploi d'une **exclamation** et **interjection** « Oh ! » (v. 18)
→ met en valeur l'atmosphère nostalgique des temps heureux, du bonheur familial, de cet « autrefois » parfait et idéalisé.
• Le déploiement du **champ lexical de la famille** « enfants », « mère », « amis » renforcé par la profusion de déterminants possessifs « <u>mes</u> quatre enfants », « <u>mes</u> genoux », « <u>leur</u> mère »
→ insiste sur l'intimité familiale et la force des liens du sang qui réunissent tous ces êtres profondément attachés les uns aux autres.
• L'ancrage dans un **cadre spatio-temporel chaleureux** « au coin du feu » (lieu), « soirs d'hiver » (temps) accompagné d'**adjectifs à connotation* méliorative** « radieux et charmants » ; la diérèse* (radi-eux) accentue le bonheur exprimé.
→ crée une atmosphère douce et chaleureuse où se déploie toute la nostalgie du poète.
Ainsi, les trois quarts du poème sont dominés par la douceur des souvenirs liés à Léopoldine. On a ici un tableau représentatif de l'atmosphère du premier livre des *Contemplations* « Autrefois ».

III. Le retour brutal à la réalité de la mort (v. 23-26)

Mais, soudainement ce cadre idéal est rompu par un brusque retour à la réalité présente : le poète fait l'affreux constat présent de la mort de sa fille et le poème s'achève sur une tonalité amère et mélancolique.

A. Le cri de désespoir du poète (v. 23)

Un vers suffit à rompre ce souvenir rêveur du passé : il s'agit alors du réveil brutal du poète, tiré de sa nostalgie et violemment ramené au constat présent de la mort de sa fille.

• La présence d'une triple **interrogation** accompagnée de l'**interjection** « Hélas ! »

→ introduit un effet de rupture, de cassure, d'« abîme » dans le poème.

• Le retour au présent avec l'emploi du **présent de l'indicatif** « elle est morte » et du subjonctif « que Dieu m'assiste »

→ marque également la rupture et illustre ce retour violent à la réalité de la mort.

• Le rythme du **vers est brisé à l'hémistiche*** : l'interjection « Hélas ! » placée au centre de l'alexandrin brise le rythme régulier du vers

→ donne une impression de sanglot, de hoquet dans l'écriture poétique.

Ce vers agit donc dans le poème comme un cri de désespoir laissant comprendre au lecteur que le passé est définitivement révolu et qu'il est désormais temps d'affronter la brutalité du deuil.

B. La tonalité triste des derniers vers (v. 24-26)

Dès lors, la tonalité du poème n'est plus nostalgique, mais bel et bien amère : le poème s'achève sur une mise en valeur de la profonde tristesse du poète.

• Les **nombreuses antithèses*** : « gai » / « triste », « morne » / « joyeux », « bal » / « ombre »

→ introduisent une nuance mélancolique (au sens propre, noire) au tableau lumineux de Léopoldine vivante

• Ces **antithèses** sont de plus mises en valeur par un chiasme* : « Je n'étais jamais <u>gai</u> quand je la sentais triste / J'étais <u>morne</u> au milieu du bal le plus joyeux »

→ un effet de symétrie est ainsi créé et met en valeur l'intimité du lien entre la fille et son père ; ils semblent ne faire qu'un. Dès lors, le lecteur comprend l'ampleur et la gravité des conséquences de la disparition de l'enfant sur le poète.

• **L'entrelacement des pronoms « je » / « elle »**

→ insiste également sur cette unité et osmose de deux êtres : si la tristesse de l'un entraîne la tristesse de l'autre, alors la disparition de l'un entraîne nécessairement la disparition de l'autre.

C. La date

La date qui figure à la fin du poème trouve son écho dans le poème : « novembre » contraste avec les fleurs et les prés verts ; « jour des morts » rappelle le drame.

Conclusion

[Bilan] La chute du poème nous fait entrer dans cette nouvelle partie du recueil de Victor Hugo intitulée « Aujourd'hui ». Désormais, le bonheur ne semble plus qu'un souvenir pour le poète éploré et endeuillé. Ce dernier, mélancolique, est alors tenté de sombrer dans le chagrin, voire dans la folie. *[Ouverture]* Il faut attendre le poème XIV « Demain dès l'aube » pour que le poète parvienne à regarder de nouveau vers l'avenir.

2. Corrigé de la question de grammaire

La réponse pourra déboucher sur une analyse en lien avec le sens du poème : tandis que les compléments circonstanciels posent un cadre simple (le lieu et le temps) souligné par l'antithèse « triste » / « joyeux », la répétition du « je », du verbe « être » et les nombreux attributs figent le chagrin des derniers vers.

Fiches p. 287
57

• **Fonctions essentielles** (ne peuvent être supprimées) :
« Je » (à quatre reprises) : sujet (« étais » deux fois, « sentais », « avais »)
« Gai » : attribut du sujet « je »
« Morne » : attribut du sujet « je »
« La » : COD du verbe « sentais »
« Triste » : attribut du COD « la »
« Quelque ombre » : COD de « avais »
• **Fonctions non essentielles** (qui peuvent être supprimées) :
« Quand je la sentais triste » : CC de temps
« Au milieu du bal le plus joyeux » : CC de lieu
« En partant » : CC de temps
« En ses yeux » : CC de lieu

SUJET 26

« Parfum exotique », *Les Fleurs du Mal*

Œuvre : « Parfum exotique », *Les Fleurs du Mal*, Charles Baudelaire, 1857
Parcours : Alchimie poétique : la boue et l'or

1. Vous présenterez l'explication linéaire de « Parfum exotique », extrait des *Fleurs du Mal* de Charles Baudelaire.

2. Vous répondrez à la question de grammaire suivante.
Dans le deuxième quatrain quelle est la fonction des substantifs à l'initiale des vers ?

XXI. PARFUM EXOTIQUE

Quand, les deux yeux fermés, en un soir chaud d'automne,
Je respire l'odeur de ton sein chaleureux,
Je vois se dérouler des rivages heureux
Qu'éblouissent les feux d'un soleil monotone ;

Une île paresseuse où la nature donne
Des arbres singuliers et des fruits savoureux ;
Des hommes dont le corps est mince et vigoureux,
Et des femmes dont l'œil par sa franchise étonne.

Guidé par ton odeur vers de charmants climats,
Je vois un port rempli de voiles et de mâts
Encor tout fatigués par la vague marine,

Pendant que le parfum des verts tamariniers,
Qui circule dans l'air et m'enfle la narine,
Se mêle dans mon âme au chant des mariniers.

1. Corrigé de l'explication linéaire

Ce plan détaillé correspond aux notes que vous pourriez prendre pendant votre temps de préparation.

Fiche œuvre 2

Introduction

[Le recueil et ses enjeux] Pour échapper au Spleen, Baudelaire, dans *Les Fleurs du Mal*, recueil poétique publié en 1857, recourt aux paradis artificiels, pratiques provisoires, mais surtout au rêve, au raffinement de certaines sensations qui lui permettent d'atteindre un monde idéal.

[Présentation du poème] « Parfum exotique » ouvre le cycle de l'amour dans la section « Spleen et Idéal » et Jeanne Duval, la « Vénus noire » rencontrée après son séjour à l'île Maurice en 1841, en est l'inspiratrice. Ce sonnet* traditionnel nous présente une rêverie très agencée où la femme joue le rôle d'initiatrice et permet au poète d'associer bonheur sensuel et envolée spirituelle.

[Problématique] De quelle manière Baudelaire nous décrit-il son paradis ?

[La progression du texte] On compte seulement deux phrases dans le sonnet, réparties entre les deux quatrains et les deux tercets. Sonnet français très régulier (rimes embrassées et identiques dans les quatrains abba, abba, plates et croisées dans les tercets, ccdede). La structure du sonnet traditionnel coïncide avec son organisation syntaxique. De l'île au port, un mouvement d'expansion aboutit à l'extase.

I. Les deux quatrains v. 1-8 : un voyage onirique* et exotique

II. Les deux tercets v. 9-14 : écho et approfondissement de la vision paradisiaque

I. Les deux quatrains v. 1-8 : un voyage onirique et exotique

A. Vers 1-2 : le contexte de l'évocation et la naissance de la rêverie

On assiste à une triple clôture qui crée les conditions favorables à la rêverie.

• **La clôture du regard extérieur** : « les deux yeux fermés », le poète se concentre vers l'intériorité, s'évade dans son imaginaire.

• **La clôture du soir** : le « soir chaud d'automne », moment privilégié souligné par des voyelles chaleureuses.

• **La clôture de l'intimité amoureuse** symbolisée par l'odeur du « sein chaleureux ». La régularité du vers 2, un tétramètre*, la richesse des assonances* en [eur] traduisent bien cet état de plénitude sensorielle. Et le jeu des pronoms-adjectifs de la 1re et de la 2e personne concrétise cette alliance. Ainsi se bâtit un nid protecteur dispensateur de bonheur comme le suggère la rime riche « -heureux ». La femme exotique est donc un guide vers l'imaginaire et la sensation olfactive déclenche une série de sensations visuelles. Le parfum est le tremplin du rêve.

B. Vers 3-4 : l'apparition du paysage rêvé

• **Vers 3** : « je vois se dérouler » : c'est le début de la rêverie du *je* lyrique. On remarque l'immobilité du corps mais la mobilité de l'esprit entraîné dans l'aventure de la rêverie. Un équilibre fermeture-ouverture dès lors se crée.

Le verbe de la proposition principale « je vois » n'apparaît qu'au vers 3, mis en valeur à l'initiale du vers. La conjonction de subordination « quand » et la position symétrique de « je respire » et « je vois » en début de vers soulignent le lien étroit qui unit, dans un rapport de simultanéité, la perception olfactive et la perception visuelle. La magie du parfum de femme libère l'esprit et renvoie au titre.

• **Vers 4** : un vaste paysage maritime se déploie, comme le suggèrent le pluriel (« rivages ») et l'enjambement* du vers 3 sur le vers 4. On note la qualité de la **lumière** qui baigne ce paysage, comme tout paradis baudelairien. Chaleur et intensité lumineuse se combinent. Le vers 4 nous présente « les feux d'un soleil monotone ». L'intensité de la lumière est traduite par le verbe « éblouir » et la multiplication des reflets par le pluriel « les feux », placés à la césure* de l'alexandrin. L'épithète « monotone » créant avec le « soleil » une sorte d'oxymore*, vient renforcer cette intensité. Voilà la lumière solaire répartie entre les deux hémistiches*, évoluant vers une lumière permanente, un miracle d'éternité.

C. Vers 5-8, 2e quatrain : l'évocation de l'île

L'île est un topos* littéraire, un *locus amoenus* (lieu idyllique).

• **Vers 5-6** : après la lumière, la **nature** est la deuxième composante de l'île paradisiaque. Le paradis qui s'offre au poète s'oppose à l'éden *[paradis]* biblique comme à la modernité de l'ici.

À la différence de l'agitation moderne, tout est sur l'île nonchalance et abandon. L'adjectif « paresseuse » est mis en relief à la césure et s'associe à la fécondité dans une relation oxymorique. La nature « donne ». Le verbe, un monosyllabe placé à la rime et suivi de compléments pluriels, suggère

la générosité inépuisable de la terre nourricière. Par le biais d'une hypallage*, il nous est précisé que les habitants de cette « île paresseuse » ne connaissent pas le travail de la terre.
L'enjambement met en valeur « arbres singuliers » et « fruits savoureux ». Les adjectifs sont valorisants, unissant exotisme (« singuliers ») et sensualité (« savoureux »). Mais surtout, à la différence du paradis biblique, il n'est pas ici de fruit défendu ni de chute possible. Le rythme binaire de l'alexandrin scandé par l'allitération* en [s] souligne cette harmonie d'un monde sans péché.
• **Vers 7-8 : des êtres parfaits** habitent l'île. On peut noter dans les vers 6-8 un parallélisme entre les arbres et les hommes, les fruits et les femmes et dans les vers 7-8 une symétrie syntaxique, gage d'équilibre.
Comme les arbres, par leur beauté et leur santé, les hommes s'opposent au monde moderne où tout est laideur et fragilité. Ils concilient les contraires avec leur corps « mince et vigoureux », à la manière des éphèbes antiques.
Les femmes sont pures, non corrompues, à la différence d'Ève, ou des femmes modernes. Leur « œil », miroir de l'âme, « par sa franchise étonne ».
La franchise, l'innocence féminine sont mises en relief par l'inversion.
Entrevu en rêve, ce paradis exotique renvoie à l'innocence originelle.
De l'île au port, la rêverie régressive* s'enrichit d'un nouveau champ de vision, et le paradis d'une nouvelle dimension.

II. Les deux tercets v. 9-14 : écho et approfondissement de cette vision paradisiaque

A. Échos

• **Vers 9 :** le vers 9 fait écho aux vers 1-2 et rappelle « l'odeur » de la femme dans le déroulement de la rêverie.
• **Vers 10-14 et vers 1-3 :** un chiasme * syntaxique met en relief les deux objets de la rêverie, l'île et le port (« quand [...] je respire l'odeur, [...] je vois » et « je vois [...] pendant que le parfum [...] se mêle dans mon âme).

B. Approfondissement

• **Un lieu d'extase sensorielle**
– Vers 10 : la synecdoque* « voiles et mâts » contribue à suggérer l'impression de mouvement et de profusion. L'association du féminin (« voiles) et du masculin (« mâts ») crée une nouvelle sensualité.
– Vers 10-14 : les différents sens sont sollicités et l'extase naît des synesthésies*, des correspondances horizontales entre les sensations.

La vision est bien sûr présente avec les navires bercés par le roulis, la couleur des « verts tamariniers » et la vague marine. On repère aussi le « parfum », les sons de la vague et le « chant des mariniers ». Règne une atmosphère enivrante où « les parfums, les couleurs et les sons se répondent » (le sonnet « Correspondances »).

• Un lieu d'harmonie universelle

– Vers 11-14 : Les correspondances verticales contribuent à cette harmonie. Elles permettent l'union des choses entre elles et avec l'âme du poète. Elles tissent des liens entre le visible et l'invisible, les êtres et les choses. Ainsi les navires sont-ils personnifiés, « fatigués » et les rimes, avec un effet de paronomase*, accentuent l'impression de fusion (« marine » / « narine », « tamariniers » / « mariniers).

L'harmonie des tercets, unis en un sizain*, avec les assonances en voyelles nasalisées*, traduit un état de plénitude. C'est l'apogée du rêve paradisiaque, comme un retour au sein maternel et protecteur, déjà présent au vers 2, marqué par le bercement de la vague, les rimes plates des vers 9-10, la syllabe obsédante [ma] toute empreinte de douceur et même inversée dans le mot « âme ».

– Vers 14 : Le mot « âme » résonne dans le dernier vers, très important dans un sonnet (la chute) : il marque le passage d'une expérience sensuelle et sensorielle à un élan spirituel vers l'idéal. L'harmonie est non seulement phonique mais rythmique puisqu'on remarque un déploiement continu du vers où la césure est effacée par l'élision* du [e] de « âme » (2 + 4 + 6).

On assiste donc, loin de toute fragmentation, à une union retrouvée de l'homme et du monde.

Conclusion

[Bilan] Dans « Parfum exotique », un monde idéal nous est donné à voir, suivant la tradition des paradis exotiques où l'homme et la femme vivent en harmonie avec la nature et n'ont pas l'idée de la faute.

Cette évasion dans la rêverie a été rendue possible par la médiation de la femme, « objet magique » qui féconde l'imagination. « La femme est fatalement suggestive » écrit Baudelaire.

[Ouverture] Ce poème est suivi de « La Chevelure », un doublet reprenant le même scénario. Toutefois, c'est ici le cadre resserré du sonnet conventionnel, tandis que « La Chevelure » déploie sa luxuriance au long de sept quintils*. Baudelaire parvient par le jeu des rimes, des rythmes et des sonorités à introduire dans le sonnet le déroulement ondulatoire de la rêverie.

« Quel est donc l'imbécile [...] qui traite si légèrement le sonnet et n'en voit pas la beauté pythagorique ? Parce que la forme est contraignante, l'idée jaillit plus intense ». Lettre à Armand Fraisse, 1860.
[Pythagorique : qui rappelle Pythagore, l'harmonie musicale qu'il a définie.]

2. Corrigé de la question de grammaire

Cette analyse grammaticale peut étayer l'analyse littéraire en montrant qu'on assiste au déroulement de la vision avec différents plans de plus en plus rapprochés.

Fiches p. 287
57

• Les substantifs (noms) à l'initiale des vers 5, 7 et 8 sont les termes d'une énumération qui a commencé dans la première strophe. Le substantif qui ouvre le vers 6 fait, quant à lui, partie de la subordonnée relative débutée au vers 5.
• L'« île » est COD du verbe « voir » (« je vois », vers 3).
• Les « arbres » (et les « fruits ») sont COD du verbe « donne », à la faveur de l'enjambement.
• Les « hommes » et les « femmes » sont à nouveau COD du verbe « voir », comme l'indique la ponctuation identique au vers 4 [;].

SUJET 27

« Nuit rhénane », *Alcools*

Œuvre : « Nuit rhénane », *Alcools*, Guillaume Apollinaire, 1911
Parcours : Modernité poétique ?

1. Vous présenterez l'explication linéaire de « Nuit rhénane », extrait d'*Alcools* de Guillaume Apollinaire.

2. Vous répondrez à la question de grammaire suivante.
Relevez et identifiez les différentes propositions dans le premier quatrain. Quand c'est possible, précisez la fonction de la proposition.

Nuit rhénane

Mon verre est plein d'un vin trembleur comme une flamme
Écoutez la chanson lente d'un batelier
Qui raconte avoir vu sous la lune sept femmes
Tordre leurs cheveux verts et longs jusqu'à leurs pieds

Debout chantez plus haut en dansant une ronde
Que je n'entende plus le chant du batelier
Et mettez près de moi toutes les filles blondes
Au regard immobile aux nattes repliées

Le Rhin le Rhin est ivre où les vignes se mirent
Tout l'or des nuits tombe en tremblant s'y refléter
La voix chante toujours à en râle-mourir
Ces fées aux cheveux verts qui incantent l'été

Mon verre s'est brisé comme un éclat de rire

1. Corrigé de l'explication linéaire

Ce plan détaillé correspond aux notes que vous pourriez prendre pendant votre temps de préparation.

Fiche œuvre 3

Introduction

[Le recueil et ses enjeux] Guillaume Apollinaire, auteur du début du XXe siècle a marqué l'évolution de la poésie. Il fait le choix de la modernité, écrivant au tout début d'*Alcools* « Je suis las de ce monde ancien ».
Alcools est un recueil qui affiche sa modernité :
– différents points de vue : différentes formes (poèmes très longs comme « Zone » ou très courts comme « Chantre », des formes traditionnelles comme « Nuit rhénane » ou des vers libres comme « Zone ») ;
– suppression de la ponctuation pour amener le lecteur à participer.
La section « Rhénanes » est inspirée du voyage en Allemagne (1901) et de l'amour déçu pour Annie Playden, une gouvernante anglaise.
[Présentation du poème] Le poème est caractéristique de la section « Rhénanes » :
– la place du Rhin et du folklore germanique ;
– la place des femmes ;
– la place de l'imaginaire ;
– un chant (celui du batelier, des fées et celui du poète) ;
– le thème de l'ivresse filé tout au long du poème rappelle le titre du recueil.
[Problématique] Comment l'imaginaire imprègne-t-il la représentation du paysage rhénan pour l'évoquer sous la forme de chansons ?
[Annonce du plan] La progression du texte avec une forme brouillée : un poème de quatre strophes régulières (alexandrins aux rimes croisées) auquel s'ajoute un vers isolé ou bien un sonnet* auquel il manquerait un vers dans les tercets*.
I. Les deux premiers quatrains* organisés autour de trois verbes à l'impératif et de trois marques de la 1re personne.
II. Le dernier quatrain dans lequel on ne relève ni impératif ni marque de la 1re personne : le Rhin a envahi le poème.
III. Le dernier vers et son effet de chute.

I. Les deux premiers quatrains

A. Un ancrage géographique et biographique (dans les deux quatrains)

• **Ancrage géographique** : image traditionnelle, folklorique de l'Allemagne
– personnages : « batelier », « filles blondes aux nattes repliées » ;
– légende germanique des ondines qui vivent dans le Rhin, dans un palais de cristal et qui emprisonnent les marins.

• **Ancrage biographique** : la place de la 1re personne et les impératifs
– « mon » : 1er vers (sera repris au 13e vers pour encadrer le poème) ; « je » et « moi » : vers 6 et 7 (au cœur du poème) ;
– impératifs dans trois premiers hémistiches* comme pour lancer le vers et imposer la présence du poète avant qu'il ne disparaisse dans la troisième strophe.

B. L'emprise progressive de l'imaginaire (premier quatrain)

• **Vers 1.** Le thème de l'ivresse sera repris dans la 3e strophe : « verre » et « vin », l'image de la « flamme », le néologisme « trembleur » qui introduit un désordre.
L'adjectif « plein », l'allitération* en [v] et [f] suggèrent la contagion de l'ivresse. La poésie semble aussi touchée par ce désordre : l'homonymie suggérée « verre »/vers.

• **Vers 2 à 4.** Montée progressive de l'imaginaire comme charmé par « la chanson lente » (rythme magique, incantatoire) du batelier.
Univers imaginaire : « sous la lune », « sept », « cheveux verts », le geste de « tordre », la longueur des cheveux (métamorphose des plantes aquatiques dans le Rhin ?).
La syntaxe épouse le rythme de la chanson : le COD de « Écoutez » étire sur trois vers un groupe nominal formé d'un nom et des expansions qui l'enrichissent, l'adjectif « lente », le complément du nom « d'un batelier », une subordonnée relative étoffée par une proposition infinitive (Fiche 70).
Le mouvement de diffusion (montée de l'ivresse et du rêve combinés) se poursuit : « jusqu'à leurs pieds » (polysémie* du mot : corps humain/ métrique*), homonymie : verre/vers/verts.
Une image inquiétante des femmes : la rime « femmes » /« flamme » ; on imagine des sorcières (cf. « La Lorelei »).

C. La lutte entre deux chants et deux attitudes (deuxième quatrain)

• **Vers 6.** Le chant du batelier est étouffé : au milieu de la strophe, « Que je n'entende plus ».

• **Vers 5, 7 et 8.** Les deux impératifs « chantez plus haut » et « mettez près de moi » visent à protéger le poète contre le chant nocif du batelier. Pour faire barrière à « la chanson lente », il faut « chant[er] plus haut » (on notera la répétition de « plus » qui marque le glissement d'un chant à l'autre). Et chanter ne suffisant pas, il faut aussi danser et placer les « filles blondes » et sages autour du poète.
Il s'agit bien de s'opposer à la légende que fait naître le batelier : les « filles blondes / Au regard immobile aux nattes repliées » sont tout le contraire des « sept femmes » aux cheveux dénoués. Le mouvement « tordre » fait place au « regard immobile ».
Les expressions « en dansant une ronde », « près de moi », « nattes repliées » suggèrent l'enfermement protecteur de la raison (les cheveux tressés et arrangés en chignon) destiné à faire barrage à un imaginaire source de désordre. Le poème lui aussi (vers 1 et 13) encercle le « je » mentionné aux vers 6 et 7. Mais le monde raisonnable des « filles blondes », « immobile » n'est-il pas décevant ?

II. Le troisième quatrain

A. Une ivresse contagieuse (vers 9 et 10)

• **Vers 9.** L'adjectif « ivre », la répétition de « le Rhin » et, dans le cadre d'un alexandrin classique (6/6) souligné par la rime intérieure en [i], la syntaxe disloquée de la subordonnée relative « où les vignes se mirent » écartée de son antécédent. On retrouve, dispersées, les sonorités et les lettres du vers 1 : « verre » + « vin » → « Rhin », « ivre », « vignes », « mirent ».
• **Vers 10.** Confusion (effet de l'ivresse ?) et désordre se poursuivent : le verbe « tremblant » en écho du vers 1, la syntaxe faussée (« en tremblant s'y refléter »), l'antithèse « or » / « nuit », le verbe « tombe » rattaché à « l'or des nuits » (les étoiles transfigurées).
• **Vers 9 et 10.** Le désordre débouche sur une nouvelle harmonie faite de reflets (« se mirent », « s'y refléter », la forme pronominale souligne ce jeu de miroir) et d'échos sonores (assonance* en [i] dans le vers 9, allitération* en [t] dans le vers 10).

B. La victoire de l'imaginaire et la disparition du poète (vers 11 et 12)

La disparition du poète : le « je » est absent et le thème de la mort, malgré le mot « été » est sous-jacent : le fleuve et le batelier (un souvenir du Styx), « râle-mourir », « tombe » (polysémie* du mot ?).

L'image trouble des femmes : proches des sirènes homériques*, elles sont associées au batelier qui chante à en « râle-mourir » et présentées comme des sorcières ; leur sortilège propose « l'été », ce qui est séduisant.
Les deux chants : la voix du batelier et celle des « fées » n'en font qu'une. C'est un chant magique : il ne cesse pas (« toujours »), « à en râle-mourir », « incantent ». Les néologismes* marquent l'emprise de l'imaginaire sur le langage conventionnel (celui des « nattes repliées » ?). Dans les deux cas, il s'agit de l'association de plusieurs mots : « râle » (expression sonore de la mort : la mort devient-elle une chanson à son tour ?) + mourir ; « incantent » : incantation (magie) + chantent. Au-delà du « râle-mourir », la magie est source d'une vie intense : « cheveux verts », « l'été ».

III. Le dernier vers

Ce vers est l'aboutissement du poème :
– il est la conclusion narrative logique de l'ivresse (vers 1 et 9) ;
– il est le résultat des tensions croissantes dans le poème : « trembleur », « tordre », « tremblant », « râle-mourir ».
Mais il se présente comme une rupture :
– le retour du « je » avec la reprise du 1er vers (« mon verre », « comme ») ;
– un vers isolé ;
– le lexique de la rupture : « s'est brisé », « éclat » ;
– après les chants, l'irruption inattendue d'un rire inexpliqué, sardonique, d'autant plus puissant qu'il semble briser le verre (le vers) et le poème qui s'interrompt.

Conclusion

• **Réel et imaginaire** : une inspiration géographique et biographique mais un glissement vers un univers imaginaire grâce aux différents chants.
• **Tradition et modernité** :
– des strophes, des alexandrins, des rimes croisées, le folklore germanique ;
– un dernier vers isolé, l'absence de ponctuation, le jeu sur les mots, les sons et la syntaxe, le mélange des voix.
• **Musicalité du texte** : fluidité due à l'absence de ponctuation, enjambements, voix qui chantent dont celle du lecteur appelé à participer.
« Nuit rhénane », comme les autres poèmes d'*Alcools*, renouvelle le vers et souligne le lien entre poésie et musique. On retrouve les thèmes abordés ici, notamment l'image attirante et fatale de la femme, dans « La Lorelei ».

2. Corrigé de la question de grammaire

Cette analyse grammaticale étaye l'analyse linéaire : voir I.B (vers 2-4).

Fiches p. 287
67 à 70

• Le premier vers est une proposition indépendante. Si on ajoutait la ponctuation, ce serait une phase simple.

• Les vers 2, 3 et 4 sont unis par la syntaxe et forment une phrase complexe. On relève :

– une proposition principale : « Écoutez la chanson lente d'un batelier » ;

– une proposition subordonnée relative : « Qui raconte avoir vu sous la lune sept femmes / Tordre leurs cheveux verts et longs jusqu'à leurs pieds ». Sa fonction est complément de l'antécédent (ou complément du nom) « batelier » ;

– cette subordonnée relative contient une proposition infinitive : « sept femmes / Tordre leurs cheveux verts et longs jusqu'à leurs pieds ». Il s'agit bien d'une infinitive car le sujet de tordre, « sept femmes », est distinct du sujet de « raconte » (« Qui » mis pour « le batelier »). La fonction de cette proposition est COD du verbe « avoir vu ».

Fiches de cours

Fiches méthodes pour le commentaire

Fiches méthodes pour la dissertation

Les procédés littéraires

Les notions grammaticales et lexicales

1 Utiliser le paratexte

Le paratexte réunit tout ce qui accompagne le texte : ses références, les notes et les chapeaux introducteurs. Il constitue une aide à ne pas négliger. Il peut en effet vous informer sur :
– les personnages et ce qui vient de se passer ;
– l'auteur : ne seront retenus que les éléments biographiques liés au texte ;
– le contexte historique et littéraire susceptible d'éclairer le texte ;
– une perspective du texte difficile à percevoir (voir sujet 12, p. 114).

2 Pratiquer une lecture indépendante

▸ Le texte donné à commenter est éclairé par l'objet d'étude qui en oriente l'interprétation. Il vous rappelle peut-être un des parcours sur lesquels vous avez travaillé cette année ou en 2nde. Il est cependant dangereux de lire un texte sous ce seul éclairage.

▸ Vous devez savoir échapper aux influences (sans toutefois les ignorer) pour vous demander simplement : « Qu'ai-je lu ? Quelles sont les intentions (ou l'intention) de l'auteur ? »

▸ En effet, on n'attend rien d'autre dans un commentaire qu'une explicitation précise des impressions de lecture. Autrement dit : un texte est fait pour être compris à la première lecture ; le commentaire ne décrypte pas, ne révèle pas un sens caché ; il met simplement en lumière ce qui a été lu. **En conclusion, fiez-vous à vos impressions de lecture sans toutefois négliger vos connaissances extérieures**.

3 Exprimer une sensibilité au texte

Lorsqu'on commente un texte et notamment un poème, il est important d'y être sensible. Bien sûr, on attend un commentaire raisonné et non une exposition d'états d'âme à propos du passage. Mais le poème est destiné à émouvoir, séduire son lecteur. Si l'on reste froid, on risque de passer à côté de l'essentiel et de ne pas réussir à communiquer au correcteur le « plaisir du texte » dont parle le critique littéraire Roland Barthes.

4 S'interroger sur l'enjeu ou les enjeux d'un texte

Pour dégager la problématique de votre commentaire, vous pouvez vous poser les questions suivantes :

▸ Pour un poème

– Le poète célèbre-t-il la nature, une femme, des valeurs ?
– Le poète est-il ambitieux ? Quelle mission s'attribue-t-il ?
– Le poète exprime-t-il ses sentiments ?
– Le poète s'engage-t-il dans son temps ? Que dénonce-t-il ? Quelles valeurs défend-il ?
– Comment le poète montre-t-il l'importance qu'il accorde à la forme de son poème ?

▸ Pour la littérature d'idées

– Quelle(s) position(s) défend l'auteur ? Ou bien que dénonce-t-il ?
– Dans quel contexte le texte a-t-il été écrit ?
– Dans quelle mesure la question traitée, inscrite dans une époque donnée (du XVIe au XVIIIe siècle) a-t-elle une portée universelle ?
– Quels arguments l'auteur développe-t-il pour défendre sa position ?
– Comment procède l'auteur ? Comment s'organise sa réflexion (art de convaincre*) ? Comment touche-t-il la sensibilité de son destinataire (art de persuader*) ?
– Comment les différents procédés littéraires (genres, tonalités, figures de style, etc.) se mettent-ils au service de l'opinion soutenue ?

▸ Pour un roman ou un récit

– Quelle place occupe le texte dans l'ensemble du récit ?
– L'histoire rapportée est-elle vraie ou fictive ? Pourquoi l'auteur la raconte-t-il ?
– L'auteur ou le narrateur cherche-t-il à donner l'impression que son récit est vrai ? Par quels moyens ? Pour quelles raisons ?
– Quelles émotions l'auteur veut-il partager ? Éventuellement, quelles idées, quels combats, quelle conception du monde l'auteur exprime-t-il ?

▸ Pour une pièce de théâtre

– Quelles sont les intentions du dramaturge dans cette scène ? Quelles sont celles du ou des personnages ? Doit-on étudier la double énonciation **(Fiche 71)** ?
– À quel genre (comédie, tragédie, etc.) la scène appartient-elle ? Quelle est sa tonalité ?
– De quel type de scène (monologue délibératif, scène d'exposition ou d'aveu, etc.) s'agit-il ?
– Quelle place occupe la parole ? Qui parle ?
– Que suggèrent le décor, les costumes, les jeux de scène ?

5 Les principes de composition d'un plan de commentaire

▸ En **deux ou trois parties**, le commentaire rend compte, de manière organisée et progressive, d'une lecture du texte. Chaque axe développe une définition du passage. Ainsi, au brouillon, on peut écrire les titres des parties sous la forme d'une phrase commençant par « ce texte, c'est… ». Ce travail préalable au brouillon garantira la progression logique du commentaire et préparera la rédaction de l'annonce du plan dans l'introduction.

▸ La composition du plan obéit aux principes suivants :
– Les axes n'annoncent pas une description formelle ; par exemple, on ne peut pas proposer comme intitulé « ce texte est un récit » ou « ce texte est une scène de théâtre » ; il faut caractériser le texte, dégager sa spécificité. **Les axes réunis donnent une lecture complète du texte.**
– **Le commentaire est progressif.** La règle est la même que pour toute composition : **du moins important au plus important.**
– La démarche choisie doit être présentée et justifiée dans l'introduction.

6 Le nombre de parties dans un commentaire

▸ Traditionnellement, **un plan se construit en deux ou trois parties.** L'essentiel est de justifier son choix et d'établir une progression. Les deux (ou trois) parties ne doivent pas être juxtaposées comme deux (ou trois) devoirs indépendants mais être liées dans une même démarche d'approfondissement de la lecture du texte.

▸ **Un plan cohérent en deux parties est nettement préférable à une progression peu convaincante en trois parties.**

▸ **Dans tous les cas, les parties doivent être elles-mêmes clairement organisées. Les sous-parties sont cohérentes entre elles et correspondent au projet de l'axe auquel elles se rattachent.** Sans doute, dans un plan en deux mouvements, est-il préférable de composer chaque axe en trois sous-parties de manière à éviter des passages trop massifs ou un devoir trop court.

7 Étudier le genre dans un commentaire

Si un repérage des marques du genre ne peut constituer un axe de commentaire, il ouvre souvent une voie d'accès intéressante. **Le relevé et le commentaire de ces indices alimentent bien souvent la première partie du devoir, à condition de ne pas se contenter de décrire : les observations formelles doivent contribuer à l'élucidation du sens du texte.** On est donc amené à préciser la notion de genre. Par exemple, pour une page de roman, on montrera qu'il s'agit d'une première rencontre originale, d'un aveu émouvant ou d'une description programmatique.

8 Repérer et commenter des champs lexicaux

- On appelle « champ lexical » d'une notion **l'ensemble des mots (verbes, noms, adjectifs, etc.) qui se rapportent à cette notion.**
- Repérer les champs lexicaux dans un texte consiste à souligner de différentes couleurs les réseaux qui le dominent. Ce travail n'est aucunement une fin en soi ; il peut simplement aider à dégager les thèmes essentiels du passage étudié.

9 Repérer et commenter des procédés

▸ Tout commentaire, et plus particulièrement celui d'un poème, s'appuie sur un repérage et une analyse des procédés. De façon systématique, au fil du texte, un crayon à la main, repérez **les procédés grammaticaux** (énonciation, temps des verbes, types de phrases, etc.). Recherchez également **les procédés stylistiques** et examinez **la versification**.

▸ Mais ne perdez pas de vue que ces procédés ne seront pas regroupés dans votre commentaire : **une sous-partie intitulée « les procédés » ou « la versification » est interdite** car on attend que vous montriez comment la forme fait sens, c'est-à-dire comment ces différents procédés contribuent à élaborer la signification du texte. Si vous ne voyez pas quel rôle peut jouer tel ou tel procédé, renoncez à en parler ou mentionnez-le simplement avec un effet d'insistance.

▸ Quant à la **versification**, ce n'est pas le fait de recourir à des alexandrins qui est ici à commenter mais **la façon dont le poète joue sur le rythme du vers** pour donner de la force à ses propos. Quelques conseils : évitez d'écrire des évidences (« les vers ont douze syllabes donc ce sont des alexandrins », « les strophes ont quatre vers donc ce sont des quatrains », etc.) Utilisez un vocabulaire précis et exact qui témoignera de votre bonne connaissance de la rhétorique et de la métrique*.

10 Commenter une scène de théâtre

▸ Le texte de théâtre est destiné à être représenté. Le mot « lecteur » est donc à éviter ; **l'auteur s'adresse à un public, à une salle, à des spectateurs**. Il ne faut pas oublier de commenter les didascalies et les modalités **(Fiche 66)** des répliques. Mentionnez et analysez les jeux de scène et éventuellement les indications concernant le décor ou les costumes (voir texte du sujet 12, p. 122, III.A).

▸ Attachez-vous à **la spécificité de la scène** **(Fiche 52)** : une scène d'exposition (présenter l'intrigue et capter l'attention des spectateurs), un monologue délibératif, un échange rapide (stichomythie*) qui exprime un conflit ou bien une scène codifiée (aveu, dépit amoureux, quiproquo*, dénouement, etc.).

11 Insérer des citations

- Pour commenter un texte ou développer une dissertation, il est important de s'appuyer sur des citations en les insérant correctement.
- Consultez le corrigé du sujet 1, p. 20.
- Les **guillemets** doivent être placés avec précision et ne pas inclure des mots ou des signes de ponctuation qui n'appartiennent pas au texte d'origine. La citation peut être accompagnée du numéro de la ligne ou du vers entre parenthèses. Suivez les conseils de votre professeur.
Si la citation n'est pas utile dans son intégralité, n'hésitez pas à effectuer **une ou plusieurs coupes**, à condition de les signaler par des crochets : **[...]**.

  Ex. : « Ainsi donc voilà qui est fait. [...] Une heure est une heure » Musset (p. 94)

- Pour insérer une citation dans un paragraphe, vous pouvez être amené(e) à effectuer **quelques modifications grammaticales ou orthographiques**. Elles doivent être **signalées par des crochets.**

  Ex. : Il « n'emporter[a] pas la lumière. » Musset (p. 95)

- Vous pouvez insérer la citation en la plaçant après les deux-points (:). Dans ce cas, votre propre phrase ne doit pas continuer après la citation.

  Ex. : Lorenzo imagine précisément la scène qui va se dérouler : « Je n'emporterai pas la lumière. J'irai droit au cœur. » Les phrases simples en asyndète* décomposent l'action. Musset (p. 95)

- La meilleure solution est de glisser la citation dans votre syntaxe sans rupture.

  Ex. : Lorenzo apostrophe la « face livide » de la lune.

- Il est possible de placer la citation entre parenthèses mais il ne faut pas abuser de cette solution de facilité. **Pour ne pas indisposer votre correcteur, ne dépassez pas une mise entre parenthèses par page, sans compter les numéros de lignes ou de vers.**

12 Rédiger l'introduction du commentaire

▸ Organisez votre introduction comme indiqué p. 15 et dans le corrigé du sujet 1 p. 20.

▸ N'oubliez pas d'y glisser les références du texte en soulignant le titre. À l'aide du paratexte et éventuellement des connaissances extérieures dont vous disposez, **situez le passage dans son contexte** et donnez toutes les informations nécessaires à sa compréhension.

▸ **La problématique** de votre commentaire peut être formulée de façon interrogative ; elle sera large et se proposera de mettre en avant la spécificité du texte.

▸ **Le plan doit être annoncé clairement** mais de façon fluide : ne parlez pas de « partie » ou d'« axe » et préférez les expressions « premier mouvement », « deuxième étape » ou bien employez les adverbes « d'abord », « en premier lieu », « dans un premier temps », « puis », ensuite », « enfin », etc.

13 Rédiger la conclusion du commentaire

▸ Organisez votre conclusion comme indiqué p. 16 et dans le corrigé du sujet 1 p. 26.

▸ Évitez de la rédiger dans la précipitation et soignez particulièrement l'ouverture. Vous pouvez proposer **une réflexion sur le genre** (voir p. 26, sujet 1), **plus généralement sur la littérature** (voir p. 77, sujet 7), **sur un fait historique** (voir p. 70, sujet 6) **ou bien concluez avec une citation** (voir p. 55, sujet 4) à condition qu'elle soit pertinente. Et si vous ne voyez pas quelle perspective retenir, n'hésitez pas à exprimer **votre propre impression de lecteur**, sous réserve qu'elle soit positive, mesurée et justifiée (voir p. 35, sujet 2).

▸ Commencez votre conclusion par « Ainsi » (voir p. 113, sujet 11) plutôt que par « En conclusion » ou « Pour conclure » qui sont beaucoup plus lourds. Il est aussi possible d'aborder directement le bilan du commentaire (voir p. 26, sujet 1) ou de proposer une citation (voir p. 47, sujet 3).

14 Exploiter la citation incluse dans le sujet de dissertation

▸ Vous veillerez à **bien distinguer, dans le sujet, la citation de la question posée**. C'est avant tout cette question que vous devez examiner pour bâtir votre plan (dialectique ou analytique).

▸ Il vous faut aussi voir quel rôle joue la citation proposée :
– elle introduit simplement la question et vous n'avez pas à la développer ou à la discuter ; c'est par exemple le cas du sujet 18, p. 182 sur la *Déclaration des droits de la femme et de la citoyenne* d'Olympe de Gouges ;
– elle sert de support à la question et dans ce cas vous devez vous interroger sur ce qu'elle signifie précisément et sur ses liens avec la question : voir sujet 23, p. 237 sur *Les Fausses Confidences* de Marivaux.

15 Peser chacun des termes du sujet de dissertation

▸ Avant de bâtir votre plan, vous devez peser chaque terme du sujet. Chaque mot a un sens et une compréhension globale de la consigne ne saurait suffire. En étant vigilant, vous pouvez éviter contresens et hors-sujet.

▸ De plus, cette lecture fine de l'énoncé vous permettra de **choisir votre type de plan** (dialectique ou analytique), de le bâtir et d'approfondir votre réflexion.

▸ Interrogez-vous sur ce que signifient les différentes expressions, sur ce qu'elles supposent et entraînent.

16 Traiter un sujet de dissertation qui ressemble à un sujet déjà travaillé

▸ Les sujets de dissertation étant rattachés aux œuvres et aux parcours, il peut arriver que le sujet proposé à l'examen ressemble à l'un de ceux que vous avez traités durant l'année ou rencontrés dans un ouvrage comme celui-ci. Mais « sujets voisins » ne veut pas dire « sujets identiques » et **vous ne pouvez pas plaquer sur un sujet un plan adapté à une autre question.**

▸ Pour éviter de vous écarter du sujet donné (risque du hors-sujet) tout en profitant des ressemblances avec celui déjà étudié, commencez par oublier la précédente dissertation et construisez les grandes lignes de votre plan à partir des termes du nouvel énoncé soigneusement pesés. Puis, quand vous avez posé les axes de réflexion et établi votre progression, vous pouvez faire appel à vos souvenirs et connaissances (arguments et exemples précis) pour nourrir et approfondir votre étude.

17 Distinguer le sujet de dissertation et le parcours

▸ Le parcours étudié en lien avec l'œuvre au programme soulève une problématique et le sujet en propose une autre qui lui est propre.

▸ Ne vous laissez pas piéger par ces deux problématiques voisines et **concentrez-vous uniquement sur celle du sujet**. Il ne s'agit surtout pas de remplacer le sujet donné par une question de cours. Par exemple, remplacer le sujet 22 page 224 par une formulation du type « Quelle place occupent dans *Le Malade imaginaire* le spectacle et la comédie ? » serait une erreur.

18 Les principes de composition d'un plan de dissertation

▸ Le plan : les réponses à la question posée

Quel qu'il soit, le sujet de dissertation soulève une question à laquelle on peut proposer diverses réponses. Le devoir doit toutes les envisager successivement et de façon organisée. **On n'attend ni une réponse unique ni l'exposition d'un point de vue strictement personnel.**

▸ La méthode : partir du sujet et non des connaissances

Pour bâtir les grandes lignes (deux ou trois parties) d'un plan de dissertation, il ne faut pas partir de ses connaissances mais du sujet lui-même. La formulation des axes reprend et explicite les termes de la consigne. Ne mobilisez pas vos connaissances (arguments et exemples) avant d'avoir déduit de la consigne les grandes orientations de votre plan. Il est donc essentiel d'examiner attentivement chaque terme de la question et d'identifier le type de plan (dialectique ou analytique) induit par le sujet.

▸ La progression : du moins important au plus important

Pour convaincre le lecteur, la démarche de l'argumentation commence par présenter le point de vue le plus discutable ou le plus léger pour finir par celui qui présente la réflexion la plus approfondie, donc la plus pertinente. **Cette progression s'applique au plan d'ensemble comme à l'architecture intérieure de chaque partie.**

▸ Le nombre de sous-parties

Pour éviter un devoir trop massif ou au contraire superficiel, prévoyez un nombre global de sous-parties compris entre 6 et 9.

▸ Les paragraphes

Les sous-parties peuvent être formées d'un seul (voir sujet 22, I.C., page 235) ou de plusieurs (voir sujet 22, I.B., page 233) paragraphes. N'oubliez pas l'alinéa au début de chaque paragraphe.

19 Traiter le sentiment personnel dans la dissertation

- Les consignes de dissertation emploient parfois l'adjectif « personnel » ou des termes similaires (« trouvez-vous », « privilégiez-vous », etc.) et invitent à présenter une position personnelle. Une part de subjectivité intervient nécessairement dans toute réflexion.
- Veillez toutefois à **ne pas négliger les principes de base de la dissertation**. Les différentes réponses possibles à la question posée doivent être envisagées.
- Pour exprimer votre point de vue, vous mettrez en relief ce qui vous semble le plus important. Et, sentiment personnel ne valant pas argumentation, il faut toujours justifier et illustrer vos propos.
- N'hésitez pas à donner un tour plus personnel à la fin de votre conclusion.

20 Choisir et construire un plan dialectique

▸ Lorsque la question posée prend la forme d'une **interrogation totale** (ou peut être reformulée comme telle), on attend **au minimum le développement de deux réponses possibles** à la question, à condition d'éviter de présenter la progression comme contradictoire ou comme un sondage d'opinion. Il est préférable de **proposer une troisième partie (la synthèse) qui dépasse les deux premières réponses (la thèse et l'antithèse).**

▸ Pour bâtir une progression dialectique, il faut envisager les deux orientations ouvertes par le sujet en gommant leur contradiction. Partez du principe que l'on ne peut pas dire « oui » et « non » en même temps.

▸ Dans un premier temps, on examine donc les deux pistes de réponse et on s'efforce de les concilier. Examinez pour cela les trois sujets de dissertation rattachés à l'objet d'étude poésie (pp. 130, 141 et 152). Dans un second temps, on cherche une perspective qui dépasse les deux premières et qui soit l'aboutissement logique de la progression.

▸ **Attention :** la synthèse s'inscrit entre les deux écueils majeurs que sont la redite et le hors-sujet. La troisième partie peut être plus courte que les deux précédentes mais elle doit s'appuyer aussi sur des exemples.

La synthèse n'est pas...	La synthèse est...
– une répétition des deux premières parties ; – une réponse qui s'écarte des données du sujet ; – un constat d'échec : les deux premières parties se valent car toutes les opinions sont acceptables.	– une position qui réconcilie les deux premiers axes ; – une réponse qui envisage le sujet sous un autre angle, sans pour autant s'en écarter.

▸ Il est toutefois possible de présenter une **réflexion en deux parties à condition que ces dernières ne soient pas en opposition.** Dans ce cas, c'est la conclusion qui élargit la pensée en esquissant une synthèse. Cette solution est préférable à celle d'une troisième partie répétitive ou hors-sujet.

21 Choisir et construire un plan analytique

- Les **questions** introduites par un mot interrogatif (« en quoi », « comment », « pour quelles raisons », etc.) sont dites **partielles** et appellent un **plan analytique** qui envisage les différentes réponses à la question posée.
- **À chaque sujet correspond un plan spécifique.** Le terme « Comment » demande une présentation des moyens mis en œuvre ; « Pour quelles raisons » suppose que l'on expose des causes ou des motifs.
- Vous éviterez un plan-catalogue en opérant des rapprochements de façon à proposer deux (si possible trois) grandes réponses distinctes à la question et en gardant pour la fin celle qui vous semble la plus pertinente.
- Quand la question commence par « Dans quelle mesure », la troisième partie peut émettre quelques réserves quant à la thèse formulée dans le sujet ou bien l'aborder selon une nouvelle perspective (voir sujet 21, p. 215).

22 Utiliser les termes du sujet dans la formulation des axes de réflexion dans la dissertation

- Lorsqu'on bâtit son plan au brouillon, on a tout intérêt à **reprendre les termes du sujet** pour s'en imprégner à condition de n'en négliger aucun.
- En employant dans la formulation des axes les mots de la consigne, on dresse des garde-fous qui évitent le hors-sujet. Il est nécessaire bien entendu de s'assurer en même temps que l'on a compris le sens et les implications de chacun des termes.
- Lors de la rédaction du devoir, quand on annonce le plan dans l'introduction ou qu'on inaugure une nouvelle partie, il est aussi utile de reprendre les termes du sujet pour montrer au correcteur que la réflexion qui suit s'inscrit parfaitement dans le cadre de la question soulevée.

23 La recherche des arguments et des exemples dans la dissertation

▸ Pour trouver des arguments et des exemples, **le plus simple est souvent de partir des exemples**. Sur votre brouillon (une page pour chacune des parties de votre devoir), rassemblez vos connaissances : l'œuvre, les textes littéraires que vous avez étudiés dans le cadre du parcours ou dans un autre contexte (en langue vivante par exemple), vos lectures, etc.

▸ Sur votre brouillon, tracez deux colonnes ; dans l'une vous notez l'exemple et dans l'autre la raison pour laquelle vous avez retenu ce texte : vous pouvez ainsi dégager l'argument.

▸ Lorsque vous rédigerez, vous veillerez à mettre en relief l'argument avant de développer l'exemple (ou les exemples). **Attention à ne pas multiplier les exemples au détriment de leur précision et de l'argumentation.**

24 La place des exemples dans la dissertation

▸ La dissertation est une réflexion abondamment illustrée par des exemples. Pour simplifier, on peut dire que 80 % du développement est constitué d'exemples. **Ces exemples doivent être exacts et précis** : ne multipliez pas les références mais privilégiez quelques textes significatifs et variés (l'œuvre au programme et quelques autres textes au fil de votre réflexion).

▸ Attention toutefois à ne pas faire de la dissertation un catalogue d'exemples. Aussi diversifiés et développés soient-ils, ils ne peuvent pas à eux seuls constituer la dissertation. **Ils servent à illustrer, à montrer le bien-fondé des arguments exposés.** Il est donc essentiel de leur accorder leur juste place. Mais comprenez surtout leur rôle : **ils viennent appuyer une réflexion et non s'y substituer**. Cette réflexion (les arguments) doit être explicitée.

25 Le champ des exemples dans la dissertation

- Comme l'indique la consigne, **vous devez vous appuyer sur l'œuvre, sur les textes relatifs au parcours et sur vos lectures**.
- **L'œuvre au programme sur laquelle porte le sujet sera au cœur de votre analyse** et nourrira votre réflexion. Vous y puiserez une grande partie de vos exemples, en retenant si possible quelques citations significatives.
- Mais le sujet fait aussi appel à **votre culture personnelle et aux textes que vous avez étudiés dans le cadre du parcours associé**. Lorsque vous recherchez les arguments et les exemples, pensez à ne pas enfermer votre analyse dans l'œuvre au programme et appuyez-vous aussi sur des exemples extérieurs. Essayez d'atteindre un juste équilibre entre ces derniers et l'œuvre tout en restant dans le champ défini par la consigne.
- **Examinez attentivement les termes du sujet pour délimiter le champ des exemples.** Le sujet 18 (page 182) vous invite à porter votre regard sur les autres œuvres qui défendent l'égalité. Vous pouvez privilégier la période au programme mais aussi citer des textes récents (voir III. A. page 190). Le sujet 16 (page 162) est davantage centré sur le récit de Rabelais au programme. Mais lorsque vous évoquerez la fonction satirique du rire dans *Gargantua*, n'hésitez pas à mentionner les comédies de Molière (voir III. B. page 170).

26 Les citations à mémoriser pour la dissertation

▸ Durant l'année, **relevez et mémorisez des citations extraites des œuvres au programme et des textes étudiés**. Elles vous permettront d'enrichir votre réflexion.

▸ **Les citations sont indispensables quand les textes étudiés sont en vers**. C'est le cas des recueils inscrits dans l'objet d'étude « Poésie » mais aussi des *Fables* de La Fontaine. Préférez les citations courtes, de simples expressions significatives, à de longues phrases que vous retiendrez difficilement et que vous aurez peut-être du mal à insérer dans votre réflexion ou dans votre syntaxe. Les citations devront être exactes.

▸ Vous pouvez aussi retenir des citations générales sur la poésie, le roman, le théâtre, la littérature mais il vous faudra y renoncer si elles ne conviennent pas.

27 La rédaction de l'introduction d'une dissertation

Organisez votre introduction comme indiqué p. 128 et dans le corrigé du sujet 13 p. 132.

Ce qu'il faut éviter	Ce qu'il faut faire
– Ne commencez pas votre constat par une banalité du type : « De tout temps, les hommes... » – Ne vous écartez pas des termes du sujet ; mais expliquez-les si nécessaire. – Ne répondez pas à la question dès l'introduction, car cela rendrait le développement inutile. – Ne présentez pas lourdement le plan ; évitez : « Dans une première partie, je... ».	– Veillez à l'enchaînement des différentes étapes de l'introduction de façon à ce qu'elle soit la plus naturelle possible. – Si le sujet comprend une citation, recopiez-la soigneusement dans son intégralité. – Annoncez le plan clairement mais avec élégance : « Dans un premier temps », « D'abord », « Ensuite », « Enfin ».

28 La rédaction de la conclusion d'une dissertation

▸ Organisez votre conclusion comme indiqué p. 129 et dans le corrigé du sujet 13 p. 140.

▸ Ne réduisez pas la première étape de la conclusion à un résumé et soulignez plutôt la logique de votre progression.

▸ Après avoir rassemblé ce qui a été analysé au cours du développement, la conclusion élargit la réflexion (ouverture) sans pour autant s'écarter radicalement du sujet. Ne proposez pas un proverbe (« Les goûts et les couleurs… »), une évidence, une question trop large (« Quel est le rôle de la littérature ? »), une erreur historique… Il est important de soigner la rédaction de cette « ouverture » car ce sont les dernières lignes que lira votre correcteur.

▸ Regardez les ouvertures p. 203 (sujet 19) pour un élargissement au genre, p. 151 (sujet 14) pour une citation, p. 192 (sujet 18) pour un exemple.

▸ Si l'on n'a pas proposé de troisième partie, la conclusion peut prendre une certaine ampleur afin de dépasser le débat et remplacer la synthèse attendue pour un plan dialectique **(Fiche 20)**.

29 Les tonalités

La tonalité caractérise l'**effet produit** sur le destinataire. On distingue ainsi différentes tonalités en fonction de ce que ressent le lecteur ou le spectateur.

- **Tonalité fantastique.** Le fantastique est, en général, défini comme une intrusion du surnaturel dans le réel. Le texte fantastique suscite l'inquiétude chez un lecteur qui hésite sans cesse entre une interprétation réaliste et une interprétation surnaturelle des événements racontés.
- **Tonalité comique.** Le rire établit une distance entre le thème traité et le lecteur ou le spectateur. (Voir aussi **Fiche 30**.)
- **Tonalité pathétique.** Le texte touche le lecteur et l'invite à **avoir pitié** des personnages ou de la situation évoquée.
- **Tonalité tragique.** Le texte inspire au lecteur « terreur et pitié » (Aristote) en présentant des personnages victimes de la fatalité. La lutte qu'ils mènent est vaine et l'issue fatale (la mort ou simplement l'échec) est programmée.
- **Tonalité épique.** Le texte met en avant les exploits d'un héros et les valeurs d'un peuple. La tonalité épique caractérise le genre de l'épopée mais se rencontre également dans d'autres genres, tels que le roman (voir texte 7 p. 71), le récit au théâtre, la poésie...
- **Tonalité lyrique.** Le texte communique au lecteur les sentiments exprimés par l'auteur. Quand il s'agit de tristesse ou de nostalgie, on parle de **tonalité élégiaque** (exemples : textes 1 p. 17 et 8 p. 78).
- **Tonalité polémique.** L'auteur prend position dans un débat d'idées et amène son destinataire à adopter son opinion en rejetant celles de ses adversaires (exemple : texte 6 p. 63).
- **Tonalité épidictique.** Le texte vante les qualités (un éloge) ou souligne les défauts (un blâme) d'un personnage ou d'une institution.

30 Les formes comiques

La tonalité comique présente différents aspects qui peuvent s'associer.

L'humour	Un sujet sérieux est traité de manière légère.
L'ironie	On laisse entendre le contraire de ce que l'on dit.
L'absurde	Les événements présentés et leur interprétation sont en décalage, si bien que ce qui se passe paraît incompréhensible.
Le burlesque	Un genre ou une tonalité noble comme l'épopée est traité de façon ordinaire, voire vulgaire.
L'héroï-comique	Un sujet bas est traité en style élevé.
Le grotesque	Le bizarre et le monstrueux sont sources de comique.
La satire	Le rire est destiné à dénoncer.

31 L'utilisation particulière de la syntaxe

L'énumération	Des termes de même nature se succèdent.	« Il avait lu Balzac, Flaubert, Zola… »
Le parallélisme	Des constructions identiques se font écho.	« Il n'avait pas de fange dans l'eau de son moulin, / Il n'avait pas d'enfer dans le feu de sa forge » (Hugo)
Le chiasme	Il consiste à croiser des termes de même nature grammaticale ou de sens équivalent.	« Il faut manger pour vivre et non pas vivre pour manger. »
L'ellipse	Elle consiste à supprimer certains mots grammaticalement attendus.	« Je t'aimais inconstant ; qu'aurais-je fait fidèle ? » [= si tu avais été fidèle] (Corneille)
La parataxe ou l'asyndète	Deux phrases ou deux propositions sont juxtaposées.	« L'orage éclatait. La pluie tombait en rayons blancs. Les carreaux pleuraient comme des yeux. » (Jules Renard)
L'anacoluthe	Elle est une rupture de la syntaxe.	« Exilé sur le sol au milieu des huées, / Ses ailes de géant l'empêchent de marcher » (Baudelaire) « Exilé » devrait se rapporter à « ailes » et donc s'écrire « exilées » ; il se rapporte, en fait, au possesseur des ailes : le poète.
L'hypallage	Elle attribue à un mot ce qui convient logiquement à un autre mot de la même phrase.	« Ils allaient obscurs sous la nuit solitaire. » (Virgile)

32 Les procédés de comparaison

La comparaison	Deux éléments sont rapprochés par un outil de comparaison (« comme »…).	« La Terre est bleue comme une orange » (Éluard).
La métaphore	La comparaison est implicite ; l'outil de comparaison est absent, et, souvent, le comparé n'est pas là non plus. La **métaphore filée** se poursuit sur plusieurs termes.	« Cette faucille d'or » (Hugo), pour désigner la Lune.

33 Les procédés d'animation

La personnification	Elle présente une chose ou un animal sous les traits d'une personne.	La Fontaine a souvent recours à ce procédé dans ses fables.
L'allégorie	Elle est une représentation concrète, donc plus compréhensible, des divers aspects d'une idée.	« Mon beau navire ô ma mémoire » (Apollinaire)
L'hypotypose	Elle consiste à préciser une scène pour lui donner vie.	Zola décrit de façon très précise l'Alambic dans *L'Assommoir*.
La prosopopée	Elle consiste à faire parler un personnage mort ou abstrait (une allégorie).	La Fontaine fait parler la lionne qui est morte dans « Les Obsèques de la lionne ».

34 Les procédés de substitution

La périphrase	Plusieurs termes viennent se substituer à un mot unique.	« L'homme aux mille ruses » pour désigner Ulysse.
La métonymie	Un élément est désigné par un mot qui convient à un autre selon une relation de contiguïté.	« Le premier violon » pour désigner le musicien.
La synecdoque	Elle est une forme de métonymie : un élément est remplacé par un autre selon une relation d'inclusion (la partie pour le tout ou l'inverse).	« Boire un verre » pour désigner le contenu du verre.

35 Les procédés d'opposition

L'antithèse	Des constructions ou des termes s'opposent.	« Paris est tout petit / C'est là sa vraie grandeur » (Prévert)
L'oxymore	Il associe deux termes antithétiques.	« Voilà un beau jeune vieillard pour quatre-vingt-dix ans ! » (Molière)
L'antiphrase	Une expression sous-entend le contraire de ce qu'elle dit.	« Ô ministres intègres ! » (Hugo) Ruy Blas dénonce la corruption.
La prétérition	Elle consiste à délivrer une information tout en disant qu'on ne va pas la donner.	« Je ne vous rappellerai pas que la tragédie naît au Ve siècle av. Jésus-Christ. »

36 Les procédés d'insistance

L'hyperbole	Elle amplifie les termes.	« Je meurs d'ennui. »
L'anaphore	Elle est une forme particulière de répétition : le mot (ou l'expression) repris(e) est situé(e) en tête de phrase ou de vers.	« J'ai vu lever le jour, j'ai vu lever le soir, / J'ai vu grêler, tonner, éclairer et pleuvoir, / J'ai vu peuples et rois, et depuis vingt années / J'ai vu presque la France au bout de ses journées » (Ronsard)
La gradation	Les termes suivent une progression.	« Va, cours, vole, et nous venge ! » (Corneille)

37 Les procédés d'atténuation

La litote	Elle dit le moins pour suggérer le plus.	« Va, je ne te hais point » (Corneille). Chimène avoue ainsi son amour à Rodrigue.
L'euphémisme	Il atténue le côté déplaisant d'une réalité ou d'une idée.	« Il nous a quittés » pour « Il est mort ».

38 Les sonorités

Un son à lui tout seul n'est pas significatif ; c'est la répétition de ce son qui peut être évocatrice.

Une allitération	Répétition d'une même consonne ou d'une même catégorie de consonnes (*t* et *d* ou bien *f* et *v* par exemple)	« Pour qui sont ces serpents qui sifflent sur nos têtes ? » (Racine)
Une assonance	Répétition d'une même voyelle ou son vocalique.	« Je fais souvent ce rêve étrange et pénétrant » (Paul Verlaine)
Une homéotéleute	Rime à l'intérieur de la phrase ou du vers.	« Et il frissonne, sans personne ! » (Jules Laforgue)
Une paronomase	Jeu sur les paronymes, rapprochement de mots aux sonorités proches.	« Et l'on peut me réduire à vivre sans bonheur, / Mais non pas me résoudre à vivre sans honneur » (Corneille)

39 Les principaux types de vers

- La poésie traditionnelle française a recours essentiellement à des **vers pairs** (nombre pair de syllabes) qui donnent une **cadence régulière** à la syntaxe. Les vers les plus courants sont l'**octosyllabe** (8 syllabes), le **décasyllabe** (10) et l'**alexandrin** (12).
- Selon le modèle classique*, l'alexandrin est partagé en deux parties égales, les **hémistiches**, coupées par une **césure** :

  Ex. : « Que toujours, dans vos vers, // le sens coupant les mots
  Suspende l'hémisti//ch(e), en marque le repos. » (Boileau)
- Les poètes romantiques*, rejetant les modèles classiques, privilégient l'alexandrin ternaire ou **trimètre***.

  Ex. : « J'ai disloqué // ce grand niais // d'alexandrin. » (Hugo)
- Au XIXe siècle, Paul Verlaine vantera les mérites du **vers impair**.
- Lorsqu'un poète a recours à plusieurs types de vers dans le même poème, on parle d'**hétérométrie**.

40 Les procédés liés à l'enchaînement des vers

L'enjambement	Le groupe syntaxique ne s'achève pas à la fin du vers ; la construction se poursuit dans le vers suivant.	« Prophète ! si ta main me sauve / De ces impurs démons des soirs » (Hugo)
Le rejet	Un mot – ou un petit groupe de mots – est rejeté au vers suivant.	« Serait-ce déjà lui ? C'est bien à l'escalier / Dérobé. Vite ouvrons... » (Hugo)
Le contre-rejet	Un groupe syntaxique commence tout à la fin d'un vers et se poursuit dans le vers suivant.	« Souvenir, souvenir, que me veux-tu ? L'automne / Faisait voler la grive à travers l'air atone » (Verlaine)

41 Les principaux types de strophes

Les vers sont souvent regroupés en strophes (et non en paragraphes).

distique : 2 vers tercet : 3 vers quatrain : 4 vers quintil : 5 vers	sizain : 6 vers septain : 7 vers huitain : 8 vers neuvain : 9 vers	dizain : 10 vers onzain : 11 vers douzain : 12 vers

42 Les principaux types de rimes

▸ Selon leur qualité

Rimes pauvres	1 seul son commun (rond/pont)
Rimes suffisantes	2 sons communs (rond/marron)
Rimes riches	3 sons communs (marron/larron)

▸ Selon leur disposition

Rimes plates ou **suivies**	Progression *aabb*
Rimes croisées	Progression *abab*
Rimes embrassées	Progression *abba*

43 Les formes caractéristiques de la poésie moderne

▸ Le poème en vers libres

▸ Les vers ne sont soumis ni aux contraintes des rimes ni à celles de la métrique (le nombre de syllabes).

▸ Au XXe siècle, certains poètes abandonnent également la ponctuation.

▸ Le poème en prose

Le poème en prose doit être distingué de la prose poétique que l'on peut rencontrer dans les romans. Il forme en effet un tout élaborant ses propres règles.

44 Les différents genres narratifs

▸ Les récits vrais (principaux genres)

L'autobiographie	L'auteur raconte sa propre vie ; il adopte un point de vue rétrospectif en proposant un retour en arrière sur les événements qu'il a vécus. Il raconte et analyse les faits passés en demandant à son lecteur d'accorder crédit à ses propos.
Le journal intime	Le récit de vie n'est pas rétrospectif mais s'écrit au fil des jours.
Les Mémoires	L'auteur évoque sa vie en tant que témoin d'événements historiques importants.
La biographie	L'auteur raconte, de façon plus ou moins romancée, la vie d'une autre personne.

▸ Les récits fictifs (principaux genres)

Selon la longueur de l'œuvre et sa visée, on distingue plusieurs genres.

Le roman	Long récit : les personnages peuvent être nombreux et complexes, les intrigues multiples.
La nouvelle	Récit resserré : les personnages et les péripéties sont peu nombreux ou simplifiés.
L'apologue (conte, fable)	Récit court à visée didactique* : l'histoire véhicule une leçon.
L'épopée	Long récit mythologique à la gloire d'un ou de plusieurs héros incarnant les valeurs d'une société.

45 Le traitement du temps dans un récit

Récit chronologique	Le narrateur raconte les événements dans l'ordre où ils se sont produits.
Retour en arrière ou analepse	Le narrateur évoque des événements antérieurs à l'action principale.
Anticipation ou prolepse	Le narrateur évoque des événements qui se produiront plus tard.
Ellipse	Le narrateur saute certains moments jugés peu importants.
Sommaire	Le narrateur résume certains moments jugés peu importants.
Pause	Le narrateur interrompt son récit pour insérer une description ou émettre un jugement.

46 La position du narrateur et les points de vue (focalisations) dans un récit

Narrateur externe	Le narrateur n'appartient pas à l'histoire, qui semble se raconter toute seule. Le récit est à la 3e personne.
Narrateur interne	Le narrateur prend la parole à la 1re personne et exprime sa subjectivité.
Point de vue omniscient ou « focalisation zéro »	L'auteur sait tout de ses personnages.
Point de vue (ou focalisation) externe	Le lecteur voit ce qui se passe comme s'il se tenait devant la scène racontée ou décrite.
Point de vue (ou focalisation) interne	Le lecteur voit ce qui se passe par les yeux d'un personnage.

47 Les paroles rapportées dans un récit

Discours direct	Les paroles sont rapportées telles qu'elles ont été prononcées et insérées dans le récit par des propositions introductrices placées au début de la réplique ou bien par des propositions incises (« dit-il »).
Discours indirect	Les paroles sont insérées dans une proposition subordonnée, et l'intonation de l'oral a disparu.
Discours indirect libre	Les paroles sont glissées dans le récit sans guillemets ni subordonnées et en conservant leur intonation.
Discours narrativisé	Les propos du personnage sont simplement résumés.

48 La description dans un récit

L'insertion de la description

Notations descriptives	Des indications descriptives émaillent le récit sans l'interrompre.
Pause descriptive	Le récit est interrompu et la description, d'un seul tenant, est organisée.

Les fonctions de la description

Effet de réel	La description donne l'illusion que le cadre et l'intrigue sont réels.
Fonction informative	Le texte a une visée didactique* : décrire un milieu de façon précise, voire scientifique.
Fonction symbolique ou programmatique	La description contribue à élaborer le sens même du récit et annonce ce qui va se passer.
Fonction esthétique	L'auteur manie sa plume comme un pinceau.

Le portrait

On distingue habituellement le **portrait physique** du **portrait moral**, mais ils sont souvent étroitement liés.

49 Le vocabulaire de l'argumentation

Thème	Ce dont traite le texte (la peine de mort, la condition des femmes...).
Thèse	Opinion défendue par l'auteur et qui peut ou a pu être contestée.
Argument	Idée ou fait qui vient soutenir la thèse. Il existe des arguments d'ordre politique, économique, moral, esthétique, historique, scientifique...
Argument d'autorité	L'auteur se réfère à un auteur connu ou à une figure historique digne de confiance.
Argument *ad hominem*	Il vise la personne dont on critique la position plutôt que son opinion.
Exemple	Situation particulière illustrant l'argument et montrant sa véracité.
Argumentation directe	Argumentation explicite, sans le détour de la fiction.
Argumentation indirecte	Argumentation qui a recours à la fiction (théâtre, roman, apologue...).
Convaincre	Emporter l'adhésion du lecteur en touchant sa raison grâce à un raisonnement et des arguments.
Persuader	Emporter l'adhésion du lecteur en touchant sa sensibilité grâce à des procédés (genres, tonalités, figures de style).

50 Les différents types de raisonnements

Le raisonnement critique	L'auteur, pour affirmer sa position, s'oppose à une opinion contraire et démontre que celle-ci n'est pas fondée. On parle aussi de « réfutation ».
Le raisonnement par l'absurde	C'est un cas particulier du raisonnement critique. Pour démontrer l'absurdité de la thèse adverse, l'auteur examine les conséquences de cette thèse : si les conséquences sont inacceptables, la thèse l'est donc également.
Le raisonnement concessif	L'auteur admet une position adverse, fait en somme une concession, ce qui le conduit, en définitive, à maintenir sa position.
Le raisonnement inductif	Ce raisonnement part de l'observation de faits particuliers, ponctuels, pour en déduire des propositions générales.
Le raisonnement déductif	Ce raisonnement, à l'inverse du précédent, s'appuie sur une constatation d'ordre général pour en déduire des considérations particulières.
Le raisonnement par syllogisme	C'est une forme de raisonnement déductif qui, au lieu de s'appuyer sur une hypothèse générale, s'appuie sur deux propositions appelées « prémisses ».

51 L'art de persuader

Pour atteindre son destinataire, le locuteur a recours à différents procédés grammaticaux ou stylistiques qui visent à l'impliquer dans les propos.

Les tonalités	Chacune à leur manière, les tonalités (principalement pathétique, polémique, lyrique et satirique) touchent la sensibilité du destinataire, lecteur ou spectateur (voir **Fiche 29**).
Les indices personnels	Ils marquent l'implication de l'auteur : pronoms personnels de 1re ou 2e personne, déterminants (*mon*, *votre*) ou pronoms possessifs (*le mien*, *le vôtre*).
Les apostrophes	L'auteur interpelle son destinataire. *Ex. :* « Peuples ! Écoutez le poète ! » (Hugo)
Les modalisateurs	Certains adverbes comme « peut-être » ou « sans doute » expriment la subjectivité de l'auteur (voir **Fiche 72**).
Les interrogations rhétoriques	Les interrogations qui n'attendent pas de réponse sollicitent l'attention et l'adhésion du destinataire.
Le vocabulaire affectif	Il exprime l'implication de l'auteur et touche le destinataire (voir **Fiche 73**).
Les procédés de style	Ils donnent de la force au propos (voir **Fiches 31 à 43**).

52 Le vocabulaire du théâtre

Aparté (nom masculin)	Parole qu'un personnage prononce à la seule destination du public.
Comique de caractère	Comportement d'un personnage qui révèle un défaut marqué et déclenche le rire.
Comique de gestes	Jeux de scène et mimiques qui déclenchent le rire.
Comique de mots	Jeux de mots, accents, cris, intonations qui déclenchent le rire.
Comique de situation	Imbroglio (problème complexe), quiproquo (malentendu).
Dialogue	Échange de répliques, le plus souvent entre deux personnages.
Didascalie	Indication concernant le décor ou le jeu des comédiens.
Exposition	Présentation au début de la pièce des éléments nécessaires à la compréhension de l'intrigue.
Monologue	Discours d'un personnage seul sur scène (à ne pas confondre avec la tirade). Lorsque le personnage hésite quant à la conduite à tenir, on parle de monologue délibératif.
Quatrième mur	Virtuel, il sépare la scène et la salle et donne l'impression que les spectateurs sont des voyeurs.
Réplique	Parole d'un personnage.
Stichomythie	Échange de répliques très brèves.
Tirade	Longue réplique.
Quiproquo	Malentendu ; un personnage prend un personnage ou un fait pour un autre.

53 Les genres théâtraux

Les sous-genres théâtraux sont fonction des époques et de l'intention du dramaturge qui peut souhaiter amuser, émouvoir ou instruire le spectateur.

Comédie	Personnages du peuple (le barbon*, les jeunes gens, les valets), mariage, fin heureuse.
	Elle a souvent une fonction satirique : *Castigat ridendo mores* (elle corrige les mœurs par le rire).
Tragédie	Personnages de haut rang prisonniers du destin et/ou déchirés par un dilemme ; issue fatale.
	Elle célèbre les valeurs (honneur, gloire…) de la société et expose les forces (destin, dieux…) à redouter. Elle fédère les spectateurs en leur faisant éprouver « terreur et pitié » (Aristote)
Tragi-comédie	Personnages de haut rang, prisonniers du destin, fin heureuse.
Drame (XIXe siècle)	Mélange des genres et des tonalités ; choix du naturel.

54 Les règles du théâtre classique (XVIIe et XVIIIe siècles)

Règle des trois unités	Unité de lieu	L'action se déroule en un seul lieu.
	Unité de temps	L'action se déroule en un seul jour.
	Unité d'action	La pièce ne présente qu'une seule intrigue.
Règle de la vraisemblance		Il ne s'agit pas d'être vrai mais d'imiter le vrai et de ne pas montrer ce qui ne serait pas crédible sur scène, une bataille par exemple.
Règle de la bienséance		Le spectateur ne doit pas être choqué : la mort n'est pas représentée.

55 Les mots variables

- Les **noms communs** et les **noms propres**.
- Les **pronoms remplacent** un nom, un adjectif, une proposition.

Ex. : « Es-tu prêt ? – Je le suis. » Le pronom le remplace l'adjectif *prêt*.

Pronoms personnels	Je, tu, il, on, elle, nous, vous, me, moi, le, la, en, y…
Pronoms possessifs	Le mien, le tien, le sien, le nôtre, le leur…
Pronoms démonstratifs	Celui, celui-ci, celui-là, celle, celle-ci, ceux, ceux-là, ceci, cela, ce…
Pronoms indéfinis	Chacun, les uns, personne, rien, la plupart, les mêmes…
Pronoms relatifs	Qui, que, quoi, dont, où, lequel, duquel, à laquelle, desquels…
Pronoms interrogatifs	Qui, que, quoi, lequel, duquel, à laquelle…

- Les **déterminants** accompagnent un nom dont ils précisent le genre et le nombre.

Déterminants démonstratifs	Ce, cet, cette, ces, ce …-ci, cet …-là…
Déterminants possessifs	Mon, ton, son, ma, ta, sa…
Déterminants indéfinis	Chaque, tout, l'autre…
Déterminants numéraux cardinaux	Un, deux, trois…
Articles	**Articles indéfinis :** un, une, des. **Articles définis :** le, la, les, l' (article défini élidé) et les articles définis contractés au (= à + le), du (= de + le), des (= de + les). **Articles partitifs :** du, de la, de l'.

- Les **adjectifs** viennent préciser le sens d'un nom ou d'un pronom. Ils peuvent se mettre au **comparatif** ou au **superlatif**.

Ex. : Pierre est **plus** <u>petit</u> **que** Paul (comparatif).
Pierre est **vraiment/très** <u>petit</u> (superlatif).

- Le **verbe** exprime une **action** ou un **état**.

Ex. : écrire (action) ; paraître (état).

56 Les mots invariables

Adverbes	Lentement, vite, loin, aujourd'hui, enfin...
Prépositions	À, après, avant, avec, dans, de, derrière, dès, devant, en, par...
Conjonctions de coordination	Et, mais, ou, donc, or, car, pourtant, ni...
Conjonctions de subordination	Puisque, étant donné que, si bien que, lorsque, quand bien même...
Interjections	Ah !, Oh !, Eh bien !, Hélas !, Parbleu !...

57 Les fonctions

La fonction d'un mot correspond à **son rôle dans la phrase**.

Sujet du verbe	**Je** serai là demain.
Compléments d'objet du verbe	COD : Je lis **un roman**. COI : Tu ressembles **à ton frère**.
Complément d'agent (voix passive) du verbe	Il fut admiré **de tous**.
Compléments circonstanciels (lieu, temps, manière, moyen, cause, but, conséquence, comparaison, concession, condition...)	Il se lève **à sept heures** (CC de temps) **par habitude** (CC de cause).
Attribut du sujet	Il deviendra sûrement **médecin**. Ce travail est **intéressant**.
Attribut du COD	Je trouve ce roman (COD) **trop long**.
Complément du nom	Un roman **d'aventures**.
Complément de l'adjectif	Ce coureur est plus rapide **que moi**.
Apposition au nom	Voltaire, **l'auteur de *Candide***. **Intéressant**, son travail l'a absorbé toute la journée.
Épithète du nom (pour un adjectif)	Il effectue un travail **intéressant**.

58 Les temps de l'indicatif

Temps simples		Temps composés	
Présent	Je finis	Passé composé	J'ai fini
Futur	Je finirai	Futur antérieur	J'aurai fini
Imparfait	Je finissais	Plus-que-parfait	J'avais fini
Passé simple	Je finis	Passé antérieur	J'eus fini

59 Les temps du subjonctif

Temps simples		Temps composés	
Présent	Que je parle	Passé	Que j'aie parlé
Imparfait	Que je parlasse	Plus-que-parfait	Que j'eusse parlé

60 Les temps du conditionnel

Temps simples		Temps composés	
Présent	Je raconterais	Passé 1re forme	J'aurais raconté
		Passé 2e forme	J'eusse raconté

- Le passé 2e forme est identique au plus-que-parfait du subjonctif.
- Le présent et le passé 1re forme du conditionnel sont parfois considérés comme faisant partie du mode indicatif.

61 Les temps de l'impératif

Il existe un **présent** et un **passé** de l'impératif. Les verbes ne se conjuguent qu'à trois personnes.

Ex. : Présent : Cours, courons, courez.
Passé : Aie couru, ayons couru, ayez couru.

62 Les valeurs des modes

- **L'indicatif** est le mode des actions certaines.
- **Le subjonctif** exprime une action incertaine, sur laquelle pèse la possibilité qu'elle ne soit pas réalisée.

  Ex. : Je veux que tu viennes. (Tu ne viendras pas nécessairement.)
- **Le conditionnel** exprime principalement une action incertaine car soumise à la réalisation d'une hypothèse.

  Ex. : Si tu étais prêt, nous partirions.

Il peut aussi avoir une valeur temporelle de futur dans le passé.
Ex. : Il a promis qu'il viendrait.

- **L'impératif** exprime l'ordre, l'interdiction, la prière ou le conseil.

63 Les valeurs des temps

▸ Le présent de l'indicatif

Présent de l'énonciation	Aujourd'hui, je **rédige** mon devoir.
Passé récent ou futur proche	Il **sort** à l'instant. Il **revient** bientôt
Présent d'habitude	Il **se lève** toujours à sept heures.
Présent de vérité générale	Flaubert **est** un romancier du XIXe siècle.
Présent de narration	Napoléon **fait** route vers Milan.

▸ Le futur exprime une **action qui va se produire**. Parfois le futur a une valeur injonctive (ordre ou conseil).

Ex. : Tu viendras me voir à la récréation.

▸ L'imparfait exprime une **action passée non limitée dans le temps**. C'est le temps de l'**arrière-plan**, de la description ; il peut aussi exprimer une **habitude** (imparfait itératif).

▸ Le passé simple exprime une **action passée limitée dans le temps**. C'est le temps du récit. Il permet notamment d'exprimer une série d'actions qui se succèdent.

▸ Les temps composés expriment une **action antérieure à une action exprimée au temps simple correspondant**.

Ex. : Aujourd'hui, je **vais** au musée ; hier, **je suis allé(e)** au cinéma.

64 La voix active et la voix passive

▸ À la voix active, le sujet est actif : il **fait l'action**.

▸ À la voix passive, le sujet est passif : c'est le **complément d'agent** qui effectue l'action exprimée par le verbe.

Ex. : a) Le loup (sujet) dévore l'agneau (COD). Le verbe est au présent de la voix active.
b) L'agneau (sujet) est dévoré par le loup (C. d'agent). Le verbe est au présent de la voix passive.
c) L'agneau a été dévoré par le loup (C. d'agent). Le verbe est au passé composé de la voix passive.

65 La forme pronominale

On parle de « forme pronominale » (réfléchie ou réciproque) lorsque le pronom sujet et le pronom complément désignent **la même personne**.

Ex. : Tu te regardes dans le miroir. (Forme réfléchie)
Ils se parlent. (Forme réciproque)

66 Les modalités de la phrase

Modalité déclarative	La phrase se termine par un point et délivre une information.
Modalité interrogative	La phrase se termine par un point d'interrogation et exprime une question.
Modalité injonctive	La phrase se termine par un point ou un point d'exclamation et exprime un ordre.
Modalité exclamative	La phrase se termine par un point d'exclamation et exprime un sentiment, une émotion ou une sensation.

67 Les types de phrases selon le nombre de verbes conjugués

Phrase non verbale ou nominale	Elle ne comprend aucun verbe conjugué.
Phrase simple	Elle comprend un et un seul verbe conjugué.
Phrase complexe	Elle comprend plusieurs verbes conjugués, donc plusieurs propositions. Ces propositions peuvent être juxtaposées (placées côte à côte sans aucun lien), coordonnées (reliées par une conjonction de coordination) ou encore liées par un rapport de subordination.

68 Les différentes sortes de propositions

▸ Les propositions indépendantes se suffisent à elles-mêmes.

Ex. : [La syntaxe est simple] ; [les propositions indépendantes sont les plus nombreuses.] Cette phrase est composée de deux propositions indépendantes juxtaposées.

▸ Les propositions principales dirigent une ou plusieurs autres propositions appelées « subordonnées ».

▸ Les propositions subordonnées dépendent des propositions principales.

Ex. : [La syntaxe est élaborée] [**parce que** les propositions subordonnées
Prop. principale *Prop. subordonnée*
sont nombreuses.]

69 Les différentes sortes de propositions subordonnées

▸ On distingue plusieurs sortes de propositions subordonnées : **relatives** (introduites par un pronom relatif), **conjonctives** (introduites par une conjonction de subordination) et **interrogatives indirectes** (introduites par un adverbe ou un pronom interrogatif).

▸ Quelques **subordonnées conjonctives circonstancielles** :

Subordonnée de condition	**Si tu es d'accord**, nous allons au cinéma.
Subordonnée de cause	Nous allons au cinéma **parce qu'il pleut**.
Subordonnée de conséquence	Il pleut, **si bien que nous allons au cinéma**.
Subordonnée de but	Nous appelons Zoé **pour qu'elle nous rejoigne**.
Subordonnée de comparaison	Je me promène **comme le font les escargots**.
Subordonnée d'opposition	**Bien qu'il pleuve**, je me promène.

▸ Attention à la **construction de la subordonnée interrogative indirecte** : le sujet n'est pas inversé comme dans l'interrogation directe.

Ex. : Quelle position défend l'auteur ? ✂ Nous verrons **quelle position l'auteur défend.**

70 Les propositions infinitive et participiale

Bien qu'elles ne soient pas centrées sur un verbe conjugué, on parle de proposition **infinitive** ou **participiale** quand l'infinitif ou le participe a un sujet différent du sujet principal.

Ex. : Ce matin **j'**ai entendu [**les oiseaux** chanter].
[**L'hiver** venu], **la cigale** eut faim.

71 L'énonciation

- On appelle énonciation toute communication, orale ou écrite, avec des mots. Elle suppose un **locuteur** et un **destinataire** et s'inscrit dans un certain **contexte spatio-temporel**.
- Différents **indices de l'énonciation** renvoient au locuteur ou au destinataire : pronoms personnels *(je, nous, me, moi…)*, pronoms possessifs *(le mien, le tien…)* et déterminants possessifs *(ma, ta…)*. L'apostrophe peut aussi désigner le destinataire : *Cher ami…*
- La **double énonciation**. Il arrive parfois que se superposent, dans un même texte, plusieurs situations d'énonciation. La double énonciation est **un phénomène courant au théâtre** car, tandis qu'un personnage s'adresse à un autre personnage, l'auteur parle à son public.

72 Les modalisateurs

- Les modalisateurs précisent le **degré de certitude de l'énoncé**. Ils laissent transparaître ce que pense ou ressent le locuteur.
- Certains adverbes *(évidemment, réellement, certainement, vraisemblablement, peut-être…)* et certains verbes d'opinion *(croire, supposer, imaginer, admettre, être sûr, douter…)* jouent ce rôle ainsi que le mode conditionnel.

73 Le vocabulaire appréciatif

Le vocabulaire appréciatif peut exprimer l'opinion de l'auteur.

Le vocabulaire affectif	Le vocabulaire affectif exprime un sentiment, une émotion : par exemple, Joachim du Bellay, qui voudrait retrouver son pays natal dans le sonnet XXXI des *Regrets*, évoque son « petit village » et sa « pauvre maison ».
Le vocabulaire mélioratif	La situation évoquée est valorisée : les adjectifs *beau*, *merveilleux*, *somptueux* sont des adjectifs mélioratifs.
Le vocabulaire péjoratif	La situation évoquée est dépréciée, présentée sous un jour défavorable : les adjectifs *hideux*, *épouvantable*, *sale* ou le suffixe *-âtre* sont dépréciatifs ou péjoratifs.

74 La composition des mots

- Les mots peuvent être formés par l'ajout d'un **préfixe** devant le radical.

Préfixes	Significations
a-, an-, in-, il-, im-, ir-	Négation, privation
co-, col-, com-, con-	Association
e-, ex-	Hors de
in-, im-	Dans
pré-	Antériorité

- Les mots peuvent être formés par l'ajout d'un **suffixe** après le radical. Certains suffixes peuvent introduire un jugement de valeur.

  Ex. : vert ✂ verd**âtre**, rêver ✂ rêv**asser**.

- On appelle **famille d'un mot** l'ensemble des mots qui ont le même radical que ce mot.

  Ex. : fils, filial, filiation sont de la même famille.

75 Le sens des mots

▸ Un **champ lexical** regroupe l'ensemble des mots qui se rapportent à la **même notion**. On parlera, par exemple, du champ lexical de la joie, de l'amour ou, plus concrètement, de la ville ou du jardin.

▸ Le **champ sémantique** d'un mot est l'ensemble des **différentes significations** possibles de ce mot. En effet, la plupart des mots ont plusieurs sens ; on dit qu'ils sont **polysémiques** et on parle de la **polysémie** d'un mot.

▸ On distingue le **sens dénoté** d'un mot, objectif et commun à tous, du **sens connoté** qui, plus subjectif, varie selon les locuteurs et les destinataires.

Dénotation	Sens du mot proprement dit. *Ex. :* Le blanc désigne une couleur.
Connotation	Tout ce que le mot peut évoquer en plus de son sens. *Ex. :* Le blanc évoque la pureté.

▸ On peut rapprocher ou, au contraire, opposer certains mots.

Synonyme	Mot de sens voisin. *Ex.* : Illustre et célèbre.
Hyperonyme	Mot dont le sens est plus large que plusieurs autres mots. *Ex. :* Chien est un hyperonyme (ou mot générique) de caniche, teckel, cocker…
Antonyme	Mot de sens contraire. *Ex.* : Passif et actif.
Homonyme	Mot qui se prononce de la même manière mais n'a pas le même sens. *Ex.* : maire et mère.
Paronyme	Mot dont la prononciation est voisine. *Ex.* : Percepteur et précepteur.

Les Contemplations (livres I à IV), Victor Hugo, 1856
Parcours : Les Mémoires d'une âme

Victor Hugo (1802-1885)
Dramaturge, romancier et poète, Hugo est le chef de file du mouvement romantique*.

L'AUTEUR ET L'ŒUVRE

▸ **Le contexte.** Âgée de 18 ans, Léopoldine, la fille du poète, se noie avec son mari dans la Seine en 1843. Bouleversé, Victor Hugo ne publiera rien pendant dix ans. En exil à Guernesey suite au coup d'État de Napoléon III, il réunit des poèmes anciens et récents pour composer en hommage à sa fille un recueil lyrique* qui obtiendra un grand succès dès 1856.

▸ **Composition du recueil.** La ligne directrice est chronologique, marquée par la mort de Léopoldine : « Autrefois » (I : la jeunesse ; II : l'amour pour Juliette Drouet ; III : les combats) et « Aujourd'hui » (livres IV à VI). Sur une page blanche, entre le deuxième et le troisième poème de *« Pauca meæ »* (livre IV), une ligne de pointillés, titrée « 4 septembre 1843 », marque la rupture.

▸ **Réflexions sur la mort.** Le poète exprime ses réactions successives à l'insoutenable : révolte, nostalgie, quête d'un sens ; la rébellion contre Dieu fait place finalement à une acceptation des projets divins.

▸ **Au-delà du lyrisme.** Les tonalités lyrique, élégiaque* mais aussi pathétique (« Melancholia »), vibrent dans ce recueil romantique. Mais le lyrisme vise l'universel, comme le précise la préface adressée au lecteur : « Ma vie est la vôtre ; [...] la destinée est une. Prenez donc ce miroir et regardez-vous-y. »

PARCOURS : Les Mémoires d'une âme

▸ **Poésie et écriture de soi.** Le terme « Mémoires » employé par Hugo dans la préface des *Contemplations* affecte à la poésie une mission autobiographique. On retrouvera cette veine lyrique chez Baudelaire, Rimbaud ou Verlaine.

▸ **La dimension spirituelle.** La poésie, selon Hugo, participe à une quête de l'invisible. Il s'agit de « traverser les tumultes » de l'existence pour « contempler Dieu » (préface). Le titre même du recueil invite à cette « contemplation », ce dépassement que chercheront ensuite Baudelaire ou Rimbaud. *Pauca meæ* (Virgile) se traduit par « Peu de choses pour la mienne ». Le sens ambigu (« quelques poèmes pour ma fille » ? « peu de souvenirs de ma fille » ?) invite le lecteur à lire activement le recueil comme un « miroir » (préface) de sa propre vie.

Les Fleurs du Mal, Charles Baudelaire, 1857
Parcours : Alchimie poétique : la boue et l'or

Charles Baudelaire (1821-1867)
Héritier des romantiques, Baudelaire ouvre une voie vers la poésie moderne.

L'AUTEUR ET L'ŒUVRE

▸ **La publication des *Fleurs du Mal*.** Situé entre les romantiques* (le poète est un « prophète » selon Hugo) et les symbolistes, Baudelaire compose minutieusement un recueil de cent poèmes qu'il publie en juin 1857. Accusé d'« offense à la morale religieuse et aux bonnes mœurs », il est condamné à une amende et doit retirer six pièces.

▸ **La composition du recueil de 1857.** Deux principes président à l'organisation du recueil : d'une part un parcours autobiographique ouvrant sur l'universel et d'autre part une composition théâtrale en cinq actes, le premier acte exposant le problème et les quatre suivants déployant des réponses possibles.

▸ La section « Tableaux Parisiens » est ajoutée dans l'édition de 1861.

▸ **Le renouvellement du lyrisme*.** Le « je » est un procédé d'écriture : il peut représenter Baudelaire mais aussi le poète ou l'homme en général.

▸ **Le déchirement entre le spleen et l'idéal.** Aspirant à s'élever vers l'idéal (« Élévation ») et déchiffrer enfin le monde (« Correspondances »), le poète est prisonnier du « spleen » (« Spleen », « La cloche fêlée ») qui l'étouffe.

▸ **Les thèmes.** Aux thèmes traditionnels de la femme, de l'exotisme, du souvenir, de la mort, s'ajoutent ceux, nouveaux, de la ville ou du chat.

PARCOURS : Alchimie poétique : la boue et l'or

▸ **« Tu m'as donné ta boue et j'en ai fait de l'or. »** Ce dernier vers de « Ébauche d'un épilogue pour la deuxième édition des *Fleurs du Mal* » résume l'ambition du recueil : le poète tire ses « Fleurs » du « Mal » lui-même comme en témoigne le poème « Une Charogne ».

▸ **Les poètes alchimistes.** Le terme « alchimiste » renvoie à Arthur Rimbaud qui a intitulé un de ses textes « L'Alchimie du verbe ». La transformation de la « boue » en « or » suppose un travail sur le langage, mais cette ambition démesurée porte les germes de l'échec : l'angoisse du spleen chez Baudelaire ou la folie chez Rimbaud.

▸ **La beauté repensée.** On retiendra aussi l'idée que la beauté d'un poème ne tient pas à ce qu'il peint mais à sa métamorphose par la force du langage poétique.

L'œuvre en Bibliolycée

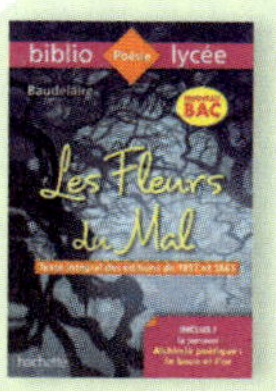

Alcools, Guillaume Apollinaire, 1913
Parcours : Modernité poétique ?

Guillaume Apollinaire de Kostrowitzky, dit Guillaume Apollinaire (1880-1918)
Apollinaire illustre l'« esprit nouveau », le bouillonnement artistique des premières années du XXᵉ siècle.

L'AUTEUR ET L'ŒUVRE

▸ **La liberté de la forme.** Baudelaire et Rimbaud ont libéré la poésie de la versification traditionnelle. Apollinaire renonce à la ponctuation et met à mal la syntaxe. Associant poésie et dessin, il innove en composant les *Calligrammes* publiés en 1918.

▸ **La composition du recueil.** Le titre *Alcools* suggère le pluriel et le désordre. Apollinaire multiplie thèmes et points de vue selon une esthétique de la désorganisation qui rappelle le cubisme. Certains poèmes sont très longs d'autres très courts ; certains sont isolés, d'autres regroupés en sections ; certains sont en vers réguliers ou presque, d'autres en vers libres. « Zone » commence par « À la fin », tandis que « Vendémiaire » s'achève sur « le jour naissait à peine ».

▸ **Les principaux thèmes.** La figure du mal-aimé, les images à la fois idéalisées et cruelles de la femme (Annie Pleyden en Allemagne, puis Marie Laurencin) traversent le recueil. La quête amoureuse rejoint d'autres aspirations : le voyage dans les souvenirs, la recherche de l'identité (« Guillaume, qu'es-tu devenu ? »), le désir d'un monde nouveau.

▸ **Le lyrisme***. La tonalité est souvent lyrique*, voire élégiaque*. Mais le « je » est aussi une instance poétique qui permet au lecteur de s'approprier le poème.

PARCOURS : Modernité poétique ?

▸ **Les différentes facettes de la « modernité ».** L'évocation de la ville, du train (le transsibérien de Cendrars), de la tour Eiffel (« Zone ») sont des signes tangibles de la modernité poétique. Le recours au vers libre en est un autre, de même que la disparition de la ponctuation. Le lecteur est alors amené à participer à la création du poème en y mettant son propre rythme. Cette démocratisation de la poésie se poursuivra avec les surréalistes.

▸ **Une modernité qui se nourrit de la tradition.** Le passé, bien que mis à distance, nourrit la modernité. Après Rimbaud qui disait s'inspirer de la « vieillerie poétique », Apollinaire emprunte à la tradition des personnages (les saltimbanques, la Loreley), des formes (la chanson), une tonalité (le lyrisme) pour les renouveler à sa façon.

L'œuvre en Bibliolycée

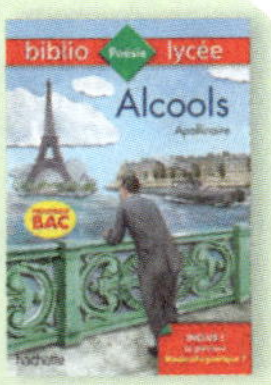

Gargantua, Rabelais, 1534
Parcours : Rire et savoir

Moine humaniste, médecin, **François Rabelais (1494 ?–1553)** était un érudit sensible à la culture populaire. Il est principalement connu pour ses deux récits *Pantagruel* et *Gargantua*.

L'AUTEUR ET L'ŒUVRE

▸ **Les influences.** Rabelais appartient à la première génération des humanistes : ce sont des lettrés admiratifs de l'Antiquité, enthousiastes et confiants dans l'Homme.

▸ **L'histoire.** Le récit suit la chronologie de l'histoire, de la naissance du géant Gargantua à l'édification de l'abbaye de Thélème, en passant par la guerre contre Picrochole.

▸ **Les personnages.** Autour de Gargantua gravitent des personnages positifs (le précepteur Ponocrates, le moine Frère Jean des Entommeures) et négatifs (les sophistes, Picrochole).

▸ **Les principaux enjeux.** Rabelais n'écrit pas en latin comme ses contemporains lettrés mais dans un français courant, voire trivial. Le genre noble de l'épopée est parodié. Le burlesque occupe une place centrale : la naissance de Gargantua, l'invention du torche-cul, la façon dont le héros « [paie] sa bienvenue aux Parisiens »... Rabelais adopte la culture médiévale du carnaval, la fantaisie débridée du récit populaire. Il communique sa joie de vivre à ses lecteurs et, en humaniste, il leur soumet ses réflexions sur les grands sujets de son temps tels que l'éducation, la guerre ou la religion.

PARCOURS : Rire et savoir

▸ **La place du savoir.** Composé dans la première moitié du XVIe siècle, avant que les guerres de religion ne viennent assombrir les perspectives, *Gargantua* témoigne de l'enthousiasme caractéristique de l'humanisme naissant. Rabelais, comme Érasme ou Thomas More, affirme sa confiance dans la capacité de l'homme à comprendre le monde et exprime une soif de savoir à la mesure des géants qu'il imagine.

▸ **La place du rire.** Chez Rabelais comme chez Thomas More dans *Utopia* (1516), la fantaisie narrative est le vecteur des valeurs à défendre. Mais dans *Gargantua* elle adopte une tonalité nettement burlesque. Parfois, discret et savant, le rire est franc, immense, et les sujets les plus grossiers sont abordés. Le savoir, sans tabou, est un plaisir mis à la portée de qui veut s'en emparer.

▸ **Les fonctions du rire.** Le rire, qui est « le propre de l'homme », joue plusieurs rôles : il réjouit et donne envie de poursuivre la lecture, il installe une connivence entre l'auteur et son lecteur, il permet de critiquer certaines positions (l'éducation des sophistes, l'esprit conquérant de Charles Quint...) et d'adopter le recul nécessaire à un savoir solide. Le rire, parce qu'il est « le propre de l'Homme » est chez Rabelais une quête du « haut sens » et un art de vivre.

L'œuvre en Bibliolycée

Les Caractères, La Bruyère, 1688
Parcours : La comédie sociale

Jean de La Bruyère (1645-1696)
Moraliste de la fin du Grand Siècle (XVIIe siècle), il est l'auteur d'une seule œuvre, *Les Caractères*, étoffée au fil de ses rencontres et de ses observations.

L'AUTEUR ET L'ŒUVRE

▸ **Le classicisme*.** À contre-courant de l'esthétique baroque* qui domine en Europe à cette époque, le modèle classique inspiré de l'Antiquité, prône l'équilibre et la juste mesure. Ce mouvement touche tous les arts. Il rejoint l'idéal de l'« honnête homme », un homme cultivé, modéré et sociable qui fuit les excès de la passion.

▸ **La progression des chapitres V à X et la satire sociale.** La Bruyère fait œuvre de moraliste en dénonçant les comportements superficiels et hypocrites de la cour ainsi que les excès du roi. Après une vision globale dans le chapitre V, La Bruyère emprunte le chemin de l'ascension sociale : la fortune (VI),puis l'installation en ville (VII), la fréquentation de la Cour (VIII) et notamment des Grands (IX). Le chapitre X atteint, avec le roi, le sommet de la pyramide.

▸ **L'écriture discontinue.** La mosaïque des portraits et des maximes constitue dans son ensemble une peinture de la société du XVIIe siècle. Le choix de la forme brève (les « remarques ») autorise différents procédés susceptibles de séduire le lecteur tout en servant la satire : les formules (l'attaque au début et la pointe à la fin), la généralisation, le choix des détails significatifs, l'implicite.

PARCOURS : La comédie sociale

▸ **La formulation à double sens du parcours.** La vie mondaine est une comédie dont La Bruyère dénonce la futilité et l'hypocrisie. On peut aussi comprendre que les « remarques » de La Bruyère sont autant de scènes de comédie.

▸ **La dénonciation de l'hypocrisie.** La Bruyère dénonce les prétentions et les faux-semblants. La transparence et la mesure sont des valeurs à la fois esthétiques et morales. Selon Roland Barthes, « nous avons eu en France une grande littérature de la mondanité, de Molière à Proust : et c'est dans cette tradition d'un imaginaire tout entier dirigé vers les phénomènes de clôture sociale que s'inscrit évidemment La Bruyère.»

▸ **La théâtralisation.** L'art de mettre en scène des personnages types s'apparente chez La Bruyère aux procédés de la comédie. Les romanciers recourent à des procédés similaires : on pense aux salons fréquentés par la Princesse de Clèves (Madame de Lafayette), par Bel-Ami (Maupassant), par Swann (Proust).

L'œuvre en Bibliolycée

Fiche œuvre 6

Déclaration des droits de la femme et de la citoyenne, Olympe de Gouges, 1791
Parcours : Écrire et combattre pour l'égalité

Olympe de Gouges (1748-1993)
L'auteure révolutionnaire a lutté contre l'esclavage et pour les droits des femmes. Elle est morte guillotinée sous la Terreur.

L'AUTEUR ET L'ŒUVRE

▸ **Une œuvre de circonstances.** Le texte qu'Olympe de Gouges adresse à la Reine en 1791 doit être compris dans le contexte révolutionnaire et le bouillonnement d'idées du siècle des Lumières. Il se lit en parallèle de la *Déclaration* promulguée le 26 août 1789. À une époque où la supériorité masculine est acceptée comme une évidence, les revendications de l'auteure passent inaperçues et l'œuvre ne sera publiée dans son intégralité qu'en 1986.

▸ **Un pastiche* et un pamphlet*.** Le préambule et les dix-sept articles de la *Déclaration* d'Olympe de Gouges constituent un pastiche du texte promulgué en 1789. Le postambule, adressé aux femmes, adopte une tonalité plus ouvertement polémique en déployant toute la palette des procédés oratoires. L'ensemble, parce qu'il dénonce l'abus de pouvoir des hommes, peut être considéré comme un pamphlet.

▸ **Un manifeste et ses enjeux.** Il s'agit aussi d'un manifeste revendiquant pour les femmes la liberté et les mêmes droits que les hommes : constitutionnel (article IV), pénal (VII à IX), d'expression (X et XI), fiscal (XIII à XV), de propriété (XVII). Les articles XII et XVI soulignent l'importance pour la société tout entière de garantir les droits des femmes.

PARCOURS : Écrire et combattre pour l'égalité

▸ **Écrire et combattre.** L'écrivain est souvent présenté comme replié sur son œuvre, aux antipodes de l'homme d'action. Mais de nombreux(ses) auteur(e)s ont aussi agi sur le terrain tels George Sand (une femme), Albert Camus ou le romancier anglais George Orwell. Et leurs écrits ont accompagné leurs combats.

▸ **Le combat pour l'égalité.** Se battre pour l'égalité consiste souvent à débusquer les inégalités de tous ordres. On peut identifier trois grands domaines de lutte : le combat pour l'égalité des sexes qui depuis le Moyen Âge (Christine de Pisan) présente des enjeux variés, la lutte contre l'esclavage et le racisme, la dénonciation (Hugo, Zola...) des injustices sociales. Les causes peuvent se croiser comme dans le film *Les Figures de l'ombre* (Theodore Melfi, 2016) rendant hommage aux mathématiciennes afro-américaines, qui, ont travaillé pour la NASA au début de la conquête spatiale.

L'œuvre en Bibliolycée

Fiche œuvre 7

La Princesse de Clèves, Madame de Lafayette, 1678
Parcours : Individu, morale et société

Marie-Madeleine de Lafayette ou La Fayette (1634-1693)
La Princesse de Clèves est considéré comme le premier grand roman de la littérature française.

L'AUTEUR ET L'ŒUVRE

▸ **Le cadre du récit.** Le raffinement de la fin (1558-1559) du règne d'Henri II rappelle la Cour de Louis XIV et la préciosité* que connaît bien l'auteur.

▸ **Les principaux personnages :**
– La princesse de Clèves : très jeune (16 ans) et très belle, Mademoiselle de Chartres épouse le prince de Clèves qu'elle estime mais n'aime pas.
– Le prince de Clèves : très amoureux de son épouse, le Prince est un homme d'honneur.
– Le duc de Nemours : bien que séducteur, le Duc éprouve pour la Princesse un amour sincère.

▸ **Une intrigue tragique.** Les personnages sont prisonniers d'une passion qui les submerge et contre laquelle la Princesse lutte. À la fin, le Prince puis, quelques années plus tard, la Princesse meurent.

▸ **La force d'un roman classique*.** La vraisemblance, la mesure, le resserrement inaugurent une ère romanesque nouvelle dans laquelle prime l'analyse psychologique du personnage principal.

PARCOURS : Individu, morale et société

▸ **L'individu au cœur du roman.** Alors que, dans les récits antérieurs, les personnages illustrent une démonstration, Madame de Lafayette fait de la personnalité même de son héroïne le thème de son roman. Ses émotions et ses sentiments sont disséqués dans de fréquents monologues intérieurs. L'auteur laisse au lecteur le soin de prendre position. Cette analyse psychologique approfondie et cette quête de vérité deviendront, par la suite, deux grands enjeux du roman.

▸ **L'individu et la morale.** La morale peut être présentée comme une norme imposée ou, au contraire, comme un choix de vie. Dans le roman de Madame de Lafayette, la morale, incarnée par Madame de Chartres, est un garde-fou qui protège la princesse de Clèves des désordres d'une passion présentée comme destructrice.

▸ **L'individu et la société.** C'est la Cour (la société) qui présente le duc de Nemours à la princesse de Clèves. Par la suite, les romanciers continueront à mettre en scène des héros ou des héroïnes confrontés à une société qui cherche à imposer ses pratiques.

L'œuvre en Bibliolycée

Le Rouge et le Noir, Stendhal, 1830
Parcours : Le personnage de roman, esthétiques et valeurs

Henri Beyle, dit Stendhal (1783-1842)
Stendhal est l'auteur de deux grands romans, entre romantisme et réalisme : *Le Rouge et le Noir* (1830) et *La Chartreuse de Parme* (1839).

L'AUTEUR ET L'ŒUVRE

▸ **La genèse du roman.** Stendhal s'inspire de deux faits divers dont celui d'un séminariste condamné à mort pour l'assassinat de sa maîtresse.

▸ **Un récit réaliste.** Le sous-titre « Chronique de 1830 » ou « Chronique du XIXe siècle » inscrit *Le Rouge et le Noir* dans la veine réaliste. Stendhal prône « la sècheresse du Code Civil » et dépeint sans pitié la société de la Restauration. Toutefois les passions du personnage, ainsi que le dénouement tragique rappellent le romantisme*.

▸ **Le titre.** On peut attribuer plusieurs significations aux couleurs retenues : le noir de la tenue religieuse et le rouge de l'uniforme militaire ou bien le noir de l'hypocrisie et le rouge de la violence.

▸ **Deux livres (parties) opposés.** Les lieux (la province et Paris) s'opposent ainsi que les femmes (Mme de Rênal et Mathilde de la Mole), ce qui n'empêche pas des échos.

PARCOURS : Le personnage de roman, esthétiques et valeurs

▸ **Esthétiques.** Julien Sorel, comme d'autres personnages, présente différentes facettes.
– Un personnage qui semble vrai : il a des qualités et des défauts ; il appartient à un milieu social et aspire à trouver sa place dans le monde. Cette illusion de réel permet au lecteur de s'identifier au héros.
– Un personnage qui évolue : *Le Rouge et le Noir* est un roman d'apprentissage. Julien évolue en se confrontant aux autres et aux situations qu'il rencontre.
– Un élément moteur : l'ambition et les passions du personnage font avancer l'histoire.
– Un témoin : les succès et les échecs du personnage éclairent la société dans laquelle il évolue.

▸ **Valeurs.**
– L'affirmation de soi contre le monde. Comme d'autres personnages de roman (*La Vie de Marianne*, Marivaux, 1741 ; *Eugénie Grandet*, Balzac, 1833 ; *Madame Bovary*, Flaubert, 1857), Julien Sorel cherche à s'imposer dans une société qui l'ignore ou le rejette.
– La quête d'un sens et d'une vérité. Le roman s'interroge sur le sens de notre existence. Le dénouement du *Rouge et le Noir* nous présente un héros qui renonce à ses ambitions et se réconcilie avec lui-même.

L'œuvre en Bibliolycée

Mémoires d'Hadrien, Marguerite Yourcenar, 1951
Parcours : « Soi-même comme un autre »

Marguerite de Crayencour, dite Marguerite Yourcenar (1903-1987)
Marguerite Yourcenar est la première femme à être entrée, en 1980, à l'Académie française.

L'AUTEUR ET L'ŒUVRE

▸ **Une œuvre originale.** À l'écart des modes, Marguerite Yourcenar renouvelle le roman historique. Les *Mémoires d'Hadrien* sont le fruit d'une longue enquête relatée dans les *Carnets de notes* qui suivent le récit. Plusieurs genres se croisent : la biographie documentée mais romancée, le genre épistolaire (Hadrien écrit une longue lettre à Marc Aurèle), l'autobiographie (l'empereur, à la fin de sa vie, se raconte afin de mieux se comprendre), les Mémoires (le récit témoigne d'une époque).

▸ **Les personnages.**
– Hadrien : le héros est un humaniste érudit, attaché à la liberté, désireux d'« imposer doucement au monde » la sagesse de la culture grecque. Il se dit « responsable de la beauté du monde ». Les deux événements centraux de sa vie sont sa rencontre avec Antinoüs et la mort de celui-ci.
– Antinoüs : le jeune homme d'une grande beauté, fasciné par la mort, reste mystérieux, moins humain que divin, comme sorti d'un mythe.
– De nombreux personnages tissent autour d'Hadrien un réseau de ressemblances ou d'oppositions.

▸ **La composition.** Le récit chronologique est souvent brouillé par des analepses* ou des prolepses*. L'ascension d'Hadrien jusqu'à l'âge d'or de sa vie (*saeculum aureum*), illuminé par la rencontre avec Antinoüs, est minutieusement évoquée pour nous montrer la lenteur de cette progression.

PARCOURS : « Soi-même comme un autre »

▸ **Parler de soi.** L'homosexualité, l'érudition, et surtout la quête de la beauté et les valeurs défendues nous invitent, bien que l'auteur s'en défende, à associer au « je » d'Hadrien celui de Marguerite Yourcenar. Il s'agit de se mettre à distance, de s'envisager comme un autre.

▸ **À la recherche de notre humanité.** Outre les exigences de la recherche historique (« s'informer de tout ») pour qui veut écrire la vie d'un autre, Marguerite Yourcenar (*Carnets de notes*) affirme la nécessité de retenir « ce qu'il y a de plus durable, de plus essentiel en nous ». Les quêtes de la vérité sur soi et de la vérité sur l'autre se rejoignent.

Le Malade imaginaire, Molière, 1673
Parcours : Spectacle et comédie

Molière (Jean-Baptiste Poquelin, 1622-1673)
Molière donne ses lettres de noblesse au genre de la comédie.

L'AUTEUR ET L'ŒUVRE

▸ **Les influences.** Le resserrement de l'intrigue inscrit la pièce dans l'esthétique classique mais les décors et les costumes variés des ballets montrent l'influence baroque.

▸ **L'intrigue et les personnages types de la comédie.** Argan, grincheux, égoïste et avare est le barbon. Il s'oppose au mariage de sa fille Angélique avec Cléante qu'elle aime car il compte la marier à Thomas Diafoirus, un médecin stupide. Les ruses de la servante Toinette, plus que les propos raisonnables de Béralde, assurent un dénouement heureux.

▸ **Les cibles de la critique.** La critique vise les médecins et, plus largement, les personnes prétentieuses ou intéressées par l'argent comme Béline, la seconde épouse d'Argan. La pièce dénonce aussi la condition des filles que l'on marie sans leur consentement ou que l'on enferme dans un couvent.

▸ **Un testament de Molière.** Molière, tuberculeux, se sait condamné quand il compose sa comédie et s'attribue le rôle-titre d'Argan. Il meurt d'ailleurs à la quatrième représentation. Dans *Le Malade imaginaire* (III, 3), c'est au « roman de la médecine » plus qu'aux médecins que Molière s'en prend « car les ressorts de notre machine [corps] sont des mystères ». La pièce qui montre la fragilité de l'homme est aussi, grâce aux rires et aux danses, un défi qui exprime face à la mort le triomphe de l'amour et de la joie.

PARCOURS : Spectacle et comédie

▸ **Théâtre et spectacle.** Le mot « théâtre », dérivé d'un verbe grec signifiant « contempler », rejoint dès son origine le mot « spectacle ». Au-delà du genre particulier de la comédie, c'est le théâtre lui-même qui est spectacle.

▸ **Comédie et spectacle.** La comédie n'est pas, comme la tragédie, prisonnière d'un texte ; elle accorde une place primordiale à la représentation : décor, costumes, diction, jeux de scène, tout fait sens.

▸ **Les fonctions du spectacle.** Le spectacle a une fonction divertissante (les jeux de scène, les travestissements). Il peut aussi servir la satire en ridiculisant les personnages (par les costumes, la gestuelle...) incarnant certains travers. La fonction esthétique est par ailleurs essentielle. Les comédies-ballets de Molière suggèrent l'ouverture du texte théâtral au projet d'un spectacle total destiné à nous enchanter.

L'œuvre en Bibliolycée

Les Fausses Confidences, Marivaux, 1737
Parcours : Théâtre et stratagème

Marivaux (1688-1763)
Marivaux écrit principalement pour le Théâtre-Italien ; il utilise toutes les subtilités du langage pour analyser les sentiments et les relations humaines.

L'AUTEUR ET L'ŒUVRE

▸ **Le renouvellement de la comédie après Molière. On retrouve dans** *Les Fausses Confidences* le thème du mariage, le travestissement, la question de l'argent qui sont au cœur de la comédie classique. Mais l'intrigue diffère des schémas traditionnels. En effet, Araminte, parce qu'elle est veuve, n'est pas tenue d'obéir à sa mère. De plus, ni l'autorité familiale ni la satire d'un défaut ne sont au centre de la comédie de Marivaux.

▸ **L'intrigue et les personnages.** Dorante, bien fait mais sans fortune, est tombé amoureux d'Araminte, une riche veuve. Dubois, son valet, est entré au service de la jeune femme avec l'intention de l'amener à aimer le jeune homme. Ce dernier suit les directives du valet qui, déployant un savant stratagème (confidences, portrait, lettre...), rend possible le mariage en dépit des différences de fortune et des interventions de tierces personnages tels Marton la servante, Madame Argante la mère d'Araminte et le comte, le prétendant finalement éconduit.

▸ **Le marivaudage.** Terme dépréciatif quand les philosophes des Lumières reprochaient à Marivaux sa légèreté, le mot « marivaudage » désigne à présent un art du langage rappelant la préciosité. L'art subtil de distiller des informations sous forme de confidences constitue le principal ressort de la pièce.

PARCOURS : Théâtre et stratagème

▸ **Comédie et stratagème.** La comédie est le genre privilégié du stratagème : ce dernier est un moteur de l'intrigue, un révélateur des travers à dénoncer, un prétexte à des jeux de scène comiques. Le valet ou la servante sont au premier plan mais parfois aussi les maîtres comme dans *Le Jeu de l'amour et du hasard*. Dans certains cas, le stratagème est le fait d'un personnage extérieur telle Flaminia dans *La Double Inconstance* de Marivaux.

▸ **Théâtre et stratagème**. La comédie n'a pas l'exclusivité du stratagème. Pensons à Agrippine dans *Britannicus* (1669) de Racine ou bien, plus nettement encore à deux drames romantiques de Musset, *Lorenzaccio* et *On ne badine pas avec l'amour*. Il semblerait que le théâtre contemporain, en quête d'une expression plus spontanée, se soit détourné de ce ressort traditionnel.

L'œuvre en Bibliolycée

Juste la fin du monde, Jean-Luc Lagarce, 1990
Parcours : Crise personnelle, crise familiale

Jean-Luc Lagarce (1957-1995)
Jean-Luc Lagarce a obtenu de grands succès pour ses mises en scène aussi bien que pour ses propres œuvres.

L'AUTEUR ET L'ŒUVRE

▸ **La création de la pièce.** Jean-Luc Lagarce a la confirmation de sa séropositivité en juillet 1988 ; ses jours sont désormais comptés. En 1990, il achève *Juste la fin du monde*, une pièce qui, sans être autobiographique, se nourrit de l'expérience personnelle d'une mort annoncée. La pièce sera mise en scène pour la première fois en 1999 par Joël Jouanneau.

▸ **L'intrigue.** Louis âgé de 34 ans, qui a quitté sa famille brusquement, revient des années plus tard avec l'intention d'apprendre aux siens qu'il va bientôt mourir. Finalement, après les longues tirades des uns et des autres, il repart sans avoir rien révélé. Aucun événement ne vient infléchir le drame de cette parole à la fois libérée et interdite et c'est cette parole qui constitue le thème même de la pièce.

▸ **La place de la parole.** Le vocabulaire, simple voire familier, inscrit l'action dans un contexte ordinaire, accessible à tous. Mais la langue est originale : la pièce est en vers libres, souvent répétitifs, comme si les personnages peinaient à s'exprimer et devaient sans cesse remettre en cause les mots et la syntaxe choisis.

PARCOURS : Crise personnelle, crise familiale

▸ **Le cadre familial du théâtre classique.** Depuis son origine antique, la comédie propose des intrigues qui se nouent dans un cadre familial, autour d'un conflit. La tragédie se déroule, quant à elle, dans les hautes sphères du pouvoir mais la famille est tout autant impliquée. La crise, indispensable à la tension dramatique, est souvent liée à un abus d'autorité.
La crise familiale est aussi la crise personnelle des héros qui voient leurs aspirations contrariées.

▸ **Individu et famille en crise.** La famille aujourd'hui n'est plus le cadre ferme des siècles passés ; elle peut même être perçue comme la source des souffrances de l'individu. Dans *Juste la fin du monde*, elle est un univers que Louis a rejeté, qui va sur sa « fin », mais qu'il recherche pourtant. L'amour et les tensions se mêlent inextricablement ce qui rend la communication quasi impossible.

Lexique des termes littéraires

Aède : un aède (du verbe grec *« adô »*, chanter) désigne, en Grèce antique, un poète qui chante ou récite des épopées en s'accompagnant d'un instrument de musique. Le plus célèbre des aèdes est Homère.

Allégorie : représentation d'une notion abstraite par une personne.
Ex. : Vénus est l'allégorie de l'amour.

Allitération : répétition d'une consonne.

Anadiplose (fém.) : reprise du dernier mot d'une proposition au début de la proposition suivante afin de souligner le lien.

Analepse (fém.) : retour en arrière.

Anaphore (fém.) : procédé d'insistance qui consiste en la répétition d'un mot ou d'une expression en tête de phrase ou de vers. On parle aussi de reprise anaphorique.

Antanaclase (fém.) : variété de répétition qui fait apparaître un terme deux fois avec deux sens différents.
Ex. : « Le cœur a ses raisons que la raison ne connaît point » (Pascal).

Antithèse : opposition, dans une phrase, de deux termes.

Anthropocentrisme : pensée qui considère que toute chose se rapporte à l'homme.

Apologue (masc.) : court récit duquel se dégage une morale. La fable, la parabole, le conte philosophique sont des apologues dans la mesure où la leçon est véhiculée par une fiction.

Apostrophe (fém.) : procédé grammatical et oratoire qui consiste à interpeller la personne à qui l'on s'adresse.
Ex. : « Peuples ! écoutez le poète ! » (Hugo)

Archétypal : construit selon un modèle primitif qui se répète au cours des siècles.

Assertion : affirmation.

Assonance : répétition d'un son vocalique (voyelles ou voyelles nasalisées* telles que « an » ou « on »).

Asyndète (fém.) : suppression des termes qui permettent de lier logiquement les mots ou les expressions.

Avatar : **1.** Incarnation de Vishnou dans la religion hindoue. **2.** Métamorphose. **3.** Mésaventure.

Bachique : en lien avec le culte de Bacchus (nom romain de Dionysos).

Barbon : au théâtre, personnage du vieillard, en général égoïste et avare.

Baroque (adj.) : appartenant ou apparenté à l'esthétique d'un mouvement des xviie et xviiie siècles qui privilégie les décors très élaborés pour rendre compte de la complexité du monde.

Bienséance : conformité aux bonnes mœurs, à la morale.

Blason du corps féminin : genre poétique du xvie siècle qui consiste à détailler le portrait d'une femme aimée.

Bucolique : qui se rapporte à la nature, la vie champêtre, les mœurs pastorales. *Les Bucoliques* de Virgile (37 av J.-C.) sont de courts dialogues entre bergers sur le modèle de la poésie pastorale grecque.

***Captatio benevolentiae* :** expression latine désignant la façon dont un orateur, au début d'un discours, parvient à attirer l'attention bienveillante de son auditoire.

Cartésien : **1.** Relatif au philosophe Descartes (1596-1650).
2. Logique et rationnel.

Catastrophe : dans la tragédie, dénouement marqué par un enchaînement de faits violents.

Catharsis : effet produit par la tragédie selon Aristote ; elle purifie les spectateurs de leurs passions en leur faisant éprouver terreur et pitié.

Césure : coupe au milieu d'un vers ; dans l'alexandrin classique*, elle sépare les deux hémistiches* (6 syllabes).

Champ lexical : ensemble de mots ou d'expressions qui se rapportent à une même notion.

Champ sémantique : ensemble des significations d'un mot.

Chiasme : figure de symétrie dans laquelle le premier élément se rapproche du quatrième et le deuxième du troisième.

Christique : qui rappelle le Christ.

Classicisme : mouvement esthétique français du XVIIe siècle, en réaction au baroque européen. L'équilibre, la mesure, la simplicité et la raison sont ses principales caractéristiques.

Classique : qui caractérise les œuvres du classicisme.

Conjonction : mot de liaison ; on distingue les conjonctions de coordination *(mais, ou, et, donc, or, ni, car)* et les conjonctions de subordination *(parce que, puisque, quand...)*.

Connotation : signification suggérée, affective d'un mot (à distinguer de la dénotation qui est son sens strict).

Convaincre : emporter l'adhésion en développant des arguments et des raisonnements.

Coup de théâtre : événement qui change totalement les données de l'intrigue.

Courtois : se rapporte à un art de vivre et à une littérature qui, au Moyen Âge, idéalisent la femme et l'amour.

Dédicataire : personne à qui un ouvrage est dédié.

Dentale : « t » (dentale sourde), « d » (dentale sonore).

Didactique : qui vise à instruire.

Didascalie : au théâtre, indication scénique qui précise le ton d'une réplique, un mouvement ou le décor.

Diérèse (fém.) : fait de dissocier en les prononçant une suite de voyelles. *Ex. :* en-**vi**-**eu**-se.

Dionysiaque : relatif à Dionysos.

Dionysos : dieu grec (Bacchus chez les Romains) de la vigne, de la folie et de la démesure.

Discours : **1.** Parole rapportée dans un récit (discours direct, indirect, indirect libre). **2.** Toute production écrite ou orale (discours narratif, descriptif…).

Double énonciation : au théâtre, les répliques sont destinées aux personnages mais aussi aux spectateurs.

Dramaturge : auteur d'une pièce de théâtre (comédie, tragédie, drame…).

Drame romantique : genre théâtral qui, dans la première moitié du xixe siècle, s'oppose au classicisme en prônant notamment le mélange des genres.

Élégiaque : se dit d'un texte lyrique qui exprime la tristesse et la mélancolie.

Élision (fém.) : suppression, notamment d'une voyelle.

Ellipse (fém.) : **1.** saut dans le temps, omission de certains éléments jugés sans intérêt. **2.** Omission d'un mot dans une phrase.

Elliptique (syntaxe) : construction qui omet certains éléments.

Emphatique : qui souligne, met en relief.

Empirisme : théorie philosophique selon laquelle l'expérience est le fondement de toute connaissance.

Enjambement (masc.) : la phrase se poursuit dans le vers suivant.

Énonciation : fait de produire un énoncé, écrit ou oral.

Épanorthose : figure de style qui consiste à revenir sur ce que l'on vient d'affirmer, pour le corriger, le nuancer.

Épicurien : adepte de l'épicurisme.

Épicurisme : **1.** Doctrine du philosophe grec Épicure (341-270 av. J.-C.). Selon l'épicurisme, le monde est un conglomérat d'atomes et l'âme ne survit pas à la mort. Il faut donc rechercher le bonheur terrestre en sélectionnant les plaisirs naturels et nécessaires. Selon Épicure, « mon corps est saturé de plaisirs quand j'ai du pain et de l'eau ». **2.** Philosophie de la vie qui se propose de jouir des plaisirs de l'existence.

Épidictique : se dit des tonalités de l'éloge et du blâme.

Épiphore (fém.) : répétition par laquelle un mot ou un groupe de mots reviennent à la fin de plusieurs membres successifs de phrases. Fréquente en poésie.

Épique : qui a trait à l'épopée (récit mythologique à la gloire d'un héros).

Éponyme : qui donne son nom, par exemple à un roman.

Ex. : Thérèse Raquin.

Érinyes : déesses grecques de la Vengeance et du Châtiment. Elles sont nommées Furies à Rome. On les appelle également les Euménides, c'est-à-dire les *Bienveillantes*.

Euphémisme (masc.) : figure qui atténue une réalité déplaisante.

Exodos : dernière partie de la tragédie grecque antique, quand le chœur quitte la scène.

Exposition : au théâtre, scène(s) qui présente(nt) les éléments nécessaires à la compréhension de l'intrigue.

Focalisation : voir *Point de vue*.

Générique : **1.** Qui a trait à un genre. **2.** Se dit d'un mot de sens large, qui renvoie à une catégorie.

Ex. : un chien (nom générique) ; un caniche (mot spécifique).

Gnomique : qui énonce une vérité générale.

Hémistiche (masc.) : demi-alexandrin.

Hétérométrie : fait de recourir à des vers (mètres) de longueurs variées.

Hexasyllabe : vers de six syllabes.

Homéotéleute (fém.) : répétition d'un même son à la fin d'une phrase, ou à la fin des mots d'une même phrase, qui constitue une sorte de rime intérieure introduite en prose.

Homérique : relatif à Homère, poète grec à qui l'on attribue les épopées l'*Iliade* et l'*Odyssée*.

Humaniste : penseur de la Renaissance qui admire l'Antiquité et défend la dignité humaine.

Hybris (fém.) : démesure et orgueil insensé considérés comme un crime dans la littérature grecque.

Hypallage (fém.) : figure de style qui attribue à un mot ce qui convient logiquement à un autre mot de la même phrase.

Hyperbole (fém.) : procédé stylistique qui vise à exagérer.

Hypotypose (fém.) : procédé de style qui consiste à préciser une scène de façon à lui donner vie.

Inaugural : qui débute.

Incantatoire : qui s'apparente à une incantation, c'est-à-dire à un discours magique visant à exercer un pouvoir par la force du rythme et des mots.

Incipit (masc.) : première page d'un roman ou d'un conte.

Incise (fém.) : courte proposition insérée dans une phrase.

Indices de l'énonciation : mots qui portent la trace de l'énonciation, qui renvoient au locuteur, au destinataire ou à un espace-temps défini par rapport à ces deux personnes.

Ex. : je, tu, hier, demain, ici…

Indices personnels : mots qui renvoient explicitement au locuteur et au destinataire.

Injonctif : qui exprime un ordre, une interdiction, un conseil.

Injonction : ordre, commandement indiscutable.

Interrogation totale : interrogation qui porte sur la totalité de la phrase et qui n'admet que deux réponses possibles, « oui » ou « non ».

Intransitif (verbe) : qui se construit sans complément d'objet.

Invocation : fait d'invoquer, appel insistant, prière.

Invocatoire : qui a force d'invocation.

Ironie : forme comique qui consiste à laisser entendre autre chose que ce que l'on dit littéralement.

Itératif : qui est fait ou répété plusieurs fois. L'imparfait itératif est l'équivalent de l'imparfait de répétition.

Jansénisme : dans le cadre du catholicisme, conception religieuse selon laquelle seuls ceux qui ont été choisis par Dieu (qui ont reçu la grâce) seront sauvés.

Janséniste : qui professe le jansénisme, austère.

Lazaréen : néologisme des années cinquante qui se réfère à la figure biblique de Lazare ressuscité et renvoie à la littérature des camps de concentration.

Laisse : ensemble de vers supérieur au découpage strophique habituel.

Liminaire : placé au début d'un ouvrage ou d'un texte.

Litanie (fém.) : **1.** *Pluriel.* Suite de prières liturgiques qui se terminent par des formules identiques (récitées ou chantées par les fidèles). **2.** *Singulier.* Longue suite de paroles répétitives.

Litote (fém.) : procédé qui consiste à dire moins pour sous-entendre davantage.

Locution (prépositionnelle, conjonctive…) : groupe de mots.

Lyrique : se dit de la tonalité d'un texte qui exprime des sentiments.

Machiavélique : se dit d'une conduite tortueuse et sans scrupules.

Maïeutique (fém.) : **1.** Méthode employée par Socrate pour conduire ses disciples par une série de questions habiles à « accoucher » eux-mêmes les vérités enfouies dans leur esprit. **2.** Méthode pédagogique qui consiste à faire penser l'étudiant par lui-même au lieu de lui imposer des idées toutes faites.

Mélioratif : qui donne une vision positive.

Ménades : femmes en proie à un violent délire qui escortaient Dionysos et se livraient à tous les débordements de son culte. Bacchantes chez les Romains.

Métonymie (fém.) : figure de substitution qui consiste à désigner une réalité par un terme qui convient à une autre, selon une relation de contiguïté (cause à effet, matière à objet, contenu à contenant…).
Ex. : « le fer pour l'épée ».

Mètre : mesure, vers.

Métrique : qui a trait aux mesures et plus particulièrement en poésie à la longueur des vers.

Mimesis : imitation de la réalité par la littérature, et notamment la tragédie, selon Aristote.

Mimétique : qui imite ; les sonorités mimétiques nous donnent à entendre ce qu'elles évoquent.
Ex. : « Pour qui sont ces serpents qui sifflent sur vos têtes » (Racine).

Mise en abyme : procédé d'enchâssement qui consiste à insérer une œuvre dans une autre œuvre du même type (tableau dans un tableau, récit dans un récit, scène de théâtre dans une autre scène, tel le jeu des comédiens dans *Hamlet* II, 2).

Modalisateur : mot ou construction syntaxique qui laisse transparaître l'opinion du locuteur.

Modalité : ton et type de phrase. On distingue les modalités déclarative, interrogative, injonctive et exclamative.

Mythomane : personne qui cherche refuge dans le mensonge et les récits imaginaires pour échapper à la réalité.

Nasalisée (voyelle) : son vocalique prononcé avec résonance nasale. *Ex. :* « an », « on », « in », « un ».

Naturaliste : qui caractérise le naturalisme, mouvement littéraire de la seconde moitié du xixe siècle ; ce mouvement cherche à donner une image fidèle de la réalité en s'appuyant notamment sur des théories scientifiques.

Néologisme : mot nouveau, qui n'existe pas encore dans la langue.

Nominale (phrase) : sans verbe, centrée sur un nom.

Nouveau Roman : mouvement littéraire des années 1950-1960 qui renouvelle les techniques romanesques en rompant avec la tradition réaliste de l'intrigue et des personnages.

Ode : poème lyrique ou chant, souvent destiné à célébrer.

Onirique : qui a trait au rêve.

Onomastique : étude des noms propres.

Oxymore (masc.) : association de deux mots de sens opposés. *Ex. :* « le soleil noir ».

Pamphlet : petit écrit polémique particulièrement virulent.

Pamphlétaire : auteur d'un pamphlet, petit écrit polémique particulièrement virulent.

Panthéisme : conception religieuse selon laquelle le divin se confond avec la nature.

Parataxe : éléments juxtaposés dans une phrase.

Paratexte : indications qui précèdent ou suivent le texte.

Paronomase : rapprochement de mots qui présentent une ressemblance sonore.

Paronymes : mots qui se prononcent de manière voisine.

Pastiche : imitation du style d'un écrivain sans pour autant s'en moquer.

Pathétique : tonalité qui vise à susciter une émotion chez le lecteur.

Pentasyllabe : vers de cinq syllabes.

Performatif : qui, du fait même qu'il est formulé, réalise l'action.

Périphrase : procédé par lequel on remplace un mot par une expression.

Persuader : emporter l'adhésion en touchant la sensibilité grâce à des procédés littéraires.

Picaresque : digne d'un picaro, héros d'un roman d'aventure d'origine espagnole.

Point de vue : **1.** Interne : la scène est vue par un personnage participant à l'action. **2.** Externe : le regard est extérieur à la scène. **3.** Omniscient : le narrateur sait tout de son personnage, son passé, ses pensées…

Polémique (adjectif) : qui suscite le débat.

Polynomie : procédé qui consiste à employer plusieurs mots ou expressions synonymes pour désigner la même chose.

Polyptote (masc.) : variété de répétition qui fait apparaître plusieurs occurrences grammaticales d'un même mot sous des formes différentes.
Ex. : « Madame se meurt ! Madame est morte ! » (Bossuet).

Polysémie : caractéristique d'un mot ou d'une expression ayant plusieurs significations.

Positiviste : qui se rapporte au positivisme, philosophie selon laquelle notre réflexion ne doit s'appuyer que sur l'observation et l'expérience.

Postposition : position d'un élément après un autre (l'antéposition ou la postposition d'un adjectif par rapport au nom).

Postulat : principe qui doit être admis comme vrai sans démonstration.

Préciosité : au xviie siècle, art de vivre mondain caractérisé par un rejet de l'ordinaire, un raffinement dans les vêtements et le langage, une idéalisation de l'amour.

Prépositionnel (groupe) : introduit par une préposition.

Prétérition (fém.) : **1.** Omission volontaire. **2.** Figure de rhétorique consistant à dire qu'on ne parle pas de quelque chose alors qu'on le fait.

Prolepse (fém.) : récit qui anticipe sur la suite de l'histoire.

Prosopopée (fém.) : figure de style consistant à faire parler un mort ou une entité abstraite.

Prospectif : qui anticipe.

Protagonistes : personnages principaux d'une pièce de théâtre auxquels on s'identifie facilement.

Quatrain : strophe de quatre vers.

Quatrième mur : écran imaginaire, mur fictif qui sépare le monde des acteurs et celui des spectateurs.

Quintil : strophe de cinq vers.

Quiproquo : malentendu ; un personnage prend un personnage ou un fait pour un autre.

Régressif : qui marque un retour à un état antérieur.

Réifier : transformer en chose (*res* en latin), chosifier.

Rétrospectif : qui effectue un retour en arrière.

Réquisitoire : discours accusateur (à distinguer de la plaidoirie qui prend au contraire la défense).

Rhétorique : art du discours.

Romantique : relatif à un mouvement du début du xixe siècle, centré sur la sensibilité et les sentiments du moi.

Scénographie : ensemble des moyens techniques mis en place pour l'agencement de la scène.

Scepticisme : **1.** Doctrine fondée par le philosophe grec Pyrrhon (360-275 av. J.-C.) selon laquelle l'esprit humain ne peut parvenir à aucune vérité générale, tout pouvant être sujet au doute. Il préconisait donc la « suspension du jugement ». **2.** Attitude d'incrédulité et de défiance face aux opinions et aux valeurs reçues.

Scolastique : Nom féminin. **1.** Enseignement philosophique et théologique donné à l'Université au Moyen Âge qui associait les dogmes chrétiens à la philosophie d'Aristote. **2.** Enseignement figé, creux et formaliste. **3.** Adjectif qui caractérise ce qui relève, comme la scolastique décadente, d'une philosophie figée et abstraite.

Sizain : strophe de six vers.

Soliloque : dialogue intérieur.

Sonnet : poème en alexandrins composé de deux quatrains (strophes de quatre vers) et de deux tercets (strophes de trois vers).

Stance (fém.) : strophe.

Stéréotype : cliché, idée toute faite.

Stichomythie (fém.) : échange de répliques très brèves.

Stoïcisme : **1.** Doctrine fondée par le philosophe grec Zénon de Citium (340-263 av. J.-C.) selon laquelle il faut vivre en accord avec la Nature qui se confond avec le divin, accepter ce qui ne dépend pas de nous et maîtriser les passions qui dépendent de nous pour connaître le bonheur. **2.** Attitude courageuse et impassible devant la douleur.

Surréaliste : artiste (poète, peintre, cinéaste...) qui se rattache au surréalisme, mouvement artistique de l'entre-deux-guerres qui rejette les conventions et cherche une surréalité dans l'inconscient.

Syncrétisme : pensée qui croise plusieurs influences, réunit plusieurs doctrines ; religion composite.

Synecdoque (fém.) : substitution de terme fondée sur une relation d'inclusion (la partie pour le tout, ou l'inverse). Variété de métonymie.
Ex. : « le toit pour la maison ».

Synesthésies (fém.) : correspondances entre les sens.
Ex. : « Les parfums, les couleurs et les sons se répondent » (Baudelaire).

Tellurique : relatif aux forces de la Terre.

Tercet : strophe de trois vers.

Tétramètre : alexandrin organisé en quatre mesures (3/3-3/3).

Tombeau : hommage funèbre en musique et en littérature.

Topique : topos, lieu commun, cliché.

Topos (topoï au pluriel) : terme grec qui signifie « lieu » et qui désigne en littérature un thème récurrent.

Transitif (verbe) : qui se construit avec un (ou deux) complément(s) d'objet.

Triptyque : se dit d'une œuvre, notamment un tableau, en trois parties.

Verset : **1.** Paragraphe d'un texte sacré, la Bible, le Coran. **2.** En poésie, forme d'écriture rythmée située entre le vers et le paragraphe ; introduit par Claudel, il est souvent lié au domaine de l'invocation.

Zeugma (masc.) : (du grec *attelage*). Procédé qui consiste à rattacher à un même terme deux éléments sémantiquement différents.
Ex. : « Vêtu de probité candide et de lin blanc » (Hugo).

Crédits photographiques

biblio BAC 2022 lycée

Découvrez les œuvres au programme du Bac de français 2022, avec les titres de notre collection Bibliolycée

Toutes les clés pour réussir votre BAC 2022

- **Le texte de l'œuvre** clarifié grâce à de nombreuses notes explicatives.
- **La biographie** de l'auteur.
- **Le contexte historique, artistique et culturel** d'écriture de l'œuvre.
- **La genèse et la réception** de l'œuvre.
- **Le genre** de l'œuvre.
- **Des prolongements artistiques et culturels,** richement illustrés.
- **Un dossier SPÉCIAL BAC** proposant un groupement de textes et des sujets d'écrit sur le parcours littéraire associé à l'œuvre.

hachette
ÉDUCATION